가슴으로 우는 새

가슴으로 우는 새

발행일   2026년 1월 30일

지은이   전문근
펴낸이   손형국
펴낸곳   (주)북랩

출판등록   2004. 12. 1(제2012-000051호)
주소   서울특별시 금천구 가산디지털 1로 168, 우림라이온스밸리 B동 B111호, B113~115호
홈페이지   www.book.co.kr
전화번호   (02)2026-5777   팩스   (02)3159-9637

ISBN   979-11-7598-090-7 03810 (종이책)   979-11-7598-091-4 05810 (전자책)

작가 연락처 문의 ▸ ask.book.co.kr

전용 게시판에 문의를 남기시면 저자에게 직접 전달됩니다.

(주)북랩 성공출판의 파트너

북랩 홈페이지와 SNS에서 다양한 출판 솔루션을 만나 보세요!

홈페이지 book.co.kr   •   **블로그** blog.naver.com/essaybook   •   **출판문의** text@book.co.kr
카톡채널 북랩

가슴으로 울어야만 들을 수 있었던 이야기

가슴으로 우는 새

전문근 장편소설

 북랩

차례

'가슴으로 우는 새'는 여순사건이라는 격동의 한 시대의 비극으로 인하여 한 여성의 인생을 억눌렀던 인간적 감정과 아픔을 조심스럽게 꺼낸 이야기를 엮었다.

여수와 순천을 중심으로 일어난 여순사건은 일주일 남짓 만에 진압군에 의해 두 도시는 회복되었고, 그 여파로 수많은 인명피해와 커다란 역사적 생채기를 남겼다.

하지만 더 큰 문제는 쫓겨 간 일부 봉기군은 백운산과 지리산 등 깊고 험한 산속으로 숨어들면서 그 후폭풍이 인근 농촌과 산촌을 중심으로 오랜 기간 광범위하게 또 다른 전쟁인 게릴라전을 겪어야 했다. 빨치산 역시 살아남기 위해 토지개혁을 통한 무상분배로 누구나 평등하게 잘 살 수 있다는 명분을 내세우며 주민들을 설득하여 세를 넓혀 나갔고, 토벌군과 치열한 전쟁을 치르게 되었다.

'가슴으로 우는 새'는 이러한 내전을 겪는 동안 여러 이야기 중 백운산 인근 첩첩산중 농촌 마을에 살았던 한 여인의 삶에 주목했다. 주인공 미숙은 그녀가 성장하여 성인이 되고 결혼 말이 오갈 무렵, 그녀의 집을 찾아온 빨치산 출신 달수라는 자에게 친부모가 빨치산과 깊은 관련이 있는 기막힌 사연을 듣게 되었고, 양어머니가 그 사실을 확인해 준다.

그녀는 망연자실하면서 치명적인 소문이 날까 봐 사랑도 결혼도 포기하고 아무도 몰래 고향을 떠나 찬 바람 쌩쌩부는 서울로 갔다. 그때부터 파란만장한 빨치산 가족의 고통을 겪는 경험을 소재로 창의적인 허구를 가미하여 인간적 고뇌를 극복해 가는 자전적 소설로 엮었다.

여순사건은 까마득한 전설처럼 오래된 사건처럼 느껴지지만, 지금까지도 피해자들의 명예 회복에 대한 합의를 이루지 못하고 있다. 이 작품에는 여순사건의 후폭풍과 그 여파로 역사의 비극을 재조명하고 난마처럼 얽힌 이념의 갈등과 상충한 현실 속에서 '잃어버린 화합의 길을 어떻게 찾을 것인가?' '피해자들의 명예를 어떻게 회복해서 가슴에서만 앓았던 한을 풀어줄 것인가'에 대한 문제를 담고 있다.

본 작품을 통해 이념의 가치를 넘은 역사와 개인의 삶을 돌아보며 피해자들의 진실·화해와 명예회복이 이루어지는 새로운 화합의 감성을 위한 방향이 모색될 수 있기를 바라는 마음이다.

2026년 1월 전문근 씀

1장
사랑에 낀
먹구름

여순사건의 후폭풍과 그 여파

**

가로수마다 푸르고 싱싱한 녹색 물결을 이루고 있던 4월 어느 날 저녁 무렵이었다.

하루 업무를 마친 나는 직원들 몇 명과 식사를 하기 위해 식당으로 들어가서 막 자리를 잡고 앉았다. 때마침 텔레비전 아나운서가 저녁 뉴스를 전하고 있었다.

"여순사건 진상조사를 위한 특별법이 여야 합의로 오늘 국회를 통과했습니다."

그때 우리와 조금 떨어진 자리에서 소주잔을 기울이던 나이 지긋한 두 분의 목소리가 들렸다.

"저런 무식한 것들, 쥐뿔도 모른 놈들이 무슨 소리를 하고 있는 것이여. 진상조사? 특별법? 그건 누가 봐도 분명한 좌익세력의 무장반란이지. 살다 살다 별 해괴한 소리를 다 듣겠네."

그는 손님들 모두 들어달라고 일부러 큰 소리로 말하는 것 같았다. 나도 의식적으로 고개를 돌려 그분들을 건너다보았다. 같이 앉은 다른 한 분 역시 들었던 소주잔을 내려놓고, 식식거리며 그의 말을 이어받고 있었다.

"저런 소리를 들으면 나는 뚜껑이 열린다니까, 그야 뻔하지 뭐.

○○○ 좌빨들 억지 주장 때문에 또 세금 축내게 생겼네. 에잇 술맛 떨어져."

식당 안에 있던 사람들 모두 그들을 쳐다보며 짧은 침묵이 흐르고 있었다. 두 분은 뉴스에 분개하면서 거침없는 자신들의 못마땅한 속내를 드러내고 의기양양한 모습으로 소주잔을 부딪치며 주욱 들이키고 있었다. 그 모습을 지켜본 나는 자라목처럼 움츠러들었고 가슴이 덜컥 내려앉았다.

내가 지금까지 인생길을 걸어오면서 혼자만 가슴에 담아 둔 여순 사건(오랜 기간 정부는 여순반란사건으로 규정함)에 관한 이야기를 들을 때마다 죄인처럼 전전긍긍했던 것은 그 사건의 후폭풍과 여파로 겪었던 파란만장했던 아픔이 떠오르기 때문이다. 괴롭고 곤욕스러워서 나도 모르게 울컥하며 눈시울이 뜨거워졌다. 나는 대충 식사를 끝내고 조용히 자리에서 일어나 밖으로 나왔다.

오랫동안 그 사건과 관련된 여파로 내 삶은 진창 세상에 던져졌다. 인간적 절망 때문에 그리운 고향에 발길조차도 들여놓지도 못했다. 더구나 하나밖에 없는 딸에게조차 그 아픈 사연을 말할 수 없는 '가슴으로 우는 새'가 되어 안개 낀 긴 터널 속을 헤매듯 살아왔다. 이제는 세월이 많이 흘러서 희미해진 일이라고 마음을 굳게 다져 먹어도 보고, 괴로운 기억을 잊고 지내려고 애를 써 보기도 했다. 그럴 때마다 비바람 부는 언덕에서 혹한과 땡볕을 견딘 불행했던 아찔한 기억들이 알게 모르게 불쑥불쑥 내 의식의 수면 위로 떠올라 이 나이가 되어도 이렇게 힘들게 하고 있다.

그날 밤 불편한 마음으로 곧장 집으로 돌아온 나는 침대에 벌렁 누워 한참 동안 어둠 속에서 천장을 응시하고 있었다. 오늘 마음 한 구석이 개운치 않은 것은 왜일까? 그토록 아픈 세월이 오늘날까지 반복되고 있는 해묵은 난제에 괴로움과 외로움을 삭히느라 뒤척이다가 밤잠을 설쳤다.

그로부터 한 달쯤 후였다.

핸드폰 벨이 울렸다. 수화기를 귀에 대자, 전혀 생소한 남자의 목소리가 들려왔다.

"저는 여순사건 피해자조사를 담당하고 있는 조사관 최○○입니다. 열흘 후쯤 서울로 가서 귀하께서 신청하신 여순사건 피해 사실 여부를 직접 방문하여 면담조사를 하고자 합니다. 면담이 가능한 날짜와 시간, 장소를 알려 주셨으면 합니다."

통화를 끝내자마자 내 심장이 꿈틀대기 시작했다. '세상을 오래 살다 보니 이런 날도 오는구나' 하고 마음이 고무되어 고개를 끄덕이다가 입술을 깨물었다. 상처받은 미로와 같은 여순사건의 후폭풍과 그 여파에 휘말린 상처 때문에 마음의 출구를 잃고 살았던 나는, 자리에서 벌떡 일어나 컴퓨터 앞에 앉았다. 영원히 아물지 않을 상처처럼 거기서 여전히 깜박거리고 있던 커서가 마음을 다잡고 보니 조금씩 되살아나고 있었다. 조사관이 와서 뭘 조사할지와 관계없이 예전에 쓰다만 내가 겪은 이야기를 완성해서 세상에 알리는 기회로 삼아야겠다는 욕망이 솟구쳤다.

1969년은 내가 스무 살이 되던 해였고, 비극적인 여순사건을 겪은 지 21년이 지난 때였다. 백운산과 주변의 높다란 봉우리들이 마치 병풍처럼 에두르고 있는 이곳 삼재팔동(이웃하여 형성된 8개 마을의 이름) 사람들은 그때까지도 전쟁 후유증으로 인한 가난을 벗어나기 위해 안간힘을 쓰고 있었다.

　　파괴된 도로와 다리, 수리 시설이 복구되지 않아 교통 불편은 물론 풍요의 계절인 가을이 와도 하늘만 쳐다보는 천수답 농사로 초라하기 그지없는 곡식을 수확하고 있었다. 집집마다 가난을 조금이라도 면해 보려고 너나 할 것 없이 철 따라 산으로 들로 다니면서 봉령을 비롯한 약초, 열매, 버섯, 나물 등을 채취하여 오일장에 내다 팔아 생계에 보탬이 되도록 하는 것이 주된 일과였다.

　　우리 가족은 홀로 된 어머니와 나 단 둘뿐이었다. 재산이라고는 부엌 딸린 조그마한 방 두 칸짜리 초라한 초가집과 마을 뒤쪽 언덕배기에 손바닥만 한 밭뙈기 하나가 전부였다. 아버지가 안 계신 우리 집은 가난을 탈출하기 위해 어머니는 누구네 집에서 출산 때 부르면 산파 일을 하셨고, 때로는 놉으로 불려가 남의 집 농사일도 마다하지 않으셨다. 저수지 제방 쌓는 공사판에서 억척스럽게 흙을 머리에 이고. 남자들과 똑같은 일당을 받아오곤 하셨다. 그런 일들이 어머니에게 무척 고된 일이었지만, 내 앞에서는 어떤 내색도 하지 않으셨다. 하나밖에 없는 귀한 딸이라고 나에게 긍정적인 말만 하셨고, 나는 구김살 없이 자랐다.

　　내가 어린 유년 시절부터 기억하는 엄마는 나를 무척 사랑하셨고 과분할 정도로 정성이 대단하셨다. 그 가난한 시절에도 내가 입는 옷은 늘 깨끗하게 빨아서 잘 손질해 주셨다. 학교 점심 도시락엔 대부분 반 친구들은 꽁보리밥에 시커먼 된장 혹은 김치 쪼가리를 싸 왔다. 그것조차 가져오지 못한 친구들도 있었다. 하지만 내 도시락에는 계란찜을 비롯한 맛있는 나물들이 담겨 있었다. 보리가 조금 섞인 쌀밥에 가끔 귀하고 맛있는 생선과 고기도 챙겨주셨다. 아이들은 나를 무척 부러워했다. 하지만 나는 여건상 국민학교 졸업 후 중학교 진학은 꿈도 꿀 수 없었다. 독서를 좋아해서 집에서 책을 읽거나 바느질, 수놓기 등 조용히 엄마한테 신부수업을 받곤 했다.

마당에 봄기운이 가득 차 있던 그해 봄날이었다.
산과 들에 핀 싱그러운 꽃향기가 나를 밖으로 불러내고 있었다. 나는 집에만 있기 답답해서 엄마를 졸랐다.
"엄니, 오늘 고사리 꺾으러 산에 갈 때, 나도 엄마 따라서 갈랑께요. 집에만 있으려니까 답답하고 좀이 쑤셔요. 바람도 좀 쐬고 싶어요."
"그래? 산에 가는 것이 힘들턴디 괜찮것냐? 니 좋을 대로 해라."
그렇게 허락받은 나는 모처럼 엄마와 동네 아낙네들 틈에 끼어 고사리를 비롯한 산나물을 채취하기 위해 높다란 뒷산에 올랐다.
산 중턱에 이르자 뽀얀 살빛의 산벚꽃과 연분홍 진달래꽃 등 봄꽃들이 만개해 아름다운 자태를 뽐내고 있었고, 이름 모른 산새들은 내 입산을 환영이라도 하듯 흥겨운 노래를 불러 주고 있었다. 산 중턱에 널따란 쉼터 바위가 있었다. 나는 그곳 높다란 바위에 올라 개선 여장군처럼 서서 산 아래쪽을 내려다보고 있었다. 산안개로 휘감긴 건너편 산에 핀 울긋불긋 꽃들과 봄을 잔뜩 머금은 푸른 보리밭 들판, 옹기종기 정겨운 초가집들이 그려 낸 아름다운 봄 경치에 취한 나는 감탄을 연발했다. 얼굴에 연신 환한 미소를 짓고 엄마에게 소리쳤다.

"와! 엄니, 이리 올라오셔서 저기를 쪼께 보시오잉. 눈길 닿는 곳마다 삼재팔동이 맹그러 낸 풍경이 영락없는 한 폭의 고즈넉한 동양화네요. 이곳에서 내려다보니 묵은 스트레스가 확 풀러부네요. 이곳 풍경들을 사진으로 찍어다가 수를 놓고 싶구만요."

나는 기분 좋아 감탄을 연발하면서 콧노래를 부르며 천천히 고개를 돌려 이곳저곳 주변을 감상하고 있었다. 엄마는 그런 내 모습을 탐탁찮게 바라보면서 심드렁하게 말씀하셨다.

"그래, 니 눈에는 그렇게 이삐게 보인갑따. 하지만 나는 여기만 오면 그런 기분이 아니당께."

아름다운 경치에 관심조차 없이 뾰로통한 표정을 한 어머니를 바라본 나는 의아한 생각으로 다시 여쭈어보았다.

"아니, 방금 하신 말씀이 먼 소리당가요? 경치가 저렇게 아름다운디, 그게 아니라니요? 엄니는 자연의 아름다움을 감상한 미적 감각이 영…."

나는 환한 얼굴로 감탄하고 탄성을 지르고 있을 때, 엄마는 그 자리에 서서 왠지 모르게 시무룩한 표정으로 깊은 한숨을 내쉬셨다. 침울한 목소리로 세월을 한탄하는 듯한 원망 섞인 엉뚱한 말씀을 하고 계셨다.

"그러고 보니 미숙이 니 나이가 올해로 벌써 스무 살이 되는 갑다! 아슬아슬하고 참담했던 세월이 어느덧 여기까지 왔구나! 아무튼 어려운 고비를 넘기고 니가 살아서 이렇게 이쁘게 다 큰 처녀가 된 것을 생각하면 대견해서 눈물이 날라고 그런다."

나는 어머니의 말씀에 고개를 갸웃했다. 그리고 돌이켜 생각해 보았다. '엄니는 왜 저런 말씀을 하실까?' 아마도 이곳을 오를 때마다 어머니는 이곳에서 내가 모른 무슨 사연이 있는 것처럼 보였다. 나는 어머니의 말씀에서 가난했던 지난 시절에 나를 키우기가 힘들었을 것이라는 생각을 해 보았다. 그때까지도 엄마가 왜 그런 자조 섞인 말씀을 하신지를 잘 모르고 있었다.

산나물 채취를 위해 쉼터에서 일어나 막 발걸음을 옮기려는 때였다.

동네 철부지 조무래기 남자아이 몇 명이 산 위쪽에서 후다닥후다닥 뛰어 내려오고 있었다. 엿을 바꿔 먹기 위해 산과 들을 쏘다니며 탄피를 줍던 아이들이었다. 얼굴이 하얗게 질려서 뛰어 내려오는 그들에게 내가 물었다.

"너희들 왜 그래? 뭔 일이 생겼냐? 무서운 산짐승이라도 나타난 거야?"

"큰일 났어라. 저기 위쪽 숲속 골짜기에 사람 뼈가 엄청 많이 있어라. 빨리 구장(이장)님한테 알려야 한당께요."

겁먹은 아이들은 눈을 크게 뜨고 혼비백산하여 헐레벌떡 마을로 뛰어 내려갔다. 가쁜 숨을 헐떡거리며 구장님께 이 사실을 알렸다. 그는 놀란 눈을 휘둥그렇게 뜨고 말했다.

"뭐? 사람 뼈가? 거그가 어디냐? 차근차근 말해 보랑께. 느그들이 싸게싸게 앞장서거라."

구장을 비롯한 몇몇 어른들은 삽과 괭이를 들고 아이들을 앞세우며 산으로 올라왔다. 그의 손에는 잊지 않고 막걸리 한 병이 들려있었다. 누구인지는 모르지만 경건한 마음으로 묶인 전선 줄을 풀고 슬픈 잔해들을 정성스럽게 모았다. 그리고 구덩이를 파서 경건한 마음으로 묻어 주었다. 마지막에는 막걸리 한 잔을 따라 놓고 극락왕생하도록 고개 숙여 묵념하고 있었다.

나는 부근에서 그 모습을 지켜보며 어머니께 여쭈었다.

"무덤도 만들지 않고 왜, 저곳에 사람 뼈가 그렇게 많이 나와 있당가요?"

어머니는 내 물음에 주저주저하시다가 크게 한숨을 내쉬며 말씀하셨다.

"나는 처참했던 여순사건의 세세한 내용은 잘 모르겠다. 하지만 여순사건이 터지고, 그 후폭풍이 이곳으로도 불어와서 이 지역도 한때 격렬한 전쟁터가 되아부렀다. 전쟁 중일 때, 밤에는 빨치산에게 협조하지 않는다고 그들이 마을 사람들을 괴롭혔고, 낮에는 그들에게 협조했다고 군·경에게 시달렸다. 전쟁이 끝났을 때는 빨치산에게 부역을 했다고 관련된 많은 사람이 한꺼번에 군경에게 끌려가서 학살을 당했당께. 모르긴 해도 아마도 그때 저곳으로 끌려와서 집단으로 죽음을 맞았을거다. 모두가 시대를 잘못 만난 불쌍한 영혼들이제. 니 아빠도 그렇고."

나는 어머니 말씀을 듣고 깜짝 놀랐고, 궁금해서 다시 물었다.

"여순사건이라고요? 그리고 이 지역도 한때 전쟁터였다고요? 아니 이런 평화스러운 첩첩산중 오지에서 전쟁이라니요? 언제 어떻게 된 일이어요? 그런데 사람들은 왜 입을 모두 다물고 있능가요? 나만 모르고 있는 일인가요? 그러고 보니 엄니 말씀대로 아빠 산소도 가본 일이 없네요."

"산소? 있을 리가 없지. 아무도 모르게 끌고 가서 학살을 시켰싱께, 묘가 있을 리 없지. 그리고 20년이 훌쩍 지난 일이다. 그것이 뭐좋은 일이라고 떠들고 이야기하겠니. 그때는 사람 목숨이 파리 목숨과 같았어. 사람 생명이 귀한 줄도 모르고 인간의 존엄성은 찾을수가 없었어. 당시에는 사람 죽는 일이 집집마다 흔히 겪는 일이라서 함께 슬퍼할 겨를도 없었다. 니도 그렇고 이 동네 아이들 아빠들이 많이 없는 것은 대부분 그때 난리 통에 이런저런 이유로 돌아가신 탓이야. 모두 말 못한 상처와 한을 간직한 죽음들이었지만 저들모두를 국가에 대한 반란사건과 연관지은 정부의 단호한 조치로 죄인시하여 유족들조차 쉬쉬하고 숨죽이며 살아왔다. 우리 집도 그중의 한 집이당께."

어머니 말씀은 깊은 고뇌와 슬픔이 섞인 말투였다. 나는 여순사건에 대해 좀 더 알고 싶었다. 그래서 어머니께 다그치듯 여쭈어보았다. 어머니는 내 재촉에 못 이겨 사건의 배경과 상황에 대해 원론적인 설명을 해 주셨다.

"그 일은 생각조차도 하기 싫다만, 그래도 이곳의 역사이고 우리 근현대사다. 내가 지금 하는 이야기는 지금까지 알려진 객관적인 사실이기 때문에 니도 상식적으로 알아 두거라."

우리나라 남쪽에 있는 큰 섬인 제주도가 4.3사건으로 혼란을 겪는 동안 진압과정에서 군·경에게 많은 인명피해를 입고 있었다. 내가 태어나기 1년 전인 1948년 10월 19일, 지리적으로 제주와 가까운 여수에 주둔하고 있던 국방경비대 14연대에게 제주 4.3사건을 진압하라는 출동 명령을 내렸다. 하지만 제주민들이 겪고 있는 처참한 상황을 알고 있던 일부 좌익 성향을 갖고 있던 군인들이 중심이 되어 '같은 동족을 해칠 수 없다'는 명분을 내세우며 명령을 거부하면서 봉기가 촉발되었다.

그 후 지역 좌익단체가 가세하면서 여수는 물론 순천과 그 주변 지역까지 세력이 확대되고 있었다. 당시 경찰과 봉기군과의 충돌 과정에서 경찰을 비롯한 지위 높은 공무원 등, 다수의 우익 인사가 목숨을 잃었다. 또한 경찰서를 비롯한 관공서가 불타고 대혼란이 일어났다.

곧바로 정부에서는 계엄령을 선포하고 진압군을 투입하여 일주일 남짓 단기간에 두 도시를 탈환 평정하였다. 그리하여 이번에는 봉기를 한 일부 군인 상당수가 목숨을 잃었고, 살아남은 패잔병들은 쫓기어 지리산과 백운산을 비롯한 깊고 험한 산이 많은 곳으로 숨어들었다.

이번에는 우익과 군경이 합심하여 좌익에 대한 대대적인 보복이 시작되었다. 여수와 순천을 비롯한 일부 지역에서 좌익관련자들과 부역자들, 인민대회에 참석했거나 구경 간 사람들까지 포함하여 서슬 퍼런 총칼 아래 수많은 민간인이 떼죽음을 당해야 했단다.

"그때 그 현장을 목격한 분들의 이야기를 들어보면 학교 운동장이나 공터에 주민들을 모두 모이게 해 놓고 우익들이 가리킨 손가락

끝은 생과 사를 넘나드는 말 그대로 등골이 오싹하고 살벌한 손가락 총이었다. 정당한 절차도 없이 그들이 가리키는 손가락 끝에서 즉시 처참한 죽음으로 이어졌고, 그 수를 헤아리지도 못할 만큼 떼죽음으로 이어졌단다.

산속으로 숨어든 쫓겨 간 잔당들로 인하여, 여순사건의 후폭풍의 불길이 농촌과 산촌으로 옮겨붙었다. 보다시피 우리 고장 삽재팔동 주변은 백운산을 비롯한 높은 산으로 둘러싸여 있어서 산길로 지리산까지 연결되어 있다. 일부 봉기를 한 패잔병들이 이곳 '매재'라는 고개를 넘어 지리산으로 가곤 했다. 말하자면 이 지역은 백운산과 빨치산 본부가 있는 지리산을 연결하는 교통로도 중요했다. 쫓기던 봉기군 일부는 이곳 교통로를 확보하기 위해 이곳에 숨어 지내게 되면서 마침내 토벌군과 오랜 기간 전투가 벌어졌단다. 그 과정에서 이곳에서도 다수의 민간인 사상자가 발생했다. 모르긴 해도 저기 많은 사람 뼈가 나와 있는 것은 아마도 그 무렵에 빨치산 부역 혐의와 그 밖의 이런저런 이유로 돌아가신 분들일 게다."

어머니의 소름 돋는 끔찍한 이야기를 듣고, 나는 많이 놀랐지만 내가 직접 경험하지 않은 일이라서 뼈저리게 실감은 하지 못하고 있었다.

"그래서 그런 충격적인 내전이 이곳에서도 일어나게 되었군요."

"그래, 그쯤만 알아 두거라. 처절한 내전 이후 수십 번 꽃이 피고 지는 동안 대부분의 이곳 사람들의 아픈 상처에 파란만장했던 전쟁의 아픈 후유증도 세월이 흐르면서 조금씩 둔감해지고 있는 것 같다. 하지만 견디기 힘든 직접적인 죽음을 맞은 사람들이나 상처를 크게 입은 유가족들은 빨갱이라는 저주스러운 말을 들을까 봐, 혹은 불리한 일을 당할까 봐, 억울한 죽음에 대해 말도 못 꺼내고 이곳의 유족들 모두는 벙어리 냉가슴 앓듯 마음속 깊은 상처와 한으로 묻어두고 분노와 원망의 나날을 삭히며 살아가고 있단다."

어머니의 말씀을 듣고 이곳에서 전쟁을 겪게 된 연유와 그때의 사정을 대충 알게 되었고, 속으로 '힘겨운 시절이 있었구나' 하는 생각을 하고 있었다.

그러나 내가 그 사건 무렵에 태어나서 힘든 시기를 보냈다는 어머니의 말씀에 나름대로 관심을 갖게 되었고, 나와 비슷한 시기에 태어나서 천운으로 살아남은 전쟁둥이들이 몇 명 있는 것도 알게 되었다. 그들의 아빠들은 전쟁 기간에 이런저런 이유로 돌아가신 경우가 많았고 나를 비롯한 유복자 친구들이 적지 않았다.

사랑에 몰려온 먹구름

**

이듬해인 1970년대에 들어서면서 이곳에서도 국가재건 사업이 활발하게 펼쳐졌다. 정부 사업으로 경부고속도로가 건설되기 시작했고, 전국적으로 새마을운동 바람이 불기 시작했다. 이곳 삽재팔동 마을마다 스피커가 설치되기 시작했고 '잘살아 보세, 새벽종이 울렸네' 등의 낯선 새마을 노래가 스피커를 통해 울려 퍼지면서 파괴된 도로와 저수지가 복구되고 새로 만들어지기도 했다. 때마침 서울을 비롯하여 대도시에서는 산업화 바람이 불기 시작했고, 그 바람은 이곳 첩첩산중 오지 농촌인 이곳까지 불어왔다.

당시 전국의 남녀대학생들은 여름방학을 이용하여 환경이 열악한 농어촌 지역 계몽을 위하여 봉사활동을 펼치고 있었다. 교통 여건이 열악하여 침체에 빠져 있던 이곳에도 서울에서 남녀대학생 20명이 농촌계몽봉사단으로 내려왔다. 그들은 가구 수가 많은 신흥부락 마을회관을 본부로 두고 남녀 청소년들을 불러 모았다. 그 당시 이곳은 남녀칠세부동석이라는 유교적 사고가 강한 때라 다 큰 성인 남녀 청소년들이 한자리에 모인 일은 상상조차 할 수 없을 때였다. 하지만 그들은 과감하게 남녀를 신흥부락 마을회관에 모이게 하여 '영진재건학교'를 운영한다고 홍보하고 있었다. 이곳 청소년들에게는 국민학교(초등학교)를 졸업한 이후 처음 있는 획기적인 일이었고, 말로만 들어 보았던 대학생을 볼 수 있다는 것만으로도 큰 행운이었다. 길에서 만나는 청소년들은 처음 있는 낯선 행사에 호기심을 갖고 궁금한 이야기를 나누고 있었다.

"서울에서 남녀대학생 선생님들이 왔다메."

"응, 서울서 왔으니 보나 마나 다들 지적이고 멋지게 잘 생겼을 거야."

그들은 대학생 선생님들을 선망의 대상으로 높이 우러러보고 있었다. 공부도 공부지만 서울서 온 멋쟁이 대학생 선생님들이 어떻게 생겼는지 꼭 한번 보고 싶어 했다. 다 큰 처녀들은 부모님께 허락받기가 쉬운 일이 아니었다. 완고한 부모를 둔 가정에서는 크고 작은 소동을 겪었다. 공부 배우러 가겠다는 이야기를 꺼내자마자 대부분 부모의 입에서 튀어나온 첫마디가

"나이가 스무 살이 다 되어 가는디, 조신하게 있다가 시집이나 갈 일이지, 다 큰 소만 한 처녀들이 뭘 배우겠다고 싸돌아 다닐라고 그래. 더군다나 밤에도 총각들이랑 함께 모인다더구먼. 그러다가 바람났다는 쓸데기 없는 소문이라도 나서 사람들의 입방아에 오르내리면 어쩔라고 그래. 안 되야. 그건 절대로 안 되야."

허락받지 못한 그녀들은 볼멘소리를 했다. 그러다가 미소와 읍소 작전을 쓰기도 했다. 아버지가 좋아하신 막걸리와 비싼 담배도 한 갑 사서 드리면서 아양을 떨었다.

"아부지, 요즘은 옛날하고 달라서 여자들도 배워야 한다고요. 이번 기회에 딱 한 번만 눈감아 주시오잉. 지금꺼정 집에서 시키는 대로 소처럼 죽도록 일만 했어라, 시집 가뿔면 이런 기회가 어디 있당가요? 아부지! 제발! 한 번만 눈감아 주시오잉. 그리고 누가 알아요?

혹시 남자 대학생이 나에게 마음을 주면 서울로 시집갈지? 여자 팔자는 두레박 팔자라고 하지 안 턴가요?"

그러던 어느 날 나도 친구들에게 영진재건 학교 소식을 들었다. 나는 그래도 비교적 바깥나들이가 어렵지 않은 편이었다. 스무 살이 지났고 당시에는 시집 갈 나이지만 엄마를 조르고 설득해서 겨우 참가 허락을 받았다. 설레는 마음으로 참가신청서를 써서 냈다. 처음 개강한 날 보니 생각보다 많은 남녀가 참가했다. 여자들도 열 명이나 되었다. 예상외로 관심이 많았고 호응이 좋았다. 동네 사람들은 신비에 싸인 서울 대학생 선생님들이 어떻게 생겼는지 보기 위해 마을회관을 방문해서 기웃거리며 보고 가곤 했다. 어떤 가정에서는 감자도 삶아오고 부침개도 해오고, 마을마다 들뜬 분위기였다. 가사 일과 농사일밖에 모르던 이곳 남녀 청소년들에게 대학생들은 짧은 기간이었지만, 초급 중학교 과정의 기초영어며, 국어, 수학, 사회, 등의 교과 공부를 가르쳐 주었다. 그밖에 미래사회와 농촌의 꿈, 도시생활 소개, 농어촌 재건을 위한 혁명적 생각 변화, 다양한 미래직업 세계, 일손돕기 등을 하면서 이곳 청소년들의 머리를 깨우쳐 주고 있었다. 그중에서도 특별히 농촌계몽과 연관 지은 '영진 군과 재건 양의 결혼'이라는 제목의 대본을 오 선생님이 직접 써서 연극까지 지도해 주었다. 참여자 모두는 연극에 관심이 많았다. 배역을 맡은 출연자들은 밤낮으로 대사를 외웠고 상황과 역할에 알맞은 행동과 표정 등을 익히며 틈나는 대로 조용한 곳에서 따로 특별지도를 받기도 했다.

그리하여 처음으로 이 고장 주민들을 신흥마을 앞에 있는 소나무 숲인 일명 '송대'라는 곳으로 초대하여 연극공연을 하기로 했다. 신흥마을 근식과 나는 남녀 주인공으로 뽑힌 행운을 얻었다. 담당 대학생 선생님은 주인공으로 둘을 뽑은 이유와 내용의 중요성에 관해 설명해 주었다.

　"선정된 두 사람은 신세대 외모와 이미지 면에서 주인공 역할에 가장 알맞을 것 같아서 뽑았어요. 주인공들이 특히 잘해야 해요. 이 연극의 성패를 좌우하게 될 거예요. 대사량이 많으니 둘이는 특별한 시간을 내서 따로 연습해야 해요. 연극 내용이 신랑 영진 군과 신부 재건 양이 되어 주변의 시기와 질투 방해를 무릅쓰고 어렵게 결혼을 한 신세대 부부는, 역경 속에서 농촌혁명을 꾀하고 새롭게 바뀌는 현대화 되는 농촌을 만드는 내용이어요."

　나와 남자 주인공 둘이는 선생님한테 개별적인 연습 부탁도 받아서 책임감을 느꼈다. 주인공 근식과 나는 자주 만나서 따로 연극연습을 하다 보니 친근감이 생겼다. 점차 두 사람이 가까워지고 서로에게 호감을 갖게 되었다. 우리는 신흥마을 뒤쪽에 새로 만든 호젓한 저수지 둑방에서 자주 만나 연습을 하곤 했다. 그러다 보니 주변에서 곱지 않은 시선으로 사람들의 입방아에 올랐고, 걱정하고 비난하며 질투하는 목소리도 들렸다.

　"음마, 저것들 좀 봐. 저것들이 연극 연습한답시고 둘이서만 날마다 저렇게 붙어 있어도 괜찮은 것이어?"

　"그래 맞아, 저것들이 저러다가 틀림없이 정분이 나든지, 무신 탈이 날성 싶은디, 연극연습은 핑계고. 둘이 연애질을 하는 것이 아닝가 몰라."

쑤군거리는 이 중에는 오래전부터 근식에게 관심이 많은 같은 동네에 사는 J양은 주인공 둘만 따로 만나서 연극연습을 하고 다니는 것을 매우 못마땅해 했다. 일찍이 서울 바람을 쐰 적이 있어 시골 처녀답지 않게 명랑하고 되바라진 그녀는 근식을 짝사랑하고 있었다. 그녀는 초조한 마음으로 우리 둘이 정이 들까 봐 안절부절못했다. 우리들의 행동을 몰래 지켜보면서 안심이 되지 않아 속수무책으로 바라만 보면서 혼자 속앓이를 하고 있었다. 그녀는 배역 면에서도 마음이 썩 유쾌하지 못했다. 근식과 나는 신세대 부부 역할이고 반면에 그녀는 나이 든 농촌 시어머니 분장을 하고 구습을 지키며 마땅치 않은 신세대 며느리를 괴롭히고 구박하면서 새로운 농촌 건설을 방해하는 역할이었다.

전체 연극연습이 끝나면 그녀는 근식에게 은밀히 다가와서 할 말이 있으니 한 번만 만나달라고 여러 번 프로포즈를 해 왔다. 하지만 까무잡잡한 피부에 수수하고 평범하게 생긴 외모를 가진 J양에게 그는 매력을 느끼지 못하고 있었다. 만나자는 그녀의 말에 '소귀에 경 읽기'로 관심이 없다는 듯 일부러 못 들은 척했다. 때로는 인상을 쓰고 귀찮아하며 별다른 반응을 보이지 않았다. 시간이 없다고 냉담하게 번번이 거절하기도 했다. 그럴 때마다 자존심 상하고 화가 난 그녀는 우리 두 사람을 떼어 놓기 위해 저주스러운 소문을 퍼뜨리며 험담을 하고 있었다. 근식을 향해 언성을 높이고 때로는 벗어 놓은 신발을 논바닥으로 던져 버리기도 했다. 둘이 정분이 나서 농촌 풍기를 문란시키고 있다고 소문을 퍼뜨렸다. 그래도 우리의 행동과 태도가 바뀌지 않은 것을 보고 직접 비난과 저주를 퍼부었다.

"내 원 꼴사나워서 못 봐주겠네. 그래, 둘이 백 년 천 년꺼정 잘 묵고 잘 살아라 요것들아. 느그들이 얼매나 잘 사는지를 이 두 눈으로 똑똑히 지켜볼 거다. 이 싸가지 없는 것들아."

여러 번 자존심을 상한 J양은 둘이 연애를 한다고 열을 내서 사람들에게 소문을 퍼뜨리고 다녔다. 우리는 주변 사람들의 입방아에 신경 쓰지 않았다.그 당시만 해도 이곳 농촌 풍습은 대부분 부모가 정해준 짝을 만나 결혼을 해야 했다. 연애는 집안 망신이었으며 관심 있는 흉보기 거리였다. 그런 일로 남의 구설수에 오르내리면 부모의 노발대발 불호령이 떨어지곤 했다. 하지만 우리 둘은 그런 따가운 시선이나 소문에 상관하지 않고 따로 만나서 열심히 연극연습을 하고 있었다.

관중을 모아놓고 연극공연을 하던 날 밤이었다. 처음 있는 일이라 지역민들뿐만 아니라 멀리 떨어진 동네 사람들도 소문을 듣고 찾아왔다. 심지어 순천이나 여수, 구례 등지에서 이곳으로 장사 일로 왕래하던 사람들조차도 그날은 장사를 일찍 접고 연극을 보러왔다. 말 그대로 발 디딜 틈 없는 구름 관중으로 대성황을 이루었다. 남녀 주인공 근식과 미숙은 무대에서 출연진을 대표하여 인사말도 했다.

그날, 앞으로의 당찬 포부를 밝힌 인사말에 관중들로부터 환호와 박수를 받았다. 하지만 J양은 그것조차 못마땅하여 중얼중얼, 구시렁거리며 매 눈을 뜨고 입을 삐쭉거리고 있었다. 그날 공연이 시작되자 이때다 싶은 J양은 시어머니 역할로 며느리인 나를 골탕 먹이고 망신을 주겠다고 벼르고 있었다. 이 기회에 마음먹고 앙칼지고 표독스러운 시어머니 역할을 하면서 나를 심하게 구박하고 괴롭힌 역을 했다. 그녀가 도끼눈을 뜨고 악한 연기를 할수록 어려움을 극복하는 역으로 내 연기를 빛나게 만들어 주고 있었다. 정성을 다해 시어머니 비위를 맞추며 온몸으로 핍박과 역경을 슬기롭게 극복하면서 구습을 타파하고 새로운 농촌 건설에 이바지하는 실감 나는 연기로 관중을 사로잡았다. 성황리에 마친 내 연기를 보고, 고개를 끄덕이며 연극에 소질이 많다고 사람들마다 칭찬이 자자했다. 내 연기에 감탄하며 박수는 물론 환호하는 관객도 있고, 여기저기서 휘파람을 부는 관객들도 있었다. 이구동성으로 실감 나는 깜찍한 연기에 놀랐다고 칭찬을 아끼지 않았다. 심지어 대학생 선생님들도 연기력이 기대 이상이었다고 칭찬하며 자기들이 연극 쪽에 아는 대학 교수님을 소개해 줄 테니, 서울로 와서 그쪽 방면으로 진출하면 성공 가능성이 충분하다고, 과감하게 서울진출을 시도해 보라고 권하며 쪽지를 건넸다.

"서울 오거던, 여기 주소로 찾아오던지, 이 번호로 전화를 꼭 해요."

그들은 경쟁적으로 나에게 살며시 쪽지를 건네주었다. 그중에는 연극을 직접 지도해준 오 선생이 칭찬을 많이 해 주었고, 특별한 관심을 보였다.

연극을 본 동네 사람들도 칭찬 일색이었다.

"오늘 보니 삽재팔동 젊은 여자 중에서 눈을 씻고 봐도 미숙을 따라갈 만한 인물이 없당께. 연기는 물론이고 귀엽고 이쁘고 아무튼 이 꼴짝에서 제일가는 일색이당께!"

"아무렴, 그렇고말고요! 군계일학이 맞지라!".

연극 공연 후 내 인기가 말 그대로 급상승했다. 입소문까지 나서 삽재팔동에서 모르는 사람이 없을 정도였다. 친구들을 통해서 나에 대한 평가의 소리가 계속 들려왔다.

"신흥동네 이장님이, 미숙이 니를 보고 연기도 잘하고 농촌 아가 씨답지 않게 깜찍하고 매력적이라더라."

또 다른 친구가 전하는 말은

"미촌마을 부잣집 키 큰 박 선배, 니도 알지? 니 보고 살결이 뽀얗 고, 키도 늘씬하고 몸매가 S라인으로 잘빠졌다고 하더라. 그리고 나 에게 니를 소개해 달라고 부탁받았어."

그쯤 되니 다른 마을 총각들도 나에게 부쩍 관심을 갖기 시작했 다. 많은 사람의 칭찬에 나는 우쭐해졌고 가슴은 한층 부풀어 있었 다. 심지어 조그만 아이들도 내 이름과 얼굴을 알게 되었다. 마치 하루아침에 이 고장에서 인기스타가 된 기분이었다. 나와 근식이 가깝게 지낸다는 사실을 알고 우리 둘 사이를 시기하고 이간질 하 는 자도 있었다. 나에게 은밀하게 연애편지를 건네주는 총각들도 있 었다. 적극성이 있는 총각들은 부모를 통해 중매쟁이를 우리 집에 보내기도 했다.

그런 상황을 알게 된 근식은 초조한 눈빛이었다. 나에게 더욱 관 심을 두고 있었다. 그의 행동이나 내게 말한 것으로 보아 신경을 많 이 쓰고 있으면서 어느 날 그는 농담 삼아 나에게 이렇게 말했다.

"미숙 씨를 그냥 이대로 둬서는 안 되겠써라. 언젠가는 잘생긴 부 잣집 총각이나 순천, 구례 등 외지의 조건 좋은 누군가에게 미숙 씨 를 빼앗길 것 같아 조바심이 난당께요. 미숙 씨를 확실하게 내 여자로 맹글어 놓아야겠어요."

그렇게 말해 놓고도 안심이 되지 않았는지 그는 내심 고심을 하고 있었다. '내가 딴 맘을 먹지 못하도록 나름대로 확실한 사랑 도장을 꽝 찍어 놓아야겠다'고 농담처럼 말하면서 조바심을 내고 있었다. 물론 그 당시 여자 중에는 J양 외에도 근식을 좋아하는 또 다른 여자들이 오빠오빠 하며 은밀하게 편지를 써 보내기도 했다. 그러나 그는 오로지 나에 대한 관심뿐이었다. 다른 여자들의 프러포즈는 시간이 없다고 모두 거절했다.

그해 추석 다음 날이었다. 해마다 추석이면 괴목 장터에서 난장판을 펼치고 황전면 장사씨름대회와 가요콩쿨대회가 열렸다. 그날 노래를 좋아하는 나는 그 콩쿨대회에 참가해서 1등을 했다. 사람들의 축하 박수와 환호를 받으며 귀한 일본제 코끼리 밥통을 상품으로 받았다.

근식은 오래전부터 마을 대표 씨름 선수로 기대를 모으고 있었다. 예전에 씨름을 했던 선배의 지도를 받으며 밤마다 꾸준히 체력 훈련과 기술을 연마하고 있었다. 올해 강력한 우승 후보자는 작년도 우승자였다. 근식은 그자에 대한 장단점을 충분히 파악하고 있었다. 미숙도 노래자랑을 마치자마자 씨름장 응원석으로 와서 자리를 잡고 앉았다. 씨름판의 열기는 응원전으로 뜨거웠다.

나를 본 근식은 가까이 다가와 주먹을 불끈 쥐어 보이며 무척 기뻐했다.

"고마워요 미숙 씨. 이를 악물고 최선을 다할랑께요. 미숙 씨가 응원하러 오셨으니 내게는 천군만마의 응원보다 더 효과가 있을 꺼구만요."

"알겠어요. 근식 씨, 화이팅! 잘 싸워뿌시오잉."

그는 나름대로 우승으로 장사가 되어야 할 이유가 있었다. 송아지를 상으로 받으면 다음 계획을 갖고 있었다. 그날 그는 예선전을 무사히 치루고 생각대로 바람대로 결승전에 올랐다. 상대는 예상했던 대로 작년 우승자와 자웅을 겨루게 되었다. 상대는 근식보다 힘이 세고 체격이 컸다. 마침내 시작을 알리는 징 소리와 함께 5전 3승제의 결승전이 시작되었다. 양쪽 마을의 열렬한 응원을 받으며 천신만고 끝에 2:2가 되었다. 마지막 다섯 번째 경기는 일진일퇴의 공방전을 벌리며 팽팽했다. 응원하는 나도 손과 이마에 진땀이 났다. 꽤 오랜 시간 동안 힘겨운 공방전을 벌이며 서로 간에 땀을 뻘뻘 흘리고 기진맥진하였다. 근식은 상대방의 겨드랑이 쪽을 파고들면서 마지막 비장의 무기인 뒤집기 기술로 상대를 모래판에 벌렁 넘어뜨렸다. 근식이 마침내 우승자가 되었다. 구경꾼들은 근식의 처음 보는 멋진 씨름 기술에 혀를 내두르며 열광했다. 말 그대로 온 마을이 들썩이는 경사스러운 잔칫날이 되었다. 그날 밤늦도록 동네 분들이 모두 나와서 막걸리를 마시며 농악놀이를 했고, 장구춤과 노래로 우승을 축하하며 즐겼다. 그날 그는 내 곁으로 와서 나를 위해 생각해 둔 것이 있다고 하였다.

"미숙 씨, 우승을 했으니 미숙 씨를 위해서 이벤트를 마련할 거예요."

"이벤트? 그것이 먼디요. 기대되네요."

며칠 후 용림 장날이었다. 그는 아침 일찍 상으로 받은 송아지를 몰고 용림 우시장으로 나갔다. 장사씨름대회에서 우승한 상품으로 받은 행운의 송아지라는 우시장 중개인의 소개가 있자 사람들이 서로 사려고 경매에 참여했다. 경쟁자가 많아 비싼 가격으로 팔렸다. 그리고 그날 그는 그토록 갖고 싶은 오토바이를 샀다. 나는 웃으면서 말했다.

"근식 씨, 오토바이 사는 것이 이벤트였군요."

"그래요. 오늘 처음 산 기념으로 미숙 씨가 뒤에 타보세요."

둘이는 오토바이를 타고 구례읍까지 내달리고 있었다. 뒤에 탄 나는 혈기 왕성한 숫총각의 허리를 붙잡았다. 비포장도로에서는 덜컹덜컹거려서 어쩔 수 없이 허리를 꼬옥 껴안고 타기도 했다. 그러던 어느 날 가을밤 어둠 속을 신나게 달리면서 그가 말했다.

"미숙 씨 젖가슴이 뽀드득뽀드득 스치는 감이 감미롭고 황홀해요. 내가 마지막 힘을 내어 우승한 것은 미숙씨 응원 덕분이어요."

"아이 참. 몰라요. 근식 씨가 잘해서였겠죠."

우쭐하고 기분 좋은 마음으로 비포장 자갈밭 길을 달릴 때마다, 오토바이는 공중으로 솟구쳤다가 내려왔다. 그럴 때마다 짜릿했고 내 젖가슴이 그의 등짝에서 치근대며 부딪쳤다.

"미숙 씨, 미숙 씨가 뒤에 타고 있으니 기분이 묘해지네요. 이루 말할 수 없이 황홀해요."

"아이참, 몰라요."

우리는 정해진 약속 날 행복에 젖은 데이트를 즐겼다. 날씨가 추운 겨울에는 등 뒤에서 더욱 바짝 껴안고 바람 속을 달리곤 하였다. 내 검은 머리카락이 물결처럼 찰랑거렸다. 이듬해 봄바람 살랑거린 만화방창 봄날에는 더욱 설레는 운치를 즐겼다. 가로수 벚꽃 터널

속을 부릉거리고 달리면 온몸이 짜릿했다. 오토바이도 신이 났고, 깔깔거리며 두 사람이 하나가 되는 데 최고였다. 날마다 자연스럽게 사랑이 익어갔고 깊은 연인관계로 발전하였다. 그는 싱글거리며 입가에 웃음이 떠나지 않았다.

하지만 좁은 시골 동네라서 행여 소문이 날까 봐 조심했다. 주로 캄캄한 밤을 기다려 은밀하게 행동해야 했다. 오토바이 불빛 신호를 보고 집 밖으로 나오면 삼 십 리쯤 떨어진 구례 읍내로 내달려서 맛있는 것도 사 먹고, 영화도 보며 데이트를 즐겼다. 날이 갈수록 둘이는 사랑이 무르익었고 행복한 시간을 가졌다. 바라만 보고 있어도 두 사람의 가슴은 두근거렸다. 보고 있어도 또 보고 싶고 서로의 목소리는 감미로운 음악처럼 들렸다.

이듬해 봄날 밤이었다.

연극을 했던 소나무 숲 송대에서 근식은 정식으로 나에게 사랑을 고백했다. 그날 나는 몸에 달라붙은 꽃무늬 원피스를 입고 있었다. 상현 달빛을 받으며 미소를 머금은 그는 내 앞에 섰다. 내 눈을 똑바로 바라보고 있었다. 그의 숨소리에 내 가슴이 뛰고 있었다. 하지만 나는 수줍은 미소만 띠고 있었다. 그는 한참 동안 넋을 잃고 나를 바라보고 있었다. 서로의 눈빛은 욕망의 불꽃으로 솟구치고 있었다. 나는 잔잔한 미소를 머금은 채 한마디 했다.

"부끄럽게 오늘따라 자꾸 내 얼굴을 뚫어지게 쳐다보고 있당가요? 근식 씨 눈빛에 내 얼굴 불붙겠네요?"

그 역시 살포시 미소를 흘리고 고개를 끄덕여 보이면서 말했다.

"미숙 씨! 앵두같은 꼭 다문 입술이 볼수록 매력적이네요. 사랑해요 미숙 씨."

그는 안쪽 주머니에서 정성스럽게 마련한 자그만 꽃다발을 내밀며 살짝 한쪽 무릎을 꿇었다.

"오! 내 사랑 미숙 씨! 진정으로 당신을 사랑합니다! 꽃보다 이쁜 아름다운 당신! 영원토록 당신을 사랑할게요. 나는 멋진 당신의 남편이 될게요."

어느 정도 예상은 하고 있었지만 그의 갑작스러운 사랑 고백은 뜻밖이었다. 나는 어리둥절한 표정으로 미소를 머금고 고개를 끄덕이며 말했다.

"고마워요! 근식 씨! 나도 근식 씨를 많이 사랑할꺼구만요! 당신은 나의 첫사랑이어요. 가슴이 막 떨려요. 우리는 천생연분인 것 같아요. 어떤 일이 있어도 당신 곁에서 오직 당신의 여자가 될 거예요."

나는 꽃다발을 받은 후 미소를 머금고 그의 품에 꼬옥 안겼다. 그는 나의 등을 어루만지다가 목뒤 자크를 내리며 서서히 머리부터 시작해서 등과 허리 엉덩이까지 골고루 어루만지고 있었다. 그의 두 손으로 봉긋 나온 내 젖가슴을 애무하고 입술을 대는 순간 온몸이 뜨거워졌고 나도 모르게 가쁜 숨소리를 냈다. 매끄러운 촉감에 원피스 밖으로 빠져나온 풋풋한 여인의 그윽한 향기에 그도 취하고 있었다. 둘이는 더욱 밀착하고 온몸을 애무하다 보니, 거친 숨소리를 내며 내 모든 것이 열리고 속도위반이 되고 말았다. 몽롱하고 감미로운 감각을 경험한 황홀한 밤이었다. 소나무 숲 사이로 호기심 많은 상현달도 크게 눈을 뜨고 우리의 아름다운 사랑을 살포시 훔쳐보며 미소 짓고 있었다. 한참 후에 사랑 행위를 끝낸 후 그는 나에게 거듭 다짐을 받았다.

"미숙 씨, 우리 둘은 누가 뭐라 해도, 하늘이 두 쪽이 나도 변치 않기로 맹세해요. 알겠지라?"

"알았어요. 근식 씨는 나의 첫사랑 남자이고요. 맹세코 무슨 일이 있어도 내 마음 변치 않을꺼구만요. 나는 근식 씨 당신 거예요, 당신은 내 거고요."

그날 둘이는 사랑을 확인하는 의미에서 새끼손가락을 걸고 엄지끼리 확인 손도장을 찍고 굳은 맹세를 했다. 그 후 우리는 틈나는 대로 밀회를 즐기고 행복한 미래를 꿈꾸면서 결혼 준비를 하고 있었다.

우리 두 사람의 행동을 눈여겨보고 있던 J양은 크게 실망했다. 그녀는 우리 둘 사이를 갈라놓으려고 온갖 방해를 하고 있었지만 뜨겁게 사랑에 불이 붙은 우리를 어찌할 수 없었다. 그녀는 우리 두 사람이 밤늦게까지 데이트를 하고 다니는 것을 눈치채고 있었다. 분기가 끓어오른 J양은 냉수를 벌컥벌컥 마셨지만 분기를 가라앉힐 수 없었다. 생각할수록 소외감과 배신감으로 잠을 이루지 못했다. 근식에 대한 희망이 무너졌다고 생각한 그녀는 며칠간 앓아 누웠다. 그녀는 근식에게 원망과 각오의 편지를 보냈다.

"나는 서울로 갈 거다. 꼭 성공해서 삽재팔동에서 돈이 제일 많은 부자가 될거다. 그리고 잘생긴 근사한 서울 남자와 결혼해서, 느그들에게 보란듯이 복수를 하겠다."라고 썼다. 그렇게 단념한 그녀는 울면서 고향을 떠났다. '잊어야지 잊어야지'를 다짐하며 마음속 미련을 포기하고, 서울 작은아버지 댁으로 올라가 버렸다. 근식은 귀찮고 신경 쓰이는 그녀가 스스로 사라져줘서 홀가분했다. 그리하여 둘의 결혼문제는 급물살을 탔다. 며칠 후 곡우 날, 양측 어른들께 말씀드려 상견례를 하기로 약속 날을 정했다.

그날 이후 은밀한 행복감에 젖어 단꿈을 꾸는 것도 잠시뿐이었다.
그 무렵 묘하게 꼬이는 일들이 일어났다. 그때 당시 면 소재지 근처 신평마을에 살고 있던 면장 아들이 신흥마을 회관 앞에서 방위 근무를 하고 있었다. 그는 근무지를 오가며 마을회관 영진재건학교에서 공부하고 있을 때부터 나를 관심 있게 지켜보고 있었다고 했다. 또한 송대에서 연극하는 나를 보고 매력을 느꼈다며 적극적으로 프로포즈를 해 왔다. 그는 내가 혼자 밖으로 외출할 때를 기다리고 있다가 내 앞으로 다가와서 씽긋 웃으며 힘차게 거수경례를 하였다.
"필승, 미숙 씨, 나는 신평마을에 사는 조○○ 방위요. 한 달 후면 이곳에서 제대합니다. 미숙 씨를 사랑합니다. 미숙 씨, 내 사랑을 받아줘요."
나는 당황스러운 눈빛으로 그를 얼핏 쳐다보았다. 들던 대로 키도 크고 이목구비가 뚜렷하게 잘생긴 총각이었다. 시선이 마주친 나는 살짝 웃음 띤 얼굴로 아니라고 손사래를 하며 단호하게 거절했다.
"예에? 아니어요. 나는 사랑하는 사람이 따로 있어라. 곧 결혼도 할 꺼구만요. 미안해요."
그 자리에서 분명하게 거절 의사를 밝혔으나, 그 후에도 만날 때마다 계속해서 사귀자고 은밀하고 집요하게 다가왔다. 나중에 알아보니, 그는 면장 아들이고, 지서장 딸과 사귀고 있었음에도 불구하고, 나 때문에 그녀와 관계를 정리했다고 했다. 그리고 부모를 졸라,

나와 결혼을 하겠다고 그의 부모를 설득하며 떼를 썼다는 것이다. 어느 날 면장 집에서 보낸 중매쟁이가 아침 일찍 평화마을 내 엄마를 찾아왔다.

나와 근식 씨가 연애 중이라는 것을 모르던 어머니는 중매쟁이에게 따로 연락드리겠다고 했다.

"당사자인 딸과 의논해서 곧 답을 드리지라. 나도 그리 결혼이 성사되도록 노력할 꺼구만요. 아주 좋은 자리 같은데요."

중매쟁이도 그럴듯한 말로 어머니가 다른 맘을 먹지 않도록 화기애애한 분위기에서 온갖 감언이설로 설득했다.

"면장이 누구당가요? 우리 면에서 최고의 어른이지라. 묻고 자시고 따질 것도 없이 호박이 넝쿨째 굴러온 틀림없는 자리지라. 그러면 사흘 후에 다시 올게요. 딸을 잘 설득해서 혼사가 원만하게 성사되도록 합시다."

어머니도 화답의 의미로 고개를 끄덕이며 환하게 웃었다. 조건 좋은 면장 집과 혼사가 이루어지기를 바라고 있었다. 그 자리에서 어머니는 중매쟁이에게 면장 집에 대해 나름대로 이것저것 더 자세히 물어보고 있었다.

그날 점심때쯤 내가 집안에 들어서자마자 어머니는 얼굴에 환한 미소를 머금고, 숨넘어가듯 급하게 나를 불러 앉혔다. 나 역시 오늘 근식과의 약속대로 엄마에게 말씀드려서 상견례 날을 허락받을 생각이었다. 나를 본 어머니는 반색하며 대뜸 말씀하셨다.

"야야, 미숙아, 이리 좀 앙거봐라. 살다 보니 오늘 니한테 참말로 좋은 일이 생겨부렀다. 이제부터 니 팔자가 활짝 필란갑다잉. 우리 고장에서 으뜸 어른이라 할 수 있는 면장님 댁에서 니한테 정식으로 중매쟁이를 넣어서 청혼이 들어왔써야. 면장님이 어떤 분이고 어떤 집안이냐? 물어볼 것도 없다. 면장 아들이 니를 겁나게 좋아하고 꼭 결혼시켜 달라고 안달이 나서 날마다 그의 부모에게 애걸복걸 졸라댄단다. 그리 혼사가 되면 명예도 생기고 아무튼 너무 좋겠다. 대박이야 대박."

어머니는 더욱 환한 웃음을 지으시며 흥분된 모습으로 혼사 이야기를 꺼냈다. 그리고 기쁨에 찬 어조로 다시 강조해서 말씀을 이어 갔다.

"야야, 면장님은 혁명정부 장교 출신이라더라. 그리 혼사만 되면 우리 집은 언감생심 참말로 경사다 경사. 엄마 말 허술하게 듣지 말 거라잉."

어머니 얼굴에 기쁨의 미소를 듬뿍 머금고 고무되어 있었다. 하지만 나는 정색을 하며 심각한 표정으로 고개를 가로저으며 말했다.

"어머니 갑자기 무슨 말씀이당가요? 오늘 엄니하고 상견례 때문에 따로 의논드릴 것이 있는디……."

어머니는 내 말을 들으려고 하지도 않고, 계속 말씀하셨다.

"야야, 이것아, 여기저기서 중매 들어온 곳을 봐도 모두 별것이 없드라. 입 달린 사람들이 다 그러던디 그 집으로 시집을 가면 호박이 넝쿨째 굴러들어 온 거라더라. 잔말 말고 당장 그리 정해 뿔자."

면장 집으로 시집을 가면 호강하고 잘 살 수 있겠다고 생각한 어머니는 입에 거품을 물고 쉬지 않고 언성을 높이며 빨리 내가 대답

할 것을 종용하고 있었다. 뜻밖의 어머니 말씀에 나는 당황했다.

그때 나는 어머니께 신흥동네 근식이라는 총각을 사랑하고 있으며, 장래 결혼까지 약속하고 육체관계까지 있었다고 그동안에 있었던 일들을 솔직하게 사실대로 자초지종을 모두 다 말씀을 드리며 우리 둘이는 장미꽃처럼 열정적이고 뜨거운 사랑을 하고 있다고 했다. 내 말이 끝나기가 무섭게 낙담한 어머니는 벌떡 일어서며 눈을 동그랗게 뜨고 얼굴이 시뻘게지셨다. 그리고 격양된 어조로 말씀하셨다.

"아이고! 이게 뭔 일이당가? 세상천지에 이렇게 얄궂은 인연도 다 있당가! 이 일을 어쩔꼬! "

어머니는 뒷목을 잡으며 갑자기 얼굴이 붉으락푸르락하며 표정이 일그러지고 있었다. 미숙은 계속해서 말했다.

"오늘 엄마와 신흥마을 서 지주 어른댁과 상견례 문제를 의논하려고 했는디요…."

내 말을 들은 어머니는 머리를 감싸 쥐고 말씀하신 목소리가 예사롭지 않았다.

"아이고, 이게 무슨 소리다냐? 아이고 내 머리야."

나는 지금까지 어머니의 그런 모습을 본 적이 없었다. 원망스러운 눈초리로 나를 바라보고 있었다. 나에게 무슨 말을 할까? 말까? 생각에 생각을 거듭하며 망설이고 있었다. 나 역시 그런 어머니의 모습에 당황하고 있었다.

"아니, 엄니, 근식 씨 하고 결혼하는 것이 그렇게 잘못된 일이란 말인가요? 이번 곡우 날 양가 어른끼리 상견례 날로 저희들이 정해

뿌렸써요. 엄마도 준비하고 계셨으면 해요. 엄니가 말한 면장 댁은 여기서 너무 멀리 떨어져 있어요. 내가 엄마와 가까운 이웃 마을로 시집을 가야 혼자 사시는 엄마를 자주 보살필 수 있지라."

어머니는 힘 빠진 목소리로 말씀하셨다.

"꼭 재산이나 지위 때문에 그런 것이 아니다. 니 말도 일리는 있다만."

내 말을 들은 어머니는 머리에 물수건을 두르고 앓는 소리를 내시며 바로 자리에 누웠다.

"아이고 머리야! 왜 이리 머리가 어지럽다냐? 많고 많은 남자 중에 해필 그 사람이다냐? 이 일을 어쩐다냐?"

그 모습을 지켜 본 나는 어리둥절했다. 분명 무슨 사연과 간절함이 서려 있는 엄마의 눈빛이었다. 나는 다시 입을 열었다.

"엄니, 갑자기 왜 그러신다요? 엄니도 참, 결혼은 사랑하고 좋아하는 사람끼리 해야 행복하지요. 부모의 명예나 집안 그까짓 것들이 무슨 소용이 있당가요."

어머니는 아무 말씀도 하지 않고, 누워서 끙끙 앓다가 머리를 내흔들고만 있었다. 계속 하늘이 무너질 것 같은 한숨 소리를 냈다. 다시 자리에서 벌떡 일어났다가 앉으시면서, 한탄스럽게 말했다.

"인연이란 것이 참말로 얄궂다잉. 아유 생각할수록 속에서 천불이 난다. 아유, 아유, 아유."

한 번도 어머니의 그런 모습을 본 적이 없는 나는 고개를 갸웃갸웃했다. '어머니가 갑자기 왜 저러실까?' 어머니는 노심초사하시며 땅이 꺼질 것 같은 한탄을 연발하셨다.

"이럴 줄 알았으면 미숙이 니를 집 밖으로 일절 내보내지 않고 아무 데도 못 나가게 집안에 꼭 가둬둬야 하는 건디, 다 내 잘못이야. 이 일을 어찌할꼬?"

어머니는 고개를 휘휘 내저으며 당황한 표정으로 말씀하셨다.

"아이고 열불 나, 아이고 꽉 막힌 내 가슴이야, 아유 답답해."

어머니께서는 뭔가를 말씀하시려고 망설이다가 자리에서 벌떡 일어나 곧장 밖으로 나가서서 마루 기둥에 몸을 기대고 앉았다. 신문지를 접어서 팍팍팍 부채질을 하고 있었다. 문틈으로 밖을 보니 어머니는 넋을 놓고 망연자실하며 멍하게 허공을 바라보고 여러 가지를 골똘하게 생각하고 있었다. 나는 고개를 갸웃거리고만 있었다. 어머니의 한숨 소리는 방에서도 들을 수 있었다. 나는 몹시 난처해서 어쩔 줄 모르고 있었다.

"도대체 무슨 일일까? 오늘따라 어머니가 참으로 이상하시네. 뭐가 그리 못마땅하실까?"

어머니는 아무 말씀도 하지 않고 고개를 계속 흔들다가 뭔가를 골똘하게 생각하고 있었다.

"아무리 생각해도 안 된당께. 그럴 수는 없어. 그것만은 절대 안 되아"를 연발하고 있었다. 어머니는 '무슨 놈의 인연이 그런 다냐'를 신음처럼 중얼거렸다. 나는 불안한 마음으로 방에 앉아서 마루에 앉아 있는 어머니 눈치만 살피고 있었다. 어머니는 깊은 시름에 빠져 있었다. 속이 탄 엄마는 마루 끝에 앉아서 냉수를 벌컥벌컥 마시고 있었다.

그때였다.

나이가 지긋한 웬 중년 신사 한 분이 우리 집을 찾아왔다. 나는 손가락에 침을 발라 창호지에 낸 작은 구멍으로 밖을 내다보았다. 이곳 농촌에서는 보기 드문 양복 차림에 머리에는 포마드 기름을 반지르르하게 발랐다. 자그마한 키에 배가 약간 불룩 나온 영락없는 나이가 지긋한 중년 신사였다. 나름대로 멋을 내느라 검은 안경을 쓰고 있었다. 남자이면서 목에는 순금 목걸이와 팔목에는 금팔찌가 반짝이고 있었다. 얼굴은 볼이 터져 나갈 것같이 오동통하게 보였다. 그는 자신을 과시하려는 듯 굽실거리는 잘생긴 건장한 젊은 운전기사를 비서처럼 데리고 왔다.

"박 기사, 이 아주머니에게 인사드리고, 차에서 쪼께 기다리고 있어."

"예, 사장님! 아주머니 안녕하세요? 사장님을 모시고 있습니다."

그는 민망할 정도로 어머니에게 정중하게 폴더인사를 하고 밖으로 나갔다. 중년 아저씨는 집안으로 들어서자마자 밝은 목소리로 친근감을 나타내고 있었다.

"아이구! 아주머니! 그동안 잘 계셨나요? 참으로 오랜만이네요. 집은 여전히 옛날 모습 그대로구만요잉."

엄마는 뜬금없는 상황에 고개를 갸우뚱하면서 어리둥절한 표정이었다.

"누구신지?"

그는 쓰고 있던 검은 안경을 벗었다.

"아주머니, 나를 똑때기 잘 좀 보시오잉. 정말 나를 영 모르겠소?"

"잘 모르겠는디요. 누구신지?"

"아니, 저를 몰라보시다니요. 아주 섭섭헌디요. 나는 아주머니를 단방에 알아보겄는디요."

어머니는 찬찬히 그분의 얼굴을 살펴보고 있었다. 지긋한 나이에, 어디서 많이 본 듯 낯이 익기는 익는데 얼른 생각이 나지 않았다. 광대뼈가 약간 도드라지고 입언저리가 어디서 많이 본 듯하기는 했다. 고개를 갸웃거리고 계셨다. 자세히 보니 갓난이 미숙을 안고, 산에서 집으로 데려다 준 부관 달수 같아 보이기도 했다.

"그러면 혹시, 그때 그 부관 달수씨?"

"오! 예 부관 달수! 용케도 기억해 내시네요! 확실하게 날 알아보 겄찌라?"

두 분은 너무 반가워서 어쩔 줄 몰라 했다. 방금전까지 엄마의 걱정스러운 얼굴 모습은 어디로 가고 활짝 웃는 얼굴에 손을 맞잡고 팔짝팔짝 뛰면서 말씀하셨다.

"워따메! 이게 무신 일이당가? 억수로 반갑소잉! 우리가 마지막 본 것이 20년이 훌쩍 지났는디! 살아 있었네요. 우리가 그 당시 그 험한 산에서 참말로 많은 고생을 했지라. 이제는 어디서 보면 영 못 알아보것소. 허기사 십 년이면 강산도 변한다고 했는디, 그때 산에 있을 때와는 모습이 완전히 달라부요. 그때는 작은 키에 빼빼하고 광대뼈가 도드라졌는데. 지금은 얼굴이 통통하고 기름기가 반지르해뿌요. 배가 좀 나와 건강도 좋아진 것 같고, 신사 차림에 신수가 아주 훤해진 것 같소."

그가 활짝 웃으며 말했다.

"아주머니, 좋아졌다는 말씀이지라. 분명 칭찬이지라."

"그라지요. 그렇구말구요."

"감사합니다. 그나저나 혹시 면장 집 아들과 혼사 소문이 난 미숙이가 내가 그 옛날 아주머니 집으로 델다준 봉학이 성님 딸이 맞나요? 그때 이름이 미숙인가 뭐라고 했는디?"

엄마는 웃음 띤 얼굴로 대답했다.

"그래요, 맞아요. 그때 그 갓난아이 미숙이지라. 근디 결혼 이야기를 어떻게 알았당가요?"

"오! 그렇구먼. 내가 제대로 딱 지퍼부럿꾸만."

이야기를 나누고 있던 두 분의 대화가 심상찮았다. 나는 귀를 문풍지에 바싹대고 듣고 있었다. 엄마가 하시는 것으로 보아 중년 남자는 엄마와 잘 아는 사이인 것 같았다. 그는 마루에 걸터앉아서 자신의 과거 이야기를 꺼내기 시작했다. 자기는 대구 근처 농장에서 일하면서 결혼도 했고, 느닷없이 돈벼락이 떨어져서 이 년 전에 황전면 면 소재지 괴목으로 이사를 와서 큰 집도 샀고, 자가용도 굴리고 부유하게 살고 있다고 했다. 면 기관장들과 식사 자리에서 결혼 이야기가 나왔을 때 면장이 하는 소릴 듣고 왔다고 했다.

"면장이 그럽디다. 어쩌면 내 아들도 올가을에 평화마을에 사는 미숙이라는 아가씨와 혼인을 추진하고 있지라. 듣자 하니 그 아가씨가 미인이라는 소문이 있을 뿐만 아니라 상급학교는 못 나왔어도 책을 많이 읽어서 아는 것도 많고 노래와 연극에 특출난 재능이 있다는 말을 들었어요."

면장의 말을 듣는 순간 달수는 자신의 귀를 의심했다. '평화마을 미숙이라고? 미숙이라? 혹시 내가 델다 준 그 갓난아이인가?' 그는 궁금하고 호기심이 발동했다. 읍내에서 술집 아가씨며 다방 아가씨들에게 돈을 뿌리고 바람둥이로 소문난 그가, 바로 자가용을 타고 평화마을로 온 것이다. 그 당시 자가용은 웬만한 사람은 꿈도 꿀 수 없었다. 곧바로 권력과 부의 상징이었다. 그는 나를 직접 눈으로 보고 확인하고 싶었다고 했다. 일부러 그럴싸하게 잘 차려입은 양복에, 멋을 있는 대로 내고, 우리 집을 찾아왔다. 엄마는 반가워서 이 것저것 묻고 있었다.

"그나저나 겁나게 반가와뿌요! 누가 뭐라해도 우리는 인연이 깊찌라! 염 부관은 난리 통에 용케도 살아 있었네요? 그때 빨치산 했던 사람들은 많이 죽었거나 잡혀간 걸로 아는디."

그는 당당하고 자신 있게 대답했다.

"그러게요. 하늘이 무너져도 솟아날 구멍이 있다는 속담도 있잖아요. 우리 대장, 봉학이 성님은 자수를 했어도 처형당했다는 소문을 여기 와서 들었구먼요. 참말로 안됐써라. 제가 어떻게 살아왔는지 궁금하시지라?"

"예, 참말로 궁금허네요."

그는 먼저 나를 보고 싶다고 했다.

"그나저나 그 이야기는 차차 허기로 하고, 그때 내가 안꼬 왔던 미숙인가 하는 갓난아이가 어떻게 자랐는지, 그 아이부터 한번 보고 싶소."

"그래요. 당연히 그래야지라."

반가운 나머지 어머니는 방 안에 있는 나를 불러내 소개시켰다.

"이분한테 공손하게 인사드려라. 이분이 니가 어린 갓난이였을 때, 몹시 춥고 눈이 많이 온 날, 험한 산에서 죽을 고생을 하며 니를 안고 이곳 집으로 데려다줘서 니를 살려 주신 분이다."

나는 당황했다. 내가 어렸을 때 무슨 일이 있었을까? 내가 산에서 태어났다고? 나로서는 잘 알 수 없으나 우선 감사한 마음으로 예의를 갖추고 정중하게 인사를 드렸다.

"안녕하세요? 미숙이입니다. 제가 어린 갓난이 때, 산에서 저를 안고 오셨다고요. 아저씨 수고 덕분에, 이렇게 살 수 있었다니, 정말 감사합니다."

나를 보자마자 달수 그분은 입을 다물지 못하고 넋을 놓고 한참 동안 내 몸 곳곳을 샅샅이 내리훑고 있었다.

"오! 오! 아주머니, 정말 그때 내가 델다 준 그 갓난이가 정말 맞능가요? 발그레 상기된 두 볼에서 아름다운 복숭아빛 노을이 연상되네요. 눈이 부시도록 이뻐부요. 허 참, 그때는 죽을지 살지 알 수 없는 핏덩이였는디, 사람은 열두 번 변한다더니만 그 말이 딱 맞아 불구만요. 미남 미녀인 아빠 엄마를 닮아서인지 소문대로 키도 크고 징하게 이뻐부요."

그분은 내가 잠깐 서 있는 동안 야릇한 미소를 띠고 있었다. 음흉한 눈길로 쳐다보며 서 있기 거북하게 계속해서 위아래를 쳐다보고 있었다. 그는 또다시 한마디 했다.

"눈이 맑고 매혹적이어서 빨려들어 갈 것만 같소잉. 보기 드물게 이뻐부요."

그 말에 어머니께서 받아서 말씀하셨다.

"칭찬해 줘서 고마워요. 그렇지 않아도 요즘 여러 군데서 혼담이 있지라. 미숙이 너는 방으로 들어가서 볼일 보거라."

나는 방으로 들어가면서 인사를 드렸고 이분이 누구인지 궁금했다. 나를 쳐다보던 눈빛이 예사롭지 않은 것 같았다.

"그러면, 말씀 나누십시오. 나중에 또 뵙겠습니다."

"응, 그래그래."

나는 방으로 들어가면서 생각했다. '내가 험한 산속 암자에서 태어났다고? 왜일까?' 나는 고개를 갸웃거리며 마루에서 두 분이 나누고 있는 대화에 귀를 쫑긋 세우고 있었다. 그는 마루에 자리를 잡고 앉아서 그동안 자신이 살아 온 이야기를 자랑하듯 늘어놓고 있었다.

"내 경험으로는 사람 팔자는 알 수 없다는 것을 실감 했지라. 총알이 빗발치게 쏟아지고 있어도 살 사람은 살고, 살겠다고 뒤에서 이리 숨고 저리 숨고 온갖 잔꾀를 부리며 발버둥 쳐도, 죽을 사람은 죽데요."

그는 자신이 어떻게 해서 자유의 몸이 되었는지에 대해서도 이야기했다. 지리산 전투에서 가까스로 힘겹게 살아난 이야기와 월북해서 인민군 장교가 되었고, 남침에 앞장서서 낙동강 전투에서 끝내 포로가 되었다고 했다. 거제포로수용소 생활과 자신을 빨치산에 발을 들여놓게 만든 봉학이 형님을 원망하며 우여곡절이 많은 힘든 수용소 생활을 했다는 것이다.

그러던 어느 날 경천동지할 만한 희소식이 전해졌다고 했다. 그동안 포로 문제로 골치 아팠던 정부에서는 뜻밖에 반공포로석방 조치가 있었다는 것이었다. 설마 하고 귀를 의심했지만 나중에 알고 보니 사실이었다는 것이다. 그래서 그때 그는 목숨을 구했고, 떳떳하게 자유의 몸이 되었다고 자랑스럽게 호들갑을 떨고 있었다.

천운으로 수용소에서 살아 나와서, 대구 근처 농장에서 일꾼으로 목장 일을 하게 되었다고 했다. 그도 이다음에 자신의 목장을 갖고 싶어서 품삯으로 조금씩 받은 돈을 모아 쓸모가 적은 근처 돌산을 헐값으로 사두었다는 것이다. 얼마 후에 경부고속도로를 만든다고 하면서 그가 사 놓은 그 산에 있는 자갈과 돌멩이를 비싼 값을 내고 몽땅 파갔다. 그리고 일 년 후였다. 돌멩이들을 파낸 넓은 땅에 기업체에서 고속도로휴게소를 만든다고 그 땅을 모두 사준 덕분에 큰 대박이 났다고 했다. 입이 딱 벌어지고 상상할 수도 없을 정도의 큰 돈을 거머쥐게 되었다. 그리하여 고향 괴목으로 금의환향했다. 그곳에서 좋은 집과 자동차를 샀고 논밭과 산도 샀다. 또한 자신의 과거 빨치산 행적을 감추려고 일부러 면장과 지서장을 비롯하여 지역 기관장들에게 식사와 술을 사주면서 친분을 맺고 있다고 했다. 또한 방범 후원회 회장과 반공청년회장직을 맡으면서 후원금도 듬뿍듬뿍 내놓고 지역 유지 노릇을 하고 있다고 했다. 그때 어머니가 말씀하셨다.

"아따, 그랬구만요. 듣고 보니 달수 씨는 운수 대통이네요. '재수 좋은 사람은 뒤로 자빠져도 금덩이를 줍는다'고 하더니만, 달수 씨는 그런 엄청난 행운을 얻어 뿌렀소잉."

어머니는 그 당시 정부의 처사를 못마땅하게 생각하고 원망하는 목소리를 냈다.

"불쌍한 봉학 씨는 정부에서 내건 약속을 믿고 자수를 했고, 잘못에 대한 반성도 하고, 빨치산 잔당을 소탕하는 데 큰 도움을 주었다는 말을 들었지라. 하지만 빨치산을 하면서 높은 직책을 맡았다고 구속이 되었지라. 어찌된 일인지 2심 재판을 받는 도중에 6·25 한국 전쟁이 터졌고, 그 무렵 갑자기 군·경에게 어딘가로 끌려가서 처형되었다고 허네요. 어디서 어떻게 죽었는지 조차도 알려주지 않아서 시신을 찾을 수가 없었지라. 그 당시 당국에서 수많은 영혼이 구천을 떠돌게 맹그라 놓았지라. 듣고 보니 달수 씨는 진짜 운이 좋았고, 운이 나쁜 봉학 씨는 억울하게 죽었지라. 요즘은 자칫하다간 빨갱이란 말을 들을까 봐 어디다 억울함을 하소연할 곳도 없지라. 아무리 생각해 봐도 정부의 처사가 어째 불공평한 것 같네요."

어머니는 시무룩하고 안타까운 표정을 지으며 푸념을 하고 있었다. 마루에 걸터앉아서 두 분의 대화가 계속 오가고 있었다.

"그러게 말입니다. 그래서 사람 팔자 알 수 없다는 말도 생겨났겠죠. 자수까지 했는디, 봉학이 성님이 참으로 안됐써라."

"달수씨는 무신 놈의 복을 그렇게 많이 타고났을까잉, 목숨도 구하고, 돈도 많이 벌고, 정말 재수가 하늘을 찔러 부렀소."

"허허허, 듣고 보니 아주머니 말씀이 딱 맞아 뿌요. 내가 생각해 봐도 하는 일마다 잘 된 것을 보면 나는 정말 운이 존 놈이지라."

그는 은근히 이런저런 자기 자랑을 계속 늘어놓고 있었다. 엄마는 심드렁한 목소리로 말했다.

"암튼 축하해요. 염씨는 잘 돼서 조컸네요. 장가도 잘 갔겄지라?"

"그것이 좀."

"왜요? 장가를 잘 못 갔당가요?"

"그래요, 내가 시골 농장 일꾼으로 일했을 때 같이 일하던 갱상도 일꾼 여자와 결혼을 했었지라. 볼품도 없고, 시끄럽고, 사납기가 말도 못 하지라."

어머니는 시치미를 떼고 물었다.

"한 마디로 장가를 잘 못 갔다는 얘기군요. 허기사 누구든지 오복을 다 갖추기는 쉽지 않지라. 안 그라덩가요?"

"그런가 봐요? 오복이라? 생각해 보니 아주머니 말씀이 딱 맞아뿌요."

"그건 그렇고, 우리 집엔 무슨 일로 오셨당가요?"

"사실은 미숙이 소문 듣고 왔지라. 오늘 점심 식사 자리에서 면장 아들과 미숙이 혼담 말이 있었을 때, 면장 아들과 지서장 딸과의 문제 때문에 몹시 언짢아했지라. 식사 분위기가 좋지 않았지라. 그래서 식사를 대충 마치고 나는 급히 이리로 왔지라."

"그것 때문에 일부러 왔다고요? 그나저나 관심 가져 줘서 고맙네요."

"당연히 그래야지라. 미숙이가 행복해야 될 것 같아서요. 그러고 보면 나도 미숙이에게 관심이 많고 책임도 있지라."

그 말을 들은 엄마는 나중에 예식장에서 결혼할 때 신부 손잡고 들어갈 아빠 대신 역할을 부탁했다.

"그렇게까지 마음 써 줘서 고맙네요. 우리 미숙이 곧 시집가게 되면, 달수 씨가 미숙이 목숨을 구해 주었고, 또 미숙이 친아빠 봉학 씨와 성님, 동생 했던 사이니께 작은아빠나 다름없네요. 우리 미숙이가 시집가는 날 아빠처럼 미숙이 손을 잡고 예식장에 들어가 줬으면 딱 좋겠구만요. 그러실 수 있지라?"

그러자 그는 예민하게 반응했다. 조금 망설인가 싶더니 곧바로 손사래를 쳤다.

"그 문제는 아주머니께서도 깊이 생각해 보는 것이 좋을 듯허네요. 내 말을 오해 말고 들어 주시오잉. 사실은 면장님 아들과 결혼을 말릴라고 왔써라. 왜냐하면 미숙이가 빨치산 황전 지역책임자 봉학 성님 딸이라서, 혹시라도 신랑이 될 당사자나 시집 쪽에서 그 사실을 알면 미숙은 마음 편하게 결혼생활을 허기가 힘들 것 같아서지라. 더구나 면장이면 미숙이 부모가 빨치산과 관련 있다는 사실을 금방 알게 될 거고, 모든 사실이 금방 탄로나것지라. 그래서 실은 그 결혼 말릴라고 일부러 왔지라. 이왕 일이 이렇게 된 이상 내 속마음도 탁 털어봐야 겠어라."

어머니는 뜬금없는 그의 말에 당황하고 불만 섞인 목소리를 내고 있었다.

"그건 또 무신 황당한 소리당가요? 면장댁과 결혼을 하지 마라니요? 쓸데없는 소리 말아요."

말할 기회는 지금이다 생각한 그는 하고 싶은 말을 하기 시작했다.

"23년 전 그때 미숙이 친엄마와 친아빠가 산에서 간곡하게 말했잖아요. 신흥부락 시댁인 서 지주 댁에서 이런 사실을 절대로 알아서는 안 된다고 말했지라. 그 사실이 알려지면 혼인뿐만 아니라 모든 것이 어려워진다고 미숙이 친어머니가 아주머니에게 신신당부를 했었지라. 이 고장에서 지금 미숙이가 누구에게 시집을 간다고 한들 그때 그 소문은 나게 되겠지라. 그리고 지금이 어느 때인가요? 반공을 국가 시책의 제일로 내거는 혁명정부에서 빨갱이나 빨치산 빨 자만 나와도 잡혀가는 세상이라고요. 미숙이 엄마 아빠가 빨치산과 관련 있었다고 하면 미숙이도 잡혀갈 수가 있지라."

그 말을 들은 나는 몹시 긴장을 했고, 머릿속은 온통 뒤죽박죽된 것 같았다. 그는 은근히 어머니께 압박과 협박을 하고 있었다. 어머니는 그의 흑심을 의심하면서 말씀하셨다.

"뭐라고요? 그런 엉뚱하고 시답잖은 소리는 그만두시오잉."

"아니지라. 내 말을 고깝게 듣지 말고 이야기를 끝까지 들어보시랑께요."

그는 솔직하고 논리적으로 그럴듯하게 말했다. 면장은 이 지역 정보통이라서 과거의 미숙 집안이 빨치산과 관련된 모든 일들이 낱낱이 밝혀지면 이혼 당하고 쫓겨나기 십상이다. 그러니 두 번째 부인이 되겠지만 미숙이를 자기한테 보내 주면 아무 탈이 없을 거라고 했다. 또한 그렇게만 되면 자기가 가진 돈이 많아서 아주머니도 미숙이도 행복하게 잘 살 수 있을 거라고 했다. 그는 어머니의 환심을 사기 위해 안주머니에서 두툼한 돈다발까지 꺼내 놓으며 노골적인 유혹을 하고 있었다. 그 말을 듣는 순간 어머니는 펄쩍 뛰면서 화가 났는지 금방 표정이 바뀌고 두 눈을 부릅뜨면서 언성이 높아졌다.

"달수 씨, 뜬금없이 무신 그런 농담을 심하게 한당가요. 듣기가 민망하고 영 거시기허네요. 한동안 안 본 사이에 농담이 많이 늘었는갑소잉."

"이건 농담이 아니라 진담이랑께요."

두 사람 사이에 오가는 이야기를 방에서 듣고 있던 나는 그가 털어놓은 어처구니없는 황당한 넋두리에 가슴이 섬찟했고 어이가 없었다. 불거져 나온 말들이 어떻게 된 일인지 궁금증이 더해갔다. 나는 어리둥절했고 혼잣말로 중얼거렸다. '뭔 저런 사람이 다 있어, 저

변태같은 사람이 시방 정신 나간 헛소리를 하고 있다냐? 친엄마 친 아빠는 뭐고 빨치산은 또 뭐란 말인가? 아니야 그럴 리가 없어. 혹시 정신이 어떻게 된 사람이 아닌가? 아닌 밤중에 홍두깨라더니 지금 저 사람이 가당치도 않은 무슨 요상스런 헛소리를 하고 있당가?'곧바로 어머니의 날카로운 목소리가 들렸다. 그리고 두 분의 큰 소리가 오고 갔다.

"아이 망칙해라. 이딴 돈 필요 없시오. 곱게 기른 멀쩡한 처녀를 첩실 살이를 하라고요?"

그 말을 들은 그는 자신의 속내를 거침없이 드러냈다.

"예, 아시다시피 여순사건과 한국전쟁 때문에 남자들이 많이 죽어서, 능력이 되는 남자들은 알게 모르게 부인 둘, 셋꺼정 거닐고 사는 것은 공공연한 비밀이고 흉도 아니지라. 전쟁 때문에 젊고 이쁜 과부들이 넘치지라."

그 말에 어머니는 더욱 화를 냈다. 그를 노려보며 어머니의 고함소리가 들렸다.

"아니, 그것이 무신 생뚱맞은 소리다요? 댁의 나이가 몇인디, 결혼식에 아빠 역할을 부탁했더니 시방 뭐라고 하셨소? 미숙이 하고 몇 살 차이가 나는디, 그런 얼토당토않은 황당한 말을 하고 있당가요."

"나이요? 사랑에 그까짓 나이가 대수당가요? 그런 말은 다 옛날 말이지라. 사랑에는 국경도 나이도 필요 없다는 말도 못 들어보셨남요?"

그 말을 들은 어머니는 치밀어 오르는 화를 참고 참다가 폭발했다.

"뭐라고요? 이런 말까지는 하지 않을라고 했는디, 천하의 망나니같으니라고, 듣자 듣자 하니, 못 할 말이 없구면. 나도 그까짓 돈 있어요. 그런 시답잖은 소리 할라고 여기를 왔당가요? 뭣이라, 두 번째 부인? 이런 역겹고 모욕적인 언사가 어디 있당가요? 그런 쓰잘떼기 없는 뻘소리를 하려고 왔거들랑 당장 나가요. 그 말 못 들은 걸로 할 테니 썩 나가라고요. 그렇지 않아도 시방 머리가 지끈지끈 아프고, 심란하고, 열 받아 죽겠는디, 이 판국에 댁까지 와서 염장을 지르고 있어라. 몹쓸 사람 같으니라고."

"그러니 미숙이를 나한테 보내주시면 아무 일 없이, 머리도 안 아프고 불편한 일들이 쏵 해결될 턴디요. 글고 미숙이는 예전에 내가 살려냈싱께 앞으로는 당연히 내가 보호를 하는 것이 마땅하지라."

노골적인 그의 언사에 나는 하도 어이가 없어서 할 말을 잃고 어안이 벙벙해졌다. 온몸에 소름이 돋고 있었다. 어머니의 목소리는 더욱 커지면서 화를 내고 있었다.

"그 무신 말 같잖은 소리 다요. 듣고 봉께 내가 기가 막혀부요? 시방 뭣이라 그랬써요? 말이여 막걸리여. 쌍빤때기에 소금 확 뿌리기 전에 썩 나가요."

다시는 그런 소리가 나오지 못하도록 어머니는 듣기에 심하다 싶을 정도로 고함을 지르며 일침을 놓고 있었다. 그는 전전긍긍하며 변명을 하고 있었다.

"허 참, 화만 내지 말고 아주머니 잘 생각해 보시오잉. 나는 지금 봉학이 성님과의 옛정을 생각해서 미숙이를 구해 주려고 왔는디. 냉정하게 다시 한번 생각해 보랑께요. 아주머니가 단단히 오해를 하고 있네요. 사실 시방 미숙이가 어디로 시집을 간다 한들 나중에 좌익 사상을 가진 빨치산 대장 딸이라고 시댁 쪽에서 알게 되면 소박

맞고 이혼당할 것은 물론이고, 말 못 할 우세를 당할턴디요. 그래도 그런 모험을 감수하겠다고라? 후회 막심할걸요. 임자 있을 때 나한 테 기쁜 마음으로 주는 것이 좋을 턴디요."

"듣기 싫어요. 어디 그럴 수가 있단 말이오. 얼른 여기서 썩 나가 요. 어디서 머슴살이한 주제에 운 좋게 졸부가 되었다고 돈 자랑하 고 축첩을 하겠다고 돼먹지 않은 거드름을 피우고 다니는 거예요? 참 별꼴 다 보겠네."

어머니는 부엌에서 부지깽이를 들고나왔다. 때릴 듯이 하면서 그를 내쫓았다. 그는 문밖으로 나가다가 홱 뒤돌아서서 다시 입을 열었다.

"아주머니, 후회하지 마시오잉. 나도 이런 모욕을 당하고 가만있지 않을랑께. 아주머니가 이렇게 나오면 나도 절대로 양보 못 하지라. 한 마디로 어떻게 되는지 똑때기 보여줄랑께요. 미숙이 줄 테니 살 려달라고 나한테 애원할 때가 올 거구만요."

흥분한 어머니는 날카롭게 소리치더니 부지깽이를 들고 쫓아가며 소리쳤다.

"듣기 싫어요. 그런 걱정일랑 추호도 말아요. 꼴도 보기 싫으니 당 장 눈앞에서 빨리 썩 꺼져요. 못된 인간 같으니라고."

나는 방안에서 바깥에서 벌어지고 있는 이야기를 놓치지 않고 듣 고 있었다. 낯이 뜨거워지고 있었다. 저게 다 무슨 소리당가? 봉학 은 또 누구란 말인가? 그렇다면 내 엄마 아빠가 따로 있었다는 말인 가? 나는 불길하고 초조해졌다. 맑은 하늘에서 날벼락을 맞은 기분 이었다. 나는 문고리를 꼬옥 붙들고 눈시울을 붉히고 있었다.

어머니는 혼꾸멍을 내서 일단 그를 쫓아 보내기는 했지만, 집안은 한참 동안 무거운 침묵에 휩싸였다. 나는 방에서 직감을 했다. '무슨 말 못 할 수수께끼 같은 뭔가가 있기는 있구나!' 하고 의문을 품기 시작했다. 어머니는 이마에 흐르는 땀방울을 손등으로 훔쳐내며 안절부절하고 고민에 빠져 있는 듯했다.

생각해 보니 '달수 그자의 말대로 만약 근식이 할아버지나 할머니가 이들의 관계를 알기라도 한다면 어찌되는 거지? 그것보다 더 큰 문제는 결혼해서 나중에라도 근식이가 이런 사실을 알게 되면 어떻게 나올까? 다 이해하고 덮고 살 수 있을까? 그리고 주변 사람들이 이런 사실을 알고 험담하는 입방아에 견뎌낼 수 있을까? 이게 얼마나 큰 망신이 되겠는가?'

엄마의 고민은 이만저만이 아니었다. '지금까지 미숙이 출생의 비밀을 잘 유지돼 왔는디, 달수 저자가 동네방네 떠벌리고 다닌다면 어떻게 되는 거지?'

아무리 생각해도 세상에 비밀은 없다는데, 미숙이 출생 사실관계가 알려지게 된다면 앞날에 엄청난 평지풍파를 일으킬 것만 같은 생각이 들었다.

달수가 가고 난 뒤, 어차피 일이 이렇게 된 바에야, 모든 것을 사실대로 딸에게 이야기하는 것이 낫겠다고 생각한 어머니는 방안으로 들어와서 나를 불러놓고, 어렵고 힘든 말을 꺼내셨다.

"야야, 미숙아, 니도 밖에서 하는 말 다 들었제?"

나는 엄마의 얼굴을 빤히 쳐다보며 대답했다. 묘한 두려움과 불길한 예감이 온몸으로 뻗치고 있었다.

"무척 혼란스러워요. 달수 저분이 한때 머슴살이를 했다고요?"

"그래, 오래전에 신흥부락서 지주 집에서 머슴살이를 했다. 내가 언젠가는 니한테 모든 사실을 다 말해 주려고 했다. 오늘 이왕지사 일이 이렇게 된 이상 니도 궁금한 것이 많겠지. 차라리 지금 모든 것을 말해 주는 것이 낫겠다. 지금부터 내가 한 이 이야기는 지금까지 어느 누구에게도 입도 뻥끗하지 않은 말이다. 이제는 어쩔 수가 없구나. 나 혼자만 알고, 좋은 자리에 널 시집보내려고 마음 졸이며 노심초사하고 있었다. 지금 엄마가 왜 이리 머리가 아픈지, 안절부절하고 불안해하는지 지금부터 엄마 이야기를 잘 들어 보고 판단은 니가 해 보거라."

"예, 엄니. 말씀해 보세요. 궁금해서 숨이 막힐 지경이어요."

밖에서 두 분의 이야기를 대충 듣고 생각해 보니 그것이 사실이라면 두렵고 소름 끼칠 일이다. 어머니는 가슴 깊이 감추고 있었던 그 당시 내 출생에 있었던 숨겨진 일들을 차근차근 진술하게 이야기하기 시작했다. 23년이란 오랜 세월을 거쳤지만 어머니는 머릿속 깊이 간직했던 여순사건과 그 후폭풍에 대한 끔찍한 기억 속의 두꺼운 껍질과 같은 베일을 한겹 한겹 벗겨 내셨다.

2장
엄마가 들려준
여순사건

운명이 갈린 사람들

**

나는 불안하고 긴장된 눈으로 어머니 얼굴을 바라보면서 뭔가 심상치 않은 말씀이 있을 것만 같았다. 나는 지긋이 입술을 깨물고 있었다. 어머니는 잠시 머뭇거리면서 당신의 마음속 깊은 곳에 혼자만 간직해 온 그 당시의 기억을 한참 동안 더듬고 계신 듯했다.

"그래, 어차피 일이 이렇게 꼬이게 되어 버린 이상, 이제는 그때 이곳에서 겪은 일들을 모른 척하고 묻어만 둘 수 없게 되었구나. 그때의 일들은 이 엄마도 상처가 너무 커서 생각조차도 하기 싫다만, 이제는 니도 그때 있었던 일들을 어느 정도 알아야 할 것 같기에 사연의 중심에 있었던 여순사건을 먼저 언급하지 않을 수가 없구나. 언젠가 너에게 말했지만 그 사건은 보는 시각에 따라 주장 다르고 다툼이 있어서 내가 단정 짓지는 않겠다. 그것은 앞으로 학계의 몫이되겠지. 다만 내가 이곳에서 내 눈으로 직접 보고, 듣고, 겪었던 사실들을 내 시선으로 아는 대로 구체적으로 이야기하마. 내 이야기를 들어보고 앞으로 어떻게 대처했으면 좋을지 생각해 보거라."

"예, 엄니, 그렇게 할게요."

말씀을 하시기도 전에 어머니의 눈에 깊은 눈물이 고여 있었다. 그때 겪은 일들이 떠오르는지 두 손으로 귀를 막고 지그시 눈을 감았다. 잠시 후 어머니는 결연한 의지를 보이며 울먹이는 목소리로 차근차근 이야기를 시작하셨다.

"여순사건을 쉽게 잘 이해하려면 여순사건 이전의 해방 정국과 미군정 하에 사회 분위기와 그 당시 이곳 농촌 실정은 어떠했는지 함께 알아야 해"라고 말씀하시며 예전에 당신의 친정집에서 겪은 이야기부터 시작하셨다.

왜정 때, 엄마는 남원 부농 집안에서 태어났다. 내가 소학교를 졸업할 무렵에 공부를 잘한다고 동네에 소문난 두 오빠가 있었다. 그들은 서울에서 대학을 다니면서 밤이면 비밀리에 무슨 민족신문을 만드는 곳에서 일했다. 그러던 어느 날 왜경에게 발각되어 종로경찰서에서 심한 고문을 받고 관련자들 모두 서대문 형무소에 수감되었다. 그때 엄마 아빠는 논밭을 팔아 변호사 비용으로 쓰면서 가세가 많이 기울었다. 두 오빠는 형무소생활을 하는 동안 각각 따른 이념을 갖게 되었다.

해방이 되고 난 이후 큰오빠는 미국을 지지하는 우익 쪽이었고, 작은오빠는 소련을 지지하는 좌익 쪽이었다. 당시 정치적 문제마다 오빠들끼리 의견 충돌하면서 극심한 대립과 갈등을 겪었다. 우리 국민 대부분이 그 무렵 두 이념으로 양분되어 극심한 혼란을 겪고 있을 때였다.

이를테면 신탁통치 찬성과 반대, 남한 만의 총선거 찬성과 반대, 단독 정부 수립에 대한 찬성과 반대의 견해 차이로 자주 다투고 있었다. 의좋았던 오빠들은 나중에는 원수가 되다시피 했단다. 그런 오빠들의 모습을 지켜보면서 엄마 아빠는 화병으로 시름시름 앓다가 돌아가셨고, 집안 살림은 그야말로 쑥대밭이 되었다. 나는 오빠들이 돌아오기를 기다리고 있었으나 오랫동안 연락이 두절되었고, 두 오빠는 어느 단체에 들어가 각각 활동했다는 말을 들었지만 죽었는지 살았는지 행방조차도 알 수가 없었다.

할 수 없이 나는 여수 경찰서 옆에 사는 먼 친척뻘 되는 ○○산부인과 병원 원장 댁으로 식모로 가게 되었다. 그때가 열일곱 살이었다. 그곳에서 집안일을 하면서 간호사들과 함께 산모 관리를 했고, 아기 낳을 때 하는 일을 옆에서 보고 배웠단다. 그리고 일찍 결혼도 했다. 그것이 계기가 되어 지금 이곳 마을에서 산파 일을 하고 있단다. 그 말을 들은 나는 엄마가 무척 안타깝고 가엾어 보였다. 그리고 위로의 말씀을 드렸다.

"아유, 기쁜 해방이 되었는데도 엄니 친정에서는 비극의 큰 아픔을 겪었군요. 더군다나 엄니는 귀한 집 딸이었는디, 열일곱 나이에 식모살이로 가시게 되었다니요. 정말 안타까운 일이었네요."

"그래, 그랬단다. 집안 형편상 어쩔 수가 없었다. 나는 그때부터 산전수전 다 겪으면서 나이 어린 여자의 몸이지만 살아남기 위해 단단해졌고 강해질 수밖에 없었어."

그 당시 신문에서는 미군정이 좌익을 합법으로 인정하는 등 한국 상황을 잘 이해하지 못하고 있었고, 지도자마다 미래 정국을 보는 시각이 달라서 혼란스럽다고 걱정하고 있었다. 또한 '이제는 우리 민족끼리 서로 다른 이념의 늪에 빠져서 싸우고 있으니 또다시 나라가 망하게 생겼구나!' 하고 탄식과 개탄을 하며 걱정하는 기사로 가득 채워졌다. 말 그대로 해방 이후 서울을 비롯한 대도시 중심으로 이념 갈등과 대립으로 충돌하면서 일대 대혼란을 겪고 있었다. 친정집의 사례를 말씀하신 어머니의 목소리는 전에 볼 수 없었던 아쉬움과 낭패감이 고스란히 묻어 있었다.

이어서 어머니께서는 왜정시대는 물론 해방 이후에도 이곳 농촌 사정은 어떠했는지도 말씀하셨다. 이곳 농민들 대부분은 정치나 이념 문제들은 별로 관심이 없었다. 당장 지주들의 비싼 소작료와 높은 고리대금으로 고통을 받고 있어서 날이 갈수록 서민들의 삶이 피폐해지고 있었다. 등골이 빠지도록 농사를 지어도, 지주들의 과도한 지대요구와 고금리 횡포에 대부분 식구들 끼니조차 해결하기 힘들어지면서 알게 모르게 불만이 쌓여가고 있었다.

이곳 마을 지주들은 대청부락 박 부자를 제외하고는 대부분 큰 부자는 아니었지만 그래도 동네마다 한두 분 지주들이 돈과 논밭을 대부분 소유하고 있었다.

그 한 예로 비룡 마을에 사는 양 서방은 급한 사정이 생겨서 보릿고개 때 장리쌀을 빌려서 식구들 끼니를 해결했고, 그해 흉년이 들어서 빌려 온 쌀을 갚지 못했다. 그 결과 고금리 때문에 날마다 이자에 이자까지 불어나서 식구들 생명줄 같은 논 두 마지기를 빼앗기게 될 지경이었다. 하는 수 없이 양 서방을 비롯한 비슷한 처지에 있는 몇 사람이 용기를 냈다. 별명이 능구렁이인 박 영감 지주를 어렵사리 찾아갔다. 소작료와 고리대금을 조금 낮춰 달라는 사정을 하기 위해서다.

"지주 어르신, 흉년으로 저희들 살기가 정말 어렵습니다. 죄송하고 죄송하지만 소작료와 고리대금을 쪼께 깎아 주실 수는 없으신지요?"

박 영감은 들은 척도 않고 장죽을 입에 물고 계속 빨고 있었다. 한참 후에 코웃음 소리를 내며 입에 물고 있던 장죽을 입에서 떼고 그들을 노려보면서 딱 한마디를 했다.

"에이 고얀지고, 이 답답한 사람들아, 자네들이 아니더라도 그 조건에 소작할 사람, 쌀이며 돈 빌려 가겠다는 사람들이 줄을 섰어, 그렇다면 자네들은 앞으로 소작하지 않고, 돈을 빌려 가지 않으면 간단하게 해결될 일이 아닌가? 지금 부쳐 묵고 있는 땅뎅이를 당장 내놓을 텐가? 어쩔 것이어? 말들 혀봐. 사대육신 멀쩡한 사람들이 열심히 일할 생각은 않고, 뻘소리를 해쌌능가."

그 말을 들은 그들은 머쓱해하며 더 이상 다른 말을 한마디도 할수가 없었다. 혀를 내두르며 고개 숙여 사과하고 조용히 물러났다.

"아, 예예, 알겠씁니더. 어르신. 신경 쓰이게 해서 죄송 죄송허구만요."

어쩔 수 없이 고개를 서너 번씩 조아리고 입술을 깨물며 좌절감을 안고 터덜터덜 집으로 돌아와야만 했다. 속으로 중얼거리며 한마디 내뱉었다.

"에이, 이빨도 안 들어가는 영감탱이 같으니, 놀부보다 더 지독한 늙은 욕심쟁이 영감탱이."

그렇지만 나중에 혹시라도 불리한 일이 생길지도 모른다고 생각한 그들은 지주들에게 불만으로 욕을 하고 있었지만, 속수무책으로 끙끙 앓기만 했다. 어쩔 수 없이 한동안 입을 다물고 지내고 있었다.

얼마 후에 양 서방은 어느 지역에서는 소작인들이 쟁의를 해서 소작료를 4할로 대폭 낮추었다는 이야기를 들었다. 어렵게 구한 신문에도 관련 기사가 실려 있었다. 그는 소작인들에게 그 신문 기사를 보여주면서 우리도 힘을 합쳐 쟁의를 일으켜서 지주들에게 우리의 뜻을 관철하자고 설득했다. 그리하여 그들은 사람들이 많이 모이는 청명이자 괴목 장날을 택했다. 장소는 면사무소가 가까이 있는 괴목 장터로 약속된 시간을 정했다. 소작인들의 열렬한 응원을 받으며 소작인 대표 양씨는 면장실에서 지주 대표와 함께 협상했으나 지주 측의 양보가 없어서 그날의 협상은 결렬되고 말았다. 소작인들은 탄식하며 울부짖었으나 지주들은 들은 척도 하지 않았다. 면장도 지주들과 한통속인 듯 그들의 말만 들어주고 있었다.

그 후 지주들의 목소리가 전해 졌다.

"만날 떠들어 보라지. 제깐 놈들이 누구 덕에 굶지 않고 등 따시게 살고 있는지, 은혜도 모른 괴씸한 놈들 같으니라고."

소작인들은 끝내 지주들에게 허탈해했고, 실망하며 분개했다. 나는 그 당시의 농촌 실정 이야기를 듣고 소작인들의 가난과 지주들의 지나친 욕심으로 소작농들은 희망이 없는 사회 분위기에서 갈등과 불만이 많았던 당시의 실정을 이해하게 되었다.

어머니께 궁금한 여러 이야기를 듣고 질문을 하면서 나는 관심이 많은 근식 씨 집안에 대해 물었다.

"신흥마을 근식 씨 집도 한때 지주였다던데 그 집은 어떠했었나요?"

"그래, 그 집과 니는 연관이 많으니 잘 들어 보거라. 내가 들어서 알고 있는 그 집안에 대해 자세히 이야기하마."

어머니께서는 들은 이야기를 차분하게 말씀하셨다.

근식의 할아버지 서 지주 그분은 당시 욕심 많고 몰인정한 지주들과는 사뭇 달랐다. 그분은 일제시대부터 농토를 소작인들에게 못갈림으로 빌려주기도 했고, 머슴을 몇 명씩 들여놓고 직접 농사를 짓기도 했다. 그는 가난한 사람들의 절박한 심정을 잘 알고 있었다. 먹을 것이 없어서 굶고 있는 사람이 있으면 밥을 챙겨 먹이기도 했고, 소문나지 않게 개별적으로 형편에 따라 소작료와 이자도 어느 정도씩 깎아 주고 있어서 마을 사람들의 평판이 좋았다.

서 지주 그분의 호가 우계였고 서당 훈장이셨다. 오래전부터 동네 청소년들을 가르쳤다. 그분의 외아들이 바로 근식이 아버지 되는 도섭이란 분이다. 마을 사람들은 그의 아버지인 서 지주에게 그가 어렸을 때부터 특별히 한학을 배우고 있어서 아들 도섭을 글방도련님으로 불렀다. 대를 이어 실력 있고 존경받는 후계자 훈장이 되기를 바라면서 자신이 존경하고 있는 조선 후기 학자 '반계 류형원'의 호를 따서 아들에게 '반계'라는 호까지 지어 주었다.

서 지주는 아들이 신식 교육도 받아야 한다고 생각해서 해방되기 10년 전부터 면 소재지에 새로 생긴 소학교(현 초등학교)에 6학년으로 보냈다. 오룡 마을에 사는 봉학이라는 아이와 도섭은 같은 또래 나이였고, 6학년 같은 반이었다. 그는 학교에서 공부뿐만 아니라 체육 음악 등 모든 분야에서 도섭과 선두를 다투고 있었다. 하지만 집안 형편이 넉넉지 못했고, 그의 아버지가 신흥부락 서 지주 집에서 머슴살이를 하고 있기 때문에 심리적으로 도섭에게 위축되어 있었다. 쉬는 시간이나 점심 시간에 놀이할 때도 가급적 도섭이와 일부러 거리를 두고 지내고 있었다. 문제는 그가 공부를 잘해서 도섭이와 선두를 다투고 있다는 데 있었다. 도섭은 학교에서 봉학과 경쟁하다가 뒤지거나 마음에 들지 않은 일이 있으면 봉학과 직접 싸우는 것이 아니라, 그와 대적할 만한 적당한 친구 한 명에게 빵과 사탕을 사 주고 구슬려서 봉학이와 싸우도록 부추겼다. 그런 것을 눈치챈 봉학은 싸우는 척하면서 기회를 보아 일부러 적당히 몇 대 맞아주고 상대방에게 져주었다.

봉학은 되도록 아이들에게 고개를 숙이고 지냈다. 아무도 그의 처지나 진심을 모르고 있었다. 그런 상황을 지켜보면서 도섭은 학교생활을 나름대로 즐기고 있었다. 그때부터 도섭과 봉학 두 사람 사이의 악연은 어떤 불길한 예감으로 싹트고 있었다.

둘은 소학교(초등학교)를 졸업하고, 도섭은 순천으로 중학교 진학을 하였고, 나중에 고향 면사무소 공무원이 되었다. 반면에 봉학이 집은 어린 남동생 둘에 여동생까지 여섯 식구가 있었다. 봉학이와 그의 어머니는 자기 집 논 두 마지기와 이웃집 공연이라는 여자아이 집 뭇갈림 논 서 마지기를 빌려서 농사를 짓고 살지만 늘 가난에 찌들어 살고 있었다.

그가 소학교를 졸업하고 난 몇 달 뒤 그의 집안에 불행이 찾아왔다. 단오명절 때에는 일꾼들이나 머슴들이 3일씩 쉬는 날이었다. 봉학 아빠는 오룡마을 집에서 휴가를 보내고 있다가 갑자기 화장실에서 쓰러졌다. 급히 광주에 있는 큰 병원에서 검사를 받은 결과 뇌에 이상이 생겨서 수술을 받고 오랫동안 입원 치료를 받아야 했다. 간신히 생명은 건졌으나 나중에 중풍으로 고생을 하게 되었다. 문제는 치료비였다.

하는 수 없이 그가 소학교 졸업할 무렵 그의 아빠가 머슴살이하면서 새경으로 받은 쌀을 내다 팔고 대신 큰아들 봉학이 소학교 졸업기념 겸 훗날 장가 밑천으로 큰맘 먹고 사 준 재산목록 1호인 '희망이 송아지'를 눈물을 머금고 팔아야 했다. 처음 그 송아지를 사 오던 날, 그는 팔짝팔짝 뛰면서 무척 기뻐했고 두 주먹을 불끈 쥐며 말했다.

"아부지 어무이 무지무지 감사해요, 이젠 이놈을 잘 키워서 우리 집 가난을 끝낼게요. 지금부터 이 암송아지 이름은 희망이어요. 앞으로 제가 저 녀석을 토실하게 잘 키우고, 새끼를 낳게 해서 소목장을 만들 거구만요."

그때 봉학이 엄마 아빠도 오랜만에 환하게 활짝 웃었다. 그리고 흡족한 표정을 지으며 말했다.

"그래, 니 생각이 기특하다. 이놈이 앞으로 우리 집 '희망'이 될 것 같구나."

그렇게 애지중지하며 날마다 온갖 사랑과 정성으로 석 달 동안 보살피고 기르던 송아지를 아버지 치료비를 마련하기 위해 고삐를 움켜쥐고 그의 엄마와 함께 새벽바람을 맞으며 자갈밭 신작로 길을 말없이 걷고 있었다. 코를 훌쩍거리며 입술을 깨물고 무거운 침묵을 밟으며 이 십리 길을 터덜터덜 두 시간을 걸어서 용림장에 도착했다. 막상 키우던 희망 송아지를 팔고 나니 온 몸에 힘이 빠지고 눈물이 왈칵 쏟아졌다. 어머니도 돌아서서 눈시울을 적시고 있었고, 봉학이 역시 눈물이 앞을 가려서 처음 먹어 보는 맛있는 장터국밥이 목구멍으로 도저히 넘어가지 않았다. 모자는 절망을 안고 터덜터덜 힘없이 집으로 돌아왔다.

그 후 그는 어린 나이에 아버지 간병까지 해가며 고생을 하고 있었다. 이러한 집안 사정으로 일할 사람이 없어서 공연이네 집 뭇갈림 농사마저도 지을 수가 없게 되었다. 그의 아버지는 2년 이상을 앓다가 결국 돌아가셨다. 병원비 때문에 빚이 많아졌고, 해가 거듭될수록 원금에 이자가 불어나 감당하기가 어려웠다. 할 수 없이 그의 어머니는 신흥부락 서 지주 어른을 찾아가서 생명줄 같은 자기 집 논 두 마지기를 사 줄 것을 부탁했다. 서 지주 어른은 그 집 형편을 생각해서 다른 사람보다 비싼 값으로 쳐서 논을 사 주었지만, 그래도 빚이 남아 있었고, 해마다 갚아야 할 이자가 늘어나고 있었다.

살림이 더욱 곤궁해진 그는 죽기보다 싫었지만, 형편이 형편인지라 불어나는 집안 빚도 갚을 겸, 하는 수 없이 봉학은 자존심을 접고 신기부락 서 지주 어른 집에서 그의 아버지 대를 이어 머슴살이를 해야 했다. 자존심 상한 그의 가슴에는 언제나 괴로운 감정의 물결이 일렁이고 있었으나 이를 억누르며 열심히 일하고 있었다.

서 지주는 해마다 일하는 정도를 평가해서 새경을 많이 받는 상머슴과 중간 머슴, 아이 머슴을 두고 있었다. 봉학은 머슴살이 3년 후에 키도 체격도 커졌고, 팔씨름으로 고장에서 그를 당해 낼 사람이 없었다. 곧바로 중간 머슴에서 상머슴이 되었다. 서 지주는 상머슴 봉학을 성실하고 일 잘하는 것으로 평가했고, 삽재팔동 머슴 중

가장 많은 새경을 받았다. 나중에 보너스로 한 가마를 추가로 더 받았다. 중간 머슴으로 봉학보다 두 살 아래인 염달수가 있었고 그를 염군이라 불렀다. 염군은 상머슴 봉학의 위세에 눌려 그가 시키는 대로 꼼짝 못 하고 군소리 없이 일을 하고 있었다.

봉학은 일을 잘할 뿐만 아니라 머리도 좋아 눈치도 빠르고 어디에다 내놓아도 빠지지 않는 용모를 지닌 총각이었다. 우선 이목구비가 또렷하게 잘생긴 미남형이었다. 동네 아주머니들은 빨래터에서 봉학이에 대해 이러쿵저러쿵 한마디씩 했다.

"아유, 봉학이 저 총각, 키도 크고, 잘 생겨서 욕심나는 총각인디, 머슴살이만 하지 않으면 사위 삼아도 좋겠구만."

"맞아, 인물로만 치면 큰 체격에 그 주인집 아들 도섭과 견줄 만허지, 쯧쯧 머슴살이하기에는 인물이 아깝지. 아깝고 말고."

그런 말을 들을 때마다 그는 입술을 깨물었다. '내가 왜 이런 말을 들어야 하지? 나는 어떤 일이 있어도 부자가 되고 말 거야. 보란 듯이 꼭 성공하고 말 거야'라고 다짐했다.

어머니는 봉학에 대해 좀 더 자세하게 이야기하셨다.

그는 읍내 소학교 다닐 때부터 사춘기를 맞았고, 마음속에 소박한 꿈이 하나 있었다. 뭇갈림 농사를 짓고 있는 이웃집 공연이라는 여자아이를 짝사랑하며 마음속으로 무척 좋아했다. 그의 꿈은 커서 그녀와 결혼하고 부자가 되는 거였다. 누가 그녀를 놀리거나 괴롭히면 그자를 혼내주고 말없이 뒤에서 보호해 주었다. 가끔 그녀의 집에 일이 있어 부르면 바람처럼 달려가서 심부름도 해 주곤 했다. 그는 그녀를 한 번이라도 더 보려고 일부러 뭇갈림 농사 핑계로 그녀의 아버지께 이것저것 물어보면서 공연의 집을 자주 드나들었다.

그녀의 아버지는 일제 때 금광 채굴사업을 하다가 폭발사고로 두 다리를 잃었다. 특별한 일이 있거나 조금 먼 거리는 봉학이가 그녀 대신 그녀의 아버지를 업어서 데려다주곤 했다. 그러다가 그녀와 얼굴을 마주치면 그의 얼굴이 금방 빨개지고 말까지 더듬었다. 내성적인 그는 사춘기 때부터 이상하리만큼 그녀 앞에만 서면 용기가 없어지고 부끄러워했다. 그가 나이를 먹고 성인이 되어서도 공연의 집 앞을 오갈 때나, 머슴 일을 하면서도 어쩌다 그녀의 집 앞을 지날 때면 담장 너머로 슬쩍슬쩍 집안을 훔쳐보며 그녀가 잘 있나 살피고 다녔다. 또한 자신이 머슴살이를 하고 있는 처지라, 양반집 딸인 그녀에게 언감생심 선뜻 사랑을 고백하지 못하고 있었다. 그녀 역시 자신을 향한 그의 눈빛이나 행동을 보면서 자기에게 관심을 갖고 있음을 느끼고 있었다. 어쩌다 그와 마주칠 때면 그녀도 말 없는 그의 강한 눈빛이 부담스러웠다. 자칫 좋지 않은 소문이 나거나 남의 구설수에 오르내리면 난처해질까 봐, 먼발치에서 그를 보면 고개를 숙이고 못 본 체했다. 집안에서는 얼른 부엌이나 방으로 숨어 버리곤 했다.

그럴 때면 염군을 시켜서, 그녀에게 은밀하게 쓴 연애편지와 함께 애써 마련한 선물도 전달했지만, 그녀는 뜯어보지도 않고 뒤돌아가는 염군을 불러 세워 야단을 치고 그대로 돌려보냈다. 그럴 때마다 염군은 그에게 욕을 먹고 책망을 듣곤 하였다.

"심부름 하나도 제대로 못한 저런 빙신 자식, 무슨 수를 써서라도 전달하고 와야지. 아이고 저 빙신, 당장 내 앞에서 꺼져버려 짜식아."

그러고 보면 염군은 양쪽에서 욕을 먹고 있어서 곤욕스러웠다.

"다시는 이런 심부름 오면 안 된다고 야단만 맞았당께요."

"아이구, 알았어, 짜식아. 사내자식이 아유, 융통성이라고는 손톱만큼도 없는 놈 같으니, 요령이 있어야지. 불러도 못 들은 척 하고 그냥 달려왔어야지. 그렇게 머리가 안 돌아가니? 에라이, 그 머리로 평생 머슴살이나 해라 짜식아."

만만한 염군을 원망했으나 그의 갑갑한 심정은 애가 탈 수밖에 없었다. 그의 머릿속에는 3년만 더 열심히 머슴살이를 해서 돈을 모아서 아버지가 편찮았을 때 팔아버린 논도 다시 사들이고, 그녀에게 당당하게 청혼하겠노라고 마음속으로 다짐하며 희망의 꿈을 키우고 있었다. 하지만 그녀는 좁은 동네에 좋지 않은 소문이라도 날까 봐 더욱 조심하였으며 집 밖에도 잘 나오지 않았고, 부모님으로부터 착실하고 얌전하게 신부수업을 받고 있었다.

어머니는 서 지주의 아들 도섭의 결혼과 관련된 이야기도 들려주었다.

도섭이 성인이 되었을 때였다. 그의 부모는 아들을 일찍 장가를 보낼 생각을 하고 있었다. 서 지주는 도시 아가씨보다 이곳 농촌 실정을 잘 알아서 선산을 지키고, 착실하게 농촌 살림 잘할 며느릿감을 염두에 두고 있었다. 서 지주와 그의 부인은 중매쟁이를 넣어 은밀하게 여기저기 혼처를 수소문하다가 큰 부잣집은 아니지만 얼굴이 예쁘기도 하고 양반집 딸로 가정교육도 잘 받고, 정숙하다고 소문이 난 오룡마을 공연 처녀하고 혼사를 하기로 양가 어른들끼리 합의하였다. 뒤늦게 그들이 곧 혼인하게 된다는 사실을 알게 된 봉학은 눈앞이 아찔하고 캄캄했다. 묵직한 쇠망치로 뒤통수를 얻어맞은 듯 기가 차고 어이가 없었다. 부글부글 속이 끓었으나 입을 꼭 다물고 벙어리 냉가슴 앓듯 견디고 있었다. 심중의 고통을 누구에게도 말할 수 없었다. 어떤 날은 혼자 얼마나 울었는지 눈이 통통 부어 있기도 했다. 하필이면 도섭이와 그녀가 혼인하게 되다니! 생각할수록 분했다.

"도섭이 이놈, 쳐 죽일 놈, 이놈, 두고 봐라. 니 놈이 내 색싯감을 뺏아갔지, 이 일만은 도저히 참을 수 없지. 이 자식 두고 보자."

그는 뽀드득 이를 갈며 혼잣말로 중얼거리고 있었다.

"도섭이 이 자식은 소학교 때부터 지금꺼정 내 인생에 아무런 도움이 되지 않고, 순전히 걸림돌이야. 아이구 이 자식을 그냥."

그는 치밀어 오르는 분노를 삭이지 못하고 있었다. 화가 나고 분이 풀리지 않을 때는 말없이 소주병 채 홀짝거리다가 만만한 염군을 불러놓고 화풀이를 하고 있었다.

"염군 이 자식아, 니가 내 편지와 선물 심부름을 똑바로 제대로 잘했으면, 공연 씨가 기다리면서 나한테로 시집올 수도 있었는디. 아이고 저 멍청한 모지리 빙신 시끼 때문에."

봉학은 언제고 기회가 되면 그녀를 조용히 만나서 꼭 직접 확인하고 싶은 것이 있었다. 그러던 어느 날 컴컴한 밤에 기회가 왔다. 마실 물을 떠 가려고 부엌으로 들어가는 그녀를 보자, 용기를 낸 그는 기다렸다는 듯이 어둠 속에서 살금살금 바싹 뒤를 쫓아가며 무턱대고 그녀의 어깨를 잡아챘다.

"아유 깜짝이야! 간 떨어지겠네."

깜짝 놀란 그녀는 뒤를 돌아보면서 그와 시선이 마주쳤다.

"나요, 봉학이요. 할 이야기가 있으니, 나랑 밖으로 나가서 잠깐 이야기 좀 합시다."

"아이 망측해. 이게 무슨 짓이어요. 누가 보면 어쩌려고, 이러시면 안 돼지라. 이거 놓고 헐말 있으면 여기서 말해 보랑께요."

"잠깐이면 돼요."

"여기서 말해 봐요. 무슨 말씀이세요."

막상 곁에 있으니 쑥스럽고 갑자기 준비한 말이 생각나지 않았다.

"아, 정말, 그냥 그렇네요. 내가 오래전부터 공연 씨를 좋아하는 것을 모르고 있었능가요? 그리고 내 생각 해 보지도 않고 결혼했능가요?"

그는 가슴에 품고 있던 이야기를 자신도 모르게 내뱉고 있었다. 그녀는 황당하다는 듯 그를 똑바로 쳐다보며 말했다.

"나, 참, 지금 무슨 말을 하고 있는 거예요?"

그녀는 화를 내기도 그렇고 해서, 시큰둥하게 말하면서 아무 일 없었다는 듯이, 획 돌아서서 얼른 방 안으로 들어가 버렸다. 그녀는 방금 전 있었던 황당한 그의 말과 행동을 곰곰이 생각해 보았다. 그의 행동과 눈빛이 예사롭지 않았음을 느꼈다. 그녀는 결혼했어도 머슴 봉학이가 자기에게 관심을 갖고 있음을 알았고, 언행을 더욱 조심해야겠다고 생각했다.

그날 이후에도 봉학은 스스로 마음을 다독거려 보았지만, 마음의 불씨는 여전히 꺼지지 않고 있었다. 나름대로 이 궁리 저 궁리를 해 보고 있었다. '공연을 납치해서 둘이 아무도 모르는 깊은 산속으로 들어가 살까?' '도섭이 저놈이 얄밉고 능청스럽게 굴고 있으니, 기회를 봐서 높은 낭떠러지에서 밀어서 죽게 만들고 그녀를 데리고 멀리 도망가서 살까?' 날마다 그녀와 함께 살 방법을 상상하고 있었으며, 도섭에 대한 원한이 쌓여가고 있었다.

그가 쓸데없는 망상과 분노가 쌓이는 동안, 날이 가고 달이 가면서 공연은 임신을 했고 첫아들을 낳았다. 그가 바로 근식이다.

나는 그 이야기를 듣고 깜짝 놀라며 말했다.

"이야기가 그렇게 된 거군요."

어머니의 이야기는 계속되었다.

그해 10월 중순쯤이었다.

서 지주 집 머슴들과 식구들은 가을걷이로 한창 바빴다. 느닷없이 어딘가에서 요란스러운 까마귀들 울음소리가 들렸다. 사람들은 들에서 일하다 말고 시끄러운 소리가 들리는 쪽 하늘을 바라보았다. 어디서 날아왔는지 화창한 가을 날씨임에도 하늘이 먹구름이 잔뜩 낀 것처럼 까마귀들이 새까맣게 하늘을 뒤덮고 있었다. 깃대 봉산 중턱에서부터, 미사치, 갓거리봉 주변과 각 마을 앞을 빙빙 돌며 '까르르까악 까르르까악' 소리를 내며 울고 있었다. 멀리 날아가지도 않고, 오후 내내 해가 질 때까지 울부짖으며 삽재팔동 주변을 빙빙 돌고 있었다. 예로부터 이곳 사람들은 까마귀를 영악한 흉조라고 여기고 있었다. 그들을 보는 사람마다 한마디씩 했다.

"어허, 빌어묵을 웬 까마귀 떼들이 저렇게 많이 몰려댕기면서 울어 쌌는당가? 머지않아 마을에 좋지 않은 일이 일어날 무슨 불길한 징조인가? 에이 재수 없는 저놈의 까마귀들 퉤퉤."

까마귀들이 불행한 사태를 예고라도 한 듯 그들이 맴돌다 떠난 노을 하늘에 갑자기 먹구름이 몰려들고 있었다.

그런 일이 있고 난 닷새 후였다.

어렵게 여수를 빠져나온 장사꾼들과 급하게 피난을 나왔다는 몇 사람들이 동네 주민들에게 여수사태에 대해 심각한 이야기를 전하고 있었다. 그 자리에는 아들을 잃고 얼마나 울었는지 눈이 통통 부어 있는 우리 부부도 있었다. 우리들은 여수에서 일어난 급박한 일들을 손짓, 몸짓과 겁에 질린 얼굴 표정으로 전하고 있었다. 봉기군과 경찰과의 총격전으로 사람들이 죽고 공공건물이 불타고 있다는 이야기를 전했고, 듣고 있던 사람들마다 화들짝 놀란 표정으로 허둥대고 있었다.

다음날은 계속해서 순천에서 나온 피난 나온 사람들은 순천에서 일어난 사태와 주변 지역의 참상을 전하고 있었다. 그다음 날도 전해진 소식은 정부에서는 계엄령을 내렸고 토벌대를 보강하여 반란군 소탕전에 들어갔다는 것이다. 여수와 순천에서 일어난 난은 일주일 남짓 만에 진압군에 의해 모두 소탕이 되고 평정을 되찾았다는 소식도 전해졌다. 이번에는 우익과 군경에 의해서 수많은 좌익관련자와 부역혐의자, 제주 출병 거부를 지지한 인민대회 참석자들과 구경 간 사람들까지 즉결처분으로 떼죽음을 당하고 있다는 이야기를 전하고 있었다. 이야기를 전해 들은 주민들은 놀라서 후들후들 온 몸을 떨고 있었다.

어머니께서 직접 겪은 이야기도 해 주셨다. 여순사건이 처음 일어났을 당시에 엄마는 여수역 뒤편 가난한 동네인 귀환정이라는 곳에서 살고 있었다. 어느 날 밤 시내 한복판에서 요란스럽게 총소리가 들렸다. 깜짝 놀란 사람들은 시내에서 무슨 큰 난리가 났다는 소문에 영문도 모른 채 허둥대며 더러는 무섭고 두려워서 피난을 서두르고 있었다. 다음 날도 총소리는 계속되었다. 우리 가족도 피난을 가기 위해 엄마는 아들을 업었고, 남편은 중요한 물품을 대충 챙겨넣은 큰 멜빵 가방을 등에 지고 집을 나섰다. 잠시 총소리가 잠잠해진 틈을 타서 근무하던 병원에서 꼭 가져올 중요한 물건이 있어서 경찰서 옆에 있는 산부인과 병원을 잠깐 들르러 갔다. 그때 근처에서 또다시 총소리가 요란했고, 병원이 불타기 시작했다. 하는 수 없이 재빨리 발길을 돌렸다. 양 진영 간의 교전 중에 눈에 넣어도 아프지 않을 사랑하는 두 살짜리 아들이 등에서 총을 맞아 목숨을 잃었다. 아이를 산에 묻고 슬픔을 가슴에 안은 채 그 길로 남편의 고향인 이곳 삽재팔동 평화마을로 황급히 피난을 왔다고 했다.

그동안 의기소침해 있던 봉학은 사람들이 모여서 하는 이야기 내용이 궁금했다. 여기저기서 귀동냥을 하면서 사람들의 동정을 살피고 있었다. 계속 들려 온 소문은 일부 쫓기던 군인들과 동조가담자들은 최단거리 육로로 지리산 쪽으로 향해 가다가 서면 학구삼거리에서 진압군과 대치했다. 결국은 퇴로가 막히자 서면 뒤쪽 산길을 택하여 능선을 타고 갓꼬리봉, 형제봉, 백운산을 거쳐 지리산 쪽으로 향하고 있다고 했다. 그중 일부는 산이 많은 우리 고장 삽재팔동으로도 넘어올 수 있다는 뒤숭숭한 소문이 나돌고 있었다.

멀리 떨어져 있는 남의 동네 이야기인 줄 알았는데 어느새 이런 소용돌이 소문 속에서 누가 붙였는지 첩첩산중 오지 농촌인 이곳에도 토지개혁에 대한 선전선동 벽보가 나붙었다. 여순사건의 후폭풍이 이곳으로도 불어오기 시작했다. '악덕 지주들의 토지를 몰수하여 모두가 공평하게 나눠 갖고 모두가 잘 살게 만드는 혁명에 동참하자'는 인쇄물이 여기저기 뿌려지고 있었다. 가난한 사람들의 귀를 솔깃하게 했다. 봉학도 관심을 갖고 내용을 읽고 있었다. 소문을 들은 후 얼마 되지 않아 실제로 봉기했던 몇몇 군인들과 동조자들을 이곳에서도 직접 볼 수 있었다. 여수와 순천에서 쫓겨 온 그들은 토벌군에게 기세가 꺾이면서 쫓기는 신세가 되고 있었다. 하지만 그 후폭풍은 다른 농촌과 산촌으로 계속 불길이 옮겨붙고 있었다.

사태를 파악한 일부 지주들은 보복이 두려워서 안전한 곳으로 피난을 가거나 숨어 있기도 했다. 마을에 남아 있는 사람들은 우왕좌왕하며 걱정의 한숨 소리와 함께 불안에 떨고 있었다. 소문은 흉흉했고 만나는 사람들끼리 나름대로 정보를 주고받으며 토론을 벌이고 있었다.

"저 선전물들이 다 무슨 소리당가?"

"뭔지는 모르지만 무슨 토지개혁을 한다는구먼, 부자 지주들의 재산을 빼앗아다가 가난한 사람들에게 공평하게 나눈다는구먼."

"그게 될 법이나 한 소린가?"

"맞아, 그래도 그건 아니지. 나중에 뒤탈이 없을까?"

"글씨, 요즘 돌아가는 모양새가 요상스럽구만잉."

혼란에 빠진 주민들은 갈팡질팡했고 심상찮은 기류에 동요하기 시작했다. 평소에 지주들에게 불만을 갖고 있던 소작인들과 머슴 중에서 그럴듯하게 말하는 그들에게 동조하는 자들이 하나둘 나타나고 있었다.

며칠 후 정부에서 파견한 토벌대가 이곳으로 들어왔다. 그들은 쫓기는 자들을 '반란군'이라 불렀다. 저항하던 반란군은 토벌대에게 쫓겨서 다시 높고 깊은 산속에 마련된 은신처에서 활동했다. 밤이 되면 토벌대가 안전한 곳으로 물러간 마을에 다시 나타나 선전활동과 생존에 필요한 식량과 생활물자를 조달해 가는 일을 반복하고 있었다. 이른바 게릴라(빨치산)전이 시작되었다.

주변에서 일어난 일들이 봉학이 귀에도 들려왔다. 그는 고민하기 시작했다. 가난 때문에 어쩔 수 없이 머슴살이를 하면서 한숨과 한탄, 불만으로 세월을 보내고 있던 그의 귀에 '누구나 평등하게 잘 살 수 있는 세상을 만들어야 한다'는 말이 그럴싸하고 달콤하게 들렸다. 그는 머리를 감싸고 생각에 생각을 거듭하고 있었다. 때마침 소작농대표를 했던 양 서방이 봉학을 찾아와서 설득하기 시작했다.

"김 동지한테 아주 좋은 기회가 될 것 같아서 찾아왔네. 이참에 가난하게 사는 우리들이 힘을 모으세. 언제까지 지주들 밑에서 머슴살이와 소작농으로 저들의 똥개 노릇만 하고 살아야 하겠능가? 산 사람(빨치산)들이 하는 일이 성공만 하면 지긋지긋한 가난을 없애주고 누구나 평등하게 잘 살게 해 준다네. 이런 기회가 또 있겠는가?"

그의 말에 봉학은 마음이 많이 흔들렸다. 생각에 생각을 거듭한 끝에 결심이 섰다. '이번이 어쩌면 자기에게 찾아온 하늘이 준 좋은 기회일지도 모른다'는 생각이 들었다. 곧바로 양 서방의 손을 꽉 잡았다.

"빌어 묵을 것 자네 말이 딱 맞네, 양 동지, 좋네, 함께 해 보세. 함께 꿈을 이루어 보세나. 죽을 때 죽더라도 억울하고 한이 맺힌 머슴살이로 한평생 어떻게 살 것능가."

봉학의 결심과 함께 둘은 일어서서 뜻을 같이하는 포옹을 했다. 그리고 그의 말을 잘 듣는 염군을 비롯하여, 몇몇 동네 또래 머슴들을 은밀하게 설득하여 한꺼번에 십여 명이 빨치산에 자원시켰다. 그는 주인 서 지주에게는 그럴듯한 말로 속였다.

"어르신, 지금 시절이 너무 어수선하여 젊은 사람을 보면 죽이거나 잡아가기 때문에 염군하고 잠시 멀리 산속으로 피신했다가 시절이 좋아지면 다시 오겠습니다."

"그래, 그런 것이 좋겄네. 어떻게 해서든지 목숨을 보존하게나. 몸조심 잘하고."

"예, 어르신."

서 지주는 선뜻 승낙해 주었다. 그렇게 해서 집을 나간 그는 밤이 되면 은밀하게 이웃 마을로 내려와서 가난한 소작인과 머슴들을 설득하여 빨치산이 되도록 하였다. 그들도 화답했다.

"알았네. 이놈의 희망 없는 세상에서 죽기밖에 더 하겠는가?"

그리하여 봉학은 대원들을 많이 데려온 공로로 양 서방과 함께 분대장 직책을 받았다. 이 지역 대장은 14연대 출신이고 별명이 사냥개인 정 중사가 맡고 있었다. 그들은 주로 전남도당 사령부 백운산 산하에 소속되어 있으면서 지리산으로 통하는 안전한 교통로 확보 임무를 맡고 있었다.

빨치산이 된 봉달은 체격도 크고 힘도 세고, 설득력이 좋은 그의 노력으로 50여 명의 대원이 늘었다. 꾸준한 그들의 선전 선동에 세뇌되고 현혹되어 순진한 마을 주민들도 점차 양편으로 나눠지고 있었다. 이 말을 들으면 이쪽이 옳고, 저 말을 들으면 저쪽이 옳고, 시간이 지나면서 대부분 주민끼리 갑론을박 격론을 벌이며 점점 딜레마에 빠져들고 있었다. 이웃 주민들은 물론 일가친척, 가족 간에도 혼란을 겪고 있었다.

마을 분위기는 빠르고 무겁게 가라앉고 있었다. 인생 역전이 될 수 있다는 생각으로 소작농과 머슴살이하는 자들의 빨치산 지원이 꾸준히 늘어나고 있었다. 그리하여 그들이 시키는 대로 사회주의 선전과 확산에 열을 올리고 있었다. 날이 갈수록 그들의 기세는 꺾일 줄 몰랐다. 심지어 형제간에도 지지한 쪽이 달라서 갈등을 겪기도 했다.

그러던 어느 날 정 중사 휘하의 대원 20여 명이 식량을 조달해 가려고 어둠을 틈타 주변을 살피며 조심스럽게 매재 근처 마을 쪽으로 내려오고 있었다. 이들을 이끌고 있던 대장 정 중사는 시장하니 어디서 식사부터 하자고 하였다. 안내자는 이쪽 지리와 사정을 비교적 잘 아는 봉학이였다. 정 중사의 지시에 따라 비상시에 안전하고 신속하게 도주할 산을 접한 집을 선택했다. 집이 크고 마당이 넓은 것으로 보아 비교적 잘살 것 같은 고란이 박센 집을 지목했다.

턱짓으로 명령이 떨어지자 그들은 사방을 경계하며 조심스럽게 집을 포위하였다. 봉학은 선두에 서서 살금살금 집안으로 들어갔다. 총으로 부엌에 있는 아주머니에게 총을 겨누며 위협했다. 아주머니는 말로만 들었던 산사람들이 눈앞에 있다는 사실에 소스라치게 놀라면서 제 자리에 주저앉아서 벌벌 떨고 있었다.

"보시오. 아주머니가 이 집 주인장이오? 집에는 누구누구 있소?"

그녀는 총을 겨눈 그를 보고 기겁을 하고 있었다.

"예, 나으리님들 목숨만 살려주시오. 뭐든지 다 드릴께요. 나와 덕쇠라는 늙은 일꾼 둘이 있소."

"바깥주인은 어디 있소?"

"타지로 돈 벌러 나가서 돌아오지 않고 있지라."

"좋소, 목숨은 살려 줄 테니 우리 대원 20명 식사부터 준비하시오."

"아 예, 예, 알겠습니다. 방안으로 들어가서 잠시만 계시지라. 퍼뜩 저녁준비 해서 올릴께요."

식사가 나오자 그들은 총을 담벼락에 기대어 두고, 몇 명씩 마루와 구석진 마당, 방안에서 식사를 하고 있었다. 그들이 식사하는 동안 덕쇠 노인은 살금살금 기어서 담벼락 밑으로 다가갔다. 그리고 세워 둔 총 한 자루를 훔치다가 보초에게 발각되었다. 노인은 손을 뒤로 묶이고 마당 한 가운데로 끌려 나와 꿇어앉았다.

"대장님, 이 집에 사는 이 늙은이가 목숨과 같은 우리 해방군 총을 훔친 것을 잡았네요. 이자를 어떻게 할까요?"

"뭣이라? 우리 총을 훔쳤다고? 그건 용서할 수 없는 일이지, 당장 밖으로 데리고 나가서 바로 처리하시오."

그 말을 들은 박센 댁 아주머니가 납작 엎드려 사정을 했다.

"아이고 영명하신 대장님! 저 노인을 한 번만 용서해 주시오. 보다시피 나이도 많고 정신이 좀 모자란 노인입니다. 처음 본 총이 신기해서 그랬을 것입니다. 제발 살려 주시라요."

그녀는 두 손을 모으고 빌었다. 대장은 고개를 살래살래 흔들었다.

"아니 되오. 다른 것은 몰라도 목숨과 같은 총을 훔치다니, 우리 규율 1호를 위반한 자요. 당장 밖으로 데리고 나가 조용히 처리하시오."

그날 밤 덕쇠 노인은 꼼짝없이 당산나무에 묶였고 그들에 의해 처형되었다.

다음 날 덕쇠 노인이 처형되었다는 소식을 듣고 마을 청년들이 분개했다.

"저런 처 죽일 놈들이, 그까짓 일로 귀한 사람 목숨을 그렇게 거두고 가다니."

분개한 마을 청년들이 모여서 긴급회의를 하였다. 그런 나쁜 놈들이 사람 목숨을 파리 목숨처럼 여기다니, 그동안 눈치만 보고 있던 마을 청년들은 화가 많이 났다.

"저 무도한 저놈들에게 복수해 줍시다."

마을 청년들은 그들을 응징해 주자고 결의했다. 그들은 밤마다 비밀 장소에서 모여서 계획을 짜 놓고 그들이 나타나기만을 기다리며 벼르고 있었다.

그런 일이 있고 난 후, 한 달쯤 뒤였다. 정 대장 휘하 대원들 20여 명이 식량 전투를 나오면서 또다시 매재 마을로 내려왔다. 봉학이 속한 조는 다른 마을로 식량 전투를 하러 갔다. 술을 좋아하는 정 중사와 휘하 대원들은 예전처럼 고란이 박샌 집을 또 찾았다.

"아주머니, 안녕하시오? 맛있는 식사와 술이 생각나서 또 왔소이다."

그녀는 웃으며 반가운 얼굴로 그들을 맞아 주었다.

"나으리님들, 어서들 오시오. 누추한 곳을 또 찾아 주셨구만요. 아랫방으로 들어가서 잠시만 기다리시오. 퍼뜩 맛있는 저녁을 준비해 드릴랑께요."

식사 준비를 하는 동안 그녀는 잽싸게 준비한 술상부터 들여왔다.

"식사가 준비되는 동안 우선 한 잔씩 주욱 드시오잉."

그러고 나서 옆집으로 연결된 약속된 줄을 당겨서 신호를 보냈다. 그들은 마음 놓고 취하도록 마시고 있었다. 빈속에 준비해 둔 독하고 맛있는 술을 계속 내놓았다. 그들이 어느 정도 취할 수 있는 시간을 기다렸다. 청년들은 어둠을 틈타 고란이 박샌 집으로 은밀하게 접근하여 기회를 엿보고 있었다. 두 명의 경계병도 취하여 꾸벅 꾸벅 졸고 있었다. 이때라고 생각한 청년들은 준비한 석유 기름통을 은밀하게 들고 들어왔다. 행랑채와 주변에 있는 짚더미에 석유를 뿌리고, 불을 붙였다. 활활 타오르는 불길을 보고 깜짝 놀란 그들은 소리를 지르고 우왕좌왕하다가 혼비백산하여 집 밖으로 뛰쳐나왔다. 방안에서 술을 마시던 대장을 포함한 비교적 높은 직책을 맡고 있던 간부급 4명은 이미 많이 취해 있었다. 몸을 가누지 못한 채 비틀거리며 문밖으로 나오다가 곧바로 불길에 휩싸여 큰 화상을 입었다. 그들은 괴성을 지르며 정신없이 아무 곳이나 허공에 대고 총을 마구 쏘아대며 도주하였다. 일부 대원들은 부상자들을 업고 걸음아 날 살려라 산속으로 도주했다. 그날의 소식은 군경에 곧바로 전해졌고 이후 빨치산과 토벌군 사이에 격화된 전투가 곳곳에서 벌어지기 시작했다.

한편 지역책임자인 정 중사를 비롯한 간부급이 심각한 화상을 입은 사건으로 백운산 전남도당에서도 비상이 걸렸다. 부상 치료가 장기화가 예상되면서, 그들은 더 이상 업무를 수행할 수가 없게 되었다.

백운산 전남도당 본부에서는 다음 책임자 선임에 고심하고 있었다. 현역 군인이 부족한 그들은 양 서방과 봉학 둘을 놓고 저울질하고 있었다. 고심 끝에 후임으로 양 서방도 훌륭하지만 지역 사정을 잘 알고, 머리 회전이 빠르고 능력도 있어 보이는 봉학을 후임 지역책임자로, 양 서방을 부대장으로 임명했다. 얼떨결에 봉학은 생각지도 않은 지역책임자가 되었다는 것이 도무지 믿어지지 않았고 꿈만 같았다. 갑작스러운 과분한 감투에 어리둥절했다. 그는 곧바로 염군 달수를 부관으로 임명했다. 높은 직책에 기쁨과 자부심을 갖고 그의 마음이 들떠 있을 때였다.

백운산 본부에서 봉학 이하 대원들에게 새로운 임무가 주어졌다. 깃대봉산과 미사치 갓거리봉을 일대에서 은신처를 만들고 활동하면서 백운산 쪽으로 공격해 오는 토벌군 공격을 막고 순천과 남원을 연결하는 토벌대의 중요 교통로인 소련재(송치재)를 확보하라는 것이다. 그리하여 최종적으로 황전면과 월등면, 서면 일대를 해방구로 만들라는 것이었다.

　화재사건 이후 곳곳에서 교전하는 총소리가 끊이지 않았다. 낮에는 군과 경찰이 중심이 된 토벌군이 지배하는 대한민국 치하였고, 밤이면 빨치산이 마을을 지배하였다. 군경은 주민들을 안전한 곳으로 소개시켰다. 그러나 하루 이틀도 아니고 날마다 반복되는 피난생활에 주민들은 지치고 고달팠다. 농사도 제대로 돌볼 수가 없었고 주민들의 살림살이는 날로 피폐해지고 심신이 지쳐갔다. 생각다 못해 남자들은 산속 토굴이나 집안 벽장, 알맞은 곳에 땅굴을 파서 숨어지내기도 했다. 이렇듯 고통은 오로지 주민들 몫이었다.

　나날이 전투가 격화되자 당국에서도 토벌군 병력을 보강하고 자발적 의용군을 받아들여 비상체제로 재편성하였다. 그동안의 전투 상황을 분석 판단하고 지역적 여건을 고려해서, 담력 있고 지략을 갖춘 젊은 도섭을 지역 지서주임 겸 토벌군대장으로 새로 임명했다. 그도 역시 주민들의 생사여탈권을 쥔 무거운 중책을 맡게 되었다. 봉학과 도섭은 양 진영의 책임자가 되었다.

피는 피를 부르고

**

어머니께서는 전쟁의 비참함을 차근차근 증언하셨다. 계속된 이야기를 들으면서 나는 가슴을 쓸어내리며 듣고 있었다.

내전은 점점 격화되고 있었다. 주민들은 날마다 죽고 죽이는 전쟁 상황을 지켜보며 불안과 걱정이 커져만 갔다. 날이 갈수록 군경과 빨치산 사이에서 어느 장단에 춤을 춰야 하는 것인지, 하루하루가 살얼음판을 걷는 심정이었다. 자칫 행동이나 하는 말에서 목숨이 왔다갔다는 하는 판이 되고 있었다.

게다가 대부분 주민의 생활은 날이 갈수록 피폐해져서 끼니조차 해결하기 힘들어지고 있었다. 낮에는 빨치산에게 식량이나 생활용품을 주었다고 군경에게 끌려가서 고초를 겪었고, 밤에는 빨치산이 내려와 식량이나 생활용품을 내놓지 않는다고 봉변을 당해야 했다. 날이 갈수록 마을 사람들은 죽지 못해 사는 괴로운 세상이 되고 있었다.

내전이 오래 지속되면서 주민들도 처참함 속에서 목숨을 부지하기 위한 요령과 묘안을 터득하기 시작했다. 무엇보다 빨치산과 토벌대 틈바구니에서 목숨을 보존할 수 있는 방패막이가 필요하다는 것을 알게 된 부락민들은 아들이 둘 이상인 집에서는 일부러 큰아들은 국군이나 의용경찰대를 지원하여 토벌대에 들어가도록 했고, 둘째 아들은 빨치산 지원을 하라고 권했다. 그리하여 집안 식구들이 위기가 닥칠 때, 경찰 또는 빨치산 아들의 이름을 팔아서 화를 면하기도 했다.

황전과 월등, 서면지역 책임자가 된 봉달은 물 만난 물고기처럼 서서히 본심을 드러내기 시작했다. 자신이 꼭 이루고 싶은 일은 신흥부락 도섭이네 집을 습격하여 창고에 쌓아 둔 식량을 빼앗고 그의 가족들을 납치하여 그의 발 앞에 꿇어앉히는 것이었다. 무엇보다도 그의 마음속에는 짝사랑했던 도섭의 부인인 공연을 납치해 오는 일이 있었다. 그는 신흥마을 습격을 위해 며칠 전부터 정탐 조를 미리 보내는 등 치밀한 작전과 공을 들이고 있었다.

마침내 그날이 되었다. 그는 부대원들을 모아놓고 당부했다.

"오늘 밤에는 양 부대장을 중심으로 신흥부락 서 지주 집을 급습한다. 그 집은 우리가 경계하고 타도해야 할 대상이다. 우리 측 정보에 의하면 그의 아들 도섭은 자기 집 재산을 지키기 위하여 검정개(경찰)가 되었고, 근래에 이 지역 지서주임 겸 토벌 대장이 되었다는 것이다. 오늘 밤 우리가 할 일은 그 집에서 식량을 탈취해오고 그의 가족 모두를 끌고 오는 일이다. 앞으로 우리는 이 일로 그들과 격렬한 전투를 자주 치르게 될 것이다."

그의 가족이 납치된 사실을 알게 되면 더욱 죽기살기식 전투가 벌어질 것으로 예상했다. 그래도 그는 마을 사람들 생명을 뺏는 일을 원하지 않았다.

"오늘 밤 교전이 벌어지는 경우가 아니면 동네 사람들에게는 위협만 가하고, 생명을 빼앗는 일은 삼가라."

해가 지자, 마을 주변을 지키던 토벌대는 평상시처럼 안전한 곳으로 가기 위해 모두 마을을 빠져나갔다. 그 광경을 정탐조가 숨어서 오랫동안 지켜보고 있었다. 임무를 마치고 난 후 만나는 시간과 장소를 일러주고 공격 명령을 내렸다. 마을은 산 사람들에게 포위되기 시작했다. 어둠이 내리자 명령을 받은 그들은 서 지주 집을 급습했다. 식량과 부식, 생필품 등 닥치는 대로 챙겼다. 그날도 도섭은 집에 없었다. 빨치산은 어린아이와 아녀자들은 해치지 않는다는 소문이 있었기에 서 지주 부부와 며느리 공연과 젖먹이 아들. 네 식구는 피신하지 않고 집에 머물러 있었다.

그날 밤 식구들 모두는 마당으로 끌려 나왔다. 그들은 벌벌 떨면서 살려달라고 애원하였다.

"원하는 것을 모두 드릴 테니 제발 목숨만 살려주시오."

지주들에게 유감이 많은 양 부대장이 소리쳤다.

"이런 악질 지주 부르조아 시끼들, 모두 마당으로 끌어내."

그들은 총으로 위협하며 준비한 끈으로 가족들의 입과 손을 묶은 뒤 미촌 뒷산에 있는 백년송 근처로 끌고 올라갔다. 공연은 끙끙대며 아기 근식을 안고 올라갔다. 한참을 오르다가 어느 큰 소나무 밑에 그들을 꿇어앉혔다. 대장 봉학은 대원들이 신흥부락을 급습하는 동안, 자신을 알아볼까 봐 일부러 부관 달수를 데리고 조심스럽게 자기 집이 있는 오룡마을로 갔다. 그의 가족이 어떻게 살고 있는지가 궁금하여 집으로 은밀하게 들어갈 생각이었다. 밖에서 한참 동안 주변과 집안을 관망하고 있었다. 가족들은 무사한 듯 보였다. 누가 볼세라 달수는 주변을 경계하고 봉학만 조심스럽게 집안으로 들어가서 가족을 만났다. 방안에는 반가운 식구들 모두 있었다. 그는 속삭이듯 목소리를 낮추었다.

"엄니, 저 봉학이어요. 무사히 잘 계셨군요."

"아이고 우리 큰아들, 무사했구나. 방갑다. 얼마만이냐?"

"쉿, 작은 목소리로 말하세요."

가족 모두가 한참을 부둥켜안고 반가움의 눈물을 흘렸다. 그의 어머니는 봉학이 손과 얼굴 이곳저곳을 쓰다듬으며 반가워했다. 봉학이 물었다.

"이 난리 통에 식구들 굶지나 않았나요? 식량을 어떻게 마련했나요?"

"응, 니가 일했던 신흥부락 서 지주 집에서 네 몫이라고 식량을 보내 줘서 굶지 않고 이렇게 살고 있다."

그 말을 들은 그는 깜짝 놀랐다. 속으로 '아니 그 영감이 이 난리 통에 그렇게까지 신경 써서 우리 가족에게 호의를 베풀었다는 건가? '내가 해방군이 된 사실을 아직도 모르고 있는 건가?' 아무튼 집안 식구가 난리 통에 서 지주 덕분에 굶지 않고 살고 있어서 고마운 생각이 들었다.

"그랬었군요. 고마운 일이네요."

"니가 잘 있는지 걱정도 많이 하더라. 내가 겪어보니 그래도 그 어른은 다른 자주들과는 달리 경우도 바르고 양심적이고 인정이 많은 것 같더라."

그 말을 들은 봉학은 고개를 끄덕이다가 다시 화제를 돌려 말을 이었다.

"아 예, 그래요. 아우들아, 어머니 잘 모시고 있거라. 엄니, 건강하게 잘 계시시오. 그리고 식구들 안전하게 잘 있는 것을 봤싱께 나는 바빠서 곧 이곳을 떠나야 쓰겄다. 내가 왔다 갔다는 말은 누구에게도 말해서는 안 된다."

그의 어머니는 봉학에게 마지막 당부의 말을 했다.

"아들아, 어디에 있든지 부디 몸조심하거라. 그리고 사람을 상하게 하는 일은 하지 말거라."

"예, 알았어요. 엄니."

동생들도 한마디 했다.

"성님, 우리 걱정하덜 말고 몸조심하시오."

"그래, 나는 잘 있싱께 내 걱정은 말거라."

그는 주머니에 지니고 있는 돈을 모두 꺼내 어머니께 드렸다. 집을 나와 어둠을 헤집고 대원들과 만날 약속 장소로 향했다.

달수가 앞장서서 길을 잡고 산길을 올랐다. 그는 이런저런 생각을 하며 달수를 뒤따라갔다. 그래도 식량이 귀한 어려운 시기에 식구들에게 먹거리를 보내 준 서 지주 영감에게 고마운 마음이 들었다. 사실 그분의 아들 도섭에게 유감이 많았지만, 서 지주 영감한테는 유감이 없었다. 그분은 오히려 자신을 인정해 주었고 새경도 올려 주었다. 그리고 사람 해치지 말라는 어머니 당부 말씀도 생각났다. 그는 한참을 생각하다가 부관 달수를 불러 세웠다.

"염 부관, 있다가 신흥마을 서 영감 가족이 잡혀 와 있을 게다. 차마 그분들을 내 손으로 해치지 못하겠구나. 니가 덕실마을 뒤쪽 적당한 골짜기에서 그냥 요령껏 방면해 주거라. 대신 총을 허공에 세 발 정도 쏴라. 그래야 대원들이 납치자들을 처단하는구나 하고 생각할 거야. 그리고 다른 대원을 시켜서 그 집 며느리 공연만 깃대봉산 아지트로 데리고 가도록 조치할랑께."

"알겠습니다. 대장님!"

빠른 걸음으로 약속 장소에 도착해 보니, 이미 임무를 마친 대원들이 기다리고 있었다. 저만큼 떨어진 한쪽 구석에는 손이 묶인 서지주 가족들이 벌벌 떨며 구부정하게 꿇어앉아서 고개를 숙이고 있었다. 마치 덫에 걸린 산짐승처럼 잔뜩 겁을 먹고 벌벌 떨고 있었다. 봉학은 그 광경을 보면서 도섭을 생각했다. '도섭이 이 자식, 지 가족들이 저렇게 고초를 당하고 있는 저 모습을 보면 어떨까? 미치고 환장하겠지?'를 잠시 생각해 보고 있었다. 그리고 양 부대장에게 말했다.

"양 부대장 수고 많았소. 한 치의 착오도 없이 성과 백 퍼센트 만족인 것 같소."

"그렇습니다. 명령대로 한 치의 착오도 없었습니다."

그는 속으로 흐뭇한 표정을 지으며 중얼거렸다. '도섭이 이 자식, 지 마누라가 없어진 것을 알면 펄쩍펄쩍 뛰겠지. 볼만하겠구먼. 암, 이것만으로도 웬만큼 복수는 한 셈이지. 하하하.'

그는 쾌감을 느끼면서 서 지주가 앉아 있는 곳으로 다가갔다. 캄캄한 밤이라서 서로의 얼굴을 알아볼 수 없었다. 그리고 목소리를 가다듬고 근엄하게 조용히 말했다.

"양 대원, 최 대원, 이리와요. 이 여자는 우리를 위해서 할 일이 많으니 먼저 은신처로 데려가시오."

며느리 공연이 자리를 떠난 후 봉학이 말했다.

"나는 이 지역 혁명군 책임자요. 당신들은 착취만 일삼는 우리가 제일 싫어하는 지주요. 지금까지 여기 끌려 온 지주들은 모두 저세상에 있을게요. 오늘 밤 당신들은 먼저 하늘나라로 가 있는 지주들을 그곳에서 만나게 해 줄지는 내 부관이 알아서 할 거요."

"좋아, 부관, 명령대로 처리하도록."

서 지주는 손자 아기 근식을 안고 부인과 함께 골짜기 쪽으로 향했다. 달수는 마스크를 하고 뒤따라 가면서 한마디 했다.

"지주 영감 식구들은 운이 좋은 줄 아시오. 살려주라는 대장 명령이오. 뒤돌아보지 말고 앞으로 빨리 가시오."

시간이 조금 지난 뒤 산 중턱에서 '탕탕탕' 총성이 울렸다. 서 지주 가족은 뒤도 돌아보지 않고 '걸음아 나 살려라' 하고 산을 내려갔다. 서 지주는 그날 밤 끌려간 며느리가 걱정되었지만, 그나마 나머지 가족이 무사히 살아서 온 것을 천운이라고 부인에게 말했다.

"휴, 우리 식구가 이만하기 천만다행이오. 무지막지한 놈들에게 꼭 죽는 줄로만 알았는디, 지주들은 그놈들한테 잡혀가면 꼼짝없이 다 죽는다고 했는디, 다행히 우리는 천지신명과 조상님의 은덕이 있었음이 틀림없소."

라고 말하며 벌렁거린 가슴을 쓸어내리고 있었다.

한편 며느리 공연은 한참 동안 산길을 힘들게 오르며 그들이 머물고 있는 깃대봉산 은신처로 끌려갔다. 생각할수록 소름이 끼쳤다.

한참 후에 희끄무레하게 동이 터 오고 있었다. 상상해 본 적 없는 광경이 펼쳐지고 있었다. 그녀의 눈에 비친 산사람들의 몰골은 한마디로 얼굴에 생기가 없고 남루하였다. 대부분 벙거지를 눌러 썼거나 개털모자를 귀까지 덮어쓰고 있었고, 옷은 누더기를 걸친 듯 누추하기 그지없었다. 모두가 초췌한 얼굴에 수염이 수북하게 나 있었고, 생김새도 원숭이처럼 하나같이 비슷비슷했다. 그녀는 자신을 지키고 있는 대원을 붙들고 물었다.

"어젯밤에 잡혀 온 우리 식구들은 어떻게 됐소. 제발 나를 집으로 돌려보내 주시오. 집에 몸이 아픈 어린 젖먹이 아이가 있어라. 에미가 없으면 자칫 죽을 수도 있어요."

어깨에 총을 멘 그는 들은 척도 하지 않았다. 자기들끼리 눈길을 주고받으면서 그녀를 쏘아보며 말했다.

"거기 잡혀 온 여자, 그 입 꼭께 다문 것이 좋겠소. 그렇게 함부로 나불대다가 그냥 죽는 수가 있어."

그 말을 들은 그녀는 정신이 아찔했고 온몸이 오그라드는 듯 소름이 끼쳤다.

잠시 후 식사로 주먹밥이 나왔다. 그들은 맞바람에 게 눈 감추듯 허겁지겁 숨 돌릴 틈도 없이 먹고 있었다. 그녀도 밥 한 덩어리를 받았다. 배는 고팠지만 밥이 도저히 목구멍으로 넘어가지 않았다. '짐승만도 못한 저들에게 내 목숨이 맡겨졌다니 이 억울함을 어떡하나? 혀를 깨물고 죽어버릴까? 아니면 그냥 저 아래 절벽에서 뛰어내려 죽어버릴까?' 그녀는 주린 배를 움켜쥐고 두려움에 떨며 별의별 생각을 다 하며 겨우 버티고 있었다.

　다음 날이었다.

　봉학은 예전의 머슴살이할 때 꾀죄죄한 모습이 아닌 자기의 멋지고 의젓한 모습을 공연에게 보여주고 싶었다. 대장이 되면서 마련해 둔 군복을 폼나게 갖춰 입었다. 검은 안경을 쓰고, 지휘봉을 들고 있었다. 그를 본 근처의 대원들은 여기저기서 벌떡 일어서서 거수경례를 했다. 그는 헛기침하면서 그녀에게 가까이 다가와서 천연덕스럽게 말했다.

　"아이고, 이게 누구시오. 공연 씨가 아니오? 여기까지 어쩐 일이오. 그나저나 여기서 이렇게 보게 되다니 뜻밖이오. 아무튼 반갑소."

　그 말을 들은 그녀는 누군지 어리둥절했다. 앞에 서 있는 분이 마치 동화 속의 멋진 장군처럼 보였다. 이런 산속에도 잘생기고 멋진 사람이 있구나 생각하면서 높은 사람일거라고 생각했다.

　나중에 봉학이라는 것을 알아차린 그녀는 깜짝 놀랐다. 예전의 머슴살이할 때 꾀죄죄한 봉학의 모습이 아니었다. 무엇보다 자기 집 머슴이라서 안심이 되고 반가웠다. 어쩌면 자기의 부탁을 잘 들어줄 수 있을 거라는 기대를 하고 있었다.

　"봉학씨 아니 대장동지, 제발 나를 좀 도와줄 수는 없능가요? 우리 집 사정을 누구보다 잘 알고 있잖아요. 그날 밤 어린아이와 가족은 어떻게 됐소. 제 목숨값으로 제가 집에 가서 어떻게 해서라도 이곳에 필요한 식량과 생활용품을 많이 마련해 드리겠어요. 날 좀 집으로 보내줘요."

그에게 애원하듯 말했으나 자기는 모르는 일이라고 시치미를 뗐다.

"그 문제는 좀 더 알아보겠소. 나는 당신을 보내주고 싶소만, 나로서도 어쩔 수 없는 일이오. 이곳 동지들이 한 일이라서 내 맘대로 할 수 없소. 당신을 그냥 보내면 저들이 날 용서하지 않을꺼요. 더구나 공연 씨는 이곳 형편을 어느 정도 보게 되어서, 군경에게 말하게 되면 이곳이 그들에게 알려지게 되고 이곳 대원들이 큰 어려움을 겪을 수도 있지라. 그래서 당분간 이곳에서 머무르면서 식사도 잘하고 몸을 잘 추슬러야 해요. 적당한 기회를 봅시다. 저기 아래쪽에 있는 암자 스님에게 이야기해둘 터이니 당분간 안전한 그곳 토굴에서 생활하도록 하시오. 그곳에 여자 보초가 있을게요. 규칙을 잘 지켜서 생활하시오. 그리고 되도록 여기 대원들 눈에 띄지 않게 생활하는 것이 좋겠소. 지금 내가 할 수 있는 일은 그것뿐이오."

그는 일부러 그녀에게 무관심한 척했다. 하지만 그녀는 여러 정황으로 보아 어쩌면 자기를 이렇게 만든 것이 봉학이 짓이 아닐까? 하는 의심을 해 보기도 했다.한편 도섭은 봉학이 빨치산 지역대장이 되었고 그가 자기 가족을 납치했으며, 아이 엄마를 납치해 갔다는 사실을 뒤늦게 알았다. 가족을 살려준 것은 불행 중 다행한 일이었지만, 아이 엄마를 납치해 간 사실에 몹시 분개했다. 어떻게 해서라도 그녀를 구하기 위해 토벌대원들을 이끌고 앞장서서 병력을 진두지휘하며 밤낮으로 곳곳에서 치열한 전투를 벌였다. 급기야는 한 치 앞을 내다볼 수 없을 정도로 일진일퇴의 격심한 전투가 계속되고 있었다. 어둠 속의 전투는 동이 틀 때까지 계속되기도 했다. 총구마다 불을 뿜었고, 여기저기서 수류탄 터지는 소리도 요란했다.

그러던 어느 날, 빨치산 배후를 공격하기 위해 도섭은 병력을 대폭 증강하였다. 서면 청소골 쪽으로 기세 좋게 적진 깊숙이 치고 올라갔다.

"이놈들 함부로 날뛰며 까불다가 어떻게 되는지 뽄 때를 보여줘야 쓰것다. 이놈들을 배후를 공격하여 싹 쓸어 버려야 쓰것어. 모두 나를 따르시오."

그러나 봉학도 만만치 않았다. 그는 백운산 본부의 지시를 받아서 미리 대비하고 있었다. 또한 머슴살이를 하면서 근처 산들의 형세를 잘 알고 있는 터라 여러 면에서 유리했다. 그는 방어하기 알맞은 곳에 참호를 파놓고 엄폐하여 대항하도록 하였다.

어느 날 이른 새벽녘에 도섭이 이끄는 토벌군이 서면 청소골 쪽으로 접근하고 있는 것을 알았다. 사정거리에 들어서자 봉학의 명령이 떨어졌다.

"쏴, 쏴부러. 갈겨부러, 한 놈도 남기지 말고 모두 요절을 내 부러."

일제히 그들의 총구에서 불을 뿜기 시작했다. 적의 사정거리 위험을 알아차린 도섭이 소리쳤다.

"아이쿠, 적이다. 모두 납짝 엎드려. 나무나 바위 뒤에도 숨꼬."

요란한 총소리와 함께 한바탕 교전이 벌어졌다. 몇몇 토벌대원들이 쓰러지고 나뒹굴었다. 앞장섰던 도섭도 총을 맞고 벌렁 나자빠졌다. 사망자들과 심하게 다친 부상자도 여러 명 발생했다. 토벌대는 쩔쩔매다가 간신히 후퇴하였고, 부상자들은 구례 읍내 병원과 순천 병원으로 후송되었다. 앞장섰던 도섭도 하복부에 심한 총상을 입고 병원으로 이송되었다. 그날 청소골 전투에 크게 승리한 빨치산들의 기세는 하늘을 찌르고 있었다.

　다음날 짜릿한 승리의 쾌감과 흥분을 느낀 몇몇 빨치산 대원들은 전투가 있었던 서면 청소골 근처 마을로 내려왔다. 여러 명 부상자와 사상자를 냈으니, 틀림없이 퇴각하지 못한 부상자들이 분명 어딘가에 숨어 있을 거라고 생각하고 그들을 찾고 있었다. 총을 겨누며 마을 주민들을 위협했다. 주센댁 아주머니 머리에 총구를 들이대고 부상을 입은 군인이나 경찰이 있는 곳을 알려 주지 않으면 가족 모두를 죽이겠다고 위협했다. 겁먹은 주센댁 아주머니는 숨이 막힐 듯한 공포에 벌벌 떨다가 하는 수 없이 집 안에 숨어 있는 부상 경찰 한 명과, 마을 뒤편 대나무 숲에 있는 군인 한 명이 있는 곳을 알려주었다. 그들을 찾아낸 빨치산 대원들은 그 자리에서 그들을 처형시켰다.

　다음 날 주민의 신고로 숨어 있던 동료 토벌군 부상자들이 빨치산에 의해 사살되었다는 사실을 알고, 군경 동료들은 분노했다. 필시 이 마을 일부 주민들이 빨치산과 내통하고 있음이 틀림없다고 결론을 내렸다. 조사 나온 군경은 주센댁 가족을 끌어내어 모두 사살했다. 그래도 화가 덜 풀린 그들은 마을 곳곳을 향해 무차별 총질을 해서 여러 명의 주민을 죽고 다치게 했다. 그래도 분이 풀리지 않은 일부 토벌대는 마을마다 빨치산 가족들을 찾아내어 보복하기 시작했다. 먼저 오룡마을로 가서 봉학의 늙은 어머니만 남기고 그의 동생들 세 명을 모두 산으로 끌고 가서 처형시켰다.

　며칠 뒤 자신의 가족이 토벌군 군경에게 살해되었다는 사실을 알게 된 봉학은 눈이 뒤집혔다. 온몸이 뒤틀리고 피가 거꾸로 솟구치고 있었다. 독 오른 악마의 얼굴이었다.

"이놈들 어디 두고 보자. 몇 배로 복수하고 말 것써. 모두 쓸어버리겠어."

그는 피를 토하는 심정으로 복수를 결심했다. 목숨을 걸고 과감한 작전을 폈다. 먼저 토벌대 본부가 있는 곳을 습격할 것을 결심하고 있었다. 치밀한 계획을 세웠다. 봉학은 눈치가 빠르고 몸놀림이 좋은 대원 10명을 선발하여 그들을 농민 복장으로 위장시켰다. 무기를 잘 숨겨서 개별적으로 토벌대 본부 부근인 괴목 장터로 약속 시간에 모이도록 했다. 밤 8시 정각에 지서를 습격했다. 본부를 지키고 있던 군과 경찰을 습격하여 모두 여섯 명을 사살하고, 전화선을 끊었다. 무기와 탄약까지 탈취한 뒤 불을 지르고 도주하였다.

뒷날 생각지도 못한 본부까지 습격당한 사실이 알려지자 군과 경찰은 발칵 뒤집혔다. 비상령을 내려 거동이 수상한 자를 검문 검색했으나 이미 검문지역을 빠져나간 뒤였다. 상부에서 진상 조사단이 나오고 재발 방지를 위해 각 지역마다 경계를 더욱 철저히 할 것을 지시받았다. 이번에는 군과 경찰도 가만있지 않았다. 토벌대 본부 습격의 보복으로 빨치산 가족들을 폭넓게 조사하고 산으로 끌고 가서 처형시켰다.

그 소식을 들은 빨치산 역시 가만있지 않았다. 그들의 행동은 예전보다 더욱 과감하고 거칠었다. 낮에도 곳곳에서 게릴라전이 수시로 벌어졌다. '순천과 구례 남원을 연결하는 중요한 병력 및 군수물자 보급 교통로인 소련재를 두고 과감한 공격을 하였다. 무기차량이나 식량 차량이 그곳으로 지나간다는 정보를 입수하면 그 날짜 그 시간에 맞춰 잠복했다가 공격하여 탑승자를 사살하고 무기나 식량을 탈취하기도 하였다. 날이 갈수록 양측의 사상자는 눈덩이처럼 늘어났다. 날마다 피가 피를 부르는 보복 전쟁에서 많은 사람이 희생되고 씻을 수 없는 동족 간의 돌이킬 수 없는 참담한 전쟁을 하고 있었다.

가슴 아픈 기억들

**
**

　어머니는 이야기를 하시다가 눈을 감은 채 갑자기 몸을 움찔거리고 있었다. 다시는 떠올리고 싶지 않은 당신이 직접 목격했던 소름 돋는 비행기 폭격 모습과 기관총 소리로 온 산이 흔들리는 무시무시한 장면들을 떠올리며 몸서리치고 있었다.

　날마다 찾아오는 하루하루는 공연에게는 지루한 날들 이었다.
　오랜만에 따스한 햇살이 비추는 초겨울 날이었다. 봉학은 공연 앞에 나타났다. 그는 그녀 앞에 나타날 때마다 멋있게 보이려고 외모와 차림새에 신경을 쓰고 있었다.
　"공연 씨, 그동안 잘 지내고 있었소. 어디 불편한 데는 없소?"
　한마디를 던지면서 은근슬쩍 그녀의 반응과 눈치를 살피고 있었다. 그녀는 굳은 표정을 지으면서 퉁명스럽게 말했다.
　"나를 이런 곳에 잡아다 놓고 불편한 데가 없냐고요? 앞으로 나를 어찌할 셈이오?"
　"이런 말을 하는 것이 미안하지만도 이왕 말이 나온 이 마당에 솔직하게 내 심정을 말해야 쓰것소. 내가 오랫동안 얼마나 당신을 좋아했고 오매불망 사모했는지를, 당신은 모르고 있었겠지라. 내 가슴에서 타는 불덩이는 당신이 피워놓았단 말이오. 그런 나를 두고 어느 날 나 몰래 나비가 되어 무정하게 도섭이 놈에게 날아가부렀지라. 당신은 나를 날마다 눈물 흘리게 만들었단 말이오. 내 스스로 내 가슴에 불을 끌 수 없으니 당신이 알아서 해요."

그는 듣기에 민망하고 곤욕스러운 말을 쏟아내고 있었다. 그의 말을 듣는 순간 그녀는 아찔하지 않을 수 없었다.

"아니, 봉학 씨? 무슨 그런 끔찍한 말을? 나는 이미 아이도 있고 지아비가 있는 유부녀란 말이오."

"당신이 내 곁에 있는 이상, 나는 당신을 다시 도섭이 그 자식에게 보낼 수가 업싱께요. 오늘 당장 내가 당신 곁에서 죽는 한이 있어도 후회는 하지 않을랑께요."

"아니, 세상에 이럴 수가…"

그녀는 황당한 그의 말을 듣고 당황했다. 예전부터 자신에게 어느 정도 관심을 갖고 있음은 눈치챘지만, 이렇게 집착하고 엉뚱한 생각을 갖고 있을 줄은 몰랐다. 그녀가 차분하게 말했다.

"우리는 어려서부터 이웃에서 남매처럼 살았지라. 우리 집안일도 많이 도와주었고요. 나도 봉학 씨를 고맙게 생각했고 좋았던 기억을 간직하고 있었싱께요. 그렇지만 이제 와서 뭘 어떡하겠어요. 봉학 씨가 이렇게 하는 건 씻을 수 없는 큰 죄악이랑께요. 나를 사랑했다면 이렇게 해서는 안 되는 거지라."

그 말을 들은 그는 무언가 생각나는 사람처럼 중얼거리다가 한 마디를 툭 던졌다.

"당신한테 내가 왜 이러는지 나도 나를 잘 모르겠소. 당신을 잊으려고 애를 써도 이렇게라도 하고 싶은 걸 어쩌란 말이오. 여순사건 후폭풍이 나에게 소중한 기회를 주었소. 사랑이란 놈이 이렇게 나를 죄인으로 만들어 놓은 것을 난들 어쩌겠소."

그는 어처구니없는 말만 남기고 벌떡 일어나서 획 가버렸다. 그가 돌아간 뒤 그녀는 그의 언행을 이해할 수가 없었다. '이 일을 어쩌나?' 이 궁리 저 궁리를 하면서 자신에게 되물어 보지만 방법이 떠오르지 않았다.

아무것도 한 일 없이 며칠이 지난 오후였다. 할 일 없는 하루하루는 너무 길고 지루했다. 하늘에 하얀 구름들은 어디를 가는지 머리 위를 바쁘게 지나가고 있었다. 그녀는 산 아래 풍경을 하염없이 내려다보고 있었다. 하루하루 심신이 지쳐가고 무기력한 체념 속으로 빠져들고 있었다. 가물가물 넘어가는 석양 모습이 왠지 처량한 슬픔들이 저렇게 붉은빛으로 엉키어 살고 있는 것 같이 느껴졌다. 언제 왔는지 봉학은 그녀 옆에 앉아서 담배를 꺼내 물고 불을 붙였다. 그리고 차분한 어조로 그의 생각을 털어놓기 시작했다.

"공연 씨, 내 말 오해 말고 냉정하게 들어봐요. 공연 씨가 이대로 집으로 돌아간 들, 이곳에 이렇게 오랫동안 머물러 있었으니 아무 일도 없었다고 아무리 변명한들 식구들이 믿어 주겠소. 이웃 사람들도 여기저기서 수군수군, 망신과 조롱, 그들의 상상이 더해진 비웃음거리밖에 더 있겠소. 그리고 알고 있을지 모르지만 당신 남편 도섭이가 이끄는 토벌군 대장이 되고 난 후, 우리 부대와 날마다 목숨을 건 치열한 전투로 승부를 겨루고 있소. 우리에게 정보를 주는 대원들한테 듣는 바에 의하면, 당신 남편 도섭이도 지난번 우리와의 전투에서 큰 부상을 당했다는 소문이 있었소. 우리 측근 소식통이 알려온 바에 의하면 당신 남편 도섭이가 복부에 총을 맞았다고 해요. 목숨은 건졌으나 성불구자가 되었다는 정보를 들었소."

"뭐라고요? 방금 뭐라고 그랬소? 그게 사실이당가요?"

그 말을 들은 그녀의 얼굴은 돌덩이처럼 굳은 표정을 짓다가 고개를 숙이고 꺼이꺼이 소리 내며 울고 있었다. 그는 그렇게 말해 놓고 머쓱했는지 슬그머니 자리를 떴다.

그녀는 온몸에서 힘이 주욱 빠졌다. 할 수 있는 일이 아무것도 없었다. 꼭 무엇인가에 홀려 있는 것 같기도 하고 꿈을 꾸고 있는 것 같기도 했다.

"어찌 이런 일이?"

그녀의 눈동자가 풀리고 무력감에 눈물을 흘리고 있었다. 이러지도 저러지도 못하고 넋을 놓고 우두커니 산 아래쪽을 바라보고 있었다. 하긴 봉학이와 같은 생각이 들기도 했다. '산에 끌려와서 아무일 없었다고 하소연한들 시집 쪽이나 주변 사람들이 믿어 주지 않을 수도 있겠다는 생각도 들었다. 망신당하고 쫓겨나느니, 차라리 소리소문없이 죽는 것이 낫겠다. 나 하나 없어지면 모든 것이 끝나겠지.'

그날 이후 작은 희망도 없어졌고 심신이 지쳐가고 있었다. 비통한 심정으로 넋을 잃은 사람처럼 날마다 망연자실한 표정을 지으며 먼 산만 바라보고 하루하루를 보내고 있었다.

해를 넘긴 어느 봄날이었다.

어제까지 추적추적 봄비가 내리더니 오늘은 따스한 봄 햇살과 함께 살랑거린 봄바람이 불어오고 있었다. 이 계절의 하늘이 이렇게 청아할 수가 없었다. 주변의 앙상한 가지에서 물오른 나뭇잎들이 한층 더 생기있게 보였다. 노송 가지 사이로 비껴드는 싱그러운 오후 햇살이 비추는 곳에 있는 맑은 옹달샘에 영롱한 무지개가 손에 잡힐 듯 떠 있었다. 그 모습이 너무 예쁜 나머지 그녀는 소녀처럼 조심스럽게 두 손으로 그 무지개 물을 떠서 얼굴에 대 보고 있었다. 잠시 후 무지개는 간 곳이 없고 그녀의 모습만 옹달샘에 선명하게 비춰졌다. 그 젊고 싱싱했던 얼굴은 수척해지다 못해 영락없는 산녀처럼 핏기 없는 초췌하고 남루한 모습만 남아 있었다. 만물은 생기가 돌아오고 있는데, 예전 자신의 모습은 어디에도 없었다. 꿈을 잃어버린 하루하루는 살아 있어도 살아 있는 것이 아니었다.

공연은 바위 밑 양지 녘에서 오후의 따스한 봄볕을 쬐며 시름에 잠겼다. 높은 산인 이곳 주변에도 진달래가 꽃망울을 터트리고 있었다. 하지만 그녀의 마음은 꽁꽁 얼어붙은 한겨울이었다.

그때였다. 바위 뒤쪽에서 봉학이 뚜벅뚜벅 걸어서 그녀 곁으로 다가왔다. 그녀는 일부러 그에게 무관심한 척하며 멀리 들녘을 내려다보고 있었다. 그녀 곁으로 가까이 다가와 앉은 그는 담뱃불을 껐다. 그리고 기분 좋은 일이라도 있는 듯 활짝 웃으며 주머니에서 준비해 온 술병을 꺼냈다. 그녀의 얼굴을 빤히 쳐다보고 싱긋 웃으며 말했다.

"내 눈에는, 언제 보아도 공연 씨가 아름답네요. 공연 씨 혹시 술을 마셔 본 적이 있당가요?"

그녀는 아무런 말도 하지 않았다. 고개를 좌우로 흔들었다.

"오늘은 공연 씨 하고 한잔하고 싶어서 어렵게 이걸 구해왔지라. 이참에 딱 한 잔씩만 나눠 마셔 봅시다. 술이란 놈은 참 묘한 데가 있지라. 어떤 때는 알 수 없는 힘으로 용기를 불어넣어 주기도 하고, 어떤 때는 슬프게도 만들지라."

그녀는 관심 없다는 듯 퉁명스럽게 말했다.

"나는 안 마실꺼구만요. 혼자 많이 마시시오."

"에헤, 그러지 말고 오늘 같은 날, 내 말 듣고 딱 한 잔만 마셔 보랑께요. 이래도 한 세상 저래도 한 세상 아닌가요? 공연 씨랑 같이 한잔하고 싶어서 특별히 구해 온 귀한 술이지라. 내 성의를 봐서 한 잔만 마셔보랑께요."

그는 먼저 단숨에 한 잔을 비워냈다. 그리고 그녀에게 술잔을 내밀었다.

"캬아, 울적한 기분이 오늘 봄날처럼 확 풀려 뿌네요. 세상이 달리 보이네요. 공연 씨도 한 잔만 들어 봐요. 내 성의를 봐서 한 잔만 마셔보랑께요."

그녀가 아무 반응이 없자 얼큰해진 그는 무릎을 꿇고 한사코 그녀에게 술을 권했다. 그는 술잔을 그녀 앞으로 한참 동안 내밀고 있었다.

"아이고, 언제까지 이리 뇌둘 참이오. 나 팔 빠져 불것소."

공연은 기분도 그렇고 순간 나도 할 수 있다는 오기가 뻗쳤다. 속으로 '술도 음식인데 별일 있겠어. 에라이 빌어먹을 것,' 그녀는 생전 처음으로 따라 놓은 술잔을 입에 덥석대고 벌컥벌컥 마셨다. 갑자기 목구멍부터 싸했다. 속이 점점 더워지고 그의 말대로 곧바로 취기가 오르면서 알딸딸하고 기분이 묘해졌다. 처음 느껴 본 일이었다. 온 몸에 힘이 빠지면서 정신이 혼탁해 오고, 몸을 지탱하기가 힘들었다. 눈도 가물가물해지고 있었다. 얼굴이 발그레하고 취기가 오른 것을 확인한 그는 자연스럽게 그녀의 어깨에 살며시 손을 얹었다. 그녀는 깜짝 놀라며 흠칫 몸을 떨었다. 그의 의도를 알아차리고 자리를 피하고 싶어서 몸을 일으켜 세우고 있었다. 그는 곧바로 일어서서 그녀의 어깨를 눌러 제자리에 앉혔다. 어느새 그의 손이 그녀의 어깨를 감싸고 있었다. 그녀는 흔들렸지만 몸을 추스르고 꼿꼿하게 앉으려고 멀리 들녘을 응시하며 말했다.

"봉학 씨, 나에게 이래서는 안 돼지라. 엄연한 남편이 있고, 아들도 있어라. 앞으로 나더러 어떻게 살아가라고 이런당가요?"

그녀는 말까지 더듬거렸다. 그를 힘껏 밀어내고 있었으나 힘이 점점 빠지고 어지러웠다. 나도 모르게 그의 어깨에 그녀의 몸이 반쯤 기대져 있었다. 그는 그녀를 당기며 손으로 허리를 감쌌다.

"봉학 씨 이러시면 안 되지라. 엄연히 남편 있는 유부녀랑께요. 이대로 있다가 깨끗하게 그냥 죽게 제발 좀 내버려 둬요."

그녀의 간절한 목소리는 산등성이를 타고 주변 풀잎들에게 전해지고 있었으나 그는 그녀의 말에 아랑곳하지 않았다. 그녀에게 더욱 바짝 다가앉아 실랑이를 하면서 말했다.

"공연 씨 마음 잘 알겠어요. 공연 씨, 죽을 때 죽더라도 딱 한 번만 공연 씨를 사랑할게요. 공연 씨가 죽으면 나도 따라서 죽어 버릴 거예요. 당신 없는 세상은 나에게도 아무런 의미가 없당께요."

그녀는 이러지도 저러지도 못하고 있었다. 그는 더욱 세차게 그녀를 끌어안으면서 말했다.

"사랑해요, 공연 씨! 오늘을 위해 얼마나 참고 기다렸는지 몰라라."

그의 욕정은 이미 그녀의 목을 애무하고 있었다.

"안 돼요. 이래서는 안 돼요. 정말 안 돼요."

이를 악물고 버텼고 세차게 밀치며 저항을 했으나, 작정하고 덤벼드는 그의 힘을 당해 낼 수가 없었다. 몸끼리 밀착되어 그의 욕정이 뜨겁게 타오르고 있었다. 정사가 끝나고 그녀는 참담한 심정으로 고개 숙여 흐느끼고 있었다. 이제는 한 가닥 희망마저도 무너진 느낌이었다. 눈앞에 우뚝 솟은 용바위가 말없이 이 광경을 지켜보고 있었다. 그녀는 멀리 떠 있는 저녁노을이 부끄러워 고개 숙여 외면하고 있었다. 행여 누가 볼세라 얼른 일어나 꾸깃꾸깃해진 옷을 매만지고 있는 사이 그는 헝클어진 그녀의 머리카락을 정리해 주었다. 그녀는 눈물이 그렁그렁 맺혀있는 눈물을 손등으로 훔치고 있었다. 아무 생각이 나지 않았다. 갑자기 세상이 텅 비어 버린 것 같았고, 자신이 작은 포말이 되어 공중으로 흩어지고 있는 것 같았다. 그때 그가 말했다.

"공연 씨 걱정말아요. 당신을 내가 확실하게 책임질랑게요."

"난 몰라요. 나 보고 어떻게 살아가라고."

"솔직히 말하면 당신은 원래 내 여자지라. 비록 당신에 대한 사랑이 죄가 된다 해도 가시밭길 걷는 길일지라도 이제부터 당신의 마음도, 사랑도 내게로 돌려놓는 것이 맞지라."

그의 목소리는 거침이 없었다. 그녀는 말없이 훌쩍거리고 있었다. 그날 이후 그녀는 심리적으로나 육체적으로 절망뿐이었다. 이대로 죽고 싶어도 그럴 때마다 젖먹이 아들 생각이 가로막고 있었다. 부끄럽고 저주스러웠지만 어쩔 수 없는 무기력한 산속 생활이 계속되었다.

그러던 어느 날 그녀의 몸에 이상이 느껴졌고 섬찟한 기분이 들었다. 혹시나 했는데 이 와중에 덜컥 원치 않은 임신이 되고 말았다. 정신이 번쩍 들었다. 날이 가고 달이 가면서 배가 점점 불러왔다. 그는 기대에 부풀어 있었으나 그녀는 굳은 얼굴이었고 날마다 고민에 싸여 있었다. 때로는 배가 아파오기도 하고 위태로운 고비를 넘기며 출산 날이 점점 가까워지고 있었다. 걱정이 이만저만이 아니었다. 말은 하지 않았지만 산속에서 출산 준비가 전혀 되지 않은 상태라 봉학 역시 걱정이 많았다. 아무리 생각해 보아도 뾰쪽한 방법이 없었다. 자꾸 불안하고 불길한 생각만 들었다. '이 산속에서 잘못되면 산모도 아이도 모두 잃을 수도 있는데,' 날이 갈수록 출산에 대한 공포로 안절부절 못하며 둘이는 고민이 깊어져 긴 한숨을 토해내고 있었다.

그런 생각을 하며 고민하던 11월 밤이었다.
날씨는 차츰 추워지고 전황도 날로 심각해져 가고 있었다. 무엇보다 당장 싸울 실탄과 식량 조달이 급했다. 봉학이 부대는 비교적 산에서 가까운 평화마을로 보급 투쟁을 나갔다. 그는 부관 달수와 함께 주변을 돌아보면서 관리 감독을 하고 있었다. 어느 골목을 들어서니, 여자의 신음 소리가 심하게 들렸다. 그들은 무슨 일인가 하고 살금살금 조심스럽게 소리 나는 집으로 들어갔다. 가만히 집안 상황을 살펴보고 있었다. 보아하니 그 집 아주머니가 출산하느라 심한 진통을 겪고 있었다. 옆에서 산파인 듯한 여자가 분주하게 방과 부엌을 분주하게 드나들고 있었다. 그녀는 땀을 뻘뻘 흘리며 옆에서 출산을 돕고 있었다. 둘이는 뒷마루에 몸을 숨기고, 조용히 지켜보고 있었다. 그때 봉학은 그의 뇌리에 번쩍 스치는 것이 있었다.

"옳거니! 음! 그래, 잘 됐다! 그냥 죽으라는 법은 없구나! 저 산파를 산으로 데려가야겠다."

그의 얼굴에 미소가 피어올랐다. 그는 고개를 끄덕이며 중얼거리고 있었다. 눈치 빠른 달수가 알아차리고 말했다.

"지금 당장 행동 개시를 할까요?"

"쉿, 아니야, 조용히 기다려. 그리고 부관, 부대장에게 전하고 와. 식량이 어느 정도 확보되었으면 먼저 귀산하라는 명령 전하고 와."

봉학은 캄캄한 뒷마루에 앉아 담배를 꺼내 피우기 시작했다. 방안에서 출산이 끝나기만을 기다렸다. 한 참 후에 산모의 절규하는 신음와 함께 아기 울음소리가 났고, 남자아기를 출산했다. 그때 그 아기가 훗날 바로 평화마을 이장 정영철이다. 산파는 땀을 뻘뻘 흘리며 출산을 마무리하고 있었다. 부관 달수에게 그의 턱 신호가 떨어졌다. 달수는 곧바로 행동을 개시했다. 총을 들고 방안으로 들어갔다.

"쉿, 꼼짝 마, 죽기 싫으면 뻘짓거리 하지 말고 시키는 대로만 해."

그 사이에 달수는 미역이며 옷가지, 기저귀 등 산후용품 일부를 주섬주섬 챙겨서 자루에 담았다.

"이 물건들 다 가져가려고 했으나 대장님의 특별한 배려로 반만

나눠 가져가니 고맙게 생각하라고."

그리고 곧바로 산파에게 말했다.

"당신은 당신 물건 속히 다 챙기시오. 그리고 마당으로 나가서 꼼짝 말고 기다려요."

워낙 갑작스럽고 벌어진 일이라서 산파 여수댁은 벌벌 떨면서 허둥거렸다. 그는 대충 짐을 챙긴 그녀에게 밖으로 나가라는 턱 신호를 보냈다. 바들바들 떨면서 문밖으로 나갔다. 마당에는 봉학이 서 있었다. 그녀는 당장 어디로 도망도 갈 수 없고, 더구나 들고 있는 총을 보니 오금이 저렸다. 사시나무 떨듯 벌벌 떨고 있었다. 그 길로 집을 나와 험한 산으로 끌려 올라갔다. 캄캄한 밤에 미끄러지고 넘어지며 얼마 전에 나물 뜯으러 가던 바로 그 산길이었다. 그때 잠시 그 쉼터 너럭바위에서 그가 말했다.

"부관, 잠깐 담배 한 대 피우고 가자. 저 산파 여자 뛰어내릴지도 몰라. 죽으면 안 되니까 우선 저 소나무에 움직이지 못하게 잘 묶어 둬."

"예, 알겠습니다."

그때 여수댁은 산으로 끌려가서 치욕을 당하고 죽느니, 차라리 그 바위에서 뛰어내려 죽어버릴까? 생각했지만 그럴 수도 없었다.

내가 엄마에게 말했다.

"그래서 엄니가 그곳에 있는 바위에 안 좋은 기억이 있으셨군요."

"그래, 그렇단다. 그날 빨치산에게 능욕을 당하고 죽일까 봐 마음이 조마조마 했단다."

우리는 어둠을 헤치고 한참 동안 깃대봉산 은신처로 올라갔다. 봉학은 나에게 곧 있을 산모 출산을 도우라고 했다. 암자를 다시 찾아간 봉학은 스님에게 사정 이야기를 하고 출산을 위해 스님 방을 산모에게 내 줄 것을 부탁했다. 곧바로 스님은 거처를 토굴로 옮겼다. 암자 주변을 지킬 것을 명령받는 부관 달수는 다른 대원 한 명과 함께 주변 보초를 섰다. 다음 날 밤 내 도움을 받아 공포와 산고를 견디며 열악한 환경 속에서 다행히 산모는 건강한 딸아이를 순산했단다. 고단한 긴 밤이었다. 어머니께서는 잠시 말을 멈칫거렸다. 내 얼굴을 쳐다보지 않고 말씀하셨다.

"놀라지 말거라. 아까 달수라는 분의 말처럼 그때 태어난 그 딸아이가 미숙이 바로 너, 너란다."

이야기를 듣고 있던 나는 화들짝 놀라서 동그랗게 눈을 떴고 갑자기 어안이 벙벙해졌다.

"예, 방금 뭐라고 하셨어요. 그게 저라니요, 그 봉학이라는 사람의 피가 지금 나한테 흐르고 있다고요? 엄니, 이제 나 어떡해요?"

다른 사람의 이야기로 알고 그저 안타까운 마음으로만 듣고 있던 나는 봉학이 그분이 내 아빠라는 것이 매우 곤혹스러웠고 망연자실했다. 낭패감에 치마로 얼굴을 가리고 몸부림치며 울면서 엄마에게 물었다.

"제가 그렇게 해서 태어났단 말인가요? 도저히 믿어지지 않아요? 그렇다면 나와 근식 씨가 남이 아니고 동복 남매간이란 말인가요? 우리 사랑이 결국 낯부끄러운 근친상간이었다는 말인가요? 그리고 나에게 친언니가 따로 있었고 엄니는 양엄니란 말씀인가요? "

사랑과 열정을 지탱해 주었던 소박한 꿈이 와르르 무너지고 자신이 끝 모를 나락으로 추락하고 있는 느낌이었다.

"그래, 모두가 사실이야, 내가 니 출산을 직접 도왔단다."

그 말을 들은 나는 몸부림치며 안절부절 못했고, 좌절과 절망의 늪에 빠졌다. 얼굴이 벌겋게 달아올랐다. 불길한 예감이 스치고 지나갔다.

어머니의 이야기는 계속되었다.

엄마는 한동안 암자에서 갓난이 너와 산모를 돌보면서 하루하루를 보내고 있었다. 출산을 무사히 끝냈으나, 집으로 돌아갈 수 있을지, 늘 불안과 공포에 떨고 있었다. 네 친엄마는 불안해하는 나를 안심시켜 주었다. 둘이 이런저런 이야기를 나누면서 날마다 함께 지내다 보니 가까워졌고 자매처럼 서로 간에 궁금한 것을 묻고 답하며 마음속에 있는 속 깊은 대화까지 나눌 수 있었다. 한 살 많은 나를 언니라 불렀고 함께 생활하면서 궁금한 것은 서로 묻고 답하며 허물없이 지내게 되었다.

네 친엄마는 집안 이야기며 유년 시절의 이야기부터 봉학과의 관계, 결혼 이야기, 납치 과정을 내게 소상하게 들려주었다. 나는 남원 친정 이야기며 여수에서 식모로 생활하면서 결혼도 하고 산파 일도 배우고, 평화마을로 피난을 오게 된 과정 등을 이야기해 주었다. 이곳 시댁이 오지 농촌이라 안전할 거라 생각하고 피난 왔는데, 오히려 더 큰 난리를 만난 이야기도 했다. 말하자면 늑대를 피하려다가 이곳에서 호랑이를 만나서 고생하고 있는 이야기를 해 주었다. 내 이야기를 듣고, 친어머니는 매우 안타까워하며 대신 사과를 했다.

"아유, 그러셨군요. 저 때문에, 언니가 고생이 많네요. 아무튼 죄송해요."

"아니야. 공연 씨 때문이기는 하지만, 이것도 팔자소관이고 이렇게 만나게 된 것도 인연이라는 생각이 드네."

"내 출산도 도와주셨으니, 어떻게 해서라도 언니는 하산하도록 돕겠어요."

"고맙네. 그렇게 도와준다니 감사할 뿐이네. 그 은혜는 잊지 않겠네."

네 친엄마가 준 희망으로 닫힌 마음이 열리고 두려움도 조금씩 사라졌었다. 가끔 부관 달수를 만나서 여러 이야기를 나누면서 그와도 가까워졌다. 그는 그동안의 빨치산 활동과 니 친아빠 되는 봉학의 성장 과정과 공연 씨를 사모했던 이야기도 자세히 해 주었다.

내가 산에서 머무르는 동안 이곳 대원들의 일상생활도 지켜볼 수 있었다. 가장 안타까운 일은 그들 대부분 의약품이 없어서 부상 치료를 받지 못하고 있었다. 심한 부상과 동상으로 살이 썩어들어가는 자도 다수 있었다. 불빛 때문에 밤에는 마음대로 불을 피울 수가 없어서 추위를 견디기가 힘들었다. 굴속에서 작은 불씨 몇 개를 모아놓고 둘러앉아서 그들끼리 온기를 나누며 잡담을 나누는 이야기를 듣곤 했었다.

"우리가 괜히 헛고상하고 있는 것은 아닌지 몰라."

"맞아. 논밭 주고 집도 주고 장가도 갈 수 있다고 해서 여길 왔구먼."

"고루 잘 사는 세상을 맹그러 주고, 앞으로 머슴살이 같은 것 안 해도 된다고 하잖튼가? 가족을 버리고 영예롭게 입산한 빨치산 전사답게 승리의 그날을 위하여 조금만 더 참아보세."

푸념 섞인 이런저런 소곤거림에 산속의 밤은 조용히 깊어가고 있었다.

낙엽이 흩날리는 초겨울이 되었다.

근래에는 토벌군과 빨치산과의 치열한 공방전이 시작될 무렵에는, 먼저 비행기에서 무시무시한 기관총 세례와 폭탄이 떨어지고 있었다. 그럴 때마다 그들의 하소연과 두려워하는 푸념도 들을 수 있었다.

"저 비행기에 양코백이들이 타고 있다면서, 저놈들이 우리와 무슨 원수지간이라고 우리들한테 총질이야. 저 잡것들을 모조리 없애뿌려야 쓰것네."

"그래 맞아, 우리가 주구한테 해를 끼친 것이 없는디, 양코백이 저 무작은 놈들은 인정사정이라고는 손톱만큼도 없구만잉. 아무데나 닥치는 대로 쏘아대는 이놈들을 가만둬서는 안 된당께."

"아서아서, 귀한 목숨 아끼드라고, 그 총 갖고 저 날랜 쌕쌕이를 잡겠다고? 아서아서, 계란으로 바위 치기야."

그들의 얼굴에는 결의에 찬 분노가 서리고 있었지만 역부족이라 것을 잘 알고 있었다. 대부분의 대원들은 비행기 소리만 들어도 무서워서 후들후들 떨고 있었다.

내가 이 산으로 끌려 오고 한 달이 지날 무렵이었다.

네 친엄마가 큰 바위 밑에서 너를 안고 젖을 빨리고 있으면서 나를 불렀다. 그리고 심각한 표정으로 내게 간곡히 부탁했다.

"언니도, 보시다시피 이곳의 상황이 안 좋은 쪽으로 날로 심각해지고 있어요. 이곳은 물자도 부족하고 날씨도 추워지고 대원들 사기가 말이 아니어요. 전황이 심상치가 않아요. 마지막 때가 다가오고 있는 것 같아요. 신흥마을에 있는 아들 근식은 내가 없어도 그래도 할머니 할아버지가 잘 키우겠죠. 문제는 이 아이입니다. 그냥 죽게 할 수도 없고, 이런 상황에서 난감할 뿐입니다. 이제 이 전쟁도 막바지에 이른 것 같고, 내 운명의 날이 바짝바짝 다가오고 있는 것 같아요."

네 친엄마는 눈물을 흘리면서 진지하고 솔직한 심중의 말을 나에게 했다.

"언니, 어떻게 해서라도 이 아이를 살리고 싶습니다. 언니 제발 좀 도와주세요. 제가 봉학 씨에게 이야기해서 오늘 밤 딸아이와 함께 언니는 집으로 갈 수 있도록 허락받아 놓았어요. 당분간만 이 아이를 좀 맡아서 길러 주실 수 없겠는지요? 전쟁이 끝나고 한 사람이라도 살아남으면 평화마을로, 아이를 데리러 갈 거예요. 은혜는 잊지 않겠습니다.

누구에게도 이 아이 비밀을 꼭 지켜주서야 해요. 특히 신흥부락 제 시집 쪽에는 더더욱 절대로 알려져서는 안 돼요. 내가 봉학 씨 아이를 낳았다는 사실을 알게 되면, 사람들은 하나같이 전후 사정 따지지도 않고 손가락질부터 하고 입에 담지 못할 욕부터 할 것이 뻔하네요. 이 아이 역시 빨치산 아빠를 둔 딸이라고 손가락질과 멸시를 당하게 되고, 커서도 떳떳하게 살 수가 없을 것 같아서요. 나는 이곳에서 흔적도 없이 조용히 사라지고 싶어요. 그래서 혼이라도 자유롭게 날아다니는 새가 되고 싶어요. 내 아들 근식이도, 딸 미숙이도 멀리서라도 가슴으로 품어 우는 뻐꾸기처럼 보살피고 싶네요."

그날 네 친어머니는 어떤 예견이라도 한 듯 고뇌에 차 있었다. 그리고 손에 끼고 있던 결혼반지를 빼서 내게 건네주었다.

"언니, 이 반지 좀 받아 주세요. 남편 도섭 씨 호인 반계와 내 이름 공연의 첫 자를 따서 반공이 새겨진 결혼반지네요. 물려줄 것은 이것밖에 없네요. 이 아이가 크거든 전해 주세요."

반지를 건네주는 네 친엄마의 손이 심하게 떨리고 있었다. 그 모습을 보고 내가 말했다.

"혹시 오늘 잘못된 생각을 하는 것은 아닌가? '개똥밭에 굴러도 이승이 낫다'는 말도 있지 않던가. 어린 딸을 봐서라도 최선을 다해 살아야 해. 아이에게는 엄마의 사랑이 꼭 필요하다네."

그때 네 친엄마는 이런 말을 했다.

"이 아이는 어쩌면 환영받지 못하고 태어난 아이인데, 엄마 아빠 사랑은커녕 얼굴조차 알지 못하고 살게 될런지도 모르겠네요. 불쌍하고 가슴이 미어지네요. 차라리 언니 딸로 살아가는 것이 좋을 것 같아요."

네 친엄마의 눈가에 눈물이 어룽어룽 흘러내려 얼굴이 눈물범벅이 되어 있었다. 그때 나는 네 친엄마의 어깨를 다독이며 말했다.

"잘 알았네. 나도 아이를 잃어봐서 그 심정을 누구보다도 잘 알고 있네. 지금은 인간의 도리가 땅으로 떨어진 짐승들만이 득실거리는 전쟁의 시절이야. 이 어려움을 이겨 내세나. 벼락 맞을 저 바보 멍청이 같은 인간들!"

"고마워요. 언니. 언니를 이곳에서 만난 것이 저로서는 큰 행운이네요. 그리고 안심이 되네요. 조금은 마음 편하게 눈도 감을 수 있고요."

"아니야, 그래도 꼭 살아야 해."

그날 네 친엄마의 표정은 넋 나간 사람처럼 눈의 초점이 안보였다. 눈물을 흘리며 너에 대한 간곡한 부탁을 받았고 그날 밤 나는 하산 준비를 계획하고 있었다.

둘이서 이야기를 끝내고 나는 골짜기 쪽으로 내려가고 있었다. 네 친엄마는 그 자리에 앉아서 너에게 계속 젖을 물리고 있었다. 갑자기 웅웅웅 소리가 가까이 들려왔다. 그날따라 비행기가 아주 낮게 날면서 폭격이 시작되었다. 적막하기만 했던 산봉우리와 능선 주변 골짜기는 순식간에 고막이 터질 듯한 뇌성벽력의 소리가 났고, 곧바로 화염이 산을 뒤덮고 있었다. 나는 본능적으로 눈과 귀를 손으로 막고 바위 밑에 납작 엎드렸다.

"쾅쾅쾅쾅, 드르륵 드르륵 드르륵 쾅쾅쾅."

비행기에서 내리꽂은 기관총 소리는 하늘과 골짜기를 날카롭게 마구 찢어 놓고 있었다. 네 친엄마 역시 본능적으로 너를 얼른 품에 끌어안고, 땅바닥에 납작 엎드렸다. 비행기는 다시 산을 한 바퀴 빙 돌아와서 또다시 '두두둑 드르륵 쾅쾅' 천지를 진동시키고 지나갔다. 폭격을 하고 지나간 자리에는 맥없이 꼬꾸라진 대원 십여 명이 총탄과 파편을 맞고 처참하게 쓰러져 있었다. 떨어져 나간 팔과 다리, 피가 솟구치는 사람, 옆구리를 감싸 안고 뒹구는 사람, 골짜기 곳곳마다 신음소리로 가득했다.

"불쌍한 내 신세야! 누가 나 좀 이대로 죽여줘."

버르적거리며 사지를 달달 떨다가 죽어가는 사람, 피를 흘리며 울부짖는 부상자들의 울부짖는 소리는 산을 울리고 있었다. 차마 눈 뜨고는 볼 수 없는 아비규환의 지옥이었다. 자연은 인간들이 하는 짓들을 말없이 지켜보고 있었다.

나는 겨우 일어서서 정신을 차리고 네 친엄마가 있었던 곳을 바라보았다. 아무 움직임이 없었다. 겁이 덜컥 났고 오금이 저려서 제대로 걸을 수가 없었다. 있는 힘을 다해서 네 친엄마가 쓰러져 있는 곳으로 엉금엉금 기어갔다. 네 친엄마는 등 쪽에 총탄을 맞고, 많은 피를 흘리며 엎드려 있었다. 가냘프게 아기 울음소리가 들렸다. 가까스로 곁으로 다가가 네 엄마를 흔들었다. 등 쪽에 총탄 세 발 맞고 피를 쏟으며 만신창이가 되어 있었지만 끝까지 어린 너를 배에 꼬옥 품어 안고 엎드려 있었다. 네 엄마의 희생으로 기적적으로 네 목숨을 살린 것이다. 네 엄마의 들릴 듯 말 듯 한 가냘픈 목소리가 들렸다.

"언니, 이 아이들 부탁합니다."

"알았네. 걱정말게나. 공연 씨, 정신 차려."

그리고 더 이상 네 엄마는 아무 말이 없었다. 아무리 흔들어도 반응이 없었다. 내가 올 때까지 버티며 살아남아서 마지막 그 한마디를 부탁하고 한 많은 세상을 등지고 말았다. 나는 처참한 실상을 안타까운 눈으로 그냥 바라볼 수밖에 없었다. 그때 그 애처로운 모습이 지금도 눈에 선하다.

봉학은 그렇게 숨을 거둔 네 친엄마를 안고, 서럽게 한없이 울고 있었다. 분노가 치밀어 올랐는지 잘근잘근 입술을 깨물었고 그의 입속은 피범벅이 되어 있었다. 하늘을 올려다보며 소리치고 있었다.

"아, 나 때문에! 아, 나 때문에! 미안해 공연아! 아 하늘이여! 내가 죄인입니다! 딸아이는 어쩌라고! 아! 나는 극악무도한 죄인입니다. 신이시여! 당장 날벼락을 쳐서 차라리 이 자리에서 죽여주시오."

그는 미친 듯이 하늘을 향해 권총을 서너 발 쏘아댔다. 피를 토하듯 한동안 발버둥 치며 통곡하고 있었다. 그는 눈을 뜨고 죽은 네 친엄마의 눈을 감겨주고 웃옷을 벗어 얼굴을 덮어 주었다. 그리고 한참 후에 꺾어 온 억새와 개망초 등 가을꽃으로 시신을 정성스럽게 감싸서 손수 양지바른 곳에 묻어 주었다. 그는 조그만 무덤 앞에 앉아서 좌절감에 넋을 놓고 눈물을 쏟고 있었다. 그때 그 광경을 바라보면서 나는 중얼거렸다.

"파렴치한 인간이라고 치부해 버려도 될까? 아니면 사랑을 납치한 범죄자라고 해야 할까? 인간은 정이 맺힌 자리가 가장 아프고 약하다던데!"

그날 네 친아빠 봉학의 행동은 네 친엄마의 죽음을 고통스럽게 가슴에 묻고 있었다. 짧은 해는 서산으로 뉘엿뉘엿 지고 있었지만 부상자들의 처절한 신음 소리가 적막을 깨뜨리고 있었다. 치명상을 입은 그의 부대도, 종말로 치닫고 있었다.

그날 밤 초저녁 달빛은 비교적 환했다.

태어난 지 한 달 남짓한 핏덩이인 너를 안은 부관 달수의 뒤를 따라 나도 하산했다. 하산길 중간쯤에 이르자 갑자기 한바탕 차가운 회오리바람이 불고 검은 구름이 하늘을 뒤덮더니 궂은 날씨로 돌변

했다. 잠시 후 함박눈이 눈이 꽃잎처럼 쏟아져 내렸다. 순식간에 나무나 바위, 익숙하게 다니던 길도 하얀 눈을 뒤집어쓰기 시작했다. 산이 있던 자리에는 거대한 하얀 공룡들이 우뚝우뚝 버티고 서 있었다. 바람에 눈발까지 날려서 눈뜨기조차 힘들었고 길이 보이지 않았다. 진퇴양난이었다. 무릎까지 차오른 눈밭에 풍풍 빠지고 발을 헛디뎌서 넘어지고 낭떠러지에서 몇 바퀴씩 구르기도 했다. 그럴 때마다 달수는 네가 살았는지를 확인해 가며 내려왔다. 너무 추운 날씨 때문에 몸도 옷도 얼어서 뻣뻣해졌고 걷기조차 힘들었다. 그는 어린 네가 추워서 얼어 죽을까 봐 그의 허리춤에 두른 광목 끈을 풀어서 너를 그의 가슴에 동여매었다. 그리고 자세를 낮추고 밤새도록 거북이처럼 한 발한 발 엉금엉금 기다시피 하면서 내려왔다. 새벽녘에서야 겨우 평화마을에 도착했다. 나는 어린 네가 그 험난한 눈길과 추위에 도저히 살 수 없을 거라고 생각했다. 집에 도착해서도 눈을 감고 꼼짝하지 않는 어린 너를 포대기로 싸서 차가운 방에 놓고 급하게 미음을 끓이면서도 너는 살기 힘들거라고 생각했다. 그런데 하늘의 도움이 있었는지, 돌아가신 네 친엄마 영혼의 정성어린 보살핌이었는지는 몰라도 너는 나를 보고 방긋 웃으며 기적적으로 살아있었다.

네가 마을로 오고 난 후 3일째 되는 날 밤이었다.
빨치산 부대마다 추위와 굶주림에 기진맥진한 그들은 살아남기 위하여 몸부림치고 있었다. 봉학이가 이끄는 부대도 근처 마을에서 식량 전투를 마치고 귀산하던 중이었다. 네게 맡겨진 미숙이 네가 잘 있는지 보고 가려고 대원들과 함께 평화마을을 들렀다.

그는 대원들을 안전한 곳에 잠시 휴식을 취하도록 했다. 달수만 데리고 우리 집으로 와서 네 가슴에 얼굴을 대고, 한참 동안 말없이 훌쩍거리고 있었다. 그리고 울음 섞인 목소리로 내게 말했다.

"감사합니다. 아주머니. 정말 죄송하고 감사합니다. 아주머니만 믿습니다."

그리고 너를 안고 훌쩍거리며 목 메인 목소리로 말했다.

"미숙아, 미안하다. 건강하게 잘 자라고 있거라."

그는 눈물을 툭툭 떨어뜨리며 애처롭고 안타까운지 또다시 다가와 어린 너의 손을 끌어다 살며시 손 뽀뽀를 해주고 네 볼을 쓰다듬는 안타까운 장면을 볼 수 있었다. 곧바로 달수를 불렀다.

"달수야, 이젠 도저히 안 되겠어. 피붙이 딸을 위해서 자수를 해서 내가 딸을 키워야겠어."

그는 너를 보면서 이미 마음이 무너진 표정이었다. 자수해야겠다는 결심을 하는 것 같았다. 너와 나에게 마지막 인사를 건네고 곡식 자루 하나를 내 방에 들여 주고 떠나갔다. 그날 밤 그는 무척 지쳐 보였고 뒷모습은 쓸쓸해 보였다.

그 후 본격적인 겨울로 접어들고 있었다.

대원들은 사기가 떨어질 대로 떨어져 궁지에 몰리고 있었다. 게다가 비행기 소리만 들려도 바위 밑이나 나무 밑에 고개를 처박고 몸을 피하기에 바빴다. 이대로 가면 싸워 보지도 못하고 모두가 굶어 죽거나 얼어 죽게 될지도 모른다고 생각한 봉학은 양 부대장과 상의

했고 중대한 결심을 했다.

　그날 각자 원하는 길을 택했다. 계속 싸우겠다고 달수를 비롯한 다섯 명이 양 부대장을 따라서 지리산으로 향했다. 열두 명은 당국에 자수했다. 토벌대에서는 거북이 자수를 했냐며 술렁이고 있었다. 그는 백운산에 있는 빨치산 상황과 무기, 도피 장소지, 잔당들의 예상 도주로 등의 정보를 제공했다. 토벌대는 봉학을 앞세워 대대적인 백운산 공습을 펴기 시작했다. 일부는 미리 도주했거나 항복해 왔고, 그곳에서 항거하던 빨치산 대원들은 괴멸되었다.

　한편 지리산 역시 무릎까지 덮을 정도로 눈이 많이 내렸고, 극심한 추위로 얼굴을 밖으로 내놓을 수 없을 정도였다. 윙윙거리며 귓전을 때리는 바람 소리와 함께 흩날리는 눈보라에 눈을 뜰 수조차 없었다. 공중에서는 비행기 공습이 있었고, 지상에서는 사방에서 포위망을 좁히며 공격을 가해왔다. 남아 있던 잔당들은 대부분 투항을 해왔고, 끝까지 버티던 자들도 필사의 항전을 했으나 막강한 토벌군의 화력에 많은 전사자를 남기고 궤멸되었다. 전투가 벌어진 곳마다 하얗게 쌓인 눈 위에는 붉은 피로 물들어 있었고, 쓰러진 시신들은 눈 속에 묻히고 있었다. 몇몇 대원들은 재빠른 동작으로 동료 시신 밑으로 눈을 파내고 들어갔다. 눈 속에 묻혀서 코만 내놓고 겨우 숨을 쉬고 있으면서 몇 명은 죽음을 면했다. 그중에는 양 부대장과 달수도 있었다.

　이들은 목숨은 건졌지만 당장 돌아갈 곳이 없었다. 생존자 세 명은 월북하기로 의견을 모으고 지리산에서부터 태백산맥의 등줄기를 따라 북쪽으로 걷기 시작했다. 칡뿌리를 캐 먹기도 하고 나무에 매달려 있는 열매를 따 먹으며 허기진 배를 움켜쥐고 걷고 또 걸었다. 지친 몰골로 기진맥진 쓰러졌다 일어섰다를 반복하며 간신히 휴전선을 넘었다. 북한에 당도한 그들은 빨치산 출신 생존자라고 대대적인 환영을 받았다. 그리고 곧바로 다시 훈련을 받고 인민군 초급 장교가 되었다. 이남 지역 내전은 일단락되고 서서히 안정을 되찾고 있었으나 전쟁 뒤처리로 주민들 간의 고소 고발이 이어지고 있었다.

빨치산을 소탕한 이듬해인 1950년 6·25일 한국전쟁이 발발했다. 월북했던 빨치산 출신 달수를 비롯하여 3인방은 돌격부대장으로 남침에 앞장섰다. 전쟁 발발한 후 3일 만에 수도 서울을 함락시켰다. 대한민국 정부는 급히 대전으로 옮겨갔다. 정부는 여순사건의 트라우마가 있었던 경험 때문에 교도소나 경찰서에 수감되어 있는 좌익관련자들의 처리 문제가 골칫거리였다. 임시정부 대책회의에서 강경책이 나왔다. 긴급조치 1호 '범죄처벌특별조치령'이 내려졌고 예비검속이 강화되었다. 예전에 죄가 가벼워서 석방된 좌익관련자들까지 다시 구금되고 있었다. 대전과 광주를 비롯한 전국의 형무소마다 수많은 좌익활동 혐의로 재판을 받고 있거나 구금된 자들에 대한 신속한 처리명령이 내려졌다. 특히 좌익에서 전향시켜 조직한 관변단체로 가입시킨 수만 명의 보도연맹원까지 포함되어 있었다.

그 무렵 봉학도 빨치산 고위직이라서 따로 2심 재판이 진행되고 있던 중이었다. 6·25 한국전쟁이 터지고 난 후, 수감된 좌익관련자들과 함께 트럭에 실려서 어디론가로 갔다. 눈을 가리고 양손이 묶인 채 어느 산속으로 실려 갔다는 소문만 있고 그 이후의 소식은 알 수 없었다.

이곳에서도 이런저런 이유로 빨치산 관련자들을 포함하여 과거의 좌익과 조금이라도 연관되어 체포된 50명이 첫날 1차로 군경에 의해 끌려 나왔다. 내전 초기에 빨치산 대원들에게 식사를 제공했다는 죄목으로 고란이 박센 댁 아주머니도 끌려 나왔다. 죽은 빨치산 호주머니에 들어 있는 수첩을 발견한 경찰은 그의 친구들 주소가 수첩에 적혀 있었던 십여 명도 좌익이 의심된다고 잡혀와 있었다. 어머니가 가족을 살리기 위해 형은 의용경찰로 동생은 빨치산으로 보냈는데 그 동생 또한 잡혀와 있었다.

그동안 아무 일 없이 집에서 농사 일을 하고 있던 평화마을 여수댁 남편도 오래전에 빨치산에 부역했다는 이유로 다시 붙들려 와 있었다. 그는 아무리 생각해도 억울했다. '이왕 이렇게 죽는 것이라면 억울한 사정 이야기라도 호소해서 선처를 바라는 심정으로' 트럭에 오르기 직전 사색이 된 초췌한 얼굴로 가까스로 일어서서 부들부들 떨면서 비장한 목소리로 말했다.

"저기 책임자 대장 나으리, 나 할 말이 쪼께 있당께요."

끌려 나온 숨죽인 사람들의 가엾은 눈망울들이 두 사람을 향했다. 책임자는 귀찮고 어이없다는 표정을 지으며 말했다.

"뭔데? 빨치산 부역자 주제에 무슨 할 말이 있다고 그래."

"나, 너무 억울해서 죽것써라우."

"뭐가? 뭐가 억울한디, 당신, 예전에 빨치산한테 부역했잖아. 저 사람들이 함께 했다고 다 증언했잖아. 왜 그런 짓을 했어? 그래도 뭐 할 말이 있써?"

"그놈들을 위해서 식량을 지게로 세 번 저다 준 것은 맞구만요. 하지만 나으리도 한번 생각해 보시지라. 군경들은 낮에만 와서 마을을 지켜주고, 밤이면 모두 철수해 버렸지라. 밤이면 마을은 온통 저놈들 세상이었다고요. 우리 주민들은 날마다 안전한 곳으로 나가려면 이 십리 길을 왔다갔다 해야 한당께요. 하루이틀도 아니고 해서 뒷간(화장실) 쪽에 땅굴을 뚫어 놓고 숨어 있었지만 그들에게 발각되었고, 그들은 내 뒤통수에 총을 들이대고, 말을 듣지 않으면 가족들 모두를 저세상으로 보낸다고 하는디 용-빼는 재주가 없었어라. 그러니 어쩌것소. 그리고 이 문제로 예전에 황전지서에서도 조사 받았지라. 별일 아니라고 고생이 많았겠다고 곧바로 석방 처분을 받았지라."

"뭐라고? 그걸 말이라고 해, 당신은 한 번도 아니고 세 번씩이나 부역을 했잖아? 그래도 이번에는 안 돼."

"예, 그것도 맞는 말씀이구만요. 하지만 나으리도 그 상황이 되보랑께요. 재수 없게 집에 숨어 있을 때마다 그들이 나타나 곡식을 나르라고 하면서 뒤에서 찰깍하고 방아쇠 소리를 들을 때면, 사지가 벌벌 떨리고, 심장이 오그라들었구만요. 또한 짐을 지고 산을 오르면서 뒤처지는 사람 뒤꿈치를 향해 총을 쏘아댔지라. 그럴 때마다 제정신이 아니었구만요. 나으리도 그 상황이 되면 부역을 하지 않을 수 없을 거구만요. 어느 누가 밤에 무거운 짐을 지고 산을 오르고 싶은 사람이 있다요. 그때 당시 정말 재수가 없어서 붙들렸고, 목숨을 부지하려고 어쩔 수 없었써라. 제발 참작 좀 해 주시오."

책임자는 씨익 하고 비웃다가 얄궂은 표정을 짓더니

"뭐라고? 그걸 말이라고 해? 난들 이렇게 하고 싶어서 하는 게 아냐. 이번에 다시 법이 강화되었고, 상부의 지시야. 빨치산한테 한 부역 그게 무조건 큰 죄야. 이유 불문하고 국가보안법 위반이야. 알았어? 프랑스에서는 장머시기드라, 맞아 장발짱, 그 친구는 배가 고파서 빵 조각 하나 훔쳐 먹다가 19년 징역형 먹었다는 거야. 그 말이 사실인지 아닌지 나중에 염라대왕 만나거든 물어봐, 뭐 또 할 말 있어?"

"그래도 억울해 죽겠써라."

"됐고, 시간 없어, 모두 트럭에 빨리 태워."

곧바로 그의 손짓 출발 신호가 떨어졌다. 여수댁 남편을 포함한 50명이 2대의 트럭에 쭈그려 앉은 채 어디론가로 실려 갔다. 그들이 덜컹거리며 지나간 신작로 길에는 부옇게 일어난 마른 흙먼지만이 슬픈 마지막 작별 인사를 고해 주고 있었다.

다음날은 2차 부역자 및 좌익들 집행 날이었다.

전날 안타까운 모습을 지켜본 서 주임은 잠을 이루지 못하고 있었다. 어쩔 수 없이 부역을 했던 비슷한 처지의 나머지 50명이 운동장으로 끌려 나왔다. 이 사람들 역시 얼마 전에 별일 아니라고 풀어준 사람들이었다. 서 지서장은 인간적으로 너무 괴로웠다. 모든 책임은 본인이 지겠다며 죽음을 각오하고 그 자리에서 2차 처형자 50명을 방면시켜 주었다.

이처럼 지역 곳곳마다 집단처형의 회오리바람이 휩쓸고 있었다. 엄마의 이야기를 듣다가 눈물을 닦으며 말했다.

"그래서 엄마가 혼자가 되셨군요."

"그래, 그랬단다. 너무나 억울하고 어처구니가 없는 일들을 겪었지. 하지만 그뿐이 아니었다."

그 무렵, 갑자기 터진 한국전쟁으로 미처 피난을 가지 못한 일부 서울시민들도 살아남기 위해 인공기를 들어야 했다. 그들이 점령한 약 3개월 동안 좌익들의 도움을 받아 우익들을 색출하여 처형하거나 북으로 끌고 가는 비극적인 일들을 또 겪어야 했다.

그러는 동안 양측의 주력부대는 낙동강 전선에서 치열한 공방전이 벌어지고 있었다. 유엔군이 개입한 인천상륙작전이 성공하면서 전황이 국군 쪽으로 유리하게 전개되었다. 달수와 함께 북으로 갔던 동료들 역시 비행기 폭격에 거의 전멸을 당했다. 간신히 살아남은 달수는 총구에 백기를 매달고 투항했다. 그는 곧바로 거제도 포로수용소에 수감되었다. 그들의 최후는 이렇게 비참하게 끝났다. 그 후 휴전이 되었고 달수는 그때부터 힘겨운 수용소 생활을 하고 있었다.

1950년 10월 하순 쌀쌀한 어느 가을날이었다. 인민군은 평양 이북으로 쫓겨갔다. 이번에는 인민군이 남한을 점령한 3개월 동안 북한 정권에 협조한 좌익들과 인민군에 협조한 부역자들을 또다시 색출하여 처벌한다는 소문이 들려왔다. 그중에는 여맹활동을 한 여자들도 포함되어 있다는 것이다. 마을 사람들은 또 다시 술렁이기 시작했고 불길한 예감이 들었다.

그리고 이틀이 지났다.

걱정했던 소문이 현실이 되고 있었다. 군경이 합동으로 인민군 지배하에 문제가 있는 지역을 다니면서 부역했던 자들을 색출해서 처형하려고 평화마을에도 왔다. 그들이 마을로 온 날 구장은 맨발로 뛰어나오면서 말했다.

"아이고 나으리님들 먼 길 오셨군요. 우리 마을은 인민군에 협조한 사람이 단 한 사람도 없지라."

"뭐라고요? 해당자가 한 사람도 없다고? 조사해 보면 금방 알 수 있지요."

그들은 마을 남녀노소를 불문하고 모두 마을회관 앞으로 모이게 했다. 숨어 있거나 도망친 사람들은 부역 혐의가 있는 사람들로 간주해서 더 무거운 처벌을 받을 거라고 했다. 마을 사람들은 망설이고 있었다. 한 참 후에 마을 사람들이 삼삼오오 모이기 시작했다. 그들은 남녀로 구분하여 앉혔다. 군경은 집집마다 나오지 않고 숨어 있는 자들을 색출하기 시작했다. 집에 머물러 있었거나 산으로 도망하다 잡힌 남자 6명, 여자 5명이 붙잡혀 왔다. 그들을 부역자로 의심하여 따로 분리해서 앉게 했다. 그때 책임 대장은 먼저 직계가족 중에 군인과 경찰, 우익가족 관련된 사람들을 가려내서 그들을 먼저 집으로 돌려보냈다. 그리고 난 후 책임자 대장이 말했다.

"이 마을에서 인민군을 도와준 부역자는 누구누구요?"

손 든 사람이 아무도 없었다. 그는 다시 말했다.

"이 마을에 여맹원 오경희가 있다는 이야기를 듣고 왔어요. 오경희가 누구요? 지금 당장 앞으로 나오시오."

그러자 그 옆집에 사는 정씨 아주머니가 벌떡 일어났다.

"오경희 그 여편네, 석 달 전에 인민군이 들어오자마자 읍내로 나가서, 아직 마을로 돌아오지 않았꾸만요. 저기 건너편 빈집이 그 여편네 집이지라."

"좋소, ○○학교에서 있었던 인민군이 주최한 궐기대회에 이 마을에서도 많이 참가했다고 하던데 누구누구요? 알고 있는 사람은 이 자리에서 바로 신고하시오."

대답하는 사람이 아무도 없자 그는 또다시 말했다.

"알았어요. 이 마을에서 인민군 장교를 치료해 주었다는 정보가 있소. 누구요? 스스로 정직하게 나오면 선처하겠소?"

선처한다는 말에 나는 미숙이를 너를 업은 채로 일어섰다.

곧바로 대장의 명령이 떨어졌다.

"관련 없는 사람들은 집으로 돌려보내고, 산파 아주머니를 비롯하여 집에 숨어 있던 자들을 마을 뒤 숲속 골짜기로 데려가시오."

그곳에 도착하자마자 책임자 대장이 흥분된 살기 띤 눈으로 명령을 내렸다.

"사격 준비."

명령이 떨어지자 군경은 우리를 향해 일제히 총을 겨누었다. 그 자리에 있던 사람들이 새파랗게 질리고 사색이 되었다. 책임대장을 바라보며 손을 싹싹 빌며 살려달라고 절규하고 있었다. 여자들은 처절하게 울부짖다가 정신을 잃고 쓰러졌고, 기겁을 한 나머지 옷에 오줌을 벌벌 싸면서 말했다.

"살려주시오. 인민군에 부역한 일도 없고 여맹에 가입도 하지 않았써라."

"뭐라고? 뭔가 쾡기는 것이 있으니까 숨어 있었겠지. 이치상 그렇지 않소."

아찔한 공포감에 사로잡힌 나 역시 사지가 굳고 움직일 수가 없었다. '이제는 꼼짝없이 죽게 생겼구나!' 자포자기 상태에 빠져들었고, 눈물도 나지 않았다. 순간 어차피 이렇게 죽는 마당에 이판사판이었다. 나도 모르게 뿔뿔뿔 네발로 재빨리 기어서 책임자의 바짓가랑이를 붙잡고 울부짖었다.

"나으리님들, 정히 쏴 죽일거면 소원 한 번만 들어 주시오잉. 사형을 당하는 천하에 무도한 죄인도 마지막 말은 들어 준다는 말도 있지 안쏘. 제발 부탁이오."

그때 책임 대장은 거칠게 담배를 빨고 있었다.

"좋소. 꼭 할 말 있으면 해 보시오. 마지막이오."

나는 죽을 각오를 하면서 간절한 마음으로 이야기했다.

"훌륭한 우리 군과 경찰이 목숨 바쳐 나라를 지키고, 사회 혼란을 막아내느라 애쓰신 것을 잘 알고 있습니다. 바라건대 ○○지서에 연락해서 꼭 좀 확인해 주시오. 우리 면에서는 다른 지역과는 달리 인민군이 쳐들어올 무렵, 지서장님은 자기 목숨을 걸고 가벼운 죄인들을 풀어주면서 인민군이 쳐들어와도 절대로 협조하지 말라고 간곡하게 당부했지라. 그분의 말씀대로 우리 모두는 실천을 잘 했지라. 인민군 치하에서 이곳은 단 한 건의 고발도 없었고, 목숨을 잃은 사람도 없었다고 며칠 전 신문에 났어요. 이 자리에 온 사람들이 죄가 있어서 숨은 것이 아닙니다. 몇 달 전에 우리 마을 대부분 남자들은 빨치산 총칼이 무서워서 그들의 짐을 날라준 일이 있다고 부역 혐의로 군경들에게 어딘가로 끌려가서 모두 죽었지라. 제 남편도 끌려가서 죽었고요. 오늘 여기에 있는 우리들이 이 일로 죽고 나면 이 마을에는 젊은 남자는 한 사람도 없고, 노인 세분만 남겠네요. 그러다 보니 경찰 또는 군복 입은 사람만 보면 벌벌 떨리고 오금이 저리지라. 그래서 일단 죽음을 피해 보자는 마음으로 이 무지렁이들이 잠시 집에 머물러 있었던 것뿐이오. 알아보시면 아시겠지만, 우리 마을은 인민군이 있었던 읍내와 거리가 이십 리나 떨어져 있당게요. 인민군이 한 번도 이곳에 들어오지 않았지라. 이 첩첩산중까지 그들이 오겠습니까? 지 발로 걸어나간 오경희 말고는 다른 여성동맹원은 없었습니다. 인민군에 협조한 일이 있었다면 우리 모두는 당연히 그 총 맞고 죽어야겠지라. 그리고 저는 인민군 장교인 줄 모르고 산에서 내려오다가 다리를 다쳤다고 우리 집을 찾아왔기에 보기가 딱해서 집에 있는 빨간 소독약 발라 준 일이 죄라면 죽어야겠지요. 이제 내가 죽으면 내 등에 있는 아이는 기를 사람이 없어요. 이왕이면 함께 죽여주시오."

내 간절한 마음이 통했을까? 그 말을 들은 책임자는 잠깐 눈을 한 번 감았다가 뜨면서 말했다

"방금 한 말들이 사실이오? ○○지서에 당장 알아보겠소."

"예, 대장님! 사실 확인을 해 주시오. 많은 목숨이 달려있습니다."

그때 등 뒤에서 까르르 소리를 내며 어린 미숙이가 생긋 웃고 있었다. 잠시 후 책임 대장은 웬일인지 총을 거두라고 했다.

"듣고 보니 이유도 있고 이 마을은 특별한 일이 있었던 것은 아닌 것 같구만. 이곳은 이 정도로 마무리하고, 다른 곳으로 이동하지."

그 무렵에 다른 지역에서는 죽음의 회오리바람이 불어서 수많은 사람이 목숨을 잃었다는 소식이 들려왔다. 나중에 들리는 이야기로

는 그 책임자도 너만 한 어린 딸이 있었다는 말도 들었다. 미숙이 너의 천진난만한 모습을 보는 순간 자기 딸 생각이 났단다.

이렇듯 수많은 상처를 남기고 처참한 전쟁은 끝났어도, 그 당시 살고 있던 이웃들은 참담하고 답답하고 섬뜩한 일들을 곳곳에서 겪고 있었다. 한때는 빨치산과 인민군에 의해서 죽임을 당하고, 또 다른 한때는 군인과 경찰에 의한, 번뜩이는 총칼에 목숨을 맡기는 세상이었다. 그들의 말 한마디에 혹은 눈짓, 턱짓, 손짓에 한 가족이 목숨을 잃기도 했고, 적과 내통한 마을이라고 찍힌 곳은 마을 사람들 모두가 피해를 보기도 했다.

운 좋게 살아남은 사람 중에는 고아로 남은 사람, 먹을 것이 없어 배를 움켜쥔 채 깡통을 들고 동냥 다닌 사람, 정신 이상으로 헛소리하며 돌아다니는 사람 등 이루 말할 수 없는 처참한 모습들을 곳곳에서 볼 수 있었다는 말씀으로 이야기를 끝맺으셨다.

어머니의 슬프고 아픈 이야기를 끝까지 듣고 난 후, 나는 얼굴에 흘러내린 눈물을 닦고 있었지만 모골이 송연해졌다.

3장
가시나무 숲
서울

비에 젖은 상경의 꿈

※※

이야기를 끝낸 어머니 얼굴에는 안타까운 슬픔이 가득했다. 나 역시 아프고 괴로운 감정을 숨길 수가 없어서 넋을 잃고 망연자실하며 자괴감에 빠져있었다. 무엇보다도 무도한 자의 피가 나에게 흐르고 있다니, 자신이 증오스럽고 눈앞이 캄캄했다. 어머니는 엎드려서 울고 있는 내 어깨를 끌어당겨 안아주시며 말씀하셨다.

"그래, 이 모든 것이 전쟁 중에 있었던 피할 수 없는 안타까운 사실이고 그때의 실상이었다. 모두가 제정신이 아닌 혼돈과 수난의 시기였어. 이젠 어쩔 수 없는 그런 아픔의 역사를 극복하고 감내하며 살아야 해. 참혹한 사실들을 내 가슴에만 묻어두고 너에게는 말하지 않고 살아가려고 했는디, 달수란 자가 나타나서 일이 이렇게 되고 보니 어쩔 수 없이 너에게 돌이킬 수 없는 충격과 실망을 안겨주고 말았구나."

어머니는 위로의 말씀을 하셨지만 나는 울면서 벽에 머리를 꿍꿍 찧고, 절규하며 머리카락을 쥐어뜯었다. 스물세 해간 비극의 세월이 한꺼번에 내 목구멍으로 감기어 들어와 더 이상 기가 막혀서 말이 나오지 않았다. 무엇보다 친어머니로만 알고 있던 지금의 어머니가 23년 동안 친딸처럼 아니 그 이상의 사랑으로, 바람이 불면 날아갈세라 애지중지 곱게 키워주셨는데, 양어머니라는 사실을 알았을 때,

하늘이 무너지는 엄청난 충격이었다. 엄마랑 나랑 생사고락을 같이 하며 오늘날까지 함께 헤쳐 온 길인데, 앞으로는 천애고아로 살아야 하는 걸까? 살아갈 앞날이 캄캄하고 외롭고 괴롭고 막막했다.

혹시 꿈을 꾸고 있는 것은 아닌지? 내 살을 꼬집어 보기도 했다. 무엇보다 달수 그자가 이런 사실을 모두 다 알고, 자기 말을 들어주지 않으면 해코지할 거라고 벼르고 있는 이상, 근식과의 결혼은 꿈도 꿀 수 없을 것 같고, 면장 집과도 인연을 맺을 수 없을 것 같았다. 달수 그자의 말대로 이 고장에서는 어떤 누구와도 인연을 맺기가 어려울 것 같았다. 이런 사실들이 이웃 사람들에게 알려진다면 내 자존심과 비난의 손가락질을 도저히 견뎌 낼 수가 없을 것 같았다. 더구나 근식 씨에게는 낯부끄러워서 내 입으로 그런 말조차 꺼낼 수 없을 것 같고, 나는 이제 어떻게 해야 하나? 난감함이 엄습해 왔다. 어머니의 가슴에 얼굴을 묻은 나는 꺽꺽 소리를 내며 계속 목 놓아 울고 있었다.

나는 고민이 깊어졌다. 얽혀 있는 문제들이 도무지 해결책이 보이지 않았다. 생각할수록 가슴이 터져나갈 것 같고 숨쉬기조차 힘들었다. 다 팽개치고 멀리 아무도 없는 산골이나 무인도로 도망가고 싶은 마음뿐이었다.

그날 청혼을 했다가 어머니께 망신을 당한 달수 그 자는 앙갚음을 해야겠다는 생각과 무슨 수를 써서라도 미숙을 자기 사람으로 꼭 만들고 말겠다는 고민을 하면서 곧바로 지서로 달려갔다. 그리고 친분이 많은 지서장에게 고발 겸 특별한 부탁을 했다.

"평화마을 미숙이라는 아가씨는, 여순사건 때 그녀의 아버지가 빨치산 황전면과 서면지역 위원장이었지라. 제가 반공청년회장으로 파악해 본 바로는, 그 아가씨는 작년 여름방학 때 서울서 내려온 대학생 농촌계몽 봉사활동 나온 몇몇 운동권 대학생들과 유신반대와 농민운동에 관한 모종의 은밀한 모의가 있었던 것 같아요. 그 미숙이라는 그 아가씨가 용공혐의나 시국관련 혐의가 있는지 은밀하게 조사를 해주시오. 그라고 지서장님께 한 가지 특별한 부탁은 적당히 이틀 정도만 이곳에 붙잡아 두고, 조사를 해서 정신이 바짝 들고 고분고분해지도록 적당히 고생을 좀 시켜주시면 좋겠어라."

부탁을 받은 지서장이 말했다.

"알겠어요. 그 점은 염려 마시오. 무슨 말씀인지 잘 알았어요. 반공청년회장님 특별 부탁이니 말씀하신 대로 철저히 조사해 보지라."

지서장은 마음속으로 '옳거니, 으음, 잘하면 생각하지도 않은 시국관련자들을 일망타진하는 대어를 낚을 수도 있겠구나!' 요즘 시국사건 조사를 하다가 인명 사고가 나도, 목숨 하나쯤이야 우습게 생각하는 세상이 아니던가? 그는 고개를 끄덕이며 흐뭇한 표정으로 창밖을 내다보고 있었다. 다음날 경찰관 2명은 소환장을 들고 미숙 집을 방문했다. 경찰들이 미숙이 모녀에게 말했다.

"김미숙 씨 당신한테 고발이 들어왔어요. 조사할 것이 있으니 모레 오전 10시까지 ○○지서로 출두하시오."

"예에? 무슨 일로요? 제가 뭘 잘못된 게 있나요?"

"나와 보면 알게 돼요. 시간 늦지 않도록 하시오."

꿈에서도 생각 못 한 청천벽력 같은 엉뚱한 일까지 터졌다. 기가 막혀서 할 말을 잃고 한동안 멍하게 서 있었다. 달수 그자의 말이 머릿속을 맴돌고 있었다. 이런 사실이 당장 동네에 소문이라도 난다면 어떡하지? 아무리 생각해 봐도 뾰족한 수가 보이지 않았다. 어쩔 수 없이 근식 씨와 맺은 맹세를 포기하고 하루라도 빨리 고향을 떠나는 것만이 최선의 길이라는 생각이 들었다.

그날 밤, 나는 근식을 저수지 둑방으로 불러냈다. 그곳에 둘이 나란히 앉았다. 나는 한동안 할 말을 잃었고, 시무룩한 표정을 하고 있었다. 평소와 달리 서먹하고 커다란 이물스러운 그 무엇인가가 우리 두 사람 사이를 가로막고 있었다. 밤하늘에 무수히 쏟아져 반짝이는 별빛을 바라보며 말없이 한참 동안 앉아 있었다. 그는 내 눈치를 살피며 말했다.

"오늘 밤 미숙 씨 표정이 밝지 않네요. 낮에 무슨 일이 있었나요?"

나는 눈물을 글썽거리며 대답 대신 준비한 소주병을 꺼냈다. 먹어 본 적이 없는 소주를 병째로 벌컥벌컥 마셨다. 그는 술병을 빼앗으며 무슨 일이 있냐고 재차 물었다.

"미숙 씨, 오늘 무슨 일이 있당가요? 우리는 곧 부부가 될 것인디. 문제가 있으면 혼자만 고민하지 말고 같이 의논해서 해결하도록 해야지라."

"별일 아니어요. 오늘은 그냥 기분이 쪼깨 그냥 좀 그렇네요. 세상살이가 만만치 않은 것 같아요. 아무 말 말고, 잠시 그냥 이대로 좀 있어 줘요. 아무튼 그동안 고마웠어요. 오빠."

내 말을 듣기가 이상했는지 그는 내게 반문했다.

"아니, 다시 안 볼 사람처럼 그동안 고마웠다니, 그리고 오빠라고?

그게 무슨 말이당가요? 헤어질 사람처럼 듣기가 영 어색해뿌네요."

"별일 아니어요. 그냥 오빠라고 한번 불러보고 싶네요. 인생사가 그저 허무허고 사정없이 꼬이는 것 같아서요."

나는 자신도 모르게 눈물을 머금은 채, 그의 어깨에 기대었다. 마지막 희망이 무너진 느낌이었다. 손에 잡힐 듯한 소곤거리고 있는 수많은 별을 올려다보면서 나는 횡설수설 알 수 없는 말을 쏟아 냈다.

"어둠 속에서 쏟아질 것만 같은 반짝이는 저 별들도 우리들처럼 아픈 사연이 있을까요? 저 별들도 사랑을 하고, 이별을 하고, 가슴도 아파할까요? 첫사랑은 무척 아름답고 달콤하지만 그것에 베인 상처는 평생 잊을 수 없다고 하던디 그 말이 사실일까요? 저 별들도 지금 우리 두 사람을 내려다봄시롱 뭐라고 말할까요?"

곧바로 그가 말했다.

"생명이 있는 세상 만물이 사랑하고 헤어지고 아프고 서로 위로받음시롱 성숙해 가고 있겄지라. 그런 고통을 겪음시롱 사랑을 배우고, 정이 쌓이고, 삶의 깊이를 체득해 나가겄지라."

"그럴까요? 틀림없이 다들 그러것지라?"

안타까운 사연을 그와 상의하기도 난감했다. 시무룩한 표정을 짓고 있는 나를 보고 그는 한마디 했다.

"여자들은 결혼을 앞두면 초조해지고 심적으로 예민해진다는 말을 들었지라. 너무 걱정 말아요. 나만 믿어랑께요. 당신을 많이 사랑하는 내가 있잖아요."

그 말을 들은 나는 그를 쳐다보면서 어색하게 살짝 웃어 주었다. 하룻밤 사이에 그와 나는 딴사람이 된 느낌이었다.

이런저런 푸념을 하다가 밤늦게 헤어졌다. 집으로 돌아온 나는 밤새도록 작은 골방에 앉아서 두 눈이 퉁퉁 부어오르도록 울었다. 이 생각 저 생각을 하면서 뒤척이다 뜬눈으로 밤을 지새웠다. 아무런 해법이 나오지 않았다. 결국 이쯤에서 무겁고 아픈 십자가를 질 사람은 자신이란 생각이 들었다.

첫닭이 울고 있었다. 나는 크게 한숨을 쉬고 난 뒤 비장한 결심을 하였다. 이렇게 헤어지는 것이 서로를 위해 최선이고, 어쩔 수 없는 선택이라 결론지었다. 다섯 시를 가리키는 벽시계 소리가 서서히 어둠을 몰아내고 있었다. 나는 벌떡 일어나 책상 서랍을 열고 대학생 선생님들이 건네준 연락처 쪽지들을 챙겼다. 언제라도 서울 올 기회가 있으면 꼭 연락하라고, 살며시 쪽지를 건네준 오 선생님 전화번호와 주소를 특별히 챙겼다.

이른 새벽, 나는 핼쑥해진 얼굴로 어머니께 내 생각을 이야기했다.

"엄니, 어제 엄니 말씀을 듣고, 한숨도 못 자고 생각해 봐도 이곳 고향에서 결혼해서 살기가 힘들겠어. 주변의 모든 상황이 나를 옥죄어 오고 있는 것 같네요. 내 자존심도 그렇고요. 차라리 아무도 모르는 서울로 가야쓰겠어요. 그리고 지서에서 경찰들이 나오거든 서울에서 취직자리 연락이 와서 급히 갔다고만 적당히 둘러 대 주세요. 또한 근식 씨가 찾아오거든 급한 사정이 생겨서 서울로 떠났싱께 나를 찾지도 기다리지도 마라고만 전해 주세요."

"그라, 그렇게 하마. 내 생각도 니가 여길 떠나는 것이 좋컷다. 황전 지서 일은 내게 맡겨라. 사실대로 이야기해도 별것 아닐 게야. 여기 일은 걱정하지 말거라. 나도 한숨 못 자고 밤새도록 여러 생각을 많이 했다. 이곳에서 다른 사람과 결혼을 하게 되면, 달수 저자가 그냥 두고만 보고 있지 않을 것 같다. 그자의 말대로 결국에는 언젠가는 과거의 모든 집안 사정이 밝혀지게 되면 근식이 집에서부터 회오리바람이 불게야. 결국 니도 근식도 불행해질 것은 불을 보듯 뻔하다. 잘 생각해 부렀다."

어머니의 얼굴에 안도의 빛이 역력했다. 그리고 잠시 후 어머니는 옷장을 열고 통장과 도장이 든 봉투를 꺼내서 나에게 내밀며 말씀하셨다.

"이것은 니가 결혼할 때 비용에 쓰려고 그동안 산파 일과 남의 집 일을 해 주고 받은 품삯을 틈틈이 모아둔 것이다. 객지에 나가면 무엇보다 돈이 필요할 거야. 잘 간수했다가 요긴하게 쓰거라. 그리고 여자의 몸으로 아무 연고도 없는 낯선 서울로 보내려고 하니 그것 또한 걱정이고 답답하구나!"

나는 생각지도 않았는데, 어머니의 따뜻한 배려에 왈칵 눈물이 쏟아졌다. 엄마의 가슴에 내 얼굴을 묻은 채 소리 내어 울었다.

"아니, 언제 이렇게꺼정 준비하셨어요? 엄니, 감사해요. 돈 많이 벌어서 꼭 갚을게요. 그리고 엄니가 23년간 길러 준 양엄니라고 하셨지만 저에게는 이 세상에서 가장 사랑하는 엄니어요. 엄니, 고맙고 감사합니다. 아무 연고 없이 서울 가는 것 너무 걱정 마세요. 어떤 일이 있어도 쓰러지지 않고 독한 마음으로 살게요."

엄마와 나는 와락 껴안고 눈물을 흘렸다. 어머니는 내 등을 다독이셨다.

"그래. 그렇다고 해서 우리 둘의 관계는 하나도 달라진 것이 없어.

너는 사랑하는 내 딸이란다. 배 아파 나은 딸보다 더 소중한 딸이란 말이다. 니 행복이 곧 내 행복이야. 니나 나는 어려서부터 수많은 죽음의 고비를 함께 넘기고 이 자리에 있는 거야. 지금까지 니가 살아있다는 것은 하늘이 니를 돕고 또 니 친엄마 마지막 말처럼 엄마의 영혼이 니를 돕고 있음이 틀림없어. 나는 그렇게 믿고 있어. 니는 뭐든지 해낼 수 있을거야. 그러니 용기를 내거라."

"예, 엄니, 그 말씀 가슴에 새기고, 열심히 살아가겠어요."

"어제와 오늘 아프고 슬프고 괴로운 사연들을 사실 그대로 전한 것이 너무 가혹했다는 생각도 들고, 어쩔 수 없이 니를 가시나무 숲 속에 날개 꺾인 새를 만들어 놓은 것 같아서 너무 가슴이 아프구나. 잠시만 기다려라."

그때 어머니는 장롱 속에서 금반지 하나를 꺼내면서 말씀하셨다.

"이 반지는 어제 말했던 니 친어머니가 돌아가시기 직전 내게 맡긴 그분의 유일한 결혼반지란다."

"아니! 엄니! 이 반지가 내 친엄니가 남기신 반지라고요?"

"그래! 그렇단다!"

나는 너무 반갑고 소중해서 또다시 눈물을 쏟으며 말했다.

"이것이 친엄니가 이 세상에서 살았다는 흔적이네요!"

'이 반지를 양어머니에게 맡기고 가시는 길이 얼마나 외롭고 쓸쓸하고 힘드셨을까? 사람은 살아가는 동안 얼마나 많은 시련과 아픔을 겪어야 하는 존재인가?'를 생각하며 나는 하염없이 눈물을 흘리고 있었다.

"엄니가 여태까지 이걸 잘 보관해 두셨군요!"

"그래! 이 반지가 어떤 반지인데! 니 친엄마 목숨 같은 귀한 반지란다! 어디를 가더라도 이 반지는 너를 지켜주는 행운의 반지가 될 거야. 근식 아버지 도섭씨 호가 '반계'인데 그 '반'자와 친엄마의 이름 공연의 첫 글자 '공'자를 따서 '반공'이란 글자를 새겼다더구나. 여기 이렇게 글자가 선명하게 새겨져 있어!"

자세한 이야기를 들으면서 건네받은 엄마 결혼반지를 보고 나는 감정이 복받쳐서 말이 나오지 않았다. 콧등이 시큰하며 눈물이 핑 돌았다. 나는 울음 섞인 목소리로 말했다.

"어찌 내게 이렇게 슬프고 가혹한 일들이 있었다는 말인가요?"

나는 그날 친어머니 심정을 상상해 보았다. 그리고 입술을 깨물었다. 고개를 푹 숙인 채, 굳은 결심을 하면서 고향 둥지를 떠날 새가 되어야 했다. 조용히 감정을 추스르고 그동안 말로만 듣고 동경해 왔던 서울로 떠날 결심을 했다. 가슴 아픈 일이지만 내가 앞으로 걸머져야 할 무언의 짐을 지고 지금까지 고향에서 있었던 자신의 삶을 모두 잊기로 모진 마음을 먹고 있었다. 어머니께서도 한참을 아무 말씀도 안 하시고 옷소매로 눈물만 닦고 계셨다.

지금까지 고향을 벗어난 적이 없는 나는 아침 일찍 서울로 가기 위해 가방 하나를 챙겨 들고 쫓기듯 집을 나섰다. 뒤도 안 돌아보고 마을을 빠져나와 인적이 드문 산길로 갔다. 이십 리 길 구례구역을 향해 음산한 고개를 두 개를 넘고 개울을 건너야 했다. 어머니께는 낯선 서울 가는 것을 아무 걱정하지 말라고 말했지만, 갑작스럽게 이루어진 상경이 어색하고 부담스러웠다.

기차역으로 가는 동안 이런저런 생각들이 떠올랐다. 명절 때 서울에서 귀향한 친구들이 들려준 서울 이야기들이 먼저 생각났다. 그들은 하나같이 무용담처럼 서울은 '대낮에도 서 있는 사람 코 베어 가는 곳'이라서 인신매매단이나 전문사기꾼들, 취직시켜 준다는 감언이설에 속지 말라는 둥 서울에서 사람 조심하라는 부정적이고 경고성 이야기들이 생각났다. 또한 여자의 몸으로 도망치듯 고향을 빠져나와 말로만 듣던 서울을 가는 것이 설레기도 했지만 한 번도 고향 땅을 벗어 난 적이 없었던 나는 생각할수록 불안하고 두려웠다. 더군다나 누가 오라고 한 것도 아니고, 무작정 상경하는 거나 다름없어서 여전히 두려움이 앞섰다. 게다가 어머니 혼자 두고 서울로 가는 발걸음도 가볍지 않았다. 대학생 오 선생 말대로 이참에 연극배우의 꿈도 이뤄 보겠다는 생각을 하면서 기대에 부풀어 보기도 했다. '이제 고향을 떠나면 언제 다시 이곳으로 돌아올 수 있을까?'를 생각하니 발걸음마다 저절로 눈시울이 뜨거워지고 눈가에 눈물이 맺히고 있었다.

구례구역에 도착했다. 좌석이 없어서 입석 차표를 사놓고 역전 근처에서 몇 시간을 기다렸다. 해가 앞산에 가려서 산 그림자가 길게 누울 무렵 서울행 통일호 기차가 몰씬몰씬 연기를 품어내며 역으로 들어왔다. '사랑도 그리움도 이제 다 잊어야 해' 다짐하며 기차에 몸을 실었다. 자꾸만 뜨거운 눈물이 가슴을 적시고 있었다. 기차는 내 아쉬움과 그리움을 달래주려는 듯 '삐익삐익' 목메인 기적을 울리고 덜컹거리며 서울로 향했다. 열차 맨 뒤 칸에 서서 넋이 나간 사람처럼 달려간 기찻길을 바라보며 지나간 그리움을 영상처럼 떠 올리며 눈시울을 적시고 있었다. 밤새도록 뜬 눈으로 복잡한 차 안에 서서 가야 했다. 준비해 간 책을 읽기도 했고, 열차 내 벽 귀퉁이에 기대어 비몽사몽하며 잠깐씩 잠이 들기도 했다.

이른 새벽에 피곤하고 후줄근한 모습으로 서울역에 도착했다. 드디어 말로만 들었던 낯선 서울에 첫발을 내디뎠다. 플랫폼을 걸어서 개찰구를 빠져 밖으로 나가는 순간 을씨년스럽고 쌀쌀한 새벽공기가 가슴팍을 파고 들었다.

이른 새벽 어둠 속에서 처음 보는 서울역 앞 별천지 풍경이 펼쳐졌다. 낯선 서울 두려움은 어디로 가고, 대낮처럼 밝은 전등불 아래 북적이는 사람들, 모락모락 하얀 김을 품어내는 포장마차들, 크고 작은 자동차 물결, 휘황찬란한 네온 불빛에서 눈을 뗄 수가 없었다. 우뚝우뚝 솟은 높은 건물에 화려하게 빛나는 충격적인 거리의 모습은 정신을 완전히 빼앗고 있었다. 어디가 어딘지 도무지 방향을 알 수가 없었다. 광장 한쪽 구석에 서서 한참 동안 주위를 두리번거리고 서 있었다. 서울 아가씨들의 모습들이 눈에 들어왔다. 그래도 시골에서 나름 가장 좋은 옷을 골라 입고, 한껏 모양을 냈다고 생각했는데, 옷과 신발, 머리모양 등 어색한 촌티로 그녀들과 비교가 되었다.

그때였다. 어리바리한 어설픈 내 행동을 눈치챘는지, 듣던 대로 한 사내가 내 앞으로 다가왔다.

"아가씨 어디까지 가세요? 방금 새벽 ○○도 열차로 오셨지요? 몹시 피곤해 보이네요. 서울이 처음인 모양인데, 저랑 차 한 잔 마시고 잠시 쉬었다가 날이 밝아지면 가세요, 그렇게 하면 기분도 좋아질

거예요. 서울은 넓고, 사람도 많고, 일자리도 많고 살기 좋은 곳이
지요. 저에게 필요한 것들을 말만 해주시면 아무 문제 없이 모두 잘
해결해 드릴게요."

그는 계속 말하면서도 나의 이모저모를 살피고 있었다. 친구들에
게 들었던 대로 못 본 척, 못 들은 척하고, 먼 곳을 보면서 그의 말에
아무런 대꾸를 하지 않았다. 눈만 살짝 돌려 사내의 형색을 내리훑
었다. 사내는 여태까지 시골에서는 한 번도 보지 못한 준수한 용모
를 하고 있었다. 백바지에 백구두를 신고 윗옷 양복에 빨간 넥타이
를 맨, 깔끔하게 생긴 외모에 생글거리며 호감이 가는 사내였다.

'저런 사람을 친구들이 말하는 제비족이라 하는 건가?' 나는 속으
로 고향 친구들의 말을 떠올리며 고개를 흔들었다. 잠시 후 또다시
그는 살살살 미소를 띠며 매력적인 서울 말씨로 환심을 사려고 정
감 넘치게 말을 걸어왔다.

"아가씨 밤새도록 오시느라 배도 출출하고, 피곤하실 턴데, 저기
길 건너편 식당에서 뜨끈하게 아침 국물식사를 하고 차 한잔하면서
이야기나 잠깐 나눕시다. 피로가 확 풀릴 거예요. 지금은 어디를 가
더라도 너무 이른 새벽 시간이어요. 잠시 쉬었다가 날이 밝아지면
가세요."

그는 내가 움직이는 곳마다 끈질기게 내 앞을 쫓아다니며 따라붙
고 있었다. 생글생글 웃으며 달콤한 말로 살살 비위를 맞추고 노련
한 솜씨로 친근한 사이처럼 행동했다. 그러다가 한 손으로 내 가방
손잡이를 슬쩍 잡았다. 그 순간 나는 잠깐 딴생각을 하고 있었다.
'저렇게 잘생긴 얼굴과 선하게 보이는 용모에 상대방을 녹일 듯이 감

칠맛 나게 말하는디, 게다가 친절하기까지 하는디, 친구들이 말한 것처럼 설마 저 사람한테 정말 늑대같은 마음이 들어있을까?' 아니 지, 그래도 사람 속은 모를 일이지. 옛말에 '열 길 물속은 알아도 한 길 사람 속은 모른다'고 하지 않던가? 나는 일부러 무표정하게 아무 말도 않고 서 있었다. 그는 또다시 코앞까지 바짝 다가서서 실실 웃 으면서 내게 말을 걸었다.

"당장 갈 곳이 마땅찮거나, 아가씨가 원하면 먹고 자고 하는 곳에 취직을 시켜드릴게요. 저를 믿고 따라오세요."

그는 얼른 내 손에 든 가방을 낚아채서 앞서서 걷고 있었다. 순간 잘생기고 매너 있는 그의 목소리가 상냥하고 달콤하게 들려왔다. 아무리 보아도 나쁜 사람 같아 보이지 않았다. 시골 친구들의 경고 를 잠깐 잊고 있었다. 가방을 빼앗기고 손목까지 잡혔다. 엉겁결에 그냥 서서히 끌려가고 있었다. 그때였다. 이 남자를 아는 듯한 다른 남자가 눈을 찡긋하며 내는 목소리가 들렸다.

"오늘 대어네. 잘 해봐."

그 말을 들은 나는 번쩍 정신이 들었다. 고향 친구들 말이 생각났 다. '서울에서는 낯선 사람을 조심하라고 몇 번씩 일러줬는디. 저 사 람을 언제 봤다고, 정신 차려야지'를 생각하며 한마디 했다.

"이러지 마시랑께요. 아저씨 나 지금 당장 서울역 앞으로 가야한 당께요. 작은아버지가 역 앞에서 기다린다고 했써라. 지금 그리 가 봐야 한당께요."

내 말이 끝나자마자 사내는 내 가방을 들고 바삐 저만큼 앞서서 걷고 있었다. 나는 시큰둥한 큰 목소리로 소리쳤다.

"아저씨, 그 가방 이리 주시랑께요."

그는 살짝 뒤돌아보며 말했다.

"에이, 아가씨, 빨리 따라와요. 잠깐이면 돼요. 그리고 아저씨라니, 나 총각이어요. 아무 걱정말고 나랑 잠깐 가서 차 한잔합시다."

그때 나는 빠른 걸음으로 가서 한 손으로 가방을 얼른 붙잡았다. 그는 다른 한 손으로 나의 손목을 또 잡았다. 사내의 힘이 느껴졌다. 길에서 실랑이하기도 그렇고, 창피하기도 하고 해서, 어쩔 수 없이 못 이긴 척 나란히 걷고 있었다. 그래도 잘생긴 총각이라서 그다지 싫지는 않았다. 속으로 '저만큼 가다가 기회를 봐서 되돌아오면 되겠지.' 하는 생각을 하면서 따라가고 있었다. 지하도를 지나 남대문 경찰서 뒤쪽 어둠침침한 ○동 사창가 골목으로 막 들어서고 있었다.

그때였다. 때마침 제복을 입은 경찰관 두 명이 반대편에서 골목에서 걸어서 내려오고 있었다. 나는 속으로 놀랐고 중얼거렸다. '오메 어쩔까 잉? 날 잡을라고 우리 집에 온 시골 그 경찰들이 여기까지 뒤밟아 왔나?' 싶어 섬뜩한 생각이 들었다. 하필 여기서 만나다니. 가슴이 철렁 내려앉았다. 나는 엄마에게 여순사건 이야기를 들은 후 세상에서 제복 입은 경찰이나 군인이 제일 무서웠다. 나는 가다 말고 잠시 그들이 오는 반대쪽으로 멈춰 섰다. 일부러 총각과 다정히 서서 딴 쪽을 바라보았다. 그리고 곁눈질로 얼핏 보니 전에 보았던 시골 그 경찰들은 아닌 것 같았다. 다행히 그들은 아무 말 없이 스쳐 지나갔다. 그 순간 정신이 번쩍 들었고 '기회는 이때다'를 생각했다. 용기를 냈다. 자신도 모르게 사내에게 잡힌 팔목을 힘껏 뿌리치고 뒤돌아섰다.

"경찰 아저씨들, 잠깐만요."

경찰관이 무서웠지만 그 순간 까맣게 잊고 있었다. 주소를 꺼내 들고 가까이 다가가서 울먹이는 목소리로 길을 물었다.

"경찰 아저씨, 나 시골에서 처음으로 서울을 왔어라. 방금 전에 도착해서 여그를 갈라고 그러는디. 길을 잘 모르겠어라. 어떻게 가야 한당가요?"

내가 내민 주소를 본 경찰은

"서울이 처음이고 새벽이니까 이 시간에 여기서 버스 타고 가기는 힘들어요. 택시를 타세요. 우리가 택시 잡아 줄게요."

"경찰 아저씨들, 잠깐만 기다리시오 잉. 저기 저 사람한테서 내 가방 찾아와야 쓴당께요."

나는 뛰어가서 사내가 들고 서 있던 자신의 가방을 얼른 빼앗았다. 경찰관들이 그 광경을 지켜보고 있었다. 경찰이 뭐라고 할까 봐 사내는 순순히 가방에서 손을 놓았다. 그는 경찰들과 눈을 마주치지 않으려는 듯 뒤돌아서 재빨리 전봇대 뒤로 몸을 숨겼다. 잠시 후 빠끔히 얼굴을 내밀고 있었다. 곧바로 그가 말한 소리가 들려왔다.

"에이 재수 없어, 짭새(경찰)들 때문에 다 잡은 대어를 놓쳤네. 하필 짭새들이 왜 이때 거기서 나와? 에이 제기랄."

그 소리를 들은 나는 어이가 없었다. 그리고 속으로 중얼거렸다.

"워따메, 저것이 말한 것 보니 영판 딴 사람이었네. 겉으로는 순한 양처럼 멋있게 보였는디 마음속에 정말로 시커먼 늑대가 들어앉아 있었구먼. 시골에서 친구들이 서울에서 사람 조심하라고 했던 말이 딱 맞아 불구만."

나는 뒤도 돌아보지 않고 경찰관들을 따라갔다. 사내는 다 잡은 좋은 사냥감을 놓쳤다는 아쉬운 표정으로 얼굴을 내밀고 계속 쳐다보고 서 있었다.

두 경찰관의 도움으로 가까스로 새벽 택시를 탔다. 내민 주소를 본 기사는 나를 신당동 시장 앞에서 내려주었다. 대학생 오 선생이 살고 있는 동네 근처였다. 이른 새벽이라서 그런지 대부분 가게 문들은 닫혀 있었다. 거리는 한산하고 썰렁했다. 넓은 아스팔트 길에는 새벽바람에 먼지와 광고지가 날리고 있었다. 공중전화 박스에서 그에게 전화를 했다. 신호가 가고 다행히 바로 그와 연결이 되었다. 잠시 후 그가 나왔고, 새벽 희미한 가로등 불빛 속에서 서로를 건너다보고 있었다. 서로를 확인한 후 반가움에 누가 먼저라고 할 것도 없이 길에서 반가움의 포옹을 하였다. 그리고 곧바로 근처 여관으로 향했다. 방으로 들어서자마자 그는 나를 힘껏 끌어안았다. 나는 마음의 준비도 없이 그가 하는 대로 맡겨두고 있었다. 내 입속으로 그의 혀가 들어와 정신없이 요동쳤다. 거북스러웠지만 어쩔 수가 없었다. 서로 가쁜 숨을 몰아쉬며 정신없이 한 몸으로 뒹굴었다. 그리고 난 후 오후부터 내가 지낼 월세방도 구했고, 그와 서울 생활이 시작되었다.

다음 날 오후에 그는 연극 학원을 소개해 주었다.

"그렇지 않아도 미숙 씨에게 편지를 보내려고 했어요. 우리 대학 연극영화과 교수님이 직접 연기지도 하는 곳을 알아 두었고 공부하기 좋은 검정고시 학원도 알아 두었어요."

"이렇게 마음 많이 써 줘서 고마워요."

나는 속으로 뛸 듯이 기뻤다. 희망과 다짐의 두 주먹을 불끈 쥐었다. 그곳에서 연기지도를 받고, 공부도 열심히 해서 바라는 꿈을 키울 수 있겠다는 생각을 하고 있었다.

나는 고향에서 있었던 일을 모두 잊고 서울 생활에 적응하려고 노력하고 있었다. 시간이 나는 대로 오 선생을 따라서 시장과 백화점을 가보고 여러 관청과 궁궐도 구경하면서 부지런히 쫓아다녔다.

그러던 어느 날 오 선생은 ○○구청에서 남녀 미화원을 모집 중이라는 사실을 알고, 경험 삼아 나에게 신청 지원서를 내도록 했다. 그는 ○○구청 총무과장인 작은 아버지께 특별히 부탁도 했다. 다행히 면접을 통과하여 정식 직원이 되었다. 비록 청소 일이지만 내가 서울 공공기관에 취직했다니 가슴이 뿌듯하고 기뻤다. 서울을 잘 왔다는 생각이 들었고 날마다 즐거운 마음으로 근무했다.

한 달이 조금 지났을 때쯤이었다. 여자 직원들 몇 명이 둘러서서 눈살을 찌푸리며 심각한 표정으로 무슨 이야기를 나누고 있었다. 그들은 힐끔힐끔 나를 쳐다보면서 수군거리고 있었다. 또 다른 한쪽 구석에서는 동료 여자들이 하는 소리가 들렸다.

"그 이쁘장한 젊은 여자가 빨치산 집안 출신이란 말이 있던데?"

"그렇대요 글쎄. 쯧쯧 멀쩡하게 생긴 여자가, 빨갱이 집안이라니."

몇몇 여자들이 나에게 인상을 쓰면서 마치 벌레 보듯이 쳐다보고 있었다. 나중에 안 일이지만 그들이 어떻게 알았는지 내가 빨치산 집안이라는 이야기를 하고 있었다. 그날 나는 치부가 드러난 것 같아서 충격과 함께 마음에 큰 상처를 입었다. 당장 이곳에서 빠져나와 도망을 치고 싶은 마음뿐이었다. 기대에 부풀었던 직장에서 눈물을 머금고 쓴잔을 마셔야 했다. 나중에 알았지만 연좌제와 신원조회라는 제도가 있어서 사상에 문제가 있는 집안은 공공기관 취업에 제약을 받고 그 이력이 평생을 따라다닌다는 것이다. 나는 창피해서 쥐구멍이라도 들어가고 싶은 뼈아픈 심정이었다. 시골 어머니 말씀대로 앞으로 서울에서 살아갈 생각을 하니 날개 꺾인 새가 되어 가시나무 숲에 갇혀 있는 기분이었다. 나는 슬프고 괴로웠다. 오 선생이 이런 사실을 알면 나를 어떻게 생각할지가 걱정이 되었다. 창피하고 민망해서 그에게 직장에서 있었던 일을 숨겼다. 하는 일이 힘들고 적성에 맞지 않아서 사표를 냈다고 핑계를 댔다. 그 말을 들은 그는 알았다는 듯 미소를 띠면서 고개를 끄덕였다. 그는 그의 작은아버지를 통해서 이미 나에 관한 정보를 듣고 있었고, 일부러 모른 척해주고 있는 것 같았다.

"그래요, 환경미화 일이 쉽지 않겠지요. 다른 일자리를 알아봐야겠네요."

그는 이리저리 궁리하다가, 어차피 다른 곳도 이런 비슷한 사정으로 취업하기가 힘들 것 같아서 사장인 아버지께 말씀드려서 자동차 정비센터 경리 보조로 일하게 되었다.

서울 생활을 한 지 두 달쯤 지났을까? 나는 몸에 이상이 느껴졌다. 그와 함께 병원을 찾았고 임신이라는 진단을 받았다. 기쁨보다 정말 난처한 일이 아닐 수 없었다. 그날 이후 그는 고민한 것 같기는 했으나 별다른 반응을 보이지 않고 있었다.

사랑을 찾아 서울로 떠나다

**

내가 아무도 몰래 서울로 떠난 다음 날이었다.

근식은 나와 만나기로 약속한 장소로 나왔다. 한참을 기다려도 내가 나타나지 않자 '무슨 일일까? 한 번도 약속을 어긴 적이 없었는데,' 아무래도 어젯밤에 주고받았던 말이나 행동이 그이 마음에 걸렸다. 그녀의 말과 행동에서 퍼뜩 짚이는 것이 있었다. 불길한 예감이 든 그는 곧장 평화마을 우리 집으로 향했다. 그는 내 어머니에게 공손하게 인사를 하고 자기소개를 했다.

"안녕하세요? 저는 신흥마을에 사는 서근식이라고 합니다. 미숙 씨 집에 있나요?"

어머니는 이제 그만 미숙을 잊으라는 생각으로 일부러 실망감을 주기 위해 쌀쌀맞게 대답을 했다.

"서울 볼일 보러 간다고 갔는디요. 무슨 대학생을 만난다고 말한 것 같은디요. 서울 갔다는 말을 아무에게 하지 말라고 합디다."

"미숙씨가 갑자기 서울에 무슨 볼일이 있다고 하던가요?"

어머니는 잠시 머뭇머뭇하다가

"자세한 이야기는 하지 않고, 누가 와서 찾거든 그냥 다 잊고, 찾지도 기다리지도 마라고 신신당부를 하고 갔어라."

어머니는 그에게 별일 아닌 것처럼, 아무것도 모른 것처럼 이야기하셨지만 근식은 갑자기 벌어진 일이라 뭔가 납득되지 않았다.

"혹시 서울에 대학생 선생들을 만나러 간다던가요? 그리고 언제 온다는 말은 없던가요?"

"아마도 눈치가 그런 것 같았어라. 언제 온다는 말은 없었고 그냥 서울로 가야겠다고만 했써라."

그는 허탈한 얼굴로 엊그제 밤에 그녀와 있었던 일을 회상해 보았다. 여러 정황으로 보아 아무래도 뭔가 이상한 느낌이었다. '대학생이라면 작년 여름 봉사활동 나온 대학생들인 것 같은디, 그래도 그렇지, 미숙은 나와 결혼하겠다는 굳은 언약도 했는디, 그런데도 나에게 한마디 말도 없이 왜 갑자기 왜 그랬을까?'

근식은 도저히 이해가 되지 않았고 생각할수록 그동안 우롱당하고 배신당한 기분이 들었다. '내가 알고 있는 미숙은 절대 그럴 여자가 아닌디,' 빨리 서울로 가서, 그녀를 찾아 당장 데려와야 한다는 생각을 하고 있었다. 대학생들을 만난다고? 혹시 나 모르게 연락을 주고받았단 말인가? 그동안 나를 속여 왔단 말인가? 설마 그럴리가? 그의 표정은 어둡고 몹시 일그러져 있었다. 분한 마음과 배신감도 들었다. 그는 몹시 흥분된 참담한 심정으로 앞뒤 생각할 겨를도 없이, 빨리 서울로 가서 미숙 행방을 수소문해서 쥐도 새도 모르게 조용히 데려와야 한다는 일념뿐이었다.

내가 서울로 떠나고 3일째 되는 날, 그도 서울을 가기 위해 구례 구역으로 나왔다. 기차를 타고 가면서 격한 감정을 추스르며 이 생각 저 생각을 하고 있었다. '서울이 처음이지만 서울이 제아무리 크고 넓다고 한들 제까짓 것이 얼마나 넓겠어. 대학 교문 앞을 지키고 있다가 아는 대학생 한 명만 만나면 그들 모두에게 연락을 해서 미숙을 금방 찾을 수 있겠지' 하는 생각을 하고 있었다. 눈을 감고 먼저 작년 여름 계몽봉사 나온 20명의 남녀 대학생을 기억나는 대로 한 명 한 명 희미해진 얼굴 모습을 떠올려보고 있었다. 그때의 일들이 주마등처럼 스쳐 지나가고 있었다. '이럴 줄 알았으면 대학생 선생님들 전화번호라도 적어 놓고, 이름도 관심있게 알아 두었어야 했었는디.' 이 생각 저 생각을 하면서 밤새 차에서 시달리면서 이른 새벽녘에 서울역에 도착했다.

별천지 같은 딴 세상에 온 것 같다는 생각을 하면서도 크게 감흥이 오지 않았다. 희뿌옇게 밝아오는 미명속에서 반짝이는 네온 불빛도 화려한 서울 풍경도 현란하게 다가와도 신기하게 느끼질 못하고 있었다. 오직 미숙을 찾아야 한다는 생각만 머릿속에 가득했다. 바쁜 걸음으로 종로에 있는 서울대학교를 물어물어 찾아갔다. 아침 일찍부터 그곳 교문만 지키고 있으면, 금방 대학생 선생님들을 쉽게 만날 수 있을 거라는 부푼 기대를 하고 있었다. 이른 새벽이라서 그런지 거리는 한산했다. 새벽안개가 서서히 걷히고 날이 희뿌옇게 트여오고 있었다. 가로등 불빛이 밀려오는 아침 햇살에 사위어 가고 있었다. 닫힌 교문 틈으로 두 눈을 부릅뜨고 대학을 들여다보는 순간 저절로 입이 벌어졌다. 생전 처음 보는 규모의 2층 3층 붉은 벽돌 건물들이 줄지어 서 있었다. 캠퍼스의 거대함에 기가 질려 버렸다. 교문도 한두 곳이 아니었다. 마치 수십 마리 커다란 무슨 붉은 공룡 같았다. 그는 새벽부터 교문 앞 한쪽 귀퉁이 후미진 곳에서 당당한 장닭처럼 목을 꼿꼿하게 세우고 어깨에 힘을 잔뜩 주면서 범인 찾는 형사처럼 두 눈을 부릅뜨고 두리번거리며 드나드는 학생들을 지켜보고 있었다. 해가 뜨면서 잘생긴 쭉쭉빵빵 남녀 대학생들이 등교하고 있었다. 점점 많아지는 학생 수에 놀랐다. 떼로 몰려오는 수많은 비슷비슷한 학생 얼굴을 확인하기가 쉽지 않았다. 자신의 눈썰미로 쉽게 찾을 수 있을 거라고 자신만만했던 생각이 얼마나 어리석었는지 이 촌놈 생각을 금방 깨우쳐 주고 있었다. 그들의 이름이나 신상을 전혀 모르고 있었기에 더욱 어려운 일이었다. 주먹으로 자신의 이마를 탁탁 치며 자책을 했다. 상상하고 생각했던 것과는 전혀 딴판이었다. 매일 아침 교문 앞을 서성인 것을 수상히 여긴 수위 아저씨가 다가왔다.

"아니. 젊은이 가만히 보아하니 며칠째 이곳에서 왔다 갔다 하면서 있는데, 우리 학교 학생은 아닌 것 같고, 무슨 볼일이 있어요?"

"사람을 좀 찾을라고 이러고 있지라."

"아니 누굴 찾으려고 이러시는데요?"

"저는 전라남도 승주군 황전면 삽재팔동이라는 곳에서 올라왔지라."

근식은 사실대로 이야기를 했다.

"작년 여름방학 때 서울에서 내려온 대학생 농촌계몽봉사활동 나온 학생을 한 명이라도 찾을라고요. 내 여동생이 그 대학생들을 만난다고 몰래 서울로 왔지라. 혹시라도 잘못돼서 나쁜 곳에 빠지지 않을까? 하고 우리 엄니 아부지 걱정이 이만저만이 아니구만요. 봉사활동 나온 학생 중 한 명만 만나면 그때 그분들은 친구들끼리라서 연락이 될 테니까, 그들의 협조를 구해서 여동생을 꼭 찾아서 집으로 데리고 가라고 하지라."

"아니 젊은이, 그 학생들이 서울대학교 학생들이라고 하던가요?"

"예, 분명히 서울에서 내려온 대학생들이라고 했구만요."

"아니 서울에 있는 대학이 수십 개가 있는데. 우리 서울대생이 아니고 다른 학교 학생일 수도 있어요."

"그건 또 먼 소리당가요? 그럼 이곳 서울대학 말고 또 다른 대학이 있능가요?"

"그럼요. 이곳에서 멀지 않은 신촌이라는 곳에만 가도 여러 대학이 있어요. 그리고 서울시내 곳곳에 대학들이 수십 개가 넘어요. 그들 모두 시골에 가면 서울에서 온 대학생들이라고 해요."

"아, 예! 그래요? 그렇게도 대학이 많나요?"

"그럼요, 어느 대학교인지 무슨 학과와 학년, 학생 이름을 정확하게 알지 못하면 찾기 힘들어요."

그때서야 서울에는 수십 개 대학이 있다는 사실도 처음 알게 되었다. 그런 낭패가 없었다. 무식이 탄로 나서 창피했다. 하지만 수치심을 느낄 여유가 없었다.

"아, 예, 그렇군요. 감사합니다. 서울 시내 대학교를 모두 뒤져서라도, 꼭 찾아서 데리고 가야 해요."

그 길로 부리나케 신촌 가는 버스를 탔다. Y대, E대, H대 등 자세히 알고 보니 곳곳에 대학이 있었다. 정말 수십 개 대학이 있었다.

'이들 여러 대학의 교문에서 기도하는 마음으로 기다리면 한 명이라도 만날 수 있겠지.' 기대감을 갖고 기다리며 바쁘게 찾아보았다.

비슷한 학생이 있으면 달려가서 확인하느라 수없이 사과해야 했다. 기어코 찾아내고야 말겠다는 오기가 생겼다. 대학마다 며칠씩 교문 앞을 지키며 두 눈을 부릅뜨고 기다렸다. 그러기를 수십 날, 혹시라도 아는 학생 한 명쯤을 만날 수 있도록 간절히 바라며, 오늘은 이 대학, 내일은 저 대학을 기웃거리며 헤매고 찾아보았지만 헛수고였다. 서울이란 곳이 정말 만만한 곳이 아니었다. 수많은 비슷비슷한 학생들 속에서 아는 봉사활동 했던 대학생을 찾는다는 것은 모래밭에서 바늘 찾기 같은 것이었다.

대학마다 드나드는 문도 정문 후문 옆문 동문 서문 등 한두 군데가 아니었다. 학생마다 등교하는 시간도 각각 달랐다. 대학 주변에는 술집과 다방 옷 가게, 음식점들이 즐비하게 다닥다닥 붙어 있었다. 혹시 저런 곳에 있지 않을까 하여, 기웃거리며 찾아도 보았다. 이 방법으로는 불가능한 일이라는 것을 스스로 깨닫게 되었다.

더군다나 대학마다 유신반대와 민주화를 위한 데모가 한창이었다. 대학 앞에서는 전경들을 향한 화염병과 돌멩이가 날아다녔다. 학생들을 향해 쏜 최루탄은 눈을 뜰 수 없을 정도로 따가웠다. 대학 근처만 가도 콧속이 매캐하여 재채기가 연방 터져 나왔다. 눈물이 핑 도는 매운 최루탄 맛을 본 것도 수십 번이었다. 더구나 대학 정문 근처에서 얼쩡거리다가 전경들에게 불심 검문도 여러 번 당했다.

이 대학 저 대학 다니며 교문 앞만 지키다가 이번에는 과감하게 학교 안으로 들어가 보았다. 학교 안도 복잡하고 정신이 없었다. 학생들이 삼삼오오 모여 있는 잔디밭 곳곳마다 얼굴을 확인하느라 바빴다. 그러다가 어느 대학 나무에 글귀가 적힌 푯말이 인상 깊게 보였다. '아무도 기억하지 않는 이들이 만든 것이 역사다. 한밤중에 깨어있는 사람들 때문에 역사가 아름답다.' 민주주의를 위해 애쓴 학생들의 결의를 볼 수 있었다. 학생들은 토론을 하다가도 내가 가까이 다가가면 하던 말도 뚝 그쳤다. 나중에 안 일이지만 내가 변장한 형사나 그들의 프락치인 줄 알고 무척 경계하고 있었다.

가장 걱정스러운 것은 아무리 아껴 쓰고 절약해도 주머니에 있는 돈은 거의 바닥이 나고 있었다. 버는 건 없는데 씀씀이를 줄이는 데는 한계가 있었다. 버스비를 아끼느라 웬만한 거리는 걸어서 다녔다. 더 싼 허름한 무허가 합숙소를 찾아들었고, 돈을 조금이라도 아끼기 위해 서울역이나 남대문 지하도에서 노숙하기도 했다. 시멘트 바닥에서 스며든 찬 기운으로 온몸이 마디마디 저려 왔다. 그렇게 절약해도 주머니의 돈이 바닥이 나고 있었다. 문제는 당장 어디서 돈을 좀 마련해야 했었다. 그때부터 공사장을 찾아다니며 날품을 팔기도 했고, 아현동 전파사에서 배달 일을 하면서 전기제품 수리기술도 익혔다. 나중에는 주인에게 사정 이야기를 하고 근무지를 나와서 다시 다른 대학들을 방문하여 찾아 나섰다.

오랫동안 고생하며 대학마다 구석구석 찾아다녔지만 허사였다. 숱한 날이 아무 성과도 없이 속절없이 지나갔다. 이 방법으로는 도저히 어렵겠다는 생각을 어렴풋이 깨닫고 있었다. 그때, 문득 떠오르는 것이 있었다. 그래, 한 번쯤 남대문 시장은 오겠지? 그리하여 시장 대로변 조그만 공터에서 포장마차를 하기로 마음먹었다. '언젠가는 미숙이든지 아니면 대학생 중 누구 한 명이라도 이 앞을 지나가겠지, 그러다가 간판을 보고 궁금해서 대학생이나 미숙이가 이곳에 한 번쯤 들릴 수 있지 않을까? 그러면 극적으로 만날 수 있겠지' 생각했다.

그는 곧바로 고물상을 찾아가서 쓸 만한 헌 리어카를 마련했다. 손재주가 좋은 그는 뚝딱뚝딱 포장마차를 만들었다. 맨 먼저 포장마차 한가운데에 빨간 페인트로 '황전면 삽재팔동 미숙이 찾는 집'이라고 큼지막하게 간판을 써 붙였다. 고향과 이름을 보고 궁금해서 틀림없이 찾아올 거라는 기대감을 갖고 영업을 시작했다. 하얀 요리사 모자와 마스크를 착용하고, 앞치마도 둘렀다. 제법 그럴듯한 요리사처럼 보였다. 순대와 어묵, 막걸리와 소주를 팔았다. 의외로 손님이 많아서, 돈벌이가 쏠쏠했다. 주머니가 제법 두둑이 채워졌다. 근처 쪽방촌에 싼 월세방도 마련했다. 포장마차를 하고 있지만 마음은 밖에 지나다니는 사람들에 있었다. 시간이 나는 대로 자주 밖을 내다보며 주시하기도 하였다.

그러던 어느 토요일 오후였다.
갑자기 서울역과 남대문 주변 거리는 최루탄 냄새로 가득했다. 포장마차 안에서도 눈이 따갑고 코가 매캐했다. 그래도 영업 준비를 하고 있었다. 양파를 썰고 있는 동안, 손님이 한 분이 순대와 어묵을 먹고 막 밖으로 나가고 있었다. 가까이에서 '유신반대' 구호가 들렸다. 수많은 학생이 스크럼을 짜고 거대한 물결처럼 움직였다.

잠시 후 확성기를 통해 경찰 간부 목소리가 들렸다. "모두 체포해"라는 명령이 떨어졌다. 갑자기 펑펑 최루탄 쏘는 소리가 들렸고 비명 소리가 가까이서 크게 들려왔다. '후다닥후다닥' 뛰는 발자국 소리가 요란했다. 잠깐 밖을 살펴보니, 남대문 근처에서는 곤봉과 방패를 든 전투경찰에게 많은 학생이 쫓기고 있었다. 화염병을 던지고 골목이나 건물 안으로 도피하다가 전경들에게 잡혀서 질질 끌려가는 자들도 있었고, 내려치는 곤봉에 맞아 피를 흘리고 쓰러지는 자들도 있었다. 쫓기다가 잡혀서 일명 닭장차로 끌려가기도 했다. 울부짖는 비명 소리가 요란했다. 한순간에 남대문 주변은 아수라장이 되었다. 포장마차 밖은 말 그대로 몹시 공포스러운 전쟁터 같았다. 영업 준비를 하고 있지만, 밖에서 벌어지고 있는 움직임에 잔뜩 긴장하고 신경을 곤두세우고 있었다.

그때였다. 한 학생이 얼마나 다급했는지, 포장마차 안으로 뛰어들었다.

"아저씨, 절 좀 도와줘요. 지금 형사들에게 쫓기고 있어요."

순간, 눈치 빠른 그는 쫓기는 대학생임을 직감했다. 묻지도 않고 신속한 동작으로 변장을 시켰다. 예전에 고향에서 연극할 때 형사 짱구에게 쫓기다가 변장을 하여 위기를 모면하는 장면을 연상하며 역할 바꿔치기를 재빨리 시도했다. 자기도 모르게 머리에 쓰고 있던 위생모와 마스크를 벗어 주고, 앞치마를 학생에게 둘러줬다. 그리고 학생의 안경을 벗겨서 자신이 썼다. 칼을 쥐어주고 양파를 썰고 있는 포장마차 주인 역할을 하게 하였다. 순식간에 주인이 바뀌었다. 근식은 방금 전 먹고 나간 손님의 자리에서 남긴 순대를 먹고 있었다. 곧바로 전경 두 명과 형사 두 명이 들이닥쳤다.

"어서 오세요. 안으로 들어오세요. 뭘 드릴까요?"

"주인장, 학생 하나가 이쪽으로 들어온 것 같은데 못 보았소."

변장한 학생은 의외로 침착하게 주인 행세를 하며 말했다. 하지만 약간 떨리는 음성이었다.

"예, 방금 전 안경 쓴 젊은 학생으로 보이는 자가 이 문으로 뛰어 들어와서, 저쪽 틈새로 쏜살같이 빠져나갔어요. 시장 쪽으로 뛰어 갔어요. 저 손님도 아마 봤을 거예요."

"예 맞아요. 안경을 쓴 학생이었지라."

경찰들은 당황하고 난감한 표정을 짓고 있었다.

"김 형사, 이놈을 놓쳐서는 안 돼. 뒤쫓아서 무슨 수를 써서라도 오늘 이놈을 꼭 잡아야 해요. 이놈이 오늘도 운동권 학생데모를 주도하려고 나온 것이 틀림없어."

"예 알겠습니다. 이놈을 뒤쫓은 지가 열흘이 되었는데 쥐새끼처럼 용케 잘도 도망 다니고 있네요."

"오늘도 그놈을 못 잡으면 윗분들한테 엄청 깨질텐데, 난감한 일이네."

"오늘 본 그놈이 변장을 한 것 같았는데. 안경도 쓰고 우리가 그동안 쫓고 있는 K대학 데모 총책 이○○가 틀림없어. 내 눈은 틀린 적이 없어."

그들의 말을 들으면서 손님처럼 의자에 앉아 있던 근식은 가슴이 덜컹 내려앉았다. '침착해야 해.'라고 자신에게 말하고 있지만 다리가 후들거리고 가슴은 두방망이질을 하고 있었다. '데모 총책이라

고? 저자가 학생 거물이네' 생각하며 긴장되어 고개를 숙인 채 혀를
깨물었다.

'들키면 나도 큰일나겠는디, 숨겨준 죄와 거짓말 한 죄로 잡혀갈지
도 모른다. 그렇게 되면 보나마나 경을 치고 큰 처벌을 받을 턴디,
침착해야 해.' 그의 얼굴이 잔뜩 긴장되었고, 등에서 식은땀이 흐르
고 있었다. 형사들은 포장마차 안에 앉아 있는 근식을 날카로운 눈
빛으로 위아래를 훑어보며 쏘아보고 있었다. 형사 한 사람이 근식
에게 가까이 다가왔다. 가슴이 쿵쾅거렸다. 신분증을 요구했다.

"당신, 신분증 좀 봅시다."

"아따, 뭣 땜시 그런다요?"

"빨리 내놔봐요. 확인할 것이 있으니까?"

미심쩍은 표정으로 잠시 얼굴을 대조해 보고 다시 쳐다본 후, 이
상이 없음을 확인하고 주민등록증을 다시 돌려주었다. 다시 한번
포장마차 안을 샅샅이 훑어보고 밖으로 나갔다. 그들이 다른 곳으
로 간 것을 확인한 후에, 학생은 근식을 향해 눈을 찡긋해 주었다.
학생은 의외로 침착했다. 그는 이런 일이 한두 번이 아닌 능숙한 솜
씨인 것 같았다. 근식은 가슴을 쓸어내리며 말했다.

"아이고 학생! 댁 때문에 십년감수했수다. 얼마나 떨렸는지 지금
도 심장이 벌렁벌렁, 다리는 후들후들, 서 있기조차 힘들어요."

근식은 얼마나 놀랐는지 목이 꽉 막혀서, 말이 잘 나오지 않았다.
우선 막걸리 한 사발을 단숨에 마셨다. 그때 학생이 말했다.

"젊은 주인장 감사합니다. 덕분에 체포를 면했네요. 댁도 침착하게
연극을 무척 잘하시네요. 나는 이번에 잡혔으면 호된 고문을 당하고

옥살이를 했을 거예요. 고문을 견디다 못해 자백을 하게 될 거고, 친구들도 여럿 잡혀갈 뻔했는데. 주인장 감사합니다. 은혜는 잊지 않겠어요. 저 형사들이 집요하게 쫓아다니고 있어서 마땅히 갈 곳이 없네요. 우리 집은 물론, 친구 집도 감시당하고 있을 것 같아서요."

"그래요? 그러면 누추하지만 내가 기거하고 있는 쪽방에서 당분간 함께 지내요. 쫍지만 둘이는 잘 수 있을 거예요."

"고맙습니다."

이리하여 학생을 이틀 동안 숨겨주었다. 함께 학생과 기거하면서 이런저런 이야기를 하면서 농촌봉사활동을 했던 학생을 찾는 방법을 물었다. 그는 어느 대학 무슨 학과를 알지 못하면 찾기 어렵다고 하였다. 더구나 지금은 학교마다 학생데모로 학교 수업이 제대로 이루어지지 않아 찾기가 더욱 힘들다고 했다.

그리고 이틀 후에 아침 일찍 집을 나선 그는 TV뉴스에서 이틀 전에 보았던 초췌한 학생 얼굴이 나오는 걸 보았다. ○○대학 데모 주동자 이○○가 잡혔다는 것이다. 그의 체포로 곧 더 많은 관련자가 일망타진 되는 것은 시간문제라고 발표했다.

다음 날 오후였다.

아니나 다를까 사복 경찰들 셋이 근식이가 기거하고 있는 골목에서 잠복하고 있었다. 그중 두 사람은 방안 곳곳을 샅샅이 뒤지며 불온문서 등 증거물을 찾고 있었다. 그리고 근식이가 나타나기만을 기다리고 있었다. 심상치 않은 낌새를 알아차린 주인 할머니는 시장 가는 길에, 몰래 포장마차를 들렀다. 지금 경찰들이 총각 방을 뒤지고, 골목에서 총각이 나타나기만을 기다리고 있는 것 같다고 알려 주었다.

근식은 가슴이 덜컥 내려앉았다. 긴장한 표정을 지었다.

"갈 곳이 없다고 해서 잠깐 잠을 재워 준 것뿐인데."

"그런 것은 난 몰라, 무조건 조심하는 것이 좋아. 요즘 잘못해서 경찰에 끌려가면 반병신이 되는 수가 많다는 말을 들었어."

아이고 이대로 잡혀갔다가는 큰 곤혹을 치르겠다고 생각한 그는 곧바로 리어커를 고물상에 끌어다 주었다. 그리고 대충 주변 정리를 하였다. 그날 밤차를 타고 시골 고향으로 내려갔다.

오랜만에 고향에 돌아온 근식은 곧바로 평화마을 미숙 어머니를 찾아갔다. 그동안 서울에서 미숙을 찾느라 고생했던 이야기를 하면서 미숙 어머니께 물었다.

"아주머니, 혹시 미숙 씨한테서 무슨 연락이 없었는지요. 그때 왜 미숙 씨가 갑자기 고향을 떠나야만 했나요? 아시는 것이 있으면 제발 솔직하게 말씀 좀 해 주세요."

미숙 어머니는 한참 동안 망설이고 있었다. 일이 이렇게 된 이상 이제는 그도 이 사실을 제대로 알아야 할 것 같다는 생각을 했는지 입을 열기 시작했다.

"그래요, 지금부터 내가 하는 이야기를 끝까지 잘 들어봐요. 그리고 차분하게 스스로 잘 판단해 봐요."

예전에 서울로 떠나기 전에 나에게 들려주었던 여순사건과 관련된 두 집안의 얽힌 일과 동복남매 문제, 달수의 협박 때문에 아무도 몰래 서울로 올라갈 수밖에 없었던 일들을 모두 말해 주었다. 이야기를 듣고 있던 그는 이성을 잃은 듯 허탈하고 절망하는 상실감과 분노감, 괴로움에 입술을 깨물고 있었다. 도저히 믿기지 않는다는 듯 풀죽은 목소리로 말했다.

"미숙 씨가 내 이부동생이 된다고요? 그럴 리가, 도저히 믿을 수가 없어요. 뭔가 잘못 알려진 것일 거예요."

그는 넋을 놓아 버린 사람처럼 한동안 허공만 쳐다보고 우두커니 앉아 있다가 자리에서 벌떡 일어섰다.

"아니 이럴 수가, 그건 아닐 거예요, 내 어머니가 그렇게 해서 일찍 돌아가셨다고요? 미숙과 내가 남매지간이 된다고요? 이런 말도 안 되는 어처구니없는 일이."

그는 온몸에 전율이 일었다. 답답한 나머지 밖으로 뛰쳐나와 아무 죄없는 감나무에게 쾅쾅 분노의 주먹질로 폭행하고 있었다. 허탈한 눈으로 하늘을 쳐다보고 울부짖으며 혼잣말을 쏟아 내고 있었다.

모든 기대와 환상이 돌이킬 수 없는 큰 상처로 돌아오고 말았다. 그것이 사실이라면 그녀를 그리워하며 가슴에 품어 온 아픈 사랑도 이쯤에서 끝을 내야 하는가? 많이 상처받았을 미숙의 모습을 상상하며 이제는 마음속에서 그녀를 놓아줘야겠다고 생각하며 터벅터벅 골목길을 걸어 나왔다. 미숙 어머니는 골목에 서서 쓸쓸한 황혼빛을 가득 짊어지고 돌아가는 그의 무겁디무거운 뒷모습을 처연하게 바라보고 있었다. 그는 곧장 주막으로 가서 한숨과 눈물 섞인 소주잔을 기울이고 있었다.

경찰에 연행당하다

**

내가 서울로 간 다음 날, 어머니는 ○○지서에 출두했다.

딸 미숙이가 취직 때문에 급하게 연락을 받고 서울을 갔다는 말을 들은 이 순경이 눈을 크게 뜨고 어머니를 위아래로 훑어보며 말했다.

"뭐라꼬요? 그 아가씨가 출두도 않고 서울로 가부렀다고요? 대신 엄마인 아주머니가 왔다고요?"

"예, 경찰 나으리, 그러니 하실 말씀이 있으시면 저에게 말씀하시지라. 서울에서 연락이 오면 전할 테니까요."

옆자리에서 듣고 있던 박 순경이 노려보며 말했다.

"듣고 보니 생각할수록 괘씸해뿌요잉. 안 돼요. 딸 본인이 직접 이곳으로 와서 조사를 받아야 하지라. 딸에게 빨리 연락해서 조사받으라고 하세요. 그렇지 않으면 곧 우리가 서울로 올라가서 체포해 올랑께요. 그렇게 되면 죄가 커져요. 도피한 것이 틀림없구먼. 그 아가씨와 함께 연극했던 남자 주인공 근식이라는 청년도 서울로 갔다는 정보가 있어요. 둘이는 운동권 대학생들에게 설득당해서 유신정부 전복 활동을 획책하고 있는 것이 분명한 것 같아요."

옆에 앉아서 듣고 있던 지서장이 말했다.

"이 순경 박 순경, 돌아가는 형세를 보니, 우리도 잘만 하면 이참에 제대로 한 건 해서 1계급 특진을 할 수도 있겠어."

"아니, 지서장님, 지금 무슨 말씀이신지…."

"이 사람들아, 생각 좀 해봐. 이번 사건은 시국 사건이야. 운동권 대학생들과 관련된 시국사건임을 밝혀낸다면, 우리 모두 바로 일 계급 특진이야, 특진."

"아, 예 알겠습니다. 지서장님의 기대에 부응해서 성과를 한번 내 보겠습니다."

그날 이후 두 경찰들은 달수 차를 타고 수시로 삽재팔동을 드나들고 있었다. 포섭할 다른 친구들에게 연락은 없었는지, 은밀하게 정보를 수집하며 동정을 살피고 있었다. 내가 어머니에게 보낸 안부 편지를 압수하여 살펴보고, 내 서울 주소를 적어가기도 했다.

경찰들은 나와 근식이 고향 마을에 다시 나타나기만을 기다리며 학수고대하고 있었다. 하지만 둘이 다 끝내 고향으로 내려오지 않자, 서울 내 주소관할 ○○○경찰서에 협조공문을 보내고, 이 순경과 박 순경은 각오를 다지면서 달수 차를 타고 함께 상경했다.

서울에 도착한 그들은 내가 집을 비운 사이에, 살고 있는 집을 면밀히 수색하고 있었다. 의심할 만한 증거나 관련 불온 문서가 있는지를 샅샅이 수색해 보았으나 의심되는 물증이 없었다. 그들은 골목길에서 내가 나타나기만을 기다리고 있었다. 연극 연기지도를 받고 오던 나를 바로 ○○○경찰서로 연행해 갔다. 국가보안법 위반 혐의가 있어서 조사할 것이 있다는 것이다. 취조실에 들어서자 분위기가 살벌했고 무서웠다. 그곳에 들어서자마자 그들은 나를 시멘트 바닥에 내동댕이쳤다. 무슨 영문인지 몰라 어리둥절하고 있는 나에게 박 순경이 멱살이라도 움켜쥘 듯한 자세로 눈을 부라리고 소리쳤다.

"여기 바닥에 똑바로 꿇어 앉고. 오늘 어디서 뭘 하다가 왔어? 사실대로 불어."

이번에는 이 순경이 겁을 주며 화난 목소리로 소리쳤다.

"당신 말이야! 00 지서에 출두하지 않고 몰래 서울로 도망을 쳐서 우리가 얼마나 개고생하고 있는 줄을 알기나 알아? 고향에서 조사해 보니, 당신은 혐의가 의심되는 것이 한두 가지가 아니야. 어두컴컴한 감방에서 몇십 년 푹 썩을 각오나 해."

그 말을 듣고 나는 기겁을 했다. 이분들이 왜 이러는지를 잘 몰라 어리둥절했다. 서울 형사는 타자기 앞에 앉아서 기초조서를 타이핑하고 난 다음, 팔짱을 끼고 무서운 눈초리로 나의 일거수일투족을 노려보고 있었다. 나는 위압적인 분위기에 새파랗게 질려서 오들오들 떨고 제대로 말을 하지 못하고 있었다. 겨우 정신을 차리고 이 순경 얼굴을 쳐다보면서 항의하듯 말했다.

"아니? 경찰관님들, 제가 무슨 잘못을 했다고 이러신당가요?"

그때 이 순경이 의자에서 벌떡 일어서서 분통을 터트리며 쏘아붙였다.

"아니, 이 여자가 아직도 똥인지 된장인지 구별조차 못하고 있구먼. 정신 차리고 묻는 말에 사실대로 대답해."

곁에 서 있던 박 순경도 답답하다는 듯 눈을 부릅뜨고 언성을 높였다.

"아직도 상황판단이 안 돼? 작년 여름방학 때 농촌계몽봉사 나온 운동권 대학생들과 신흥마을 뒤편에 있는 큰 바위 뒤에서 무슨 모의를 했어? 그곳에서 운동권 대학생 몇 명과 자주 만났고, 그들과 유신반대와 노동운동에 대해 많은 것을 의논했다는 고발이 들어왔단 말이야. 그리고 당신은 서울 와서도 그 대학생들과 계속 모임을 갖고 모의한다는 정보를 입수했단 말이야. 언제 어디서 누구누구랑 몇 번 접선하여 뭘 의논했는지, 사실대로 모두 진술하란 말이야."

그제야 경찰들이 자신을 조사한 이유를 대충 알아차렸다. 뜬금없는 경찰들의 말에 심상치 않은 사태가 오고 있음을 직감하고 큰 충격을 받았고 정신이 번쩍 들었다. 어이가 없어서 잠시 머뭇거리고 있자, 박 순경이 느닷없이 구둣발로 내 정강이를 걷어찼다. 나는 다리를 움켜쥐고 나뒹굴며 외마디 소리를 질렀다.

"아이고, 나 죽네. 뭣 땜시 나한테 이러신데요? 임신을 한 연약한 여자한테 너무하시네요. 이렇게 해서 낙태되면 책임지셔야 해요."

옆에 있던 이 순경이 히죽거리며 비아냥거렸다.

"뭐어? 임신? 낙태? 나한테 왜 이러시는데요? 너무한다고? 그걸 몰라서 물어? 똑바로 꿇어 앉아, 여기가 어딘지 몰라? 아직도 상황판단이 안 되는가 보네. 당신의 죄를 밝히려고, 죽을 고생을 하면서, 서울까지 올라왔당게. 그러니 먼저 그 대학생들 누구누구와 언제 어떤 모의를 했는지, 사실대로 빠짐없이 진술서를 써요. 거짓 진술을 했다가는 오늘 뼈도 못 추릴거야. 단단히 각오하라고."

그들은 잔뜩 겁을 주면서 책상에 앉아서 진술서를 쓰도록 했다.

그날 나는, 취직이 급해서 ○○지서에서 조사를 받지 않고 서울로 온 일은 잘못했지만, 대학생들과 그런 일을 의논한 사실이 없고, 자신과 상관없는 일이어서 아무 잘못이 없다는 식으로 진술서를 썼다. 타자기 앞에 앉아서 조서를 타이핑하던 서울 형사가 진술서를 먼저 읽었다. 그는 화를 버럭 내며 소리를 질렀다. 험상궂은 인상을 쓰며 나에게 가까이 다가왔다. 그리고 그의 우악스러운 손으로 내 턱을 세차게 움켜쥐고 마구 흔들다가 획 내던지듯 거칠게 내동댕이치며 말했다.

"이 여자 생각할수록 괘씸하네. 여자라서 좀 봐주려고 했는데 보통이 넘는구먼, 좋은 말로 해서는 안 되겠어. 누굴 핫바지로 아나, 정말 뜨거운 맛을 좀 봐야 정신을 차리겠어. 쓰라는 내용은 쓰지 않고, 엉뚱한 것만 잔뜩 써 놓았어. 아주 영리하게 빠져나가려고 수 쓰고 있는 것 같아, 그동안 의식화된 대학생들에게 교육을 잘 받은 것 같아. 당신 진술을 받으러 이 경찰분들이 저 남쪽 끝에서 천리 먼 길을 왔다고 했잖아. 그러면 똑바로 사실대로 써야지. 의식화된 운동권 대학생과 접촉했다는 신고가, 밖에 와있는 염달수란 분한테 직접 고발 신고가 들어왔단 말이야. 그분도 대질하려고 직접 여기까지 와 있어."

"아니 염달수란 사람이 여기까지 왔다고요?"

나는 곤욕스럽고 무섭고 아찔한 생각이 들었다. 서울 형사는 무릎을 꿇은 내 앞에서 쪼그리고 앉아서 무서운 눈초리로 두 눈을 부라리다가 일어나며 밖에 대기하고 있던 염달수를 불렀다.

"염달수 씨 들어오세요."

곧바로 그는 생글거리며 여유만만하게 조사실로 들어왔다. 내 앞에서 히죽거리며 들어선 그와 눈이 마주쳤다. 그가 나를 보는 순간 기고만장한 눈빛이었고, 나는 깊은 수렁 속으로 빠져들어 헤어나지 못한 느낌이었다. 서울 형사가 물었다.

"염달수 씨. 이 여자 당신이 고발한 거 맞지요? 그리고 이 여자 애비가 빨치산 ○○지역책임자 했던 것도 틀림없지요?"

"예, 형사님, 틀림없습니다."

그에게 그 말을 들은 나는 허탈감과 함께 분노가 목구멍까지 차올랐다. 서울 형사가 인상을 쓰고 화난 표정을 지으며 말했다.

"이분이 누군지 알지? 고발자로 당신과 대질신문하려고, 시골에서 여기까지 천리 먼 길을 일부러 온 거야. 염달수씨 고발한 내용이 뭐였지요."

"예, 형사님!신흥 동네에는 길가에 가게가 하나 있어요. 그 주인아주머니는 대학생 2명과 미숙과 근식이가 마을회관 뒤쪽 동산 바위 뒤에서 여러 번 수상한 행동을 한 것을 봤다고 증언했지라. 그리고 해질 무렵 소먹이던 대섭이라는 청년도 저들이 모여서 속삭이며 수상한 모의한 것을 여러 번 봤다고 증언했지라."

그때 서울 형사가 말했다.

"그때, 은밀하게 따로 모여서 무슨 모의를 한 거야? 빨리 바른대로 말해요. 성질 돋우지 말고, 당신 애비가 여순사건 때 지독한 빨갱이 지역대장이었으니까 당신도 틀림없이 그 빨갱이 피를 받았겠지. 이래도 할 말 있어?그리고 이곳 서울에서 누구누구 대학생들과 서울 어디서 몇 번 만났어? 바른대로 순순히 불면 당신은 정상을 참작해 줄 테니까 바른대로 말해요."

나는 그게 아니라고 두 손을 내 저으며 변명했다.

"그때 큰 바위 뒤에서 따로 만난 것은 연극공연에 주인공 역할이 중요하다고 행동이나 동작, 얼굴 표정, 억양 등 연극지도를 받았던거예요."

아무리 사실대로 변명을 해도 내 말을 믿으려고 하지 않았다.

"경찰관님들, 저는 운동권이나 유신, 노동자 농민운동 그딴 것 몰라요. 들어 본 적도 없어요. 처음 듣는 소리어요. 그때 대학생 선생님한테서 알파벳 기초영어를 비롯하여 초급 중학교 과정 공부를 조금 배운 것이 전부예요. 그리고 대학생 선생님들이 옛날부터 전해 내려온 잘못된 농촌의 구습을 과감하게 타파하고 새롭게 발전시켜 살기 좋은 미래 새마을 농촌혁명을 이제부터 마을 청년들이 중심이 되어 이룩해야 한다고 강조해서 말했어요."

그때 이 순경이 눈을 부라리며 큰 소리로 말했다.

"바로 그 혁명 말이야. 사회주의 농촌혁명을 해야 한다고 그랬지? 따로 만나서 그런 이야기를 나눴지요? 잘 생각해 봐요."

"아니어요. 사회주의 혁명이 아니고 잘못된 구습을 타파하고 새로운 생각으로 잘 사는 새로운 미래 농촌을 만드는 농촌혁명이라고 했어요."

내 말이 끝나자 서울 형사가 얼굴을 붉히며 버럭 소리를 질렀다.

"이 여자가 계속 엉뚱한 오리발이네. 좋은 말로 해서는 안 되겠네. 혼이 나야 정신을 차리겠어. 지금 그런 말 듣자는 것이 아니잖아."

서울 형사는 가까이 다가와 내 머리를 쿡쿡 주먹으로 쥐어박았다. 나는 와들와들 떨고 있었다. 그는 무섭고 위협적인 고문 말을 꺼냈다.

"저기를 봐. 계속 이따위 거짓말을 계속하면 저기 밧줄이랑 고문틀 보이지요? 코로 고춧가루 물맛과 통닭구이 맛을 좀 봐야 바른말

하겠어? 지금 고문을 당하게 되면, 당신은 피똥을 싸고, 반병신이 되고, 결국은 자백하고 말거야, 신사적으로 말할 때 사실대로 말해요. 옆방에서 고문받는 비명 소리 들리지? 저렇게 되지 않으려면 빨리 사실대로 불어요. 고문을 받고 자백하게 되면 내일 신문에 빨갱이로 대서특필이 되어 얼굴이 대문짝만하게 나오게 되겠지, 그렇게 되면 이 땅에서 살기가 어렵게 될 거야. 신사적으로 대접해 줄 때 사실대로 순순히 전부 불어."

고문이라는 공포스러운 말을 들은 나는 등골이 오싹했고 눈물이 솟구쳤다. 내가 입을 닫고 있자, 서울 경찰이 눈을 부라리면서 이어서 말했다.

"이 여자 안 되겠네. 이 순경, 박 순경, 이 여자 당장 저쪽 고문실로 끌고 가요. 정신이 번쩍 들게 빨리 고춧가루 물맛부터 보여줘요."

그 말을 들은 나는 기겁을 했고 와들와들 떨면서 잔뜩 몸을 움츠렸다. 숨 막히는 순간이었다. 뱃속 아기도 그렇고 자칫 잘못하면 큰 봉변을 당하겠다는 생각이 들었다. 흥분되어 있는 이분들을 누그러뜨려야 한다고 생각하면서도 마땅한 생각이 떠오르지 않았다.

그때 옆에 서 있던 달수는 기고만장하여 나에게 손가락질을 해가며 말했다.

"어매, 저 독한 거 보소, 꼴 좋다. 모든 걸 다 사실대로 불어야 여기서 살아나갈 수 있어. 지금 하는 걸 보면 꼭 지 에미를 닮아 부렀구만잉. 옛날 저 여자 에미도 무자그니 독했지라."

그의 말에 나는 달수를 쳐다보고 한마디 했다.

"뭐라고요? 달수 아저씨, 저도 이런 말까지는 하지 않으려고 했는디 할 수 없이 해야겠어요. 저분도 우리 아빠와 함께 빨치산 활동을 했데요. 우리 아빠 밑에서 부관 노릇을 했다고 했어요."

그 말을 들은 그는 눈을 부라리며 꽤나 장황하게 열변을 토했다.

"뭐라고? 과거 내 행적이 어떻다고? 웃기지 마 이것아, 그거 나한테는 아무 소용없는 일이라고 했잖아. 나는 대통령 각하께서 아무 문제 없다고 특별히 석방시켜 준 사람이야. 왜 이래, 나한테 시집오라고 좋은 말로 할 때, 내 말을 들어주었으면, 이런 개고생 하지 지. 지금이라도 늦지 않았으니, 빨리 마음을 고쳐먹어. 내가 이래 봐도 황전면 유지야 유지랑께? 그리고 반공청년회장이야. 내 말 한마디면 쥐도 새도 모르게 골로 가는 수가 있어 이것아."

"달수 아저씨, 그럴 수는 없지라. 아무리 아저씨가 돈이 많고, 지위가 높아도 죽었으면 죽었지, 저는 꿈에도 아저씨한테 첩으로 시집 갈 그럴 생각 전혀 없싱게요. 보시다시피 나는 결혼도 했고 배 속에 아이도 있어라."

그때 박 순경이 나섰다.

"어허, 그런 쓰잘떼기 없는 잡소리들 허덜 말고, 묻는 말에나 답변해 보랑께."

박 순경이 두 분을 부릅뜨고 노려보며 말했다.

"그때 대학생들이랑 힘을 합쳐 현 유신정부를 뒤집어엎기 위해 사회주의 농촌혁명을 일으켜야 한다고 했지 않은가? 그때 함께 공부했던 고향 사람들도 당신이 대학생들과 만나서 의심스러운 행동을 했다고 다 진술했어. 그리고 당신 애비가 열렬한 빨갱이라서 빨치산 ○ ○ 지역책임자였다는 것도 염달수 씨 외에도 고향 사람들이 다 증언했단 말이야. 당신 고향에서 알 만한 사람은 그 사실을 다 알고 있어? 집안이 그러니까 불순 대학생들이 냄새를 맡고 당신을 포섭 대상으로 생각하지 않았겠어? 빨리 실토하랑께. 서로 피곤하지 않도록 하자고, 아니면 저쪽 구석으로 가서 고춧가루 물맛을 좀 보던지."

고문이라는 말에 나는 또다시 흠칫 놀랐다. 아무리 아니라고 해도 소용이 없었다. 나는 심한 갈증을 느꼈다. 곧바로 고문할 것만 같았다. 저승사자들의 손아귀에 꽉 잡힌 것 같은 느낌이었다. 잔뜩 겁을 집어먹은 나는 눈을 꼭 감고 속으로 나도 모르게 '아이고 어머니, 나 죽게 생겼어요'라고 간절하게 중얼거렸다.

그때였다. 박 순경이 나를 고문실로 데려가려고 내 뒤 목을 잡아 끌어 일으켜 세웠다. 나는 무릎을 꿇고 있던 다리가 저려서 바로 일어설 수가 없었다. 힘겹게 일어서려고 바닥에 간신히 손을 짚었다. 그때 반지에 새겨져 있는 반공이라는 글자가 보였다. 나는 순간 머리에서 섬광처럼 스치는 것이 있었다. 학교 다닐 때 반공 웅변대회에서 상을 받았던 기억이 났다. 속으로 '그래 반공.' 하며 입술을 깨물었다.

"경찰관님들, 잠깐만 요. 제 입으로 이런 말 하기는 좀 뭐하지만, 저 말 좀 잠깐 들어주시오잉. 저는 학교 다닐 때부터 반공 소녀였어라.

"뭐? 반공 소녀라고? 그게 뭐야?"

"저는 학교 다닐 때 6·25 남침을 상기하고, 5.16혁명 정신을 고취하기 위해 반공웅변대회가 열렸을 때, 저는 전교 1등이었고, 황전면 전체 4개 학교 대항 대회에서도 1등을 차지했었습니다. 그리고 각 면 단위 학생대표가 모인 자리에서 제가 황전면 대표로 나가서 순천

시와 승주군에서 합동으로 실시한 반공웅변대회에서 1등 대상을 받았지라. 당당히 1등을 했단 말입니다. 혁명공약 외우기와 반공 글짓기대회에서도 1등을 했고요. 이 자리에서 혁명공약을 당장 외울 수 있어요? 그때부터 저는 선생님들과 친구들에게 반공소녀라는 별명을 얻었어요. 학교에서 알아보세요. 그 상장과 커다란 트로피 고향 집에 다 보관되어 있어요. 이 순경님! 박 순경님께서도 시골 우리 집에 가셨으면 그것들을 다 보셨겠네요."

"반공 웅변대회? 그게 정말인가?"

"예, 경찰 나으리님들, 여기가 어디라고 거짓말을 하겠습니까? 제가 지금 끼고 있는 이 반지에 '반공'이라고 글자가 새겨져 있어요. 보시지요. 그때 최우수 상품으로 받은 것입니다. 그 '반공 반지' 여기 있어요. 확인해 보세요."

그녀는 손가락에 끼고 있던 '반공'이 새겨진 반지를 보여주며 말했다.

"저는 앞으로 반공영화 배우가 되는 것이 꿈이어요. 국민들에게 반공의식을 고취시키는 영화를 만들어서 빨갱이들이 이 땅에 발붙이지 못하도록 하는 반공영화를 만들어 전국에 홍보할 꿈을 갖고 있어요. 그래서 배우가 되려고 왕십리 ○○○연극영화 학원에서 지금 연기지도를 받고 있어요."

"그게 정말이야?"

"예, 경찰관님들. 그 대학생들이 그런 이상한 말이나 행동을 했으면, 제가 먼저 신고를 했을 것입니다. 그리하여 포상금도 받았을 것입니다."

반지에서 반공을 확인한 경찰은 그때 서야 의심을 조금 푸는 것 같았다. 그리고 의자에 앉으라고 했다.

"당신 오늘 외출하고 돌아온 것 같았는데, 어디서 뭘 하고 왔어요? 그 대학생들을 만나고 교육받고 온 것 맞지요?"

"아닙니다. 방금 말씀드렸듯이 학원에서 교수님한테 연기지도를 받고 왔어요. 오전에는 검정고시 학원에서 공부하고 왔어요. 전화로 확인해 보세요. 여기 그곳 전화번호 적힌 수첩 여기 있어요."

나는 수첩을 내밀었다.

"알았어. 그것은 확인하면 금방 알 수 있으니까."

그리고 지친 얼굴로 울먹이며 그동안의 사정 이야기를 했다.

"달수 아저씨 저분은 나더러 자기와 결혼하게 해 달라고 어머니께 청혼했어요. 그래야 내 신변이 안전하다고 윽박지르고 겁을 주었어요. 경찰관님들도 상황을 판단해 보세요. 달수 저분은 저의 아빠가 살아 계실 때 형 동생 하는 사이라고 저분의 입으로 말했어요. 부동산으로 돈을 좀 벌었다고 돈으로 저를 매수하려고 했어요. 아무리 세상이 변했다고 해도 아버지뻘 되는 분하고 제가 결혼이 가능겠습니까? 그것도 두 번째 부인으로 말입니다. 내 양어머니가 저분의 청을 거절하니까 크게 화를 내며, 그 보복으로 경찰에 억지로 고발해서 이렇게 만든 것입니다.

그때 옆에 있던 이 순경은 쥐고 있던 곤봉으로 책상을 꽝 내리쳤다. 그리고 버럭 소리를 지르며 때릴 듯이 손을 머리 위까지 들어올렸다.

"뭐라고? 뻔뻔하고 엉뚱하게 계속 딴소리만 하네. 운동권 대학생들과 농촌 청년들이 연대하는 노동운동을 하자는 그런 이야기 말이야."

"아닙니다. 저는 그런 것 정말 들어 본 적이 없습니다. 말씀드리기 조금 쑥스러운 일이지만 사실은 그때 농촌봉사활동 나온 오 선생이 라는 대학생 선생님과 서로 눈이 맞아서 서울로 오게 됐고, 그 대학 생과 가정을 이루고 지금은 임신까지 해서 살고 있어요. 당장 우리 집에 가서 확인해 보세요."

"좋아, 그건 그렇다 치고, 고향에서 함께 활동했던 서 근식이 알고 있지요?"

"예, 고향 신흥 마을회관에서 같이 공부했었지라. 연극도 같이 했 고요."

"당신이 서울 올라간 그 무렵에, 그 사람도 서울로 왔다는 것을 우 리가 확인하고 왔어요. 서울에서 그와 자주 만나서 함께 사회주의 노동운동 같은 이야기를 나누었지요? 다 알고 왔어요."

"그 사람이 서울로 왔었다고요? 처음 듣는 소리입니다. 저는 그 사 람이 어디 있는지 모릅니다. 서울에서 한 번도 만난 적이 없습니다. 그 사람 주소나 전화번호도 몰라요. 나으리님들이 다시 한번 제 수 첩을 자세히 살펴보세요. 그분의 연락 전화가 있는지. 수첩에는 학 원 전화번호와 오 선생 번호밖에 없어요. 의심스러우면 당장 저의 집을 모두 뒤져서 확인해 보세요. 정말 모릅니다. 저도 경찰 아저씨 께 물어볼 것이 있어요."

"물어볼 것? 그것이 뭔데?"

"여순사건이 일어났을 때, 내 친엄마는 빨치산이 된 봉학이란 사 람과 바로 염달수 저분에게 납치되어 산으로 끌려갔대요. 봉학이라 는 사람이 내 엄마를 강제 추행하여 임신시키고 나를 낳았대요. 그 후 내 친엄마는 산에서 이리저리 끌려다니다가 비행기 폭격으로 돌아가셨다고 했어요. 그 무렵 저를 낳게 한 친아버지가 된 봉학이란 분의 부탁으로 달수 저분이 갓난아기인 나를 안고 마을로 데려다주어서, 지금 저가 살아 있게 되었다고 했어요. 한편으로는 달수 아저씨에게 그때 빚을 졌고, 고마운 마음이 있습니다. 저는 그 고마움 때문에 이 말을 하지 않으려고 했는데 할 수 없이 할 수밖에 없네요. 서울로 떠나오기 전날. 바로 달수 저분이 고향 평화마을 우리 집을 찾아왔어요."

그때 서울 경찰이 언성을 높이며 말했다.

"그런 쓸데없는 이야기는 왜 이 자리에서 하는 거야?"

나는 그 경찰에게 이 말을 꼭 하고 싶었다.

"경찰관님들 잠깐만 저 말 좀 들어 주세요. 잠시만요. 잠깐이면 됩니다. 염달수 씨도 우리 아빠와 함께 빨치산 생활을 했지만 자수하지 않고, 끝까지 토벌군과 싸우다가, 막판에 월북하였고, 그리고 자기 입으로 인민군 돌격부대 장교가 되었다고 했어요. 진짜 빨치산 활동과 인민군 장교까지 한 저런 분이 시퍼렇게 살아서 설치고 있는 사람이 바로 저분이라고요. 어쩌다가 부동산으로 떼돈을 움켜쥐었다고 호의호식하며 거들먹거리고 축첩하겠다고 딸 같은 저를 쫓아다니고 있으니 어처구니가 없다고요. 경찰관님들은 어떻게 생각하세요?"

그때 달수가 얼굴을 붉히고 눈을 부라리며 변명을 하고 나섰다.

"요것아, 아까도 말했지만 대통령 각하께서 나를 특별히 자유 몸이 되게 석방시켜 주셨다고. 바로 '반공포로석방' 말이야. 똑똑히 알고나 말해랑께."

"바로 그것이 불공평하다고요. 진짜 인민군이었던 저분은 살게 해 주고, 그 당시 자수한 우리 아빠는 당국에서 목숨을 빼앗고."

처음 듣는 생뚱맞은 소리라고 생각한 그들은 어이없다는 듯이 눈을 크게 떴다. 서로의 얼굴을 빤히 쳐다보고 있었다.

"뭐? 인민군? 달수 저분이 북한 인민군 출신이었란 말이야?"

"예 맞습니다. 인민군 장교계급장을 달고, 돌격부대장이 되어 낙동강까지 밀고 내려와서 국군과 전투를 했고, 저분 입으로 많은 국군을 쏴 죽였다고 했어요. 전과를 많이 올려서, 김일성 훈장도 받았다고 자랑했어요. 갑자기 조사실 안은 쥐 죽은 듯이 조용했다. 그때 이 순경이 큰 소리로 말했다.

"그런데 그것이 어떻다는 거야? "

나는 울음 섞인 목소리로 인간적 절망에 절규하듯 말했다.

"경찰관님도 역지사지로 생각해 보세요. 저로서는 너무 억울합니다. 저는 그 당시 태어나지 않아서 아빠 엄마 얼굴도 본 적이 없습니다. 듣기로는 저의 아빠 되시는 분은 그 당시에 자수도 했고, 군경에 협조하여 백운산 일대의 빨치산 잔당 소탕에 큰 도움을 주었다고 들었어요. 우리 아빠는 지역책임자 노릇을 했지만, 마을 사람들의 목숨도 많이 구해 주었다고 들었어요. 그러나 제 아빠는 이유도 모른 채 재판 도중 군경에게 끌려가서 처형되었대요.

내 말에 경찰들은 고개를 돌려 달수를 쳐다보았다. 달수는 고개를 끄덕이다가, 일부러 창밖을 바라보고 못 들은 척 딴청을 부리고 있었다. 박 순경이 말했다.

"그걸 왜 이 자리에서 우리한테 묻는 거야."

"경찰관님도 가족이 그런 경우라고 역지사지로 생각해 보세요. 그리고 저렇게 나이 많은 사람이 경찰관님의 나이 어린 동생을 축첩하겠다고 괴롭힌다면 어떻게 하시겠어요."

나는 마음속에 깊이 묻어두고 있던 의미심장한 말을 모두 꺼냈다. 내 이야기를 듣고 있던 경찰들은 서로 마주 보고 고개를 좌우로 흔들었다. 그들 셋은 따로 모여서 뭔가에 대해 한참 동안 의논하고 있었다. 그러고 나서 이 순경이 내 곁으로 와서 말했다.

"아무튼 알았어요. 오늘 조사는 그만하고 증거를 더 찾아서 다시 부를 테니 일단 귀가해요."

숨통을 죄듯이 혹독한 취조를 받고 나온 날, 나는 처참한 몰골에 온몸이 쑤시고 저려 왔다. 그때부터 그 생각만 하면 자다가도 깜짝깜짝 놀라면서 벌떡벌떡 일어나는 악몽도 꾸기도 하고, 헛소리도 하며 식은땀이 났고 가슴 떨림 증상이 나타났다. 그때 고문이라도 받았으면 견디다 못해, 그들이 원하는 거짓 진술이라도 했을 것이고, 인생이 어떻게 바뀌었을지 모를 일이었다. 그때 일을 생각하면 식은땀이 나고 오싹오싹 몸서리를 치고 있다.

그날 조사 후에도, 서울경찰과 ○○지서가 공조 협력하여 비밀리에 나와 오 선생의 행적을 살피고 감시하기도 하였다. 또한 연극영화 학원에서도 나에 대해 탐문하며 의심을 멈추지 않고 있었다.

그 무렵 검열과 조사가 극에 달했다. 신문과 방송에서는 하루가 멀다하고 '대학생 간첩사건이다, 유학생 간접 검거 사건이다' '북한 공작원과 접선한 어부 적발' 등등 많은 간첩관련 기사와 함께 얼굴 사

진들이 신문과 방송에 나오고, 처벌받은 끔찍한 내용들이 공개되고
있었다.

서울 생활의 시련

**

서울에 온 지도 얼마 되지 않은 나는 신원조회 때문에 어렵게 마련한 소중한 직장을 잃었다. 또한 집안의 좌익과 연관된 시국 문제로 혹독한 경찰 조사를 받는 등 우여곡절을 겪었다. 설상가상으로 생각지도 않은 임신이라는 뜻밖의 진단까지 받고 난 이후, 점차 배가 불러오면서 고민이 깊어졌다. 그는 일찍부터 내 출신 성분을 알고 나와 결혼까지는 생각하고 있지 않은 것 같았다. 하는 수 없이 그렇게 바랐던 배우의 꿈도 일단 접어야 했다.

날이 가고 달이 가면서 가끔 배도 아프고 입덧도 심해졌다. 나는 난감해서 혼잣말로 탄식하며 중얼거렸다.

"정식 결혼식도 올리지 않고 아무 준비도 안 됐는데, 저 사람은 관심도 보이지 않는데 뜬금없는 임신과 출산이라니, 이 일을 어떻게 해야 하나?"

출산일이 가까워질수록 초조하고 답답했다. 이렇듯 오랫동안 고심하며 흘러보낸 시간 끝에 딸을 출산했다. 딸 이름을 민아로 지었다.

그도 말은 하지 않고 있었지만 망설이고 오랜 고민 끝에 어느 날 밤 나에게 말했다.

"앞으로 민아 학교 문제도 있고 해서 결혼식 올리고 혼인신고를 서둘러야겠어요."

그의 부모들은 내가 시골 출신이고 학벌이며 집안을 비교해서도 너무 격이 맞지 않는다고 결혼을 반대했다. 하지만 그의 설득과 민아 때문에 어쩔 수 없이 결혼을 허락했다. 그 후 민아는 식구들에게 귀여움을 받으며 자라고 있었다.

그러던 어느 날이었다.

골목에서 낯선 사람이 집안 이곳저곳을 힐끗힐끗 훔쳐보면서 사진을 찍고 있었다. 남편이 그에게 다가가서 물었다.

"아저씨, 여기서 뭐하는 겁니까? 무슨 일로 남의 집안 사진을 찍죠?"

그자는 황급히 자리를 뜨면서 말했다.

"별것 아닙니다. 살펴볼 일이 있어서요. 실례했습니다."

그는 아내 집안 문제 때문일 거라는 추측을 하고 있었다. 그는 나에 대한 출신 성분을 알고 있었을 뿐만 아니라, 오래전부터 불길한 예감을 감지하고 있었다.

달이 가고 해가 가면서 아들 둘을 더 낳았다. 민아는 국민학교에 입학하고 나는 고등학교 입학자격 검정고시에 합격하여 방송통신고등학교에 입학했다. 집안 식구 모두 입학식에 와서 사진도 찍어주고, 꽃다발과 선물도 주면서 축하해 주었다.

그 후 두 달쯤 되었을 때였다. 민아는 선생님이 주신 신입생 혈액형 검사 결과를 통보하는 가정통신문을 아빠에게 드렸다.

"아빠, 선생님이 이것 주셨어요."

"그래, 어디 보자, 우리 민아 A형이네. 있다가 엄마한테도 보여줘."

그는 소파에 앉아 신문을 뒤적이다가 갑자기 생각나는 것이 있었다. 언젠가 염달수라는 자에게 뜬금없는 전화를 받았고, 다방에서 그를 잠깐 만난 적이 있다. 그때 그가 했던 말이 생각났다.

"고향에서 소문을 듣자하니 당신 부인 미숙 씨는 고향에서 사귀던 애인이 있었어요. 딸이 친딸인지 확인해 봐요."

그때 그는 별 정신 나간 싱거운 사람의 말이라고 대수롭지 않게 흘러들었다. 신문을 읽다가 예전에 들었던 말이 갑자기 생각났다. 책상 위에 두었던 가정통신문을 가져다 다시 자세히 들여다보고 있었다.

"어, 이거 정말 이상하네. 왜 민아 혈액형이 왜 A형이지?"

그는 부엌에서 일하고 있는 나를 불렀다.

"여보, 민아 엄마. 민아 혈액형이 이상해요. 당신도 한 번 자세히 봐요."

가정통신문을 살펴본 나도 고개를 갸웃했다.

"그러게요. 검사가 잘못되었을 수도 있지요. 뭐."

그렇게 말해 놓고도 나는 마음이 조마조마했다. 엄마 아빠와 동생들도 모두 B형인데, 민아만 A형이 나온 것이다.

며칠 후 설마설마하면서 가족이 모두 큰 병원에서 정밀검사를 해 본 결과 아들 둘은 모두 B형이었고 딸 민아만 A형이었다. 유전자 검사를 해 봐도 일치가 되지 않았다. 딸 민아는 의학적으로 그의 친자가 아님이 확인되었다.

참으로 난처했고 난감한 일이었다. 나는 민망하고 온몸에 힘이 주욱 빠졌다. 가족 모두가 무거운 침묵에 휩싸여 있었다. 나 역시 지난날 있었던 일이 부끄럽고 민망해서 고개를 떨구고 있었다. '아닐 거야, 그럴 리가?' 하지만 달리 설명할 방법이 없었다. 그날 이후, 남편이 툭툭 던지는 말에 쥐구멍이라도 찾고 싶은 심정이었다. 작정하고 술을 마시고 온 날은 의심의 눈초리로 더욱 견딜 수가 없었다. 잔뜩 화가 난 그의 표정 속에는 냉소와 자조가 섞여 있었다.

"허허, 내 원, 당신 집안이 빨치산 집안인 것을 알면서도 그냥 참고 결혼을 했는데. 당신은 나를 속인 그런 부정한 여자였어? 다른 남자한테 몸을 굴려먹다가 나한테 온 거였어?"

그의 거친 말은 거기서 끝나지 않았다.

"근본도 모르는 빨치산 집안과 결혼한 내가 바보 멍텅구리지."

하루가 멀다하고 벌레 씹은 얼굴로 찌푸리고 있었다. 지금까지와는 전혀 다른 사람이 되어 막말을 쏟아내며 증오심을 나타냈다. 짓뭉개진 자신이 견딜 수 없는 끝모를 나락으로 추락하고 있는 것 같았다.

"미안해요. 입이 열 개라도 할 말이 없네요."

어린 민아는 옆방에서 잔뜩 긴장하면서 엄마 아빠가 날마다 다투는 소리를 듣고 있었다. 그날 이후 행복했던 가정생활은 차갑게 식어가고 있었다. 내 잘못이 컸기 때문에 웬만하면 참고 견디려고 했지만, 더 이상 도저히 버텨낼 수가 없었다. 끝내는 남편이 원하는 대로 이혼에 응할 수밖에 없었다. 그는 내게 하고 싶은 말을 쏟아 내고 있었다.

"당신 집안이 빨치산 집안이라는 것도 진즉 알고 있었소. 누구에게도 그런 말 하지 않겠소. 대신 다섯 살, 세 살 아들들의 앞날을 위해서 다시는 아이들을 찾지 않을 것을 약속해 주시오. 아이들과 당신이 자주 만나면 아이들의 앞날에 어려움을 겪게 될지도 모를 일이오. 당신도 그렇게 되는 것을 바라지는 않겠죠."

그 말을 듣는 순간 나도 모르게 탄식하는 신음 소리가 터져 나왔다.

"그래서 민아 임신 때도 출산 때도 시무룩하고 있었군요."

그는 내 아픈 곳을 찌르며 내 자존심을 갈기갈기 찢어 놓고 있었다.

"알았어요. 아이들에게 피해 가지 않도록 해야겠지요. 하지만 당신이란 사람 참 무서운 사람이네요. 또 다른 약점을 이혼 조건으로 붙여서 모자지간 인연도 끊어 놓고 있군요."

유책 사유가 있는 나는 어떤 일이 있어도 앞으로 그가 요구하는 조건들을 지킬 것을, 변호사 입회하에 약속했고, 요구대로 각서를 써 주고, 이혼 도장을 찍었다. 그는 합의금이라고 봉투를 내밀었으나 나는 하고 싶은 말 한마디를 하고 정중하게 거절했다.

"아까운 이 돈 저에게 줄 생각하지 마시고, 좋은 색시 만나서 새장가도 들고 행복하게 잘 사세요."

뼈 있는 말 한마디를 남기고 막상 집을 나왔지만, 어린 딸과 함께 살아갈 것을 생각하니 눈앞이 캄캄했다. 발길 닿는 대로 걸었다. 어찌나 절망스러운지 걸음걸음마다 울컥울컥했다. 민아를 쳐다보니 더욱 애처로웠고 안쓰러워 가슴이 아팠다. 길가에 서서 어린 딸을 부둥켜안고 소리 없이 울었다. 이제 무거운 십자가를 혼자서 질 수밖에 없구나. 그래, 그래도 딸 민아가 있지 않은가? 나는 맑은 눈동자를 지닌 민아를 바라보며 혼잣말처럼 중얼거렸다.

"민아야! 엄마 때문이야. 너에게 정말 미안하다. 하지만 니가 이렇게 태어나게 된 것은 나로서도 어쩔 수 없는 일이었어. 나도 이렇게 되리라고는 정말 상상도 못했어."

나는 멈춰 서서 미안한 마음으로 딸을 바라보며 말했다.

"민아야, 우리 오늘만 울고 내일부터는 어떤 일이 있어도 울지 말자. 알았지? 약속하지? 엄마랑 열심히 살자."

"약속."

둘이는 새끼손가락을 걸었다. 한숨과 후회뿐이지만 그래도 딸밖에 마음 둘 곳이 없었다. 서울이라는 생존의 현장에서 이제 나에겐 사랑도 그리움도 모두 사치일 뿐이야. 나에겐 딸 민아 외엔 아무것도 없어.' 나는 이를 악물었다. 민아도 울음을 그치고 내 손목을 꼭 잡았다. 나는 민아의 손목을 잡고 무작정 걷고 있었다. 남편의 마지막 말이 가슴에 사무쳐서 눈물이 났다. 민아가 말했다.

"엄마, 이제 그만 울어, 울지 않기로 했잖아."

"그래, 그랬었지. 알았어."

서울 하늘 아래 누구와도 내 처지를 의논할 사람이 없었다. 칼바람 쌩쌩 부는 낯선 서울에서 어떻게 살아갈까? 를 생각하니 한없이 서럽고 외롭고 고독했다. 드넓은 푸른 바다에서 사라져간 고독한 파도가 된 느낌이었다.

우선 당장 먹고 자야 할 거처를 구하는 것이 급선무였다. 손수건을 꺼내 흐르는 눈물을 닦고 무작정 걷다 보니 청량리역이 보였다. 일부러 집값이 싼 허름한 역 뒤편으로 갔다. 산비탈 달동네로 발길을 옮겼다. 몇 군데 복덕방을 둘러보면서, 다닥다닥 엉겨 붙은 열악한 집들이 있는 저렴한 곳으로 향했다. 서울 올라 올 때 어머니가 주신 돈에 맞추어 청량리역 뒤편에 방 두 개짜리 허름한 무허가 판잣집을 샀다. 집안은 낮에도 전깃불을 켜지 않으면 아무것도 할 수 없을 정도로 음습하고 어두컴컴했다. 화장실도 공동으로 사용해야 했다. 집 앞에 흐르는 냇물은 오물이 떠가고 역한 냄새가 코를 자극했다. 서울에도 이런 곳이 있을까 싶을 정도로 주변 환경이 열악하여 가난한 사람들이 사는 빈민촌이었다. 작은 방 하나는 이미 혼자 사는 할머니의 세를 안고 샀다. 방 하나에 딸 민아와 겨우 발 뻗고 지낼 수 있었다.

필요할 때 민아를 옆방 할머니에게 잠시 맡기고, 당장 생활비를 벌 궁리를 했다. 다음 날 직업소개소를 방문해서 출퇴근 가사 도우미를 신청해 놓았다. 일자리가 나올 때까지, 무슨 일이라도 해야 했다. 다행히 집 근처에 고물상이 있었다. 우선 빈 캔이나, 병 등 값나간 고물을 주워서 팔기로 마음먹었다.

다음 날 통금 해제 시간에 맞춰 새벽 4시에 일어났다. 사람들은 대부분 깊은 잠에 빠져 있었다. 손전등을 들고 음식점이 많은 청량리 상가 지역 골목 쓰레기통을 뒤졌다. 깡통과 병, 고철 등을 자루에 주워 담았다. 해가 떠오른 7시쯤 폐품자루를 머리에 이고 숨을 헐떡거리며 고물상으로 갔다. 여러 골목을 누비며 하루 쓸 최소한의 생계비 정도의 수입을 올릴 수 있었다. 그 돈으로 동네 가게에서 연탄과 봉지에 든 쌀을 사고 간단한 반찬거리도 샀다.

고물 수집 일을 한 지 열흘쯤 지났을 때였다. 오늘따라 예감이 이상했다. 정체를 알 수 없는 누군가의 그림자가 자꾸 따라붙는 것 같았다.

그때였다.

눈썹이 꼿꼿하게 선 한 아주머니가 나타났다. 허락도 없이 남의 구역에 와서 일한다고 항의를 받았다.

"이거 봐요. 아줌마는, 여기서 뭐하는 것이오. 당신을 만나려고 요 며칠 얼마나 고생을 했는지 아시오? 여기는 내 구역란 말이오. 상도덕을 지킬 줄 알아야지요."

"아니 폐품 줍는 것도 구역이 있고 허락을 받아야 하나요?"

"여기는 몇 년 전부터 내가 관리하는 구역란 말이오. 기득권이 있단 말이어요. 댁이 누군데 허락도 없이 남의 밥그릇에 손을 대는 거요?"

어안이 벙벙해진 나는 멋쩍게 웃고 말았다. 이런 폐품 줍는 것도 구역이 정해지고 따로 관리인이 있다는 것을 처음 알게 되었다. 어쩔 수 없이 폐품 줍는 일을 그만두어야 했다.

때마침 직업소개소에서 가사도우미 일자리가 나왔다는 연락을 받았다. 넓은 평수의 아파트였다. 집안 식사와 청소, 빨래, 아픈 할아버지 간병까지 해야 하는 일이었다. 처음 해 보는 고달프고 힘든 일이었지만, 꾹 참고 매일 열심히 일했다.

두 번째 월급을 받는 날이었다. 주인아주머니가 없는 사이에 집주인 남편이 월급봉투를 내밀면서 내 손목을 잡았다. 그는 엷은 미소를 지으며 거침없이 속내를 드러내면서 은밀하게 속삭이듯 말했다.

"아주머니, 집안일로 수고를 많이 하시는데, 언제 밖에서 만나서 식사 한번 합시다."

깜짝 놀란 나는 거절 의사를 밝혔다.

"아유, 아니어요. 아저씨, 저는 남편도 있고 아이들도 기다리고 있어요."

그는 그런 것이 아무렇지도 않다는 듯 능청스럽게 시선을 내 얼굴에 내리꽂고 서서 유혹하는 말을 했다.

"나도 처자식 있어요. 그런 것이 무슨 문제가 되나요? "

그는 한두 번 솜씨가 아닌 듯이 말했다. 아무렇지도 않게 천연덕스럽게 질퍽거리는 말을 하는 주인아저씨에게 소름이 돋고 어처구니가 없었다. 아무래도 앞으로 곤란한 일을 겪을 것만 같았다. 다른 일자리를 찾아야 했다.

집으로 오가면서 청량리 시장 부근 노점에서 자리를 펴놓고 물건을 사고파는 사람들이 어우러져 북적거리는 노점상 모습을 자주 보곤 했다. 내일부터 저런 노점에서 마음 편하게 장사를 해야겠다고 마음을 먹었다. 나도 이제 서울 말씨를 쓰고 행동도 강해지고 조금씩 서울 사람이 되어 가고 있었다.

당장 그 이튿날, 나이 든 장사하는 아줌마처럼 억세게 보이려고 화장도 대충하고 허름한 옷으로 갖춰 입었다. 준비물을 챙기고 모자를 푹 눌러 썼다. 청량리 시장 근처 사람들이 많이 오가는 목 좋은 길가에서 일찍부터 과일 노점을 펼치고 있었다. 지나가는 사람들이 힐끔힐끔 쳐다보고 지나갔다. 잠시 후에 기존에 장사하는 사람들이 나오기 시작했다. 좌판을 펼치고 과일을 팔 준비를 거의 끝내고 있을 무렵이었다. 느닷없이 날카로운 금속성 직격탄이 날아들었다.

"이게 뭔 일이여. 이런 경우 없는 젊은 여편네가 다 있네. 여기가 어디라고 남의 자리에서 좌판을 벌인 것이여? 살다 보니 별 꼴을 다 보겠네."

아주머니는 고래고래 소리를 지르고 욕지거리와 함께 삿대질하기 시작했다. 나는 할 말을 잃고 주눅이 들어서 멍하게 서 있었다. 분위기를 보아하니 금방 덤벼들기라도 할 듯 잔뜩 화난 얼굴이었다. 그녀의 기세에 잔뜩 주눅이 들었다. 나는 미안한 미소를 지으며 사과했다.

"죄송해요. 아주머니가 이 땅 주인인 줄 몰랐네요. 다른 곳으로 갈게요."

하는 수 없이 주섬주섬 챙겨서 그곳과는 떨어진 장소로 이동해서 두 번째 자리에서 노점을 펼치고 있었다. 잠시 후에 옷 파는 아저씨가 나타났다.

"아줌마, 남의 자리에서 지금 뭣 하는 짓이오. 여기는 내가 먹고살기 위해 돈 주고 어렵게 구한 자리요. 옷 파는 곳이라고요. 빨리 저리 비켜요. 빨리 비키지 못하겠어? 어참 아침부터 재수 없게."

나는 또다시 할 말을 잃고 말았다. 이대로 뻗대볼까도 생각했지만 시끄럽기만 하고 무의미할 것 같았다. 창피하기도 하고 별다른 방법이 없었다. 한마디 말도 못 하고, 입술을 깨물며 펼쳐 둔 과일을 다시 주섬주섬 주워 담았다.

하는 수 없이 이곳과 뚝 떨어진 한쪽 구석으로 옮겨갔다. 이곳은 시장에서 멀리 떨어진 외지고 한적한 곳이라 괜찮겠지. 그곳에서 자리를 깔고 팔 과일을 진열하면서 푸념하고 있었다. '나는 괜찮아, 나는 어떤 말을 들어도, 어떤 수모를 겪어도 괜찮아, 민아를 위해서라면 무슨 일이라도 참고 견뎌야 해, 어떻게 해서라도 돈을 벌어야 돼. 여자는 약하나 어머니는 강하다는 말도 있지 않던가?'라는 말을 되새기고 위안 삼으면서, 과일을 펼치고 있었다. 잠시 후 이번에는 양말 장수 아저씨가 와서 치켜뜬 눈꼬리를 씰룩거리며 소리쳤다.

"아짐씨, 여기는 내 자리라오. 후딱 저리 비껴요."

그 소리를 듣자마자 나는 기가 막히고 어안이 벙벙했다. 신경질적인 말투로 보아 그는 조금도 양보할 기색이 없었다. 이젠 더 이상 갈 곳이 없었다. 그냥 뻗대 볼까도 생각했지만 마음을 접었다. 변명도 못 하고 망신만 당한 채 또다시 주섬주섬 과일을 챙겨야 했다. 이제는 더 이상 다른 곳으로 갈 용기가 나지 않았다. 기가 막히고 어이가 없어서 우두커니 서 있다가 그 자리에 털썩 주저앉았다.

입안에 침이 바싹바싹 마르고 있었다. 고향에 있을 때, 명절 때면 서울에서 내려오는 친구들이 화려하게 쭉쭉 빼입고, 양손에 선물 보따리를 들고 내려오기에, 서울에서는 돈을 쉽게 많이 벌 수 있는 곳으로 알았는데, 막상 삶의 현장에 부딪혀 보니 피도 눈물도 없는 매서운 칼바람이 쌩쌩 부는 곳이라는 것을 실감할 수 있었다. 울지 않으려고 혀를 깨물고 있었으나 나도 모르게 울컥하면서 좌절의 눈물이 내 눈시울을 적시고 있었다. 이제 어디로 가야 할지 망막했다.

시장 사람들이 무서웠다. 물끄러미 허공을 쳐다보고 있는 동안 별의별 생각이 다 들었다. 숨통이 꽉 막힌 기분이었다.

갈 곳이 없어서 망설이고 있을 때였다. 벙거지를 푹 눌러 쓴 젊은 손수레 과일 장수 아저씨가 내 모습을 안쓰럽게 유심히 지켜보고 있었다. 그는 손수레를 끌고 내가 있는 곳으로 가까이 다가왔다. 안타까운 눈으로 나를 쳐다보고 난 후, 말을 걸어왔다.

"아주머니, 이런 노점 장사 처음 하는 거 맞지요?"

나는 그 남자를 쳐다보기가 창피하고 부끄러워서 어물어물 말끝을 흐리고 있었다. 살짝 고개를 돌려 멋쩍게 몇 번 끄덕였다. 보기가 딱했던지 자기가 처음 겪었던 경험담을 이야기해 주었다.

"이곳이 시장 바닥이라 텃세가 심하고 남자 여자 할 것 없이 매우 드세지요. 처음 나도 노점자리 때문에 쫓겨 다니며 싸움도 많이 했지요. 그러다가 운 좋게 이곳 청량리 바닥에서 주먹깨나 쓴 고향 후배를 우연히 만난 후, 그의 도움으로 지금은 자리를 잡고 비교적 편하게 장사를 하고 있어요. 나는 전라도 구례 산동이라는 곳에서 올라 온 김씨어요. 고등학교 졸업하고 군대 마치고 2년 전에 집사람과 무작정 서울로 올라왔어요. 아주머니 고향은 어디인가요?"

듣고 보니 고향 사람이라서 안심이 되고 반가웠다.

"아, 예, 반갑네요. 저는 구례 바로 옆 황전인데."

"오메, 바로 가까운 이웃 고향 분이시구먼. 아무튼 반가워요. 노점 장사도 아무나 하는 것이 아니어요. 이런 노점도 환경보호비 명목으로 자릿세도 뜯어가는 사람도 있어요. 이런 곳에서 장사하려면 요령도 알아야 한다고 알려주었다. 나는 그제야 이곳 규칙과 요령을 대충 알게 되었고, 말없이 고개를 끄덕였다. 지푸라기라도 잡고 싶은 심정이었는데, 뜻밖에 고향 사람이 관심을 가져줘서 고마웠다. 잠시 후 그가 말했다.

"아주머니는 경험도 부족하고 순한 얼굴을 보니, 이곳 시장 사람들 틈에서 장사하기가 힘들겠네요. 저 건너편 청량리역 앞에서 우리 집사람도 잡화상 노점을 하고 있는데, 그 옆에서 같이 장사를 해봐요. 내가 집사람한테 이야기해 줄게요. 따라오세요."

나는 비로소 안도의 한숨을 내쉬었다. 운 좋게 우연히 만난 고향 분의 도움을 받을 수 있었다. 나는 그의 아내 정씨 부인에게 먼저 인사를 했다.

"안녕하세요? 처음 봬요. 초면에 아주머니께 신세를 지게 되었네요."

하지만 부인은 자기와 한마디 상의도 없었다고 남편에게 구시렁거리며 불평을 쏟아냈다. 그녀는 나와 남편과의 관계를 의심하는 듯 못마땅하고 뚱한 표정에 곱지 않은 눈으로 레이저 눈빛을 쏘고 있었다. 나는 민망함을 느꼈지만, 아침에 여러 번 좌절을 겪으면서 이미 맷집이 생겨 있었다. 옆에서 정씨 부인이 뭐라고 하든, 옆자리에서 말없이 좌판을 펼쳤다.

그사이 남편 김씨는 우리가 서울에 처음 장사하면서 어려움을 겪었던 일들이 생각나서 데려왔다고 자초지종을 부인에게 말했다. 고향 분이고 하니 서로 돕고 살자며 부인을 설득했다. 나는 눈빛이 부드러워진 그의 부인에게 다시 한번 감사의 목례를 했다.

그리고 나서 김씨는 리어커를 끌고 다른 곳으로 장사를 하러 이동해 갔다.

그때였다. 한 젊은 남자가 김씨에게 다가와서 자기가 형사임을 밝히고 가까운 파출소로 데려갔다. 그는 왜 이러시냐고 형사에게 따지듯 물었다.

"당신과 함께 있었던 그 여자는 빨치산 집안이고 시국관련 혐의가 있어서 감시를 받고 있어요. 당신과 어떤 관계인지 조사를 해봐야겠어요."

형사는 주민등록을 들여다보며 어딘가로 한참 동안 연락을 하고 있었다.

"음, 학생은 아니고, 군대는 다녀왔고, 데모 관련자도 아니구먼, 전과 관련도 없군. 저 여자에게는 오늘 있었던 일을 비밀로 하세요. 알았죠? 그리고 저 여자가 다른 수상한 사람을 접선하거나 의심스러운 점이 발견되면 이 번호로 연락 주세요."

그는 경찰이 미숙을 내사하고 있고, 요주의 인물로 주시하고 있음을 알게 되었다.

그 사이 미숙은 영업 준비를 마쳤다. 한참을 기다려보아도 오가는 사람들은 노점을 거들떠보지도 않고 휙휙 지나다녔다. 다른 상인들처럼 사달라고 큰소리를 낼까 생각도 했지만 용기가 나지 않았다. 오전은 물론 오후가 되어도 개미 한 마리 얼씬하지 않았다. '처음이라서 그럴까? 낯이 익으면 괜찮아지겠지'를 생각하며 몇 시간 동안 우두커니 서 있었다. 무료하고 지루했다. 때마침 나는 청량리 역내 화장실을 다녀오다가 역 광장 한쪽에 사람들이 빙 둘러서 있는 모습이 보였다. 궁금해서 자신도 모르게 그쪽으로 발걸음을 옮겨 갔다. 잠시 구경하는 사람들 어깨 너머로 안쪽을 기웃거리며 들여다보았다. 노래도 하고 춤도 추고 각설이 타령을 하며 약을 팔고 있었다. 그때 마이크에서 안내 방송이 나왔다.

"지금부터는 이 자리에 계신 구경하는 분들의 시간입니다. 누구든지 좋습니다. 노래나 춤, 재능이 있는 분들을 모시겠습니다. 이런 기회가 항상 있는 것이 아닙니다. 어서어서 신청해서 가지고 계신 재능을 뽐내 보세요."

하지만 아무도 나가지 않았다. 그때 미숙의 마음속에 두 마음이 요동치고 있었다. 자기도 모르게 용기를 내어 앞으로 나갔다. 노래는 옛날부터 자신이 좋아했고 고향에서 여러 번 콩쿨대회 수상 경력이 있었기에 자신감이 있었다. 곧바로 사회자의 안내가 있었다.

"예, 예쁜 아주머니 한 분이 나오셨습니다. 누구신지 물어도 되겠습니까?"

"바로 저기 앞쪽 버스 정류장 옆에서 오늘부터 '민아네 과일 노점'을 시작한 민아 엄마입니다."

"노점상 하시는 민아 엄마, 부르실 노래는?"

"내 고향 남쪽은 지금 찔레꽃이 한창 피고 있을 것입니다. 그래서 찔레꽃을 부르겠습니다."

노래가 끝나자 환호성과 함께 여기저기서 앵콜 소리가 나왔다. 그때 사회자가 대뜸 한마디 했다.

"노래 솜씨가 보통이 아니군요. 이왕이면 여기 손님들이 원하는 일이니, 한 곡 더 부탁합니다."

"이미자의 '여자의 일생'입니다."

노래가 끝나자 웅성거리기 시작했다.

"와, 목소리 죽인다. 이미자보다 낫네!"

그때 사회자가 말했다.

"오! 그 정도 실력이면 오늘부터 당장 우리 팀에 합류해서 함께 활동해도 전혀 손색이 없겠네요. 괜찮다면 우리와 함께 약도 팔고 공연합시다."

"아이고, 말씀은 고맙지만 학교 다니는 어린아이도 있고 해서, 따로 시간 내기가 어렵습니다."

바로 그때 사회자는 잠깐 멘트를 했다.

"아유! 좋은 가수 한 분 놓쳤네요. 얼굴도 예쁘게 생겨서 우리와 함께하면 약도 잘 팔릴 것 같은데 참 아쉽고 안타깝네요. 여기 손님 중 오늘 과일 사실 분은 이왕이면 저기 버스정류장 곁에 있는 이 가수 아주머니 민아네 과일 노점을 이용해 주세요. 오늘 출연 감사하고 아쉽습니다."

그리고 나서 얼마 후에 첫 손님이 왔다. 중년의 등산복 차림의 아저씨였다.

"아주머니 노래 정말 잘 부르네요. 아주머니 노래에 감동받았습니다. 고향이 남쪽이라고요. 나도 남쪽인데, 과일 좀 살게요."

나는 그분이 너무너무 감사했다. 상냥하게 미소를 지으며 인사를 했다.

"예, 아저씨 감사하고 반갑습니다. 사실 오늘 저는 처음으로 장사를 하러 나왔어요. 아저씨가 저 생애 첫 손님이세요. 좋으신 분이 마수걸이를 해주셔서 앞으로 저 장사 잘될 것 같아요. 감사합니다."

"오, 그래요? 예쁜 가수 아주머니에게 과일을 살 수 있어서 나도 기분 좋은데요. 가만, 이럴 수만 없지, 아주머니 잠시만 기다리세요."

그분은 그날 단체등산 모임을 마치고 집으로 가려고 모여 있는 친구들 일곱 분을 모두 데려와 과일을 많이 사 주었다. 그 후로도 계속해서 손님이 끊이지 않았다. 손님이 이렇게 고맙고 반가울 수가 없었다. 노래를 부르고 난 후 1시간 만에 준비한 과일을 다 팔았다. 옆에 있는 정씨 아줌마가 깜짝 놀라며 물었다.

"아주머니, 무슨 일이 있었어요."

"아, 예, 방금 화장실 다녀오다가 약 파는 곳에서 노래 두 곡 불렀는데 관중들이 너무 좋아하네요."

"오, 아줌마가 노래를 잘 부르나 봐요."

"시골 있을 때, 콩쿨대회에서 자주 불렀지요. 오늘 저기 약 파는 곳에서 그때 솜씨 한 번 발휘해 보았어요."

"오, 그래요. 노래 잘 부르시나 봐요."

"쬐끔요. 그냥 좋아해요. 그런데 그 노래 효과가 이렇게 클 줄은 몰랐네요. 사람들이 막 몰려오네요."

장사가 잘돼서 내 얼굴에 싱싱한 파란 잎처럼 생기가 돌고 있었다. 주변 장사하는 아주머니들이 이상한 눈초리로 쳐다보면서 여기저기서 웅성웅성 구시렁거리는 소리가 들렸다.

"아니, 저기 저 여편네 좀 봐요. 선무당 사람 잡는다더니, 저 여편네 좌판을 펼치자마자, 오늘 장사 잘하는 것 좀 보소. 대박을 터트리네."

"음마, 그렇구만, 장사 수완이 보통이 아닌가 봐."

"어찌 저 집으로만 손님이 몰린당가? 우리 모두 정신 차려야겠네."

"아따 그것도 모르요? 이 생활을 십 년씩이나 해 놓고 그걸 모르고 있다니, 젊고 얼굴이 이쁘잖아요. 남자들은 이쁘면 사족을 못 쓴다는 것도 모르요?"

"맞아, 그렇지, 그 무기가 있었구먼."

내 장사 모습을 보고 저기들끼리 묻고 찍고 한마디씩 하고 있었다. 아무튼 그날 있었던 일들은 나에게 평생 잊을 수가 없는 날이었다. 주변 상인들의 말처럼 남자 손님이 많기는 했다. 장사를 하다 보니 차츰 욕심도 생기고 이렇게 소극적으로만 장사해서는 안 되겠다는 생각이 들었다. 용기를 내서 목청껏 소리도 내고, 필요할 땐 미소도 짓고, 몸 개그도 하고, 나긋나긋하게 손님들에게 칭찬을 해가며 비위도 맞췄다. 날이 갈수록 자연스럽게 서울의 삶과 장사요령에 길들여지고 있었다. 노래로 홍보를 한 덕분인지는 몰라도 매상이 생각보다 많이 올랐다. 매일 준비한 물건을 금방 다 팔았다. 끼니 걱정은 하지 않아도 될 정도였다. 주변에서 함께 장사하는 사람들이 나 때문에 자기들 매상이 줄었다고 불만의 소리도 들렸다. 이런저런 안 좋은 소리를 들을 때는 기분이 좋지 않았고, 엉뚱한 험담을 들을 때는 울고 싶을 때도 많았지만, 꿋꿋이 버터 내리라고 마음먹었다.

어느 날 아주머니가 잠깐 일 보러 간 사이 김씨 아저씨와 의자에 나란히 앉았다. 그는 나에게 물었다.

"요즘 장사가 좀 되시나요?"

"덕분에 잘하고 있어요. 감사드려요. 제가 오늘 저녁에 두 분께 한

턱 쏘고 싶어요. 시간 좀 내주세요."

"아니오. 그러지 않아도 돼요. 저도 저녁에 다른 약속이 있어요. 알고 있는 지 모르지만 사복형사가 아주머니를 감시하고 있는 것 같았어요. 조심해야겠어요."

"넵도요. 나도 알고 있어요. 경찰서에서 아무 일 없음이 밝혀졌는데도 끈질기고 집요하게 따라다니네요. 우리 집 근처도 경찰인지 정보부 요원인지 몰라도 낯선 사람이 수시로 감시하고 있어요. 나는 신경 안 써요. 아무 꺼릴 것이 없어요. 가끔 저쪽 건물 기둥 뒤에서 이쪽을 쳐다보며 감시하고 있는 것도 알고 있어요. 내 뒷조사를 열심히 하고 있어요. 하루하루 벌어먹고 살기 바쁜데 마음대로 하라고 그래요. 그러다가 제풀에 꺾이겠죠.

며칠 후였다.

끈질기게 따라다니며 나를 괴롭히던 달수 그자가 또 나타났다. 그는 이혼한 사실을 어떻게 알았는지, 하루가 멀다 하고 노점 장사하는 곳까지 찾아와 막무가내로 손목을 잡으며 노골적으로 집적거렸다. 그만하시라고 애원하듯 말했지만 오히려 능글맞게 굴면서 두툼한 돈 봉투를 던져주며 유혹하는 꼴 사나운 작태를 보였다. 그가 오는 날은 장사 분위기도 어수선해졌다.

"나한테 오면 밍크 옷과 악어백, 보석으로 몸을 휘감을 수 있을 턴디, 왜 이런 고생을 한당가?"

나는 당황스럽고 기가 막혀서 얼굴을 찌푸리며 말했다.

"아저씨 때문에 주변 사람들에게 민망하고 창피해서 못 살겠어요.

주변 상인들이 모두 우리를 쳐다보면서 비웃고 흉보는 소리 들리지 않나요?"

"그러든지 말든지 냅둬버려. 그러니까 나하고 함께 가서 살자고. 큼직한 아파트도 마련해 놨어. 이런 고생 하지 말고 당장 나랑 함께 가자고."

그는 계속 내 손을 잡으려는 꼴사나운 작태를 보이고 있었다. 구경하는 노점상들의 비아냥거리고 입방아 찧는 소리가 들렸다.

"저 땅딸이 중년 남자 하는 짓 좀 봐. 둘이 보통 사이가 아닌 것 같은데. 기둥서방인가 봐."

그럴 때마다 나는 창피해서 얼굴이 벌겋게 달아올랐다. 어찌나 민망하던지 조용히 만나서 따져보고 담판을 지어볼까도 생각했지만 막무가내 인간이라서 무의미할 것 같았다. 저자가 알지 못하는 곳으로 종적을 감추는 것이 최선이라는 생각을 하고 있었다.

그러던 어느 날이었다.

우연히 전봇대 앞에 세워져 있는 벼룩신문에 눈길이 갔다. 광고를 대충 훑어보니 언제든지 돈을 많이 벌 수 있다는 구인광고였다. 곧바로 공중전화 박스로 달려갔다. 전화를 받는 곳마다 돈을 많이 벌 수 있으니, 직접 와서 얼굴을 보고 상담하자고 하였다. 물어물어 찾아가 보면 대개는 룸싸롱에서 술손님 접대하는 일이었다. 상담자가 말했다.

"이런 곳에서 일한다고 무턱대고 나쁘게만 보지 말아요. 다 자기 하기 나름이지요. 아줌마는 그런대로 젊고 예뻐서 요령껏 잘만 하면 짧은 기간에 큰돈을 벌 수도 있어요. 미군 상대하는 곳에서 일하면 더 많은 돈을 벌 수 있고요."

나는 숙고 끝에 출근을 결심했다. 무교동 ○○룸싸롱이었다. 이런 곳에서 일하면 달수 그 사람이 나를 찾지 못할 것으로 생각했다. 첫날 사장은 근무 요령을 숙지시켜 주었다. 화려한 불빛 아래서 일을 하면서 손님에 따라 어렵고 곤란한 유혹을 겪는 일도 많았지만, 공무원들, 회사 중역들, 부동산 업자들 등 다양한 사람들을 접할 수 있었다. 술을 따라주고 노래를 부르고 흥을 돋우는 일을 하면서도 다양한 손님들의 대화를 귀담아들었다. 곧 시행될 강남개발계획, 미래의 성장산업, 가능성과 주식 등 유익한 정보도 얻을 수 있었다. 그분들에게 유익한 정보를 듣고 나서 저축해 둔 돈과 팁으로 받은 돈으로 어느 날 잠실에 있는 싼 뽕나무밭 500평과 S사 주식을 사 두었다.

그러던 어느 날 밤이었다. 퇴근하려고 영업장 정리를 하고 있을 때였다.

"미숙이, 나네, 달수네. 그냥 어디로 가서 숨어 있으면 내가 못 찾을 줄 알았능가? 오늘 밤 여기서 술이나 한잔하면서 이야기 좀 나눠 보세."

느닷없이 나타난 그를 보고 나는 당황했고 소스라치게 놀랐다.

"아저씨, 나 참, 왜 이러세요? 창피하게, 어떻게 알고 이곳까지, 참으로 끈질기시네요. 일단 밖으로 나가요. 따라오세요."

둘이는 근처의 심야 다방으로 들어갔다. 커피를 시켜 놓고 마주

앉았다.

"내가 여기 있는 줄 어떻게 아셨어요?"

"그거는, 내 영업 비밀이지, 자넨 어떤 곳에 숨어 있어도 내 손아귀를 빠져나갈 수 없어. 그러니 내 속 그만 태우고 내 청을 들어줘. 이까짓 돈 얼마든지 줄게. 이런 업소에 다니고 있으니, 이제는 세상 물정을 잘 알겠구먼, 가까운 곳에 호텔 잡아 두었싱께. 내 성의를 봐서 같이 가세나. 돈 달라고 하면 얼마든지 줄 꺼구만."

나는 화가 치밀어 올랐지만 참고 감정을 차분하게 추스렸다.

"아저씨, 이렇게 애원할게요. 이제 편하게 제발 저를 놓아주세요."

"그럴 수는 없제, 남자가 칼을 뺏으면 휘둘리는 봐야쓰제."

그 말을 들은 나는 속으로 저주를 퍼부었다. '여전히 미치광이 증세가 여전하구나.'를 생각하며 이곳을 빠져나갈 궁리를 했다.

"그래요? 호텔? 그러면 여기서 잠깐만 기다리세요. 화장실 좀 다녀올게요."

간신히 그를 따돌리고 뒷문으로 다방을 빠져나와 택시를 타고 집으로 갔다.

다음날 하는 수 없이 사장님께 사정 말씀을 드리고 업소를 그만두었다. 2년간 퇴폐와 도덕적 타락을 경험했지만, 다양한 사람을 만나고 유익한 경험도 많이 했다. 그들이 주고받는 이야기를 통해서 세상 돌아가는 양상을 많이 터득했다.

일주일쯤 지나서 직업소개소를 찾아갔다. 이번에는 일부러 달수 그자가 찾을 수 없는 고급 식당 주방 일자리를 구했다. 첫날 면접 때 사장이 특정지역을 들먹이며 하는 말이 귀에 거슬렸다. 되도록

○○도 사람들은 안 쓰려고 했는데 아주머니는 선하게 보이기도 하고 사정이 급해서 쓴다고 했다. 그는 ○○도 사람들에 대해서 편향적인 색깔론을 말하고 있었다. 첫날부터 기분 나쁜 말을 듣고, 당장 그만두고 나올까를 생각해 보았지만 못 들은 척하고 꾹 참고 일했다. 주방에서 생전 하지 않던 낯설고 힘든 일을 했다.

한 달쯤 지날 무렵이었다. 한참 바쁜 저녁 식사 시간에 밖에서 소란스러운 소리가 났다. 밖을 살짝 내다보니 달수 그자의 일행이 식당으로 들어와 나를 찾고 있었다. 카운터를 보고 있던 사장과 큰 소리로 이야기를 주고받고 있었다.

"여기 종업원 가운데, 미숙이란 여자분 일하고 있지요?"

"미숙이? 어떤 분인지 여기 종업원 모두 일하고 있으니 찾아보시오."

그는 홀과 방마다 한참을 찾다가 그냥 나왔다. 고개를 갸웃거리며 말했다.

"틀림없이 이곳에서 일한다고 했는데, 실례했습니다."

내가 주방에서 근무할 거라고는 생각을 못 했는지 그들은 조용히 밖으로 나갔다. 하마터면 이곳에서 또 큰 망신을 당할 뻔했다.

다음날 출근하자마자 사장이 조용히 나를 불렀다.

"아주머니, 누구에게 쫓기고 있어요? 빚지고 쫓겨 다녀요?"

"그런 거 아니어요. 스토커처럼 귀찮게 따라다니며 괴롭힌 사람이어요."

"그래요? 몹쓸 사람이군요. 또 오면 혼을 내주어야겠네요. 아줌마는 주방 쪽보다 홀이나 룸 써빙이 제격인 것 같은데, 서빙 일 어때요?"

나는 주방 일보다 나을 것 같아서 그렇게 하겠노라고 했다.

서빙 일은 주방보다는 작업환경이 좋았다. 그렇지만 그 일도 녹록지 않았다. 특히 저녁 식사 시간 때는 눈코 뜰 새 없이 바빴다. 술이 취했거나 짓궂은 손님 중에는 일부러 젖가슴 브래지어에 팁을 쑤셔 넣어 주거나, 치마 속을 더듬고, 엉덩이를 만지는 등 성희롱하는 일이 잦았다. 그래도 어쩔 수 없이 웃어야 했다. 이곳 역시 오랫동안 근무하기가 힘들었다.

맨주먹으로 올라온 나는 서울에서 뿌리내리기가 쉬운 일이 아니었다. 그 후 돈벌이가 될 만한 일은 이것저것 두루 해 보았다. 마트 점원, 화장품 외판원, 건강보조식품 팔기와 보험 외판원도 해 보았다. 이런 직업 역시 얼굴에 철판을 깔고, 일해야 했다. 친척이나 친구, 동창 등 아는 사람이 없는 나로서는 녹록지 않았다. 실적이 좋지 않아서 오랫동안 버틸 수가 없었다.

다음으로 구한 일이 사채업 수금 사원이었다. 오후가 되면 장부를 들고 청량리 시장과 경동시장 주변 상인들에게 약속된 돈을 수금하여 오는 일이었다. 대개는 100일 소액을 대출하고 매일 일정 금액을 수금해 오는 일이었다. 간단히 계산해 봐도 선이자를 떼고, 받는 돈의 이율을 계산해 보니 전주의 수입이 상당한 한 것 같았다. 수금 사원으로 일하면서, 이곳저곳을 방문하여 사람들을 만나고 알게 되었고, 여러 고객들의 사정을 들을 수 있었다.

어느 날 복덕방으로 수금하러 갔다가. 그곳에서 사장과 주민들 간의 오가는 대화에서 내가 살고 있는 지역이 재개발될 거라는 정보를 들었다. 때마침 아파트 투자 붐도 일어나고 있었다. 강남개발도 발표되었다. 재개발 사무실 앞에는 입주권을 살려는 사람과 팔려는 사람, 소개하는 사람들로 북적거렸다. 주변이 온통 승용차들로 가득 메워지고 있었다. 나도 이사 비용과 아파트 입주권을 받았고, 필요한 서류와 함께 입주권을 필요한 사람에게 팔았다. 제법 쏠쏠한 차익을 남겼다. 그리하여 이사를 간 곳이 미아리 대지극장 뒤쪽에 있는 허름한 무허가 판자촌이었다. 그곳 역시 살다 보니 재개발 붐을 타고 사업이 추진되었다. 그곳의 집값도 많이 올라 제법 차익을 남길 수가 있었다. 그때부터 나는 본격적으로 부동산에 눈을 뜨기 시작했다. 수도권 지도를 펴 놓고 아파트 분양지마다 찾아다녔다. 부동산 관련 강의도 듣고 연구도 했다. 부동산에 대해서 특별한 관심을 갖고 직접 확인해 보고, 여러 정보를 듣다 보니, 부동산을 보는 안목이 생겼고 나름대로 전문가가 되고 있었다. 역세권과 숲세권, 앞으로 지역발전 가능성, 미래의 경제전망을 보는 눈도 생겼다. 나를 아는 사람 중에는 나에게 부동산 상담조언을 듣기도 했다. 명쾌한 답변에 나를 '청량리 복부인'이라고 부르는 사람도 있었다.

어느 날 내가 일하던 사채업 사장의 갑작스러운 교통사고로 그 업체를 인수하였다. 갖고 있던 많이 오른 주식을 처분했다. 그동안 예치해 두었던 정기예금도 인출했다. 그런 돈들을 끌어모아 자본금을 마련했다. 우선 직원 두 사람을 채용했다. 나는 첫날 직원 두 사람에게 어느 책에서 읽었던 경영철학과 방침을 이야기했다. 돈을 남기는 것은 하책이고, 가게를 번성시키는 것은 중간책이며, 사람을 남기는 것이 최상책이라는 이야기를 했다. 서울이라는 칼바람 속에서 지금까지 힘들게 살아오면서 느낀 것은 많이 배운 사람조차도 따뜻한 사랑과 배려가 부족한 곳이라는 것을 뼈저리게 느끼고 있었다.

우리는 다른 업체와는 달리 약속한 날 고객이 사정이 있어 제때 수금을 못 해도 좋으니, 싫은 소리 하지 말고, 보채거나 독촉하지 않도록 했다. 고객이 편안하게 느끼도록 항상 상냥한 미소를 잃지 말아야 하며 다음 날 또는 다음 날까지 기다려주라고 했다. 사정을 들어주고, 조금 손해가 나더라도, 수요자 입장에서 따뜻한 마음으로 인간적으로 대해 주도록 했다. 이자도 다른 곳보다 싸게 낮추고, 일수 납부가 끝나는 날은 마련된 가정용품 선물을 주도록 했다. 날이 갈수록 고객들의 반응이 좋았다. 그러나 사업이 잘되라고 주변에서 가만히 두고만 있지 않았다. 바로 같은 영업을 하는 경쟁 업주들의 견제가 들어왔다. 이자율을 낮춘다는 시비와 자기들의 단골들을 빼앗아 가서 자기들 영업에 막대한 지장이 있다고 항의했다. 그들은 알게 모르게 불량배를 동원해 영업을 방해하고 행패를 부렸다.

이 사업에 힘 있는 남자가 필요했다. 그때 생각나는 사람이 있었다. 예전에 처음 노점상 하면서 만났고, 경동시장 근처에서 리어카 장사를 하는 고향 분 김씨였다. 그는 청량리 일대에서 주먹으로 군림하는 고향 후배를 알고 있다는 말을 들은 적이 있었다.

먼저 청량리역 앞에서 함께 노점을 했던 김씨 부인을 찾아갔다. 그녀는 여전히 그 자리에서 노점을 하고 있었다. 노점으로 어렵게 생활하면서 끼니 걱정을 하고 있었다. 남편 김씨는 현지 밭떼기한

수박을 트럭에 싣고 와서 시장에서 파는 일을 하고 있었다. 때마침 장마가 지고 수박값이 폭락하는 바람에 많은 빚을 지고 있었다. 빚을 갚지 않는다고 사채업자들에게 시달리며 봉변을 당하고 있었다. 나는 그 옛날 처음 노점상을 시작할 때 이분들에게 신세를 진 적이 있었다. 어려움을 겪고 있는 이분들의 빚을 말끔히 해결해 주었다. 그리고 김씨를 업체 부장으로 채용했고, 그의 후배를 통해서 불량배 시비를 견제했다. 정씨 부인에게는 청소 일과 잔심부름 일을 맡겼다.

그러던 어느 날 새벽, 사무실에 도둑이 들었다. 금고에 들어있는 현금과 서류, 장부도 몽땅 다 도둑을 맞았다. 경찰에서 조사했지만 범인을 잡지 못했다. 장부까지 가져간 걸 보고 심증은 갔으나 확실한 물증을 찾지 못했다. 참으로 난감하고 안타까웠다. 말 그대로 사업에 첫 번째 위기가 찾아왔다. 나는 망연자실했고 모든 것을 포기해야 할 처지가 되었다. 어떻게 해야 할지 막막했지만, 그래도 의연하려고 애썼다. 다음날 기억나는 대로 급히 새로 장부를 만들었다. 그리고 거래하는 곳마다 찾아가서 장부 분실을 사실대로 이야기하고 양해를 구했다. 일부는 모른다고 오리발을 내밀었지만, 상당수 거래자는 고개를 끄덕이며 대충 남은 횟수를 스스로 말해 주었고 격려도 해 주었다. '사업을 하면서 사람을 남기는 것이 최상책이다'는 신념이 통한 것일까? 의외로 나와 거래하는 분들은 내 어려운 사정을 걱정해 주는 사람들이 많았다.

거래하는 분들에게 격려를 받으면서 용기가 생겼다. 나는 '시련은 포기하라고 있는 것이 아니고, 극복하라고 있는 것이다.'란 말을 수 없이 되뇌며 이를 악물었다. 큰 다툼 없이 문제를 조금씩 해결할 수 있었다. 손해는 어느 정도 있었지만 그래도 다시 시작할 수 있는 발판을 마련할 수 있었다.

그 후 꾸준한 영업과 여윳돈을 모두 끌어모았고, 강남개발로 많이 오른 강남땅을 팔아서 IMF 때 싸게 나온 종로에 있는 5층짜리 건물을 매입했다. 그곳에서 ○○금융대부업 간판을 내걸었다. 그리고 폭락한 부동산에도 신경을 쓰고 있었다. 직원을 더 늘려 부동산 실무팀을 만들었다. 김 부장을 상무의 책임을 맡겼다. 그의 부인 정 씨는 관리실장으로 임명했다. 그리하여 가족처럼 일했다. 그는 역세권 주변에 싸게 나온 상가를 사서, 새로 짓거나 수리해서 되팔기를 반복하며, 쏠쏠한 차익을 얻을 수 있었다. 차츰 자리를 잡고 경제 여건에 맞게 안정적으로 적응해 나갈 수 있게 되었다.

고달픈 서울살이가 시작된 이후 나에게 무수한 날들이 지나갔다. 좁고 험난한 미생의 긴 시간의 길을 빠져나오는 동안 온갖 수모를 겪으며 피투성이가 되도록 걸어왔다. 삶의 진정한 의미는 도착점이 아니라 힘든 과정에 있다는 신념으로 쉼 없이 달려야 했다. 지나온 삶은 후회하지 않는다는 각오로 살고 있지만, 눈을 감으면 때로는 고통스럽게 겪었던 일들이 마치 영화 필름처럼 돌아가고 있었다. 남들이 보기에는 하는 일마다 운이 좋아 쉽게 돈을 벌었다고 생각할지 모르지만 식모살이 노점상 등 밑바닥 일부터 온갖 역경을 다 겪었다. 오늘이 있기까지 성과는 느렸을지라도 수많은 경험과 연구로 멀리 내다볼 줄 아는 경제 안목도 생겼다. IMF를 슬기롭게 극복하면서 열성과 친절을 바탕으로 마침내 부동산과 금융대출업을 연계하는 '○○○금융투자개발회사'를 만들고 그 대표가 되었다.

하지만 ○○ 정권에서는 내 사업 자금에 의심의 끈을 놓지 않았다. '노점상과 술집 등 밑바닥을 전전하던 여자가 갑자기 어디서 돈이 나서 건물을 사고 회사를 경영하게 되었을까? 어디서 불법 불순한 자금을 받은 것은 아닐까?' 하는 의심이 들었는지 캐묻고 은밀하게 뒷조사와 세무조사를 당했다. 하지만 성실하게 저축한 정당한 자금이었음을 확인시켜 주었다.

그 후 회사는 부동산 붐을 타면서 아파트 건설 사업에도 뛰어들었다. 나는 김 상무를 대동하고 사업 현장을 직접 진두지휘하느라 눈코 뜰 새 없이 바빴다. 늘 직원들에게 강조해서 말했다.

"아파트를 짓는 일은 입주자들 가족에게 사랑과 희망, 행복을 담아 주는 보람 있는 일이다. 우리 모두 정성을 다해 튼튼하고 안전하고 아름답게 짓자."고 당부했다. 나는 어느새 '치마만 둘렀지 결단력이 남자 이상'이라는 말을 듣고 있었다.

하루도 빠짐없이 현장에 나가서 규정에 맞고 성실하게 짓도록 독려했다. 크고 작은 사고와 시행착오로 우여곡절도 겪었지만 꾸준한 노력으로 신뢰를 쌓으며 성장해 나갔다. 결국 우리네 삶도 그렇지만 회사 역시 내 마음대로 되는 것이 아니라 하늘을 바라보며 최선을 다할 때 또 다른 희망의 문이 열린다는 것을 터득하고 있었다.

그렇지만 나도 나이를 먹고 많은 세월이 흘러서, 뒤돌아보는 가슴에는 알게 모르게 늘 억누르고 있는 것들이 있었다. 바쁘게 살 때는 잊고 있었던 해결 되지 못한 일들이 가슴 깊숙이 쌓이며 담아 두었던 것들은 밑바닥에 잠재되어 있다가 때로는 불쑥불쑥 가슴을 뚫고 끓어오르기도 했고 악몽을 꾸기도 했다. 해결되지 못한 과거의 유산들이 가슴 속에서 말 못 하는 높은 벽으로 막혀있었기 때문일까? 삶에 드리워진 두꺼운 벽을 스스로 무너뜨리기에는 여전히 한계가 있었고 여기까지 오는 덴 너무 힘이 들었다.

내 사업이 안정되고 성장하고 있었지만 과거를 회상할 때마다 삶에 지쳐 보이셨던 고향 양어머니가 늘 고맙고 미안하고 마음이 아팠다. 부드러운 내 손길로 어루만져 드려야 하는 양어머니께서는 지금도 고향에 혼자 계신다. 재혼 기회도 있었지만 마다하시고 오로지 나 하나만 바라보며 사셨다. 산간오지 농촌에서 온갖 풍상을 겪으며 가난에 찌들어 살아오신 분이셨고 어떻게 보면 나와 생사고락을 같이하신 분이셨다. 가끔 서울을 다녀가시지만 근래에는 강해 보이셨던 어머니께서 오랜 세월과 함께 많이 쇠약해지셨다. 나이 듦은 흐르는 물과 같아서 붙잡을 수도 막을 수도 없었다.

내게는 양어머니지만 한 번도 그렇게 생각해 본 적이 없다. 내 마음속에는 늘 진정한 사랑이었고 눈물이었고 희망이었다. 서울로 오셔서 함께 살자는 말씀을 여러 차례 드렸지만, 딸에게 부담을 주고 싶지 않아서인지 당신은 시골이 좋다고 거절하기 일쑤였다. 워낙 심지가 굳고 강한 분이셨지만 근래에 연로해지셨고 기력도 쇠하셨다. 그래서 용돈도 보내드리고 아침저녁으로 자주 안부 전화를 드릴 때마다 어디 아픈 곳은 없으신지 항상 불안했다.

어느 날 아침 어머니 전화 목소리가 평상시와 달리 이상했다.

"엄니, 어디가 아프면 아프다고 꼭 말씀하셔야 해요."

"나는 괜찮다. 아픈 데 없어, 잘 지내고 있싱께 걱정마라."

그때 전화기 너머에서 다른 할머니 음성이 들렸다.

"아프다고 사실대로 말해야지, 혼자 끙끙 앓지 말고."

나는 엄마가 사실과 다른 말씀을 하고 계심을 직감했다. 가슴이 덜컥 내려앉았다. 즉시 사람을 보내서 어머니를 당장 서울로 모셔 왔다. 시골에서 혼자 사시면서 지난 번 뵐 때보다 더 늙고 초라한 모습으로 나타난 어머니 모습은 내 마음을 아프게 흔들어 놓고 있었다. 구부정한 걸음걸이에 앙상한 가슴선이며 손은 소나무껍질 같았다. 늘 악착같이 이를 물고 고통을 참으며 사시더니 어금니가 무너져 있었다. 우선 틀니부터 끼워 드렸다. 그리고 대학 병원에서 진찰과 각종 검사를 받았다. 가장 시급한 것은 소변보는 일이 힘드셨고, 몸이 많이 부어 있었다. 진찰 결과 신장이 망가져 있어 당장 이식이 필요한 상태였다. 나는 고민이 깊어졌다. 어머니는 내 목숨과 같은 고마운 분이신데, 오래오래 사셔야 하는데, 슬픔과 아픔이 휘몰아쳐 왔다.

그런 어머니께서 중병을 앓고 계신다고 생각하니, 내 마음이 무너져 내리는 것 같았다. 지난날 전쟁 통에 어린 내가 어머니의 등에 업혀 생사의 갈림길에 있었던 때가 한두 번이 아니라는 것을 들어서 잘 알고 있다. 어쩔 수 없는 사정으로 양어머니께서는 핏덩이인 나를 넘겨받아 집으로 데려왔지만, 빨릴 젖이 없어서 심청이 아버지처럼 날마다 이집 저집을 전전하며 동냥젖을 얻어 먹이며 키우셨다.

배 아파 낳지는 않았어도 친딸보다 더 사랑으로 키워주신 어머니시다. 여섯 살 때 기억이 또렷이 남아있었다. 엄마를 따라 뒷동산에 나물을 캐러 갔다가 독사에게 다리를 물린 적이 있었다. 위태로운 위급한 상황에 엄마는 신속하게 치마를 벗어서 이에 물고 찢은 다음 내 다리를 묶었고, 물린 곳을 칼로 째서 상처를 내고, 입으로 독이 섞인 피를 빨아냈다. 그리고 사람을 사서 바로 30리 길을 교대로 업고 구례 병원까지 달려가서 나를 살리셨다. 그 언젠가 서울로 떠나오기 전날 밤 눈을 감고 잠든 척하는 내 손을 부여잡고 눈물을 보이시던 어머니, 서울로 떠나는 날, 나의 결혼을 위해 한 푼 한 푼 모아 둔 돈과, 친엄마의 유품반지를 보관했다가 주셨고, 서울로 떠날 때 행여 배고플까 봐 보자기에 고구마와 삶은계란을 싼 보자기를 챙겨 주시던 그 어머니를 도저히 잊을 수가 없었다. 생각할수록 감사하고, 죄송하고, 그런 어머니가 늙고 아파하신 것이 안쓰럽고 괴로웠다. '내 신장이 엄마에게 맞을까?' 몇 날 밤을 고민하다가 나는 병원을 찾아갔다. 여러 검사 결과 의사로부터 천만다행으로 어머니에게 내 신장이식이 가능하다는 말을 들었다. 어머니께는 비밀로 했다. 나는 주저 없이 수술대에 올라가 신장 하나를 어머니께 이식해 드렸다. 어렵고 힘든 수술이었지만 성공적이었다.

며칠 후 잠들어 계신 어머니 눈을 보니 눈물이 고여 있었다. 손수건으로 눈가를 조심조심 닦아드리자 살포시 눈을 뜨시고 한마디 하셨다.

"딸, 왜 그랬어. 너에게 너무 미안하구나! 내가 아프지 않았어야 하는디, 니를 너무 힘들게 했구나!"

비밀로 해달라고 의료진에게 당부했는데, 어떻게 아셨는지 나의 신장이 이식된 사실을 알고 계셨다.

"엄니, 그 무슨 말씀이세요. 주무시지 않으셨군요. 저에게 엄니가 이 세상에서 가장 소중한 분이세요."

나는 엄마를 가슴에 끌어안고 꼬옥 안아드렸다. 어머니의 얼굴은 늘 포근했고 안도의 빛과 눈물을 볼 수 있었다.

치료를 마치고 6개월쯤 되었을 때였다. 나에게 짐이 되지 않으려고 그러셨을까? 이곳 서울에서 함께 살자고 여러 번 간청하였으나, 친구도 없고, 답답하다고 하셨다. 서울 생활에 익숙하지 않아서 무료하고 불편하다고 하시며 복잡한 서울보다는 친구들이 있는 시골로 다시 내려가시겠다고 하셔서 어쩔 수 없이 사람을 시켜서 모셔다드렸다. 어쩌면 엄마의 속마음은 그것이 아닐지도 모른다. 가시더라도 몸이 아프면 언제든지 오셔서 치료를 받아야 한다고 약속을 받아 내기도 했다. 그리고 그 후 5년을 더 사시다가, 어머니는 치매와 함께 노환으로 고생하시고 있었다. 어머니를 다시 서울로 모셔와 집과 병원을 오가며 치료를 하였으나 나중에는 딸도 알아보지 못하셨다. 임종하시기 전, 감았던 눈을 힘겹게 뜨시면서 마지막 가녀린 목소리로 내 귀에 대고 마지막 말씀을 남기셨다. 그 옛날 친엄마가 숨을 거두기 직전 양엄마에게 했던 것처럼 가냘픈 목소리로 말씀하셨다.

"딸, 사랑해. 그래도 니가 있어서 행복했어."

마지막 말씀을 남기시고 끝내 어머니께서는 내 품에서 한 많은 세상을 마감하셨다. 항상 내 곁에서 살아 계실 줄만 알았는데, 호강을 좀 더 받으셔야 하는데 그렇게 허망하게 가셨다. 나는 새삼 인생의 허무를 씹으면서 울고 또 울었다. 흔히들 부모는 산에 묻고 자식은 가슴에 묻는다고 하지만 어머니는 내 가슴에 묻혀 있다. 엄마가 내게 베푼 사랑만큼 딸의 도리를 다하지 못한 것 같아 허무하고 휑한 시린 가슴뿐이었다.

며칠 후 가방 속 유품을 정리하다 보니, 쓰시라고 보내드린 용돈을 모아 사망보험을 들어 놓으셨다. 내가 나중에 혹시라도 사업에 어려움을 겪을 때 도움이 되라고 보험을 들어 놓은 것을 알았다. 생을 마감하실 때까지 딸을 사랑하는 엄마 영정 앞에서 한없이 울고 또 울었다. 한동안 내 눈에는 눈물이 마를 날이 없었다. 나는 한동안 어머니 생각에 빠져 있었다.

생각하면 양어머니는 일제 강점기에 태어나셔서 해방을 맞은 후 격동기의 여순사건과 한국전쟁을 몸소 겪으시면서 살아 온 과정은 우리 현대사의 중심에서 고통과 시련을 겪었던 그 당시의 수많은 민초의 한 모습이었다. '어머니는 우리의 비참한 역사와 맞물려 살아오시면서 행복한 웃음을 단 한 번이라도 웃으셨을까? 하는 가엾은 생각이 들었다.

또한 문득문득 나는 피붙이 하나 없는 축복 받지 못한 아이로 태어나 천애 고아로 살았지만 천만다행으로 사랑이 충만한 양어머니를 만나 이렇게 살아왔으니 감사함은 이루 말할 수 없었다. 어머니께서 돌아가신 이후 한동안 내 눈에 눈물이 마르지 않았다. 아무리 마음을 다져 먹어도 눈물이 앞을 가렸다. 그분은 나를 위해 하늘이 내려보낸 천사셨다.

막상 엄마가 돌아가시고 보니, 그나마 고향에 남아있던 그리움의 끈도, 유대감도 조금씩 멀어져가는 느낌이었다. 가슴에 묻힌 어머니를 생각할 때마다 찡하게 아려 오고 있었다.

달수의 후회

**

화창한 봄날이었다.

나는 대표실 화분에 탐스럽게 핀 진달래꽃을 넋을 잃고 바라보고 있었다. 어릴 적 고향의 산마다 온통 연분홍빛으로 활짝 피어 있었던 참꽃들 모습을 생각하고 있었다. 배고픈 시절, 친구들과 함께 저 꽃잎을 따서 간식처럼 먹고 허기를 견디기도 했는데….

그때 창밖에서 봄바람에 실려 온 상큼한 봄 내음이 코끝에 스쳤다. 나는 창가로 가서 불그레한 미소를 머금은 얼굴을 창밖으로 내밀며 코를 실룩거려 보았다. 그때 종묘 숲 쪽 어디선가에서 아름다운 새소리가 들려오고 있었다. 무심결에 고개를 돌리는 순간, 지금은 다른 사람의 소유가 되었지만, 한때 나를 그토록 괴롭히던 염달수란 자가 소유했던 건물이 눈에 들어왔다. 한동안 잊고 살아 온 그자의 돈키호테 같은 과거의 기괴한 행동과 괴롭힘에 시달려 온 그 시절이 눈앞에 아른거리고 있었다.

한때 하늘이 내린 행운은 모두 움켜쥔 염달수 그자는 한국의 IMF 사태가 오히려 좋은 기회라고 생각하여 많은 현금을 들고 고향에서 서울로 왔다. 폭락한 서울 주변 부동산을 헐값으로 과감하게 사들였다. 나중에는 부동산이 다시 오르면서 많은 차익을 남겼다. 그는 겁도 없이 곧바로 부도난 건설 회사를 인수했다. 그리고 내 회사 건물 맞은편에 보란 듯이 저 빌딩을 샀다. 나에게 환심을 사려고 그렇게 집요하게 쫓아다니며 치근대고 괴롭히던 그자였는데, 시간이 갈수록 그는 회사 운영에는 관심이 없고 날마다 주색잡기에 흥청망청 방탕한 생활에 빠져 허우적대고 있었는데, 심지어 나중에는 마약까지 한다는 소문도 들려왔다.

그러다가 국제금융위기 사태를 맞으면서 부도를 냈고, 저 앞 건물도 그때 다른 회사에 넘어갔다. 그의 집안도 풍비박산이 났고, 가족들도 뿔뿔이 흩어져서 한 마디로 재기 불가능하게 몰락했다는 소문이 들려왔다. 그 후로도 들리는 소문에는 그가 감옥살이를 했고 지금은 어디선가에서 노숙자 생활을 한다는 이야기도 들려왔다. 통쾌한 감정이 들기도 했지만, 왠지 모르게 인간적으로 안타깝고 불쌍한 생각도 들었다.

"저주스럽고 한심한 인간. 역겨운 인간, 몹쓸 인간. 돈이면 다 되는 줄 알고."

언제라도 달수 그자를 한 번 만나기만 하면, 아니 일부러라도 찾아내서 내 앞에 꼭 무릎을 꿇리고, 사과를 꼭 받아 낼 거라는 다짐을 하고 있었다.

그날 늦은 오후였다.

나는 공사 현장을 다녀온 후 혼자 지하 주차장에 도착했다. 차에서 내려, 엘리베이터를 기다리는 중이었다. 그때 거지꼴을 한 남루한 차림에, 모자를 푹 눌러 쓰고 구부정하고 늙수그레한 남자가 갑자기 내 앞에 나타났다. 얼굴은 마른 호두알처럼 쭈글쭈글 주름투성인 그가 말을 걸어왔다.

"김 대표! 잘 있었능가?"

"누구신지? 저를 아시는지요?"

나는 순간 남자의 행색을 내리훑고 있었다. 그때 그가 말했다.

"나네, 날 모르겠능가? 달수네."

달수라는 말에 나는 깜짝 놀랐다. 한눈에 알아볼 수 없을 정도의 처참한 몰골이었다.

"예에? 그런데, 연락도 없이 어쩐 일로 여기까지?"

"김 대표께 전해 줄 것이 있고, 할 말도 있고, 사죄하고 싶은 일이 있어서 찾아왔네."

그 말을 듣고 나는 심장이 벌렁거렸고 눈앞이 아찔했다. 순간 별의별 생각이 다 들었다. 이 자가 나에게 또 무슨 해코지를 하려고 연락도 없이 불쑥 찾아왔을까? '원수는 외나무다리에서 만난다더니' 한 발짝 앞에서 정면으로 마주하고 있지 않은가? 그렇지 않아도 한번 만나서 조목조목 따지고 사과를 받고 싶었는데, 막상 자기 발로 직접 찾아와서 눈앞에 서 있다니, 만감이 교차하고 당혹스럽고 가슴이 섬찟했다.

나는 이럴 때일수록 상대방을 자극하지 말고 차분하게 안심시켜야 한다고 생각했다. 일단 친절하고 온화한 얼굴로 예의를 갖춰서 말했다.

"아! 예, 참으로 오랜만입니다. 잘 오셨습니다. 그렇지 않아도 어떻게 지내시나 궁금했고 한번 뵙고 싶었습니다. 일단 제 방으로 올라가시지요."

함께 엘리베이터를 탔다. 나는 긴장을 풀려고 애를 썼는데도 앞쪽 거울에 비친 내 얼굴이 아닌 몹시 굳어 있고 일그러진 얼굴이었다. 잠깐이었지만 나에게 그렇게 긴 시간은 없었다. 위해를 가하면 어쩌나 하는 생각으로 얼마나 긴장하고 있었는지 등에서 식은땀이 흘러내리고 있었다.

대표실에 도착하여 안으로 함께 들어갔다. 문을 열고 들어서자마자 그는 곧바로 바닥에 무릎을 꿇고 사죄부터 하기 시작했다.

"미안하고 죄송허네. 내가 오랫동안 김 대표를 많이 괴롭혔지? 내 잘못된 언행을 너그러운 마음으로 용서해 주시게나. 그동안 자네에게 정말 죽을 죄를 많이 지어부렀네. 용서해 달라는 말도 부끄럽네."

예상하지 못한 갑작스러운 그의 돌발행동에 나 역시 몹시 당황했고 어리둥절했다.

"아니 아저씨, 왜 이러세요. 됐습니다. 어서 일어나 자리에 앉아서 이야기합시다. 제가 보기에 무척 불편합니다. 건강도 온전치 못하신 것 같은데…"

"아닐세, 너무 늦었지만 사람은 죽을 때가 되면 철이 들고 후회와 반성을 하게 된다더니 내가 바로 그런가 보네. 그동안 하늘 높은 줄 모르고 망나니짓만 하다가 감옥도 갔다 오고, 물거품이 된 내 삶의 의미를 정리하며 다시 깨달았네. 맨 먼저 김 대표를 만나서 무릎을 꿇고 용서를 비는 것이 그 첫 번째라고 생각했네. 이런 내 꼴을 보고도 내치지 않고, 만나 줘서 정말 고맙네. 여기 오기까지 많이 생각하고 고민도 했다네."

그 말끝에 여러 생각이 나서 나도 모르게 분노가 한꺼번에 올라왔다. 그를 노려보며 작심하듯 말했다.

"그랬을 테지요. 제가 있는 곳마다 들쑤시고 다니면서 방해를 한 아저씨가 저를 어떻게 괴롭혔는지 직접 말씀해 보세요."

그는 대답을 못 하고 쩔쩔매고 있었다.

"아이고 입에 담기조차 부끄럽고 민망허네. 봉학이 성님을 봐서라도 자네를 딸처럼 아끼고 돌봐야 했었는디, 많이 부끄럽네. 용서해 주시게."

나는 순간 그동안 가슴에 응어리로 쌓여 있는 말을 쏟아 냈다. 아저씨가 내 인생을 구렁텅이로 몰아넣은 것을 아는지요? 전생에 나와 무슨 철 천지 원수지간이었는지를 따져 물었다. 그는 내 말이 끝나자마자 눈물을 흘리며 또다시 고개를 떨구었다. 그리고 궁색한 변명을 하고 있었다.

"정말 죄송허고 죄송허네. 김 대표께 죽을죄를 지어뿌렀네. 진심으로 이렇게 용서를 비네."

나이 많은 분이 무릎을 꿇고 용서를 비는 모습을 보니 한편 측은한 마음도 들었다. 무릎을 꿇고 잘못했다고 비는 데는 딱히 도리가 없었다. 하지만 그동안 가슴에 쌓여 있는 증오와 원망의 말을 해야겠다는 생각을 했다.

"내 결혼 생활을 망치게 했고, 아저씨의 고발로 경찰서에 연행되어 혹독한 조사를 받고 난 이후, 나는 지금까지도 불면증에 시달리고 있어요. 그 충격적인 트라우마가 지금까지도 따라다니며 괴롭히고 있어서 신경쇠약에 악몽을 꾸게 만들고 있어요. 어떻게 책임지시겠어요?"

그는 다시 고개를 숙이며 더욱 엄숙한 표정으로 말했다.

"내가 죽일 놈이었네. 갑자기 벼락부자가 되고 나서 돌이킬 수 없는 천하에 망나니짓을 하고 말았네. 어찌 김 대표의 고통을 모르겠는가? 변명 같지만 나도 밤마다 악몽을 꾸고 살았네. 사람들은 나를 보고 무법천지 망나니처럼 행동한다고 비난도 많이 들었네. 나도 멀쩡한 정신으로 잠을 이룰 수가 없었네. 여순사건과 6·25 한국전쟁 때 나에게 피해를 당한 원혼들이 꿈속에 나타나 울부짖으며 달려들어 내 얼굴을 할퀴고 목을 조른다네. 누구한테 말도 못 하고 너무 힘들고 고통스러웠네. 뾰족한 수를 찾을 수 없었어. 오로지 술을 마시지 않고서는 잠을 이룰 수가 없었어. 술이 내 고통의 도피처인 것 같아서 죽기 살기로 마셨네. 그래서 결국은 마약까지 손을 댔다네. 나도 모르게 방탕한 생활로 이어져서 이렇게 망가졌다네.

내 마음에 쌓인 상처를 알게 된 것이 감옥에 있을 때였네. 어느 성당 신부님이 교도소에 오셨어. 나의 손을 잡아주고 내 마음을 감싸 주셨어. 나는 내 마음 상태를 모두 고백할 수 있었어. 그때 신부님께서 어떤 커다란 충격에 대한 트라우마 치유를 못 해서 겪은 일종의 정신질환이라는 것을 알았네. 신부님께 몇 차례 마음 상처의 치유를 받고 생각이 바뀌면서 조금씩 안정을 찾았다네.

그래서 자네에게만이라도 죽기 전에 사실대로 말하고 사과 아닌 사죄를 청하고 싶었네. 이놈이 딸 같은 김 대표에게 죽을죄를 지었네. 나는 죽어서 무간지옥 가는 것은 너무나 당연한 일이 되어 버렸네."

"아저씨가 과거의 업보로 고통받고 있었다는 것은 생각 못 했네요. 아저씨 말씀대로 나를 더욱 잠 못 들게 한 것은 아빠가 빨치산 출신이었고, 지역대장이었다는 것에 망연자실했지요. 더더욱 유부녀를 납치하여 임신까지 시킨 무도한 짓으로 그렇게 해서 태어난 아이가 '나'라는 말을 듣고, 내 마음은 무너졌어요. 더군다나 낳아 준 친어머니가 그곳 산에서 모진 심적 고통을 겪으며 돌아가셨다는 말을 듣고, 누구에게도 말 못 하고 일평생 부끄러운 죄인처럼 '가슴으로 우는 새'가 되어 비통함을 안고 살아야 했지요."

그는 고개를 끄덕이며 말했다.

"따지고 보면 자네나 나나 빌어먹을 여순사건의 피해자인가 보네. 자네는 엄마 아빠를 원망하면서 많이 괴로워했을 거라는 생각이 드네. 물론 나도 일조했지. 김 대표도 관련 병원을 한 번 찾아보고 마음 상처 치유를 받아 볼 것을 권하네. 내가 오늘 여기에 온 것은 짐 정리를 하다가 자네 엄마 아빠가 찍힌 아주 오래된 흑백사진을 한 장을 발견했네. 이걸 어떻게 처리하나? 잠을 설친 채, 몇 날을 고민하다가 김 대표에게는 귀한 사진이 될 것 같았고, 사죄도 할 겸 해서 염치를 무릅쓰고 왔네. 여기 이 사진을 보시게나. 그 당시 산에서 전황이 급박해서 언제 죽을지도 모르니 세상에 흔적이라도 남기자고 자네 친아버지, 친어머니가 함께 찍은 사진일세. 자네는 부모님 얼굴 한 번도 본 적이 없었을 걸세."

"방금 뭐라고 하셨어요. 어디 봐요. 이분들이 정말 내 친아빠, 친엄마란 말씀인가요? 아, 내 생전 처음 보는 엄마 아빠 모습이네요. 저에겐 아주 귀한 사진이네요."

내 얼굴은 금방 시뻘개졌다. 콧등이 시큰해지고 눈물이 핑 돌았다. 흐릿하고 오래된 흑백사진이지만 한눈에 봐도 내가 엄마를 많이 닮아 있었다. 아빠는 훤칠한 키에 선한 눈매인 것 같아 보였다. 나는 사진을 보면서 만감이 교차했다. 증오로 채워진 아버지는 상상해 본 적이 없는 저주스러운 분이었다.

"나에게도 이렇게 생기신 엄마 아빠가 있었군요."

반가웠지만 친아빠가 과거에 저지른 만행을 알고 있었기에 수치심 때문에 고개를 가로젓고 입술을 깨물었다. 내 표정을 보고 그가 내게 한마디 했다.

"물론 자네 친아빠가 빨치산 대장 경력이라든지, 유부녀 납치 같은 일이 있었던 것은 사실이고 지탄받아야 마땅하지. 그렇지만 내가 지금 하는 이야기를 김 대표에게 이렇다 저렇다 강요하지는 않겠네. 내 이야기를 듣고 자네만이라도 그분들의 속마음을 알았으면 하는 생각이고 판단은 김 대표가 스스로 해 보시게나."

"아저씨! 아무튼 귀하고 소중한 이 사진 고마워요. 꿈속에서라도 꼭 한 번 엄마 아빠 모습을 보고 싶었어요. 눈물이 나고 목이 메이네요"

내가 사진을 뚫어지고 보고 있는 사이 달수 아저씨는 진지한 표정으로 장황하게 이야기하기 시작했다.

"자네에게 꼭 전하고 싶은 말이 있다네. 자네 친어머니는 미인이기도 했지만 사리에 밝고 신념이 강한 분이셨어. 자네를 살리려고 무척 애쓰시다가 결국은 자네를 위해서 돌아가셨다고 봐야 해. 지금도 내 생각에는 그분의 죽음에는 자네에 대한 깊은 사랑의 뜻이 담겨 있었다고 여겨지네. 반면에 친아버지는 자식인 자네가 살아가는 데 큰 짐을 지웠지. 부도덕하고 파렴치하고, 빨치산 대장까지 해서 자유대한민국에 용서받을 수 없는 역사에 죄를 지었다고 실망이 컸

겠지. 하지만 나만큼 자네 아빠를 잘 아는 사람도 없을 걸세. 오랫
동안 함께 머슴살이를 했고, 함께 빨치산 생활을 했으며 한때는 그
분의 손발인 부관이었네. 그분의 표정과 숨소리만 들어도 나는 그
분의 생각과 속마음을 알아. 사진에서 보다시피 키도 훤칠하고 잘생
겼어. 비록 머슴살이를 했지만 학교 공부도 잘했지. 내가 알기로는
당시 주인집 도섭이 도련님하고 공부 실력이 비등비등했다고 들었
네. 집안이 가난한 그분이 어려서부터 짝사랑했던 이웃집 공연 씨,
말하자면 자네 친엄마가 자네 친아빠의 주인집 아들 도섭이와 결혼
하고 난 이후 무척 실망했고, 그분을 잊지 못했어. 마음에 큰 상처
를 받은 거야. 그러다가 여순사건이 터졌고 그 후폭풍이 삽재팔동
으로도 불어왔어. 가난 없이 공평하게 잘 살 수 있다는 선전 선동에
현혹되어 나와 함께 입산하게 되었어. 일제시대나 해방되어서도 그
당시 부자인 지주들의 횡포가 너무 심했다네. 대부분 사람들은 죽
도록 일해도 피죽 한 그릇 제대로 먹기도 힘들었네. 말하자면 희망
없는 세상에 살고 있었어. 세상 물정에 어두운 나도 봉학이 성님도
빨치산의 선전에 쉽게 넘어가고 말았어. 그 사람들이 앞으로 해방
만 성공하면 태어날 아이들은 배곯지 않고 머슴살이 같은 것 하지
않고도 떳떳하게 사람답게 살 수 있다는 말에 설득을 당했던 거야.
그 성님이 빨치산대장이 된 것도 우연이었네. 그 당시 갑자기 우리
부대에 사고가 생겼네. 마침 현역 군인 출신 우두머리들 4명이 모두
크게 화상 사고를 당했지. 우리 조직이 많이 흔들렸어. 현역 군인
출신이 없어서 고민하던 차에 남은 대원중에서 똑똑하고 판단력과
설득력이 좋아서 자네 아빠가 우두머리들에게 그냥 뽑힌 거야. 사회

주의 이념이 투철해서가 아니었어. 이론적으로 무장해 있지도 않았어. 느닷없이 직책 높은 완장을 차고 보니, 잘하려고 노력을 많이 하더구만."

거기까지 이야기를 들은 나는 넋을 놓아버린 사람처럼 멍한 눈으로 창밖을 바라보고 있었다. 그리고 크게 한숨을 내쉬고 있었다. 이어서 그가 말하기를

"봉학이 성님이 이런 말도 했어. 어느 날 나에게 술 한 병을 구해 오라고 했네. 어렵게 구해서 술병을 전하려고 찾아보니 산 정상 바위에 홀로 앉아 아래쪽을 내려다보고 있더구먼. 내가 가까이 갔더니 이렇게 말했어. 많은 사람이 죽어간 모습을 되돌아보니 내가 지금까지 무슨 짓을 하고 있는지 나도 나를 모르겠어. 이렇게 손에 피를 묻히는 것은 내가 원하는 것이 아닌데, 어쩌다가 내가 이곳에 발을 들여놓고, 내가 왜 이렇게 되어 버렸을까? 내 형제들도 다 죽어 버렸어. 그때부터 복수를 한다고 나는 정신없이 격렬한 전투를 많이 치렀어. 지금 생각하니 다 내 잘못이었어. 빨치산에 지원한 것이 많이 후회스럽네. 나는 이제 대장직을 부대장에게 물려주고 평범하게 살고 싶어. 한 번 잘못 생각해서 이렇게 많은 사람을 죽이는 사람이 되어버렸구먼. 달수 자네에게도 미안해. 그리고 도섭이에게도 미안하고, 내가 지금까지 무슨 짓을 하고 있는지 모르겠어. 어쩌다 욕망의 덫에 걸려 허우적대는 사람이 되어 버렸어. 그날 처지를 많이 후회하더구먼. 봉학이 성님은 마음이 여리고 정이 많았어. 그것만은 내가 확신해. 어느 날 자수하겠다 하기에 성님이 마음이 약해졌고 나와 생각이 달라서 헤어졌네. 사실은 행동한 것으로 보아 내

가 죽었어야 하고 자네 친아빠가 살았어야 공정했었는데 말이네. 자네 친아빠를 원망하되 너무 미워하지는 말게나."

나는 그 말을 듣고 그 시절 상황을 상상하며 무거운 침묵에 빠졌다. 그래도 '그건 아니야'를 생각하면서 고개를 흔들고 있었다. 그는 차분한 목소리로 다시 말을 이어갔다.

"김 대표 자네가 태어나고 한 달 후쯤이었네. 내가 갓난이 김대표 자네를 평화마을로 내가 데려다주었네. 그리고 그 후 며칠 뒤였네. 우리 빨치산 부대 모두가 큰 위기를 맞고 있었어. 우리는 가까운 마을에서 식량 전투를 끝내고 난 후, 봉학 성님은 어린 자네를 보고 간다고 담터 마을을 들렀네. 그때 어린 자네를 업은 양엄마와 평화마을 사람들이 다른 부대 빨치산들에게 식량을 내놓지 않는다고 매를 맞고 곤혹을 겪고 있었네. 때마침 봉학이 성님이 평화마을을 들러서 마을 사람들의 목숨을 구해 주었네. 그날 어린 자네를 만나고 난 후 산으로 돌아가는 중에도 계속 눈물을 흘리며 나에게 말했네. 저 애 엄마도 죽고, 어린 딸을 보니 내 가슴이 찢어질 것만 같아. 모든 것을 다 던져 버리고 나는 딸을 위해 빨리 자수를 해야겠어. 정부 당국이 자수하면 살려준다고 날마다 전단지를 뿌리더구면. 만약 그들이 약속을 지키지 않고 내가 목숨을 잃는다면, 아마도 어느 골짜기에서 아무 흔적도 없이 사라지겠지. 오히려 잘 됐어. 아이 친엄마 공연씨 가 죽어서 새가 되겠다고 하였네. 이왕이면 뻐꾸기가 되겠다는 말을 들었어. 내 영혼도 뻐꾸기가 되고 싶지만 공연 씨에게 죽어서까지 부담을 주고 싶지 않네. 자유로운 영혼을 만들어 주고 싶어. 내 영혼은 소쩍새가 될 거야. 나는 이산 저산을 훨훨 날아다니며 죽은 공연 씨 넋을 위로하고, 밤마다 딸을 생각하며 처절한 울음으로 품어 줄 거야. 나는 이제 아무것도 필요 없어. 딸밖에 없어. 어떤 일이 있어도 살아야겠어. 그런 말을 들었을 때 나는 말은 하지 않았지만 당시에 성님이 많이 나약해진 것 같았어. 오갈 데가 없는 나로서는 우리가 이루고자 하는 해방 사업에 대한 모독이라는 생각에 나는 봉학 성님한테 배신감이 들기까지 했었네."

그도 지금 그 말을 전하면서 눈시울을 적시고 있었다. 나는 입술을 앙다물고 애써 태연한 척하다가 끝내 등을 돌리고 홀쩍거렸다. 지금까지 아빠라는 부끄러운 이름을 지워버리고 살았는데, 마음을 닫고 살았는데, 이야기를 듣다 보니 아빠의 억울하고 초라한 영혼의 시선이 내 가슴속 깊은 곳을 들여다보고 있는 것 같았다. 내 귀에 아버지의 딸에 대한 사랑과 괴롭고 아픈 신음 소리가 들리는 듯하여 모골이 송연해졌다. 그 당시 아빠는 운명처럼 지니고 있었던 가난과 꿈, 사랑을 허공으로 허무하게 날려 버리고 어느 날 홀연히 사라지신 걸까? 이제는 아빠를 그만 미워해야 하나? 이해하고 용서해야 하나? 그날의 아빠 말씀이 유탄이 되어 내 가슴에 박힌 듯했다.

그는 예전에 경찰서 조사실에서, 나를 겁박하면서 고향 사람들이 내 아버지가 빨치산 대장이라는 사실을 알고 있다는 것도 사실이 아니었다고 했다.

"그랬지요. 달수 아저씨가 내 친아빠가 빨치산 대장인 걸 고향 분들이 알게 되었다기에 내 출생에 대해서도 마을 사람들이 다 알게 되었을 거라고 생각해서 타향살이하면서 지금까지 고향에 한 번도 가보지도 못했어요. 심지어 사랑으로 길러 주신 양어머니가 돌아가

서서 고향 땅에서 장사를 치를 때도, 사람들에게 손가락질당할까 봐 장지도 못 가고, 먼발치에서 가슴 아프게 하관을 지켜봐야 했어요."

"미안하고 정말 죄송하네. 자네에게 못할 짓을 너무 많이 했네."

"사실이 그렇지 않았다니 그나마 다행이군요. 공교롭게도 오늘 아침에, 한때 아저씨 소유였던 저 앞쪽 빌딩을 바라보면서 아저씨 생각을 했어요. 때가 되면 지구 끝까지 쫓아가서 저를 그토록 괴롭히고 내 인생을 망가뜨린 아저씨에게 꼭 복수해 주겠다는 생각을 했어요. 겉보기에는 내가 회사 대표를 하고 있고, 아무렇지도 않게 보여도, 속으로 아픈 사연을 삭히고 사느라 가슴이 새카맣게 탔어요. 혹시라도 내 딸이 그런 사실을 알까 봐 노심초사하고 살았어요. 딸에게만은 그런 불행했던 아픔을 물려주고 싶지 않았어요. 오늘 아침까지도 아저씨를 보면 응분의 대가로 꼭 갚아주려고 했는데, 막상 폭망한 아저씨의 이런 모습을 보니 만나서 혼내주려고 품었던 내 서슬 퍼런 칼날이 아무런 쓸모가 없게 되어서, 허무하기도 하고, 부질없는 일이 되어 맥이 쑥 빠지네요."

그는 다시 고개를 숙이며 말했다.

"다시 말하지만 김 대표에게 정말 씻을 수 없는 죽을죄를 많이 지어 뿌렸네. 그래서 벌 받고 반성하라고 하늘에서 말년에 이렇게 고통 속에서 하루하루 살도록 했나 보네. 내 인생 이미 살 만큼 살았어. 희망도 없고 하루라도 빨리 이대로 생을 마감하고 싶은 마음뿐이라네."

그 말을 들은 나는 복수를 꿈꾸며 불편했던 지난날은 어디로 가고 그의 초라한 행색을 보니 짠하고 안타까운 마음이 들었다.

"그나저나 아무튼 잘 오셨어요."

"그래도 죽기 전에 자네에게 용서를 빌고 죽어야 지하에서 봉학이 성님을 볼 수 있을 것 같았네. 그 성님, 내 잘못된 행동을 많이 꾸짖고 혼내실 거야. 각오하고 있네."

그의 진실한 고백을 들으면서 미워하고 저주하고 싶어도 한때 잘못된 생각으로 저지른 행동을 후회하고 반성하고 자책하고 무거운 죄책감을 느끼고 괴로워하는 모습을 보니 한편으로 측은한 마음이 들었다.

"아저씨 때문에 상처를 많이 받았지만, 그럴수록 나도 그만큼 단단해지고 강해졌다는 생각이 드네요. 긍정적으로 생각해 보니 아저씨가 저를 많이 괴롭혔기 때문에 오히려 이를 악물고 어려움을 이겨 낸 것 같아요. 또 다른 하나는, 극한 추위와 눈보라 속에서 아저씨가 저를 살렸다는 양어머니 말씀을 듣고, 그 생각을 할 때마다, 아저씨를 미워할 수만 없었어요.

그 말을 들은 그는 멋쩍어하면서 또다시 머리를 숙이고 말했다.

"아이구, 그래도 그렇게 말해 주니 정말 몸 둘 바를 모르겠네. 그래도 세상 바람에 흔들리면서도 꿋꿋하게 이렇게 꿈을 이룬 자네 모습을 보니, 내가 그 옛날 모진 고생을 하며 핏덩이 김 대표를 안고 온 것이 헛고생한 것은 아니어서 한편으로는 기쁘다네."

"그래요. 저에게 하고 싶은 이야기가 또 있으세요?"

그는 감옥에 있는 동안 느낀 점을 말하였다.

"아무것도 모른 나에게 빨치산에 지원하자고 권유한 봉학이 성님을 미워하고 원망을 많이 했지만, 또 한편으로 생각해 보니 그 성님이 없었더라면 보나 마나 이 넓고 좋은 바깥세상을 모른 채, 난 산골에 처박혀서 사람대접 못 받는 머슴살이 무지렁이로 일평생을 살고 있었을 테지. 한때나마 원 없이 살 수 있었던 것은 그래도 봉학이 성님 덕택이라는 긍정적인 생각을 해 보았다네."

"교도소에서 깨달은 것이 참 많았군요. 아저씨는 여생을 어떻게 살아가실 생각이신지요?"

"김 대표에게 먼저 사죄하고, 속죄하는 마음으로 장기 기증을 하려고 하네. 그리고 노점상이라도 해서 돈이 조금 모아지면 고향에 내려가서 가축 기르기나 과일나무를 심어서 가꾸려고 하네. 다행히 고향에 있을 때 사 놓은 산이 있다네. 그곳에 조그맣게 초막을 짓고 살면서 꼭 한 가지 하고 싶은 일이 있다네."

"하고 싶은 일이라고요? 그것이 뭔가요?"

"내 소유의 땅을 사죄하는 마음으로 마을에 기증하려고 하네. 그리고 나에게 화를 입은 한 사람 한 사람에게 속죄하며 화해의 위령 돌탑을 쌓고 싶네. 나한테 사람다운 것이 손톱만큼이라도 남아 있으면 내가 상처를 입힌 고향 분들에게 드리고 싶네."

"그래요. 고향 하니까 생각이 나네요. 저도 아저씨 때문에 지금까지 고향을 잃어버리고 살았는데, 이제는 마음 놓고 가보아야겠네요. 고향은 성공한 자의 금의환향도 반기지만, 세파에 지쳐 고뇌에 시달린 자들도 언제나 누구라도 팔 벌려서 반갑고 따뜻하게 맞아 주고 품어 줄 것 같다는 생각이 드네요. 그리고 아저씨의 화해를 위한 각오를 들어보니, 저부터 아저씨를 용서해 드리고 화해해야겠다는 생각이 드네요. 아저씨의 사후를 제가 책임져 드려야겠어요. 이것 역시 용서하고 화합 차원이죠. 저부터 용서와 화합을 실천해야지요."

"말씀만 들어도 감사하네. 그럴 자격조차 없는 죽어 마땅한 놈이네. 파렴치하고 거지 신세가 된 나를 이렇게까지 생각해 주다니, 말씀만이라도 감사하네. 넓은 아량을 갖고 계신 김 대표에게 큰절이라도 해야겠네."

다시 무릎을 꿇은 그를 극구 말리면서 한마디를 했다.

"아저씨 기억나세요? 제가 노점상하고 힘들 때, 아저씨가 돈 자랑하며 저를 회유하고 유혹하려는 의도로, 돈이 든 봉투도 몇 번 던져 주고 가셨지요? 그것이 저에게 자극제가 되었어요. 그때의 아저씨 돈과 함께 내 마음도 담아서 이렇게 돌려 드리네요. 고향을 가신다니 옷도 사서 입고, 목욕 이발도 하시고 맛있는 것도 사 드시고, 병원에 가서서 치료도 받으세요."

내 말을 들은 그는 눈물을 펑펑 쏟고 있었다.

"아니네. 벼룩도 낯짝이 있지. 이 돈을 무슨 염치로 받는단 말인가?"

"아니어요. 받아 두세요. 오늘 지난날 잘못을 참회도 하시고, 귀한 사진과 부모님에 대한 소중한 말씀도 전해 주셨잖아요. 오늘 아저씨 이야기를 듣고 보니, 전쟁 후폭풍의 여파로 최악의 심리적 고통을 겪으신 것 같네요."

그날 그렇게 헤어진 후로 마음먹은 대로 고향에서 잘 하고 계신지 궁금하기도 했다.

4년의 세월이 흐른 어느 초겨울 아침이었다.

사무실 창문 밖은 안개가 자욱했다. 하얀 새 한 마리가 끼룩끼룩 울음소리를 내며 창문 가까이 스치듯 지나가고 있었다.

그날 오후 순천 ○○○병원에서 염달수 씨가 사망했다는 연락이 왔다.

4년 전 약속한 대로 다음 날 나와 김 상무와 회사 관리직원 두 사람이 차를 타고 순천 ○○○병원에 도착했다. 그때 간호사 한 분이 내게 봉투 하나를 내밀었다.

"망인이 돌아가시기 전에 서울에서 오는 여자분에게 드리라고 했어요."

그의 마지막 유서였다. 나에게 남긴 눈물 어린 참회와 감사, 진실한 고백이었다. 그리고 유서를 봐줄 수 있는 사람이 있어서 감사하고 행복하다고 했다. 마지막으로 나에게 다시 한번 용서를 빌고 떠났다.

우리 일행은 화장을 끝낸 뒤 행정절차를 마치고 조금 늦은 시간에 삽재팔동 장지로 가는 길이었다. 생각해 보니 그분의 죽음이 나를 고향으로 이끌고 있었다. 때마침 눈이 조금씩 내리고 있었다. 초겨울이지만 바람 끝이 맵고 시린 날씨였다. 왠지 모르게 발걸음이 무겁고 어색하기만 했다.

어둑어둑해질 무렵에 삽재팔동에 도착하니 산골의 겨울 해는 곧바로 어둠을 불러왔다. 마을들은 마치 숨을 멈춘 듯 적막감에 싸여 있었다. 여기가 내 젊었을 때의 흔적이 배어있는 고향이라는 생각을 하니 반갑고 설레기도 했지만, 고향의 기억들은 낯선 타향이 되어 있는 것 같아서 고개를 숙였다. 어둠을 방패 삼아 마을로 들어가는 것이 오히려 마음은 편했다. 마을 뒤쪽 언덕배기 밭 귀퉁이에 모셔져 있는 양어머니 산소를 보니 가슴이 찡하게 아려왔다. 준비한 하얀 국화 꽃다발을 놓고 참배를 드린 후, 어머니 산소를 끌어안고 한참을 울며 용서를 빌었다.

"죄송해요. 어머니! 어머니께서는 제가 고향을 못 온 이유를 알고 계시죠? 앞으로는 떳떳하게 찾아뵐게요. 그리고 어머니! 저와 어머니를 괴롭혔던 달수 아저씨가 반성하고 용서를 빌었어요. 결국은 우리 모두 전쟁의 피해자들인 것 같아서 용서해 주고 화해했어요. 모두에게 버림받은 그분이 돌아가셔서 내 손으로 보내드리려고 제가 그분의 유골함을 모시고 왔어요."

나는 넋 나간 사람처럼 한참 동안 어머니 산소 앞에 꿇어앉아서 눈물을 흘리며 말씀드렸다. 앞으로는 떳떳하게 자주 찾아뵙겠다는 약속을 남기고 발걸음을 옮겼다.

달수 아저씨가 살았던 곳으로 향했다. 산길은 두 발을 딛고 가기 알맞게 다듬어져 있었다. 나는 여러 생각을 하느라 약간 뒤처져서 걷다가 박 기사를 불렀다. 그가 들고 가던 유골함을 내가 안고 가겠다고 했다. 그 옛날 달수 아저씨가 갓난이인 나를 안고 가는 마음으로 산길을 오르고 있었다. 수십 개의 자그마한 돌탑이 만들어진 부근에 당도했다. 집착과 애증의 소유자인 그분이 쌓고 있었던 화해의 돌탑 귀퉁이에 유골함을 묻어 주고 기도를 드렸다. 준비해 간 비석에는 5년 전에 그를 만났을 때 그가 염원했던 '사죄와 용서의 손을 내민 염달수 잠든 곳'이라고 했다. 간소하게 장례를 마치고 막 산길을 내려오려고 준비하고 있었다.

그때였다. 미사재 부근에서 애처롭게 울어대는 소쩍새 울음소리가 피를 토하듯 산하에 구슬프게 울려 퍼지고 있었다. 언젠가 달수 아저씨가 내 사무실에서 했던 말이 생각났다. 우연의 일치일까? 아니면 정말 소쩍새가 되신 아빠의 영혼일까? 달수 아저씨가 전하는 말로는 내 친아버지가 돌아가시면 소쩍새가 되고 싶어 하셨다는데, 처연한 울음으로 나와 돌아가신 어머니를 위로해주고 품어 주겠다고 했다는데 지금 내가 바로 그 소쩍새 울음소리를 듣고 있지 않은가?

때를 같이하여 목화송이 같은 커다란 함박 눈송이가 어둠 속에서 하얀 꽃잎이 되어 아름답게 내려 쌓이고 있었다. 얼마 지나지도 않았는데 산길도 밭두렁도 산과 나무들도 심지어 거대한 백운산을 비롯한 주변의 산봉우리들도 하얀 눈을 뒤집어쓰고 있었다. 보이는 것은 모든 경계를 허물어뜨리고 하나로 연결되어 있었다. 아픔이 있는 추억마다 하얀 눈꽃이 피고 있었다. 오늘 밤 내린 눈이 내게 무슨 말을 전하고 있는 것일까? 어쩌면 과거의 아픔이 가라앉아 반짝이는 저 하얀 길로 새롭게 밟고 고향에 왔다는 누군가의 뜻인지도 모르겠다.

내가 갓난이 때, 달수 아저씨에게 안겨 평화마을로 내려올 때도, 이렇게 춥고 눈 덮인 하얀 세상이었다고 했는데. 그때는 이보다 더한 추위와 눈이 왔겠지. '달수 아저씨의 수고로움과 돌아가신 친엄마, 양엄마 도움의 손으로 내가 이렇게 살고 있을까?'를 생각도 해보았다. 달수 아저씨 말처럼 민족의 갈등과 분열을 넘은 평화? 화합을 위한 상징일까? 생각하면서 산길을 내려왔다.

뒤돌아서서 다시 한번 소쩍새 우는 산을 바라보고 마음으로 작별 인사를 했다. 달수 아저씨를 통해 그때 그 시절을 이해했고 아빠의 외롭고 고뇌에 찬 마음을 생각하니 뜨겁게 달아오르는 내 가슴을 울리고 있었다. 안타까운 사연들을 눈 위에 발자국으로 남긴 채, 건너편 하얀 마을들을 자세히 바라보지 않을 수 없었다. 사랑의 싹을 가꾸며 한때는 장미꽃 같은 뜨거운 사랑을 했던 저수지 둑방도, 어느 날 바로 시들어 떨어져 버린 하얀 목련꽃 같은 가슴 아픈 사랑을 남긴 추억의 송대 숲도, 하얀 눈을 뒤집어쓰고 있었다. 저 건너 마을 신흥부락에 근식 오빠가 살고 있을 텐데, 윤리적 상처가 아직도 마음을 무겁게 누르고 있지만, 아프게 사라진 첫사랑은 평생 동안 상처의 빛을 비춘다는데, 그래도 그 시절의 추억이 생생하게 다가오는 듯하였다. 우리 만남이 운명이었을지라도 늙어 간다는 것이 몸이 점점 소멸해 가고 있을지라도 이렇게 사그라지지 않은 그리움과 설렘은 오토바이 뒤에 타고 신작로 길을 질주하던 그때의 추억이 살아나 눈 속에 덮여 있는 그 길을 여전히 내 마음은 달리고 있었다.

4장
갈등의 계곡

유리그릇에 담긴 결혼 꿈

**

꽃샘바람과 새봄이 샅바를 잡고 씨름하고 있던 어느 3월 초였다.

사춘기 때부터 친아빠 문제로 나와 갈등을 겪으며 많이 방황했던 딸 민아는 오래전 대학을 졸업했고, 그녀의 바람대로 지금은 연극의 성지 대학로에서 배우로 활동하고 있었다.

3년 전에는 내 도움을 받아 소극장을 인수하여 연극단을 직접 운영하고 있다. 또한 소극장 근처 오피스텔을 마련해서 따로 살고 있다. 그녀는 세월이 어떻게 흘렀는지 모를 정도로 최선을 다했지만 근래에 경기 불황으로 매달 적자 운영을 면치 못하고 있었다.

그녀는 오랜만에 평창동 집 앞에 왔으나 차에서 내리지 않고 운전석에 그대로 앉아서 생각에 잠겼다. 자신도 모르게 한숨이 터져 나왔다. 소극장을 인수하고 그런대로 잘 운영되던 연극계도 경기 불황으로 어려움을 피해 가지 못하고 있었기 때문이다. 꼭 성공하겠노라고 호언장담했는데 적자만 내고 있으니, 입이 열 개라도 할 말이 없었다. '벼룩도 낯짝이 있지 엄마한테 손을 내민 것이 이번이 몇 번째인가?' 생각하니 마음이 심란하고 체면이 말이 아니었다. 편하게 생각하려고 해도 자꾸 마음이 쓰였다. 그녀가 대문 초인종을 누르고 현관으로 들어왔다. 그때 나는 냉장고에서 소주병과 안줏거리를 꺼내 오면서 말했다.

"딸, 어서 와. 이리 안거라. 오랜만에 엄마랑 술 한잔하면서 이야기 좀 하자꾸나."

"저를 기다리고 있었나 봐요. 제게 할 말이 있으신가 보죠?"

"그래, 니가 오늘쯤 올 것 같은 느낌을 받았다. 극단 운영은 잘 되고 있니?"

"요즘 경기가 계속 좋지 않아서 어려워요. 이번 달에도 적자가 났어요. 엄마한테 도움 좀 청하러 왔어요. 천만 원만 융통해 주세요."

나는 속으로 '그러면 그렇지'하고 웃으며 말했다.

"그렇게 시원찮아서 밥벌이나 제대로 할 수가 있겠니?"

"그래도 좋아서 시작한 일이니, 버틸 수 있을 때까지 버텨 봐야지요. 두고 보세요. 누군가의 노래처럼 쨍하고 볕들 날이 있겠죠. 꼭 성공하고 말 거예요. 오늘 저에게 특별히 하실 말씀이라도 있으신가 보죠?"

"우선, 잔부터 받아라."

술을 한 잔씩 따랐다. 술잔을 부딪치고 주욱 마셨다. 나는 하고 싶은 말이 많았다. 내가 먼저 이야기를 꺼냈다.

"그럼 있고말고. 많지, 널 기다리고 있었어. 중요한 이야기야."

사실 나는 민아가 연극을 그만두기를 바라는 이야기를 할 때마다 미안했다. 하지만 어쩔 수가 없었다.

"딸, 이쯤에서 연극계에서 손을 떼고 엄마 회사를 맡아서 운영해 보면 어쩌겠니? 알다시피 나도 나이가 많아지고 있어서 내 뒤를 이어받을 후계자가 필요해. 엄마 일생의 혼이 담긴 회사야. 너무 아까워서 그래."

그러자 그녀는 곧바로 대꾸하듯 말했다.

"또, 그 말씀이군요? 예전에 다 말씀드렸잖아요. 나는 어려서부터 꿈이 연극배우였어요. 그동안 엄마에게 자세한 이야기는 하지 않았지만 여기까지 오기까지 얼마나 많은 노력을 했는지 엄마는 잘 모르실 거예요. 초등학교 3학년 때, 학부모 참관 수업공개 때였어요. 그날 엄마는 돈 벌러 가시느라 학교에 못 오셨어요. 그때 '3년 고개'라는 전래동화를 읽고 역할극을 했어요. 그날 나는 많은 학부모가 보는 앞에서 손을 번쩍 들고 할아버지 역을 맡았다고 했어요. 역할극을 끝냈을 때 선생님은 칭찬과 함께 앞으로 민아는 연극에 소질이 많으니 연극배우를 했으면 좋겠다고 말씀하셨어요. 학부모들도 칭찬의 박수를 보내면서 저 아이 엄마가 누군가 묻기도 하고 나를 보고 '똑소리 나는 아이'라고 했어요. 그때부터 연극배우가 되겠다는 꿈을 꾸었어요. 그리고 중학교 방황하는 사춘기 때는 담임선생님이 학예회 연극을 책임지고 하라고 맡겨 주셔서 방황을 끝내고 꿈을 가꾸었고요. 고등학교와 대학 재학 때는 제 머릿속에는 온통 연극과 오페라가 열렸고요. 이렇게 각고의 노력으로 키운 꿈이어요."

딸의 마음을 돌려보려고 했지만, 그녀의 이야기를 듣고 나는 혼잣말로 탄식처럼 중얼거렸다.

"그래, 니 생각 잘 알았다. 내가 생각을 바꿔야겠구나."

딸이 연극에 강한 의지를 갖고 있음을 다시 한번 확인할 수 있었다. 내 사업체는 국민화합을 위해 쓰일 수 있는 방향을 모색해야겠다고 이런저런 생각을 이야기하다 보니 시간이 많이 지났다.

"딸, 늦었구나. 오늘 밤은 엄마 침대에서 함께 자고 내일 아침밥

먹고 가거라. 니랑 함께 잠을 잔 것이 얼마만의 일이냐?"

"알았어요. 어렸을 때는 늘 엄마 곁에서 잤는데, 커서는 기억이 잘 나지 않네요. 초등학교 4학년 때쯤 되는가?"

"자식은 품 안에 있을 때 자식이라더니, 다 키워 놓으니까 훌훌 날 아다니는 새 같더라."

"알았어요. 엄마 말씀대로 그렇게 할게요."

한참 동안 이야기꽃을 피우다가 잠자리에 들었다. 그날 밤 안방 침대에서 나는 딸과 나란히 잠자리에 들었고, 엎치락뒤치락하다가 살포시 잠이 들었다. 민아는 눈을 감고 잠을 청하려고 애를 쓰다가 내 잠꼬대하는 소리를 듣게 되었다.

"아니어요! 나는 죄가 없어요! 염달수 그자가 나에게 누명을 씌운 거예요! 아빠의 빨치산? 나는 알지도 못한 일이라고요. 내 아빠는 한때 빨치산이었지만, 당국에 자수를 했다고 들었어요. 형사님, 달수 저자의 모함이어요."

그러다가 살려 달라고 두 손을 허공에서 싹싹 비비고 있었다. 그날 밤 엄마가 분명 무슨 악몽을 꾸는 것 같아보였다. 그후 가쁜 숨을 몰아쉬더니 다시 잠들고 있었다. 민아는 눈을 감고 생각하고 있었다. '엄마가 심한 잠꼬대는 왜 하시는 걸까? 빨치산은 무엇이고 모함과 협박을 당했다니, 또 염달수는 누구란 말인가? 아빠는 누구를 말한 것일까?' 그녀는 궁금한 점이 한두 가지가 아니었다. 그날 밤 민아 역시 무거운 마음으로 이것저것 생각하고 뒤척이다가 겨우 잠이 들었다.

다음 날 나는 일찍 일어나 식사 준비를 해 놓고, 곤하게 자고 있던 민아를 깨웠다. 비몽사몽 눈을 부비고 일어난 그녀는 잠도 깰 겸 창문을 열고 밖을 내다보고 있었다. 해맑은 아침 햇살이 비춰들고 있었다. 뒤란의 새소리도 아침임을 알려주고 있었다. 식탁에 마주 앉아 식사를 하면서 내가 말했다.

"어젯밤 이야기를 들어보니 니 결심이 확고하더구나."

"죄송해요 엄마, 저는 그런 사업 경험이 없어서, 금방 회사를 다 말아먹을 것 같아요. 그리고 제 결혼문제는 예전에도 말씀드렸듯이 아빠가 어디 사는 누구인지, 사실대로 말씀해 주시면 언제라도 결혼할 거라고 여러 번 약속했잖아요."

딸의 말에 나는 아무런 대답도 하지 못했다. 그때 그녀는 내 얼굴을 똑바로 바라보며 말했다.

"어젯밤 엄마는 무슨 잠꼬대를 그리 심하게 하셨어요?

"내가 잠꼬대를 심하게 했었니?"

"모르시고 계셨어요? 예, 좀 심한 것 같았어요. 평소에도 잠꼬대를 자주 하세요? 예전에 무슨 안 좋은 심각한 일이라도 겪으셨나요?"

"아니다. 별일 아니야. 나이가 들어서 쓸데없는 잠꼬대를 했나 보다."

나는 별것 아니라고 대답했지만 정신적으로 받는 충격이 얼마나 크고 오랫동안 지속되는 것인지를 실감하고 있었다.

"니 아빠가 누군지를 그렇게 알고 싶니?"

"예, 그래요. 제가 언제부터 그 문제를 엄마한테 여쭈어본 줄 아시죠? 다 큰 딸에게 못 할 말이 뭐가 있어요? 어딘가에 피붙이가 살아 있다면 만나보는 것이 도리가 아닌가요? 그렇게만 된다면 저도 결혼하고 싶은 생각은 별로지만 엄마와 약속대로 엄마가 바라는 결혼을 할게요."

그녀는 자신의 속내를 거침없이 드러냈다. 나는 잠시 지그시 눈을 감았다. 아직도 어렵게만 느껴지는 그녀에게 혹시나 하는 결혼 기대감으로 시큰둥하게 말했다.

"그러면 좋다. 나도 약속하마. 니가 결혼하면 그때는 다 말해 주마. 그때까지는 세월 흐름에 그냥 맡겨 두거라."

"알았어요. 금방 말씀하신 그 약속 지키셔야 해요."

민아는 나에게 재차 다짐을 받았다.

"그리고 연극은 저의 긍지고 자부심이어요. 그렇게 아시고 저에게 다른 건 기대하지 않았으면 좋겠어요. 하고 싶은 일을 열심히 하면서 보람을 느끼고 행복하게 살아가고 싶어요."

단호한 딸의 대답에 나는 고개만 끄덕이고 아무 말을 하지 않았지만, 마음속으로는 대견했다. '그래, 연극배우는 내 꿈이기도 했다'고 사실대로 말하고 싶었다. 나는 마음속으로 '그래, 열심히 잘해서 엄마가 못 이룬 꿈도 함께 이루거라. 엄마가 힘껏 밀어주마.' 안타깝고 섭섭하게 생각하면서도, 연극에 뜻을 두고, 굳건한 의지를 보이는 딸이 대견해서 마음으로 격려를 보냈다.

며칠 후 아침 일찍 수화기 저편에서 들려오는 딸의 전화 목소리는 다른 날과 달리 유난히 밝은 목소리였다. 나는 전화를 받으면서도 한 번도 경험하지 못한 딸의 살가운 목소리가 의아하고 낯설게만 느껴졌다.

"엄마, 어젯밤에 남자 친구와 최종적으로 의논했는데, 결혼하기로 했어요. 엄마 소원대로 신랑감 구하기는 잘 되었으니, 이제 내 결혼 걱정은 하지 않아도 돼요."

그 전화를 받고 나는 깜짝 놀랐고 아찔했다.

"뭐? 결혼? 딸! 정말이니? 이게 꿈이냐 생시냐? 남자 친구가 있었다고? 모처럼 듣던 중 반가운 소리구나! 이렇게 기쁠 수가! 장한 딸 축하 축하해! 그래, 어떤 남자니?"

"그렇게 기쁘세요? 사실은 삼 년 전에 친구의 소개로 알게 되었어요. 고향이 ○○도 ○○이고 ○○권씨고요. S기업에서 기획실 팀장을 맡고 있고 나이가 세 살 아래지만 키도 큰 편이고 매너도 좋아요. 그동안 틈틈이 데이트도 했었고, 어젯밤 최종적으로 결정했어요."

"그렇구나. 결혼 말만 나오면 도끼눈을 뜨고 팔팔 뛰던 니가 이제라도 좋은 배필감을 만났다니 말할 수 없이 기쁘구나! 아무튼 내게는 오늘이 최고의 기쁜 날이다. 축하해, 딸."

"감사해요. 엄마."

너무 기쁜 나머지 나는 그동안의 느낌과 소회를 장황하게 이야기했다.

"이렇게 쉽게 이루어지는 걸, 지금까지 내 애간장을 그렇게 태웠니? 오랫동안 데이트를 했으면서 일언반구 말도 않고, 나중에 내가 죽거든 내 가슴을 열어보면 시꺼멓게 타 있을 거다. 휴유! 그래도 이제는 만세다! 딸, 이것아, 니도 이다음에 엄마가 돼보면 내 마음을 알 수 있을 거다. 왠지 모르게 그냥 자꾸 눈물이 나려고 한다."

나는 한참 동안 푸념을 늘어놓았다. 사춘기 때부터 아빠 문제로 반항과 불평불만을 많이 쏟아 냈는데, 커서는 한동안 결혼과 후계자 문제로 까칠했다. 이제는 한시름 놓아도 좋을 것 같다는 생각을 하고 있었다.

며칠 후 그녀는 나에게 또다시 밝은 목소리로 전화를 했다. 이번 토요일 오후에 시골에 계신 남자 친구 부모님이 서울에 올 일이 있어서 이 기회에 어른들에게 선도 보일 겸 인사를 하러 가기로 했다는 것이다.

"그래? 그거 잘됐구나. 신랑 측에서도 서두르는 것을 보니, 결혼이 빨리 진행될 것 같은 예감이 든다. 우리도 미리미리 필요한 준비를 서둘러야겠다. 전화를 끊고 난 후, 딸의 밝은 목소리를 들은 나도 한결 마음이 가벼웠고 들떠 있었다.

인사드리러 가는 날 아침 일찍 딸한테 전화가 왔다.

"엄마, 오늘 잘하고 올게요. 너무 걱정하지 마세요."

"다음 주 토요일에 신랑 될 사람이 우리 집에도 온다고 하니 이참에 청소도 말끔히 하고 집안 분위기도 좀 바꿔야겠다."

그날 오후에 그녀는 약속된 시간에 남자 친구를 만나서 함께 성북동 그의 아파트로 가고 있었다. 그는 차 안에서 그의 가족을 대충 소개했다. 아버지는 오랫동안 직업 군인 생활을 하다가 육군 중령으로 퇴임하신 분이라고 했다. 보수 성향의 정치색이 강하고, 매사에 완고하며 아직도 전통을 목숨처럼 지키는 시골 양반이라고 했다. 어머니는 직장 생활을 하시지 않았고, 후덕한 시골 양반집 맏며느리 주부라고 귀띔해 주었다.

집에 도착해 보니 어른들은 벌써 오셔서 TV를 시청하고 있었다. 그 분들을 얼핏 보니, 들은 대로 시아버지 되실 분은 점잖고 깐깐한 양반 모습이었다. 시어머니 되실 분은 후덕하게 생기셨다. 부모님의 성격과 특성에 대해서 미리 들어서 분위기를 금방 짐작할 수 있었다.

남자 친구는 그녀를 결혼할 여자라고 소개했다. 민아는 무릎을 꿇고, 정중하고 다소곳하게 인사를 드렸다. 시부모가 될 분들은 소파에 앉아서 웃음 띤 얼굴로 가볍게 목례로 응대해 주셨다.

"처음 뵙겠습니다. 김민아입니다."

"오! 그래! 이 아가씨가 니가 말했던 색씨깜이라꼬?"

"예, 아부지 어무니. ○○○ 연극단 단장이고, 대학로에서 소극장도 운영하고 있씁니더. 인기 있는 여배우인기라예."

그녀는 다소곳하게 다시 목례를 하고, 앵두 같은 입술 사이로 예쁜 미소를 짓고 있었다. 시아버지 되실 분이 먼저 말씀하셨다.

"음, 웃는 인상이 좋네. 선하게 생기기도 했꼬, 특별히 눈이 이쁘구나."

시어머니 되실 분도 환하게 웃으며 한마디 하셨다.

"며느리가 될 아가씨가 이쁘고 복스럽고 참하게 생겼네에."

시아버지 되실 어른은 활짝 웃으시며 맞장구를 치셨다.

"하믄하믄, 서울 시내를 다 뎅김시롱 봐도 이만한 인물은 못봤싱께. 허허허"

함께 차를 마시면서 내 나이, 부모님이 하시는 일, 부모님의 고향,

지금 하고 있는 일 등 한참 동안 이것저것 물으셨다. 덕담도 해 주시고 웃음소리가 이어지고 분위기가 화기애애했다.

그때 거실 한쪽에 있는 텔레비전에서 뉴스를 전하고 있었다.

"국가 권력이 부당하게 민간인들을 희생시킨 여순사건 진상규명위원회에서 일부 쟁점 법안 개정안이 여야 합의로 국회를 통과 하였습니다."

뉴스에 어른은 갑자기 언짢은 반응을 보이면서 말씀하셨다.

"뭐라꼬? 저게 무신 소리꼬? 국회가 하는 꼬락서니 하고는? 그것은 재론할 필요가 없는 명백한 반란사건에 대해 뭘 합의했따꼬."

어른은 못마땅한 표정으로 TV를 끄고 난 후, 느닷없이 현 시국에 관해서 그녀에게 물었다.

"아가씨는 지금 좌파 정권에 대해 어떻게 생각하는고?"

그녀는 정치나 이념 문제에 대해 깊이 생각한 바가 없는 터라, 순간 뭐라고 대답해야 할지 몰라 당황하고 있었다. 그냥 중립적 입장에서 무난하게 말하고 싶었다.

"저는 정치나 이념 그런 것은 잘 모릅니다. 정부 책임자들이 나라발전을 위해 열심히 노력하겠지요. 그래도 부족한 것이 있으면 서로 토론하고 타협해서 살기 좋은 나라가 되도록 잘 이끌어 갔으면 좋겠습니다."

대답이 끝나자마자, 방금 한 그녀의 말을 탐탁찮게 여기는 눈치였다. 곧바로 어른의 눈꼬리가 올라가면서 거친 목소리로 말씀하셨다.

"음, 지금 정권에 대해 호의적으로 말하는 것을 보니, 좌파적이구만. 허기사 부모 고향이 그쪽 지역이니 물어보나 마나지."

그때부터 어른은 껄끄러운 집안 문제를 꺼내기 시작하셨다.

"우리가 종손 집안으로 제사를 비롯하여 대소사가 많은 기라. 연극을 그만두고 시골로 내려와서 큰며느리 노릇을 잘 할 수 있겠는가?"

또한 나이가 많은가 본데 몇 명 손자를 낳을 것인지에 대한 무거운 질문을 하셨다. 그녀는 대답을 못하고 기어드는 목소리로 주저주저하고 있었다.

"왜 대답을 못 하는 경가? 물음에 학씰하게 대답 않코, 있는 것을 보니, 시골에 와서 큰며느리 노릇 못 하겠다는 것이 아이가?"

그녀는 대답하기가 난감해서 계속 입을 다물고 있었다. 그녀의 얼굴과 등에서 진땀이 났고 안간힘을 다해 버티고 있었다. 어른은 소파에서 벌떡 일어나시며 말씀하셨다.

"아들 니 잠깐 나 좀 보제이. 퍼뜩 저쪽 방으로 들어온나."

어른의 얼굴이 상기되어 있었다. 잠시 후, 민아를 제외한 모두 방으로 들어갔다. 일부러 그녀가 들으라는 듯 제법 큰 목소리가 들렸다. 방에서 말하는 소리가 밖에서도 들렸다.

"니, 정신 바짝 차려야 한대이. 우리 집안이 어떤 집안인지 니도 잘 알고 있제? 니는 우리 집안의 장손으로 대대로 전통 있는 양반 중의 양반 보수 집안인 것도 알고 있제? 이것저것 물어보니 여자로서 인물은 그만하면 됐다만. 한쪽 부모도 없고, 나이도 많아서 출산 문제도 있을 것 같고, 편모슬하에서 가정교육이 제대로 되어 있겠노? 집안 제사도 확담 않코, 고향도 그렇코, 이념 성향도 내 맘에 들지 않는 기라. 니는 우찌생각 하고 있노. 나에게 맘에 든 구석이라곤 하나도 엄따 아이가. 니가 뭐가 부족해서 우리 집안과 맞지 않은 저런 아가씨랑 결혼을 해야 하겠노? 나는 반대다."

그 말을 들은 남자 친구는 약간 언성을 높이며 그의 아버지를 설득하기 시작했다.

"아니 아부지, 자녀 문제는 둘이 의논해서 잘할 꺼구만요. 고향이나 이념, 성향 그런 게 뭐가 큰 문제인교? 누구든지 다른 생각을 갖고 살 수 있는 거잖아요. 우리는 사랑하는 사이라고예, 부족한 것은 서로 채워주고 고쳐가며 살면 되잖아요. 그런 문제 걱정하지 말았으면 해요."

아들의 그 말에 더욱 화가 난 어른은

"뭐라꼬? 시끄럽다. 문디 자슥아, 니 단디 들어라. 집안 전통은 우찌되었던 간에 상관없다는 깅가? 지역적 특성과 이념 색깔은 어디든지 언제든지 있는기라. 집 안이 잘 되고 편안하려면 얼라도 쑥쑥 잘 낳는, 여자가 잘 들어와야 하는기라. 니 만한 인물이고 학벌과 직장이면 탈탈 골라서 어디든지 결혼할 수 있다 아이가. 더 정들기 전에 치아뿌라. 니 아부지 성질 알제? 한번 아니면 아닌 거."

"아부지 말씀은 지나친 걱정이라는 생각이 드는기라요. 앞으로는 지역 편견이나 이념 성향 같은 것은 없어져야 하는기라요. 안 그렇습니꺼?"

"시끄럽다 이 문디 자슥아, 내가 지금 어디서 온 줄 아나? 시청 앞 좌파 척결 모임에 참석하고, 오늘 특별히 일찍 여기로 온다. 밖에 아가씨를 며느리로 들일 생각 추호도 업싱께. 억만금을 준다 해도 실타 카이."

거실 소파에 앉아서 그 말을 듣고 있던 그녀는 당황하고 몸 둘 바를 몰라 했다. 어른들의 허락을 받아서 결혼하기 쉽지 않겠다는 생각을 하니 기가 막혔다. 남자 친구는 한참 동안 부모님 생각을 바꾸게 하려고 설득을 계속하고 있었다. 어른은 강경한 어조로 말을 이어갔다.

"니는 니 할아버지 사연을 잘 알고 있제?"

어른은 가슴에 지니고 있던 '여순사건' 이야기를 꺼냈다.

"여순반란사건 때 군인이었던 니 할아버지가 그 옛날 지리산 공비 토벌 나가서 총을 맞아 부상을 당하고, 고상고상 하시다가 돌아가신 것은 너도 들어서 알고 있제. 내가 와 직업 군인이 되었는지 알기나 하나?"

"아부지, 뜬금없이 그런 말씀을 왜 또 꺼내십니꺼? 그 일은 해방이 되고, 나라가 혼란스러울 때, 생긴 일이 아닙니꺼? 그때는 우리 지역을 비롯하여 어느 지역을 막론하고 이념이 양분되었다고 들었습니다. 그런 일들이 무슨 좋은 일이라고 후손들에게 물려주려고 이 자리에서 말씀을 꺼내시는교?"

어른은 버럭 화를 내며 발끈했다.

"시끄럽다 문디 자슥아. 똑때기 알지도 못한 소리는 하지를 말거라. 그런 문제를 예전에 똑바로 정리해 놨어야지. 니는 방금 뉴스에 나왔던 빨갱이들이 저지른 '여순반란사건'을 똑때기 알기나 하고 그런 소릴 하나?"

남자 친구는 그의 아버지께 또 한마디 했다.

"올바른 조사나 재판 절차도 없이 군인과 경찰이 다른 생각을 가진 일방적인 사람들 말만 듣고, 민간인들 목숨을 빼앗으니 억울하게 피해 본 사람이 얼마나 많았겠습니꺼. 이제는 화해하고 평화롭게 살아야 하는기라 예."

그 말을 들은 어른은 소리치며 좌파에 대한 적개심을 강하게 나타냈다.

"뭐라꼬, 듣기 싫다 이 자슥아, 씰개 빠진 놈 같으니, 그걸 말이라고 하나? 그때 더 철저히 조사해서 빨갱이들 씨를 말려뿌렸으면, 지금 활개 치고 있는 ○○좌파들이 모두 척결되었을 끼고, 오늘날 그들이 저리 날뛰는 일이 없을 낀데, 그런 일이 되지 않아서 오늘날까지 나라가 시끄러운 기라. 이 결혼은 안 된다면 안 되는 줄 알거라. 우리 그만 당장 내려갈끼다. 비키라 마."

그녀는 결혼에 대한 돌이킬 수 없는 상처를 입고 말았다. 눈물을 머금고 밖으로 나와서 택시를 잡아타고 자신의 오피스텔로 돌아가고 있었다. 그녀는 택시 안에서 방금 전에 있었던 일들을 곰곰이 생각해 보았다. 생각할수록 지역이 폄훼당하고 증오로 가득 채워진 모욕적인 어른의 말에 분통이 터져 견딜 수가 없었다.

어디서부터 잘못된 일인가? 여순반란사건? 빨치산, 전쟁? 빨갱이? 이런 것들이 언제 적 일인데 우리 결혼과 무슨 관계가 있다는 걸까? 나로서는 그 당시에 태어나지도 않았고, 그런 일을 알지도 못하고 아무 영문도 모르는 일인데 이렇게 매도당하다니 엄마가 살았던 지역이 왜 문제가 되었던 걸까? 정말 그런 일들이 왜 일어났고 그 과정과 결과는 어떠했을까? 모든 것이 궁금했고 의문투성이었다. 오늘 어른이 한 말 중에서 한쪽 부모가 없어서 가정교육에 문제가 많을 것이라는 말도 들었다. '한쪽 부모가 없는 사람은 결혼하기도 그렇게 힘든 것인가? 내 아빠는 어디에 있는 누구란 말인가? 나에게 아빠가 있기나 한 걸까? 이렇게 해서 결혼을 한다면 과연 행복할 수 있을까?' 그녀는 몸과 마음이 무겁게 가라앉고 있었다. 오피스텔로 가다가 택시를 돌려 평창동 집으로 향했다.

응급실에 실려 간 엄마

*

　민아는 오늘 있었던 일 때문에 착잡한 심정이었다.

　이런 일은 생전 처음 겪는 일이었고 막상 부딪혀 보니 세상살이가 쉽지 않음을 알게 되었다. 평창동 집 앞에 도착한 그녀는 가지고 있는 열쇠로 대문을 열고 집안으로 들어섰다.

　민아가 들어온 줄도 모르고 나는 창문과 현관문을 열어 놓고 구석구석 먼지를 털다가 눈에 띈 옛날 일기장을 펼쳐 들고 잠깐 읽고 있었다. 그녀는 현관 앞에 서서 내 모습을 지켜보고 있었다. 나는 젊었을 때 쓴 일기 몇 장을 읽고 난 후, 지나간 젊은 시절을 떠올리며 푸념했다. 누구에게나 지나간 추억은 눈물겹게 그립고 아름다웠다고 말하던 때를 떠올리며 거울을 보고 있었다. 아! 이런 모습이 인생에서 어김없이 맞닥뜨려야 하는 늙음이란 말인가? 늙고 피로한 모습이 비치고 있었다. '나도 이제 나이를 먹는가 보구나. 젊음은 어디로 가고, 지금 거울 앞에 서 있는 이 여인은 누구란 말인가? 나도 이제 나를 포기해야 할 때가 된 것인가? 인생이란 참으로 허무하고 허망하구나. 아! 그때 그 시절이 이렇게 아프게 느껴지다니!' 우울한 마음을 달래며 거울에 비친 아쉬운 얼굴 기미에 콤팩트를 꺼내 들고, 톡톡 두드리고 있었지만 허기진 가슴이 채워지지 않았다.

그때였다.

"엄마! 지금 뭐하시고 계시는 거예요?"

얼굴이 벌겋게 달아오른 그녀는 현관 앞에 서서 느닷없이 금속성 목소리를 냈다. 생각보다 일찍 집에 온 딸을 보고 나는 먼저 불길한 예감이 들었다.

"아니, 벌써 왔니? 함께 저녁 식사도 하지 않고 왔니?"

그녀가 시큰둥하게 말했다.

"이게 다 엄마 때문이라고요."

그녀의 말투에 오늘 일이 뭔가 잘못되었구나를 직감했다. 정신이 번쩍 들고 내 목소리가 사뭇 떨리고 있었다.

"그게 무슨 말이니? 밑도 끝도 없이, 엄마 때문이라니?"

그렇게 말해 놓고도 나는 망연자실하고 있었다. 나도 모르게 가슴이 쿵 내려앉았다. 그 순간 나는 갑자기 눈이 침침해지고 머리가 깨질 듯이 아파오기 시작했다. 그녀는 작심한 듯 흥분된 얼굴에 두 눈을 부릅뜨고, 아프게 직격하고 있었다. 곧바로 그녀의 불만스럽고 이성을 잃은 목소리가 튀어나왔다.

"그래요. 속 시원하게 말씀 좀 해 보시라고요. 답답해서 죽겠어요."

"뭘 말이냐? 오늘 아빠에 대한 문제가 있었니? 엄마를 잘못 두어서 니가 여러 가지로 힘이 든 모양이구나. 미안하다."

그 말이 떨어지자마자 그녀의 목소리는 더 크고 날카로웠다.

"예, 그랬어요. 아빠 고향도 문제를 삼았어요. 나는 그런 문제에 대해 아는 것이 아무것도 없어요. 엄마는 언제까지 왜 딸을 속이고 바보로 만들려고만 하세요. 아빠나 고향에 대해서 아는 것이 있어야 적절한 대답을 하지요."

그 말을 듣는 순간 나는 마른 등걸처럼 넋을 잃고 우두커니 서 있었다. '내가 딸의 앞날을 망치고 있는 건가?' 생각하면서 이렇게 긴 세월이 흘렀어도, 자신도 잘 알지 못하고, 그 당시 내전으로 저질러진 일들인데, 자신도 여순사건 후폭풍의 여파로 아물지 않는 상처를 안고 살아 온 피해자인데, 딸만은 그런 상처를 받지 않고 순수한 마음으로 자유롭게 살아가기만을 바랐는데, 딸이 오늘 나와 같은 아픔을 겪게 해야 하다니. 나는 가슴이 찢어진 듯 아프고, 괴로워서 등에서 식은땀이 주르르 흘렀다.

"미안하구나. 내 미처 그것까지는 생각 못 했다."

그녀는 계속해서 내 밑바닥에 깔린 감정을 건드리며 숨 돌릴 겨를도 없이 따지듯 몰아붙이고 있었다.

"생각을 못 했다고요? 상처가 곪아있으면 깔끔하게 터뜨리고 새살이 돋도록 해야 하는 것이 아닌가요?"

그녀는 어둡고 아픈 지난날의 기억들을 끄집어내라고 나에게 윽박지르듯 소리쳤다. 그 말을 듣고 있던 나는 지금까지 경험해 보지 못한 두통이 찾아왔다. 그녀의 목소리는 더 강경한 말투로 원망하듯 말했다.

"솔직하게 털어놓으면 될 것 아니어요. 도대체 엄마는 숨기고, 말 못 하는 비밀이 그렇게 많으세요? 속 시원하고 후련하게 털어놓아보시라고요. 엄마는 딸에게조차도 말 못 할 정도의 부끄러운 잘못을 그렇게도 많이 저질렀나요?"

그녀는 항의하듯 부릅뜬 눈으로 정색을 하고 원망하는 목소리를 내고 있었다. 나는 입을 굳게 닫고 아무말도 못하고 고개를 절레절레 흔들기만 하였다. 눈앞이 더 캄캄해지고 온몸에 힘이 빠지고 허우적거렸다.

"어, 내가 왜 이러지? 갑자기 왜 이리 어지럽다냐? 아이고 내 머리야."

나는 갑자기 몸이 휘청했고 뭔가에 쫓기듯 심장이 빨리 뛰고 있었다. 잠시 후 정신을 잃고 바닥에 쓰러졌다. 더 이상 기억이 나지 않았다.

나중에 병원에서 있었던 일은 회복하고 난 후 딸에게 자세히 들을 수 있었다. 듣자 하니 얼굴이 하얗고, 온몸이 파르르 떨고 있었다는 것이다. 붙잡을 틈도 없이 쿵 소리를 내며 거실 바닥에 쓰러졌다는 것이다. 곧바로 의식을 잃고 혼수상태에 빠졌다. 그녀는 깜짝 놀라서 소리쳤다.

"엄마, 갑자기 왜 이러세요. 눈을 떠 보세요."

흔들어도 아무런 반응이 없었다. '아니 고난의 시대에도 억척스럽게 버티며 그렇게 강단 있고 당당하게 보였던 엄마가, 내 말 몇 마디에 갑자기 쓰러지시다니,' 처음 겪는 일에 민아도 당황해서 소리쳤다.

"엄마, 엄마, 정신 차려요. 눈을 떠 보세요."

아무 반응이 없었다. 급히 119를 불러 ○○대학병원 응급실로 향했다. 비상등을 켜고 앵앵거리며 응급실에 도착하자마자 곧바로 필요한 응급처지를 하고 여러 가지 필요한 검사를 했다. 민아는 잔뜩 굳어 있었고 다리는 벌벌 떨고 있었다. 속으로 심한 병이 아니기만을 빌고 있었다.

한참 후에 수술실에서 의사가 나왔다. 검사 결과 뇌동맥 출혈이 발생했다고 하였다. 나는 곧바로 응급 수술을 받았다. 다행히 위험한 상황은 넘겼다. 수술실에서 중환자실로 옮겨졌다. 입, 코, 팔에 주렁주렁 생명줄이 매달려 있었다. 하룻밤 사이에 딴사람이 되어 있었다. 나는 링거를 꽂고 꼼짝도 못 하고 누워있었다. 그녀는 뭘 어찌해야 할지 몰라 난감했다. 중환자실 앞 복도에는 여러 보호자가 대기하고 있었다. 그녀는 의자에 혼자 앉아서 그날 밤을 뜬눈으로 밤을 지샜다. 참혹하고 길고도 초조한 시간이었다.

한을 품고 살아 온 사람들

✳

민아는 이 생각 저 생각을 하며 병실 앞 의자에서 뜬눈으로 밤을 보냈다. 두 손을 모으고 엄마를 빨리 낫게 해 달라고 간절한 기도를 했다. 엄마도 이젠 연세가 많아지셔서 건강도 약해진 것 같다는 생각도 하고 있었다. 그녀의 등에서 식은땀이 흐르고 있었다. 온몸이 부들부들 떨렸고 다리도 휘청거렸다.

산소 호흡기를 쓰고, 링거를 꽂고 꼼짝없이 중환자실에 누워있는 내 모습을 본 그녀는 깊은 회한에 잠겼다. '화가 나도 조금 참을걸' 하는 후회가 엄습해 왔다. '순간적인 화를 참지 못하고 흥분상태에서 엄마에게 너무 심하게 말했을까?' 그렇다고 그토록 강건했던 엄마가 그만한 일로 충격을 받고 저렇게 쓰러지시기까지 하시다니, 엄마가 저렇게 된 것이 자신 때문이라고 생각되어서, 더욱 마음이 아프고 안타까웠다. 그녀는 마음속으로 '엄마, 죄송해요. 용서해 주세요. 홧김에 생각 없이 말을 그렇게 함부로 내뱉었어요.' 눈물을 펑펑 쏟으며 벽에 머리를 쿵쿵 찧고 자책하며 후회하고 있었다. 이렇게 긴박하고 힘들 때, 주변에 상의할 일가친척이 하나도 없다는 것을 생각하니 마음이 착잡하고 슬프고 외로웠다.

그때 엄마의 가방 속에 있는 핸드폰으로 전화가 왔다. 엄마 회사 대표실에서 비서실장 겸 대표실을 관리하고 있는 정 실장의 전화였다. 엄마가 병원에 입원했다고 사실대로 말씀드렸더니 깜짝 놀라면서 상무 남편과 함께 곧바로 병원으로 달려왔다. 몹시 걱정스러운 표정으로 급히 병원을 찾아온 두 분은 몹시 당황해했다. 정 실장이 먼저 말을 건넸다.

"아니 건강한 분이셨는데, 갑자기 이게 어찌 된 일일까요?"

정 실장의 남편 김 상무도 놀라며 걱정하고 있었다.

"아니, 대표님한테 갑자기 이런 청천벽력 같은 일이 일어나다니 도무지 믿기지 않네요. 의사는 뭐라고 하던가요?"

그때 곁에 서 있던 그녀는 그분들에게 인사를 드렸다.

"안녕하세요? 저는 대표님 딸 민아예요. 김 상무님, 정 실장님, 엄마한테 이야기 많이 들었습니다."

김 상무가 그녀를 바라보며 말했다.

"오, 따님이시구먼, 만나서 반가워요. 대표님께 따님 이야기 많이 들었어요."

정 실장도 알은체하며 그녀에게 말을 건넸다.

"오! 민아로구먼! 어렸을 때 몇 번 봤는데, 지금은 몰라보겠네. 나 기억 나?"

그녀도 어렸을 때, 정 실장을 몇 번 본적이 있음이 어렴풋이 기억이 났다. 엄마가 노점상을 하고 있을 때였다. 엄마는 이모라고 부르라고 했다.

"예, 저도 어렸을 때 본 기억이 나네요. 맛있는 붕어빵도 사 주시고, 이모님이라고 불렀는데."

"그래, 기억하는구먼. 그때가 초등학교 1학년 때였는데, 대표님께 민아 이야기는 종종 듣고 있었어. 듣던 대로 몰라보게 달라졌고 예뻐졌네. 엄마를 많이 빼닮았네."

민아가 먼저 말을 꺼냈다.

"지금은 뭐라고 부를까요?"

"편할 대로 불러."

"우선 정 실장님으로 부를게요."

그녀는 정 실장 부부와 인사를 나누고 난 후, 어제 있었던 일을 대충 이야기했다. 수술 진행 과정과 의사가 한 말도 비교적 소상하게 이야기했고, 회사 운영에 관해서 부탁도 드렸다.

"저에게 말씀들 낮추세요. 그리고 편하게 대해 주세요."

"그럴까? 그러면 말 낮출게."

엄마가 중환자실에 있는 동안, 김 상무는 멀리서 엄마 상태를 한동안 지켜보다가 회사에서 급하게 처리할 일이 있다고 돌아갔고, 정 실장과 민아는 중환자실 앞 의자에 나란히 앉았다. 그녀는 그동안에 있었던 일을 정 실장에게 사실대로 털어놓았다. 후회하는 그녀의 목소리가 떨리고 있었다.

"엄마가 저렇게 되신 것은 저 때문이어요. 결혼문제로 엄마에게 집안 문제와 아빠에 대해 이것저것 알아보다가 적잖은 흥분상태에서 서운한 감정으로, 제가 아프게 말을 했거든요. 제가 나쁘고 못된 딸이어요."

그녀는 정 실장 어깨에 기대어 울고 있었다. 정 실장은 고개를 끄덕이며 위로의 말을 해 주었다.

"아니야, 너무 자책하지 마. 대표님은 의지가 굳으셔서 훌훌 털고 곧 일어나실 거야. 듣고 보니 조금 심하게 말하기는 했지만, 그 상황에서 그렇게 말할 수도 있지.”

위로의 말을 들으며 이야기가 오가다 보니 그녀의 굳어 있던 마음이 다소 풀어졌다. 정 실장은 김 대표를 곁에서 지켜보며 그동안에 있었던 여러 이야기를 민아에게 소상하게 들려주었다. 며칠 전에는 차를 마시며 대표님 건강이 걱정되어 이것저것 몇 가지 물어보았는데, 그때 이렇게 말씀하셨다고 했다.

“말도 마세요. 말을 안 해서 그렇지, 사실 나는 근심 걱정으로 뭉친 고민덩어리예요. 매일 고민에 눈뜨고 걱정을 안고 잠자리에 들지요. 사실은 그런 걱정 근심을 잊으려고 회사 일에 몰두해서 바쁘게 살아왔어요.”

“아이구 그러시군요. 스트레스가 건강에 제일 나쁘다고 하던데요. 회사일 외에 또 어떤 고민이 있으시냐?”

고 물었더니 그때 대표님 말씀이

“오래전부터 가정 문제와 관련된 누구에게도 말 못 할 일들이 가슴을 짓누르고 있어요. 그런 일로 가끔 잠꼬대도 하고 있어요. 그 외에도 딸의 늦은 결혼, 회사 후계문제로도 스트레스를 받고 있어요.”

“그러시군요. 밤낮으로 일에만 매달리고 사셔서 대표님은 근심 걱정이 없는 줄 알았는데….”

그 밖에도 정 실장은 계속해서 최근 엄마의 근황에 대해서 생각나는 대로 참고할 이야기를 들려주었다.

“며칠 전 아침에는 민아가 곧 결혼할 것 같다고 하시며 무척 기뻐하셨어. 그 말씀을 하시고 요즘은 세상이 아름다운 분홍빛이라고 하시데. 그날 저녁에는 너무 기분이 좋다고 하시며 생전 처음 우리 부부에게 대표님이 한강이 내려다보이는 호텔에서 멋지게 저녁을 쏘셨어. 그리고 기분이 좋으셔서 밴드가 있는 노래방으로 옮겼어. 그곳에서 노래도 부르고 춤까지 추셨어."

민아는 믿어지지 않은 듯 확인 질문을 하였다.

"정말이세요? 엄마와 그런 시간을 가지셨다고요? 노래도 부르고 춤도 추셨다고요? 상상할 수 없는 뜻밖의 일이네요."

"대표님이 그만큼 딸의 결혼이 기뻤고 기분이 좋으셨던 거야. 그날 우리 부부는 대표님에게 또 다른 면을 발견할 수 있었어. 대표님의 노래 솜씨와 춤 솜씨는 수준급이었어. 대표님과 대략 30년 훨씬 넘게 알고 지낸 사이이지만, 그런 자리는 처음 있는 일이었어, 기분이 좋아서인지는 몰라도 그날 대표님 노래와 춤 솜씨는 대단하셨어. 그런 끼와 재능을 감춰 놓고 어떻게 사셨는지 모르겠어. 더구나 한 번도 표출하지 않으시고 일만 하고 사셨다는데 더더욱 놀라웠어."

그 말을 들은 민아는 도무지 믿을 수가 없었다. 엄마에게 그런 재능이 있다는 정 실장의 말이 정말 뜻밖이었다. '그렇다면 내가 엄마를 너무 모르고 있는 것이 아닌가?' 생각하다가

"그랬었군요. 엄마에 대한 새로운 사실들을 들었네요."

그리고 정 실장에게 한 가지 꼭 물어보고 싶은 것이 있었다.

"정 실장님, 엄마는 정 실장님과는 오랫동안 알고 지내셨고 함께 근무도 하셨기에, 비교적 흉허물없이 마음을 터놓고 다양한 말씀도 나누셨을 것 같은데 우리 집 가정사나 내 아빠에 관한 이야기는 없으셨는지요?

"예전에 대표님께 몇 가지 들은 것이 있긴 하지. 아빠 문제는 언급이 없었고, 내가 들었던 것이 대표님 가정사하고 연관이 있을는지 모르겠지만도 참고는 될 것 같기도 하네만."

"그 이야기 조금 들려주세요."

정 실장은 엄마에게 들은 이야기를 하기 시작했다.

얼마 전에 정 실장과 남편 김 상무가 의논할 일이 있어 대표실에 들어갔을 때였다고 했다. 때마침 대통령이 제주 4.3사건 기념식에 참석하고 있는 TV 뉴스를 보시면서 대표님은 우리 부부에게 이렇게 말씀하셨어.

"대통령이 제주 시민에게 공식적으로 사과한 것을 보니, 그래도 제주도 분들은 늦게나마 어느 정도 명예회복과 보상도 이루어져서 조금은 한을 풀었다고 볼 수 있겠네요. 하지만 여순사건은 진상조사도 제대로 되지 않고 여전히 답보상태로 있어서 안타깝네요."

그때 남편인 김 상무가 이렇게 말했어.

"그러게 말입니다. 조사단끼리 이견이 많아서 합의가 되지 않고 있다는 이야기를 들었지요. 4.3제주 사건과 여순사건은 밀접한 연관이 있지요."

그 말끝에 김 대표님이 말씀하셨어.

"그래요. 크게 보면 두 사건 모두가 당시 민간인들이 큰 피해자들이라고 봐야죠. 여순사건을 반란이니 정당한 항쟁이니 논란이 있지만, 혼란 속에서 국가권력이 극단적인 반공논리로 피해자 모두를 반란으로 규정짓고 정당한 재판도 없이 무차별 학살을 시켜서 본인들뿐만 아니라 유가족들에게도 크나큰 한을 남겼지요. 끔찍하고 가슴 아픈 일이었죠. 나도 그 사건의 유가족으로 시국과 관련하여 혹독한 경찰조사도 받고 오랫동안 추적 감시도 당했어요. 그때를 생각하면 지금도 온몸에 경련이 일어나고 지금도 깜짝깜짝 놀라곤 하지요."

그때 남편 김 상무가 놀라운 이야기를 하더구먼.

"그랬지요. 이제야 말씀드리지만, 오래전 처음 노점상 일로 우리가 처음 만났던 날, 나는 파출소로 연행되어 조사를 받았지요. 나와 대표님이 어떤 관계인지 대표님을 왜 데려갔는지 조사를 받았지요. 그때 사실대로 말하고 풀려났어요. 그때 경찰에서 대표님을 은밀하게 내사하고 있음을 알았고 어려운 형편에 처해 있음도 알게 되었지요."

"예? 그랬군요. 그런데 왜 저에게 그런 자세한 말씀을 하지 않았어요?"

"저도 같은 처지이기도 하고요. 대표님이 기분 나빠하실 것 같아서 말하지 않았어요. 지금 생각해 보면 당국에서 당시 상황 모두를 여순반란사건으로 규정지어 놓은 탓에 우리 지역 사람들 모두가 사상적 의심과 지역적 편견을 받곤 했지요.

"그랬었군요. 지금은 연좌제가 풀렸지만 때로는 감시도 당하고 취직도 제한받았어요. 그것이 내 일생에 큰 화근이 되어 사랑도 버려야 했고, 결혼을 해서도 이혼을 당하는 하나의 원인도 되었어요. 당해 보지 않은 사람들은 그 심정을 모를 거예요. 김 상무님이나 정실 장님이 고향이 구레니까 제 말에 공감하시겠죠? 김 상무님은 여순 사건으로 어떤 피해가 있었나요?"

그때 남편 김 상무는 입술을 지그시 깨물더니,

"저에게도 여순사건의 후폭풍과 여파는 상처가 너무 컸어요. 아픈 상처 정도가 아니지요. 저의 어머니께 들은 이야기지만 우리 집이 쑥대밭이 되었다고 해요. 저가 살고 있던 구례 지리산이 빨치산 사령부가 있는 본거지로서 별의별 일이 다 있었다고 하데요. 그 시기에 할아버지와 아빠를 모두 잃었으니 가족 모두가 얼마나 고통이 컸겠어요. 그 혼란 속에서 어머니 혼자 나머지 어린 가족들이 굶어 죽지 않고, 살아있게 한 것만도 천운이었지요."

그 말을 들은 대표님도 깜짝 놀라셨어.

"아니, 할아버님과 아버님이 여순사건 후폭풍으로 돌아가셨다고요?"

"예, 할아버지는 빨치산에게 부역했다고 군경에 붙잡혀 가서 돌아가셨고, 아버지는 한국전쟁 무렵 보도연맹에 가입했다고 군경에 잡혀가서 죽었다는 거에요. 그래서 나는 아버지를 잃은 후 유복자로 태어났어요. 그 무렵 저의 가족처럼 억울하게 돌아가신 분들이 많았다고 들었어요."

"그러셨군요. 쯧쯧 김 상무님 가족도 엄청난 고통과 비극을 겪으셨겠네요. 보도연맹 사건으로 돌아가신 아버지에 대한 이야기 좀 들려줘요. 저도 말은 들었지만 그 사건이 궁금했어요."

남편 김 상무는 그의 어머니께 들은 이야기를 하기 시작했다. 그 보도연맹이라는 것은 참으로 어처구니가 없는 일이었다는 거야. 그 것은 과거에 좌익을 했던 사람들이 앞으로 좌익을 하지 않겠다는 반공관변단체로 명부에 이름을 올리고 도장을 찍는 거였다고 했다. 지역별 할당과 강요로 실적에 무게를 두고 좌익과 관련 없는 사람들도, 명부에 이름을 올리면 당국에서 식량도 주고 고무신도 준다고 해서 별생각 없이 가족 중의 한 사람이 아빠의 이름을 쓰고 도장을 찍은 사람도 많았다고 했다. 6·25 한국전쟁이 터지자 명단에 있는 사람들을 예전에 남한 남로당과 연관 지었고, 그 명단에 있다는 이유만으로 예비검속대상이 되어 군경에 끌려가서 처형된 어처구니없는 일이라는 거야. 그 숫자가 전국적으로 어마어마해서 제대로 파악조차 되지 않는다고 하네. 그 일 역시 금기시되어 있었고 그 유족들은 너무 억울했지만 빨갱이로 몰릴까 봐, 말도 못 꺼내고 모두 한을 품고 끙끙 앓으며 살아왔다고 했다.

정 실장의 이야기를 듣는 순간 민아는 당시가 암담하고 처참한 시기였음을 깨닫고 가슴이 아려왔다. 전생에 그분들이 원수지간도 아니었을 텐데 왜 그렇게 많은 사람의 목숨을 가벼이 여기고 죽여야 했을까? 당시 자세한 조사도 없이 거칠고 불합리한 결정인 속전속결로 학살을 시켰을 거라고 생각되어 억울한 사람이 많았겠다는 생각에 안타깝기 그지없었다.

정 실장도 마지막으로 한마디 했다. 민아도 이런 사실들을 알아두면 대표님의 마음을 이해하는 데 도움이 될 듯해서 이야기를 들려준 거라고 했다.

엄마와 소통

*
*

입원하고 보름쯤 지난밤이었다.

나는 수술 후 위험한 고비는 넘기고 있었다. 스스로도 의식이 조금씩 회복되고 있음을 느낄 수 있었다. 그날 일반 병실로 옮겨 갔다. 나는 누워만 있기 답답해서 링거를 꽂은 채로, 침대 밑 컴컴한 간병인 보조 침대에 쪼그려 앉아있으면서 한 손으로 내 볼을 만져 보았다. 움푹 패인 볼에 광대뼈가 더욱 불거져 있었다. 거울에 비친 내 앙상한 가슴을 보면서 땅이 꺼질 듯한 한숨을 내쉬고 있었다. 언제 왔는지 민아는 내 등 뒤에 서서 내 모습을 지켜보며 말했다.

"엄마, 이제 안심하세요. 의사 선생님도 곧 회복될 거라고 하였어요."

그 말을 들은 나는 애써 미소를 지으며 고개를 끄덕였다. 응급처치와 각종 검사, 수술로 한바탕 생사의 전쟁을 치렀던 나는 요 며칠 사이에 부쩍 체중이 빠져 있었다. 민아는 조심스럽게 나를 부추겨 침대에 눕혀 주며 말했다.

"오늘 아침에 의사 선생님이 굳은 의지와 자신감을 가지라고 하신 말씀 들으셨죠? 그리고 많이 좋아졌다는 말씀도 들었지요?"

"그래, 고맙구나. 내 느낌에도 조금씩 좋아지고 있는 것 같아."

그럭저럭 위태로운 고비는 넘긴 것 같아서 나도 마음이 조금 편해졌다. 민아는 나를 침대에 눕히고 이불을 덮어 주면서 조금은 안심하는 눈으로 나를 내려다보고 있었다.

입원을 하고 20여 일이 지나자, 내 의식이 또렷해지고 손발에서 힘이 조금씩 붙는 것 같았다. 그날 이후 많이 호전된 상태를 보이게 되어 자신감이 생겼고 대화도 가능했다. 나는 민아를 불렀다.

"딸, 너한테 할 말 있다."

그녀는 가볍게 웃으면서 대답했다.

"뭔데요? 저한테 하고 싶은 말씀 있으세요?"

"응, 지난번 선본 일을 곰곰이 생각해 보니, 니한테 많이 미안하구나. 다 엄마 때문이야. 이 엄마의 업보 때문이야."

"아니어요. 엄마는 침대에 누워서 그 생각만 하셨어요? 신경 쓰지 마세요. 남자 친구한테 사과 전화도 왔어요. 결혼문제는 좀 더 시간을 갖고 생각해 보기로 했어요."

"그래도 내 마음은 그렇지 않아, 정신이 조금 돌아오고, 좀 우선해진 것 같아서, 이것저것 생각해 보았다. 그 일 역시 마음이 아프구나. 어찌 되었든 엄마 살아있을 때 너에게 좋은 일이 있었으면 좋겠다. 그리고 건강이 좋아지면, 고향도 당당하게 가 볼 수 있을지 모르겠다. 내 건강이 이렇게 되고 보니 고향 생각도 나고 한번 가보고 싶은 마음이 생긴다. 내가 특별히 죄지은 것도 아닌데, 누가 오지 말라고 한 것도 아닌데, 왜 이렇게 오랫동안 고향 가는 것이 망설여지고, 내 마음이 불편해서 스스로 발목을 붙잡아왔는지 나도 나를 잘 모르겠다. 늙고 병들고 나이가 들수록 이런 것들이 한이 될 것 같구나. 고향에 가면 양어머니 산소도 가보고 싶고, 불쌍하게 돌아가신 친엄마 묘도 어디에 있는지 찾아보고 싶구나. 그리고 내 건강이 회복되고 기회가 된다면 고향에서 경로잔치 겸 니랑 연극도 한번 해 보고 싶다."

그 말을 들은 민아는 깜짝 놀랐고 정신이 번쩍 들었다. 그냥 해 본 말씀이 아닌 것 같았다.

"엄마, 이 와중에 여유도 있고 이제는 농담도 하시네요. 연극을 하시겠다고요? 지금 무슨 뜬금없는 말씀이세요. 그리고 지금까지 고향은 입 밖에도 내지 않았잖아요?"

나는 가볍게 미소를 지으며 떨리는 목소리로 말했다.

"그래, 그랬었지, 연극배우? 그건 사실 내 꿈…, 아니다. 니 꿈을 위해 열심히 하고 있는 니를 고향 분들에게 자랑하고 싶어서 그냥 해 본 소리야."

그녀는 의아한 표정을 지으며 한마디 했다.

"엄마는 지금까지 고향 이야기를 한 번도 하지 않으셨잖아요?"

"응. 그래, 그랬었지. 이렇게 아프고 보니, 마음도 약해지고 생각이 달라지는구나. '왜 여우도 죽을 때가 되면 고향을 바라보고 죽는다'라는 옛말처럼, 내가 그런 마음인가 보다."

"엄마는 의지가 강해서 예전처럼 훌훌 털고 건강이 꼭 회복될 거예요. 엄마는 지금 기억을 하나하나 끄집어내신 것을 보면 정상으로 돌아오고 있는 좋은 징조라고 의사 선생님이 그랬어요."

민아는 자꾸 엄마의 기억을 되찾아 주기 위해 질문을 하고 있었다.

"엄마 고향에 남아있는 어릴 적 추억이 있으세요?"

"그럼. 나도 사람인데. 나도 여자인데. 추억이 없었겠느냐? 어쩌면 너보다 더 다양하고 화려한 추억거리가 많았을 거야. 봄이면 자운영 꽃 예쁘게 핀 논둑에 앉아서 친구들과 쑥이랑 달래랑 나물도 캐고, 삐비도 뽑아 먹고, 여름이면 냇가에서 친구들과 멱도 감고, 시골 우리 집 찔레꽃 그늘에서 소꿉놀이도 하고, 국민학교 친구와 큰비에 떠내려가며 죽을 뻔도 했지. 모두가 엊그제 있었던 일 같구나!"

민아는 슬그머니 내 마음을 떠보려는 듯 연극에 대해서 다시 물었다.

"아까 연극을 하고 싶다는 말씀은 뭐에요?"

"응 그거, 아무것도 아니다. 괜한 헛소리를 했구나! 마음 쓰지 마라, 니가 연극을 전공한 배우고, 그래서 그냥 한번 해 본 소리야."

"그냥 해 본 소리가 아닌 것 같은데요. 엄마 마음 알았어요. 그래도 그거 참 좋은 생각이네요. 엄마가 직접 역할을 할 수 있도록 극본을 구성해 보겠어요. 엄마는 할머니 역을 맡으면 분장할 것도 없이 안성맞춤이네요."

"그래, 그런 생각까지 해 주니 고맙다."

나는 살며시 주먹을 쥐어 보았다. '배우 그건 사실 내 꿈이었어.'라고 말하고 싶었다. 민아는 내 얼굴을 찬찬히 살펴보고 있었다.

"엄마가 많이 수척해지셨네요. 고향에서 경로잔치도 하고 연극공연을 하시려면 건강부터 회복해야겠어요. 나도 엄마랑 그런 기회가 있었으면 좋겠어요. 무엇보다 우선 몸보신부터 해야겠어요."

"그래, 그래야겠지?"

민아가 다시 말했다.

"나도 나이를 먹을 만큼 먹었는데도, 철이 덜 들어서 그동안 엄마에게 고분고분하고 따뜻하게 대해 드리지 못해 죄송해요."

나는 눈시울을 붉히고 있는 딸 민아에게 말했다.

"너무 자책하지 말거라 자식들은 부모 속 썩이라고 하늘이 내려보낸 귀여운 애물단지라고들 하지 않더냐. 살아보니 세상살이가 생각처럼 쉽지만은 않더라. 그리고 엄마 때문에 너무 속상해하지 마라. 예전처럼 좋아지겠지."

민아도 안타깝고 애틋한 마음으로 나를 바라보며 말했다.

"예 엄마, 곧 그렇게 될 거예요."

"그래, 그래야지, 그리고 결혼 때문에 너무 속상해하지 마라. 인사 드리고 온 날, 니도 많이 속상해 있더구나. 그리고 안색도 너무 안 좋아 보였어."

"그렇게 보였어요? 제 생각이 너무 짧았어요. 너무 죄송해요."

"내가 니 결혼을 원하고 재촉했지만, 이 나이를 먹도록 살아보고 생각해 보니 하늘이 맺어 준 제 짝이 아니면 아무리 용을 써도 안되는 게 남녀 간의 인연이더라. '당신 아니면 죽을 것 같은 뜨거운 사랑이고, 스쳐 지나간 풋사랑이고 간에, 결혼이란 것이 묘해서 될 놈은 아무리 못 하게 말려도 소리 소문도 없이 쉽게 되고, 안 될 놈은 별별 용을 써도 안 되더라. 그래서 인연은 따로 있는 거라고들 말하지 않더냐. 너무 마음 아파하지 마라."

"예, 엄마, 하지만 오랫동안 맺어 온 사랑이란 게 정이란 게 어디 무 자르듯 그렇게 싶던가요?"

"하기사 그렇긴 하지, 그놈의 사랑이 뭔지, 정이라는 것이 뭔지, 사람의 마음을 오랫동안 아프게는 하지."

"시간을 좀 더 두고 심사숙고해서 결정할게요. 엄마, 너무 걱정 마세요. 속담에 짚신도 다 제 짝이 있다고 했잖아요."

"그래, 그런 속담도 있기는 하지, 그래 난 딸을 믿는다. 엄마처럼 사랑할 기회를 잃고, 일 속에 묻혀 사는 것보다 여자는 남편에게 사랑을 받아 봐야 인생의 참맛을 알게 되는 것 같더라."

"예 엄마, 그 말씀 명심할게요. 엄마도 그 옛날 아빠와 가슴 찌릿한 연애를 해 보셨어요? 그리고 아빠와 헤어지실 때 많이 힘들었나요?"

그 말을 들은 나는 잠시 허공을 바라보며 회상에 잠겨 있다가 말했다.

"농촌에 살고 있었지만 그분은 갈기머리로 치장한 한 마리 멋진 수사자처럼 푸른 초원을 누비고 다녔다고 봐야지."

"예? 엄마, 뭐라고 하셨어요? 푸른 초원을 누빈 멋진 숫사자였다고요?"

"그럼, 그랬었지. 나는 날씬하고 귀여운 암사자였고."

"엄마는 농담도 잘하시네요. 듣고 보니 엄마 말씀이 재미있네요."

민아는 웃으며 내 대답을 유도하고 있었다. 나는 그때 그 시절로 돌아간 듯 눈을 감고 회상하고 있었다.

"엄마도 한때 멋진 연애를 하신 것 같네요."

"그래, 니 말대로 나도 한때 멋진 연애 시절이 있었지. 하지만 결정적인 순간에 안 되려고 하니까 참으로 속상하고 이상한 일들이 얽혀지더라."

지금까지 이야기를 듣고 있던 민아의 머릿속에도 엄마가 겪었던 그 시절의 전경이 눈앞에 그려졌다.

"와! 그랬었구나, 엄마가 아빠 이야기를 다 하고, 처음 들어 보네요. '이루어질 수 없는 사랑은 뭐고, 엄마의 이상한 일, 헤어져야만 했던 그것이 뭘까요? 그분이 어떤 분인지 먼발치에서라도 꼭 한번 뵙고 싶어지네요."

"그런 생각이 드냐? 나도 그런 생각 안 해 본 것은 아니다. 하지만 그 이야기를 하려면…"

나는 그 대목에서 말을 잇지 못했고 주저주저하고 있었다. 그때 민아는 대답을 듣고 싶어서인지 다시 말을 꺼냈다.

"그런 멋진 연애를 했으면서 헤어졌다는 것이 이해가 되지 않네요."

"물론 철 없을 때였다고도 여겨질지 모르겠구나. 나는 운명적 사랑을 했다고나 할까? 아무튼…"

"아니 사랑이 그렇게 간단하고 쉽게 끝나는 일인가요?"

"그 정도로만 해 두고 더 알려고 하지 말아라."

그런 말을 들은 민아는 더욱 궁금했고, 나름대로 여러 일들을 상상해 보았다. 도대체 다 큰 딸에게 말 못 할 일이 뭘까? 세상에 이렇게까지 말 못 할 그런 일이 있을 수 있을까?' 늘 말씀하시던 '내가 죄 많은 여자라는 것이 뭘까? 왜 엄마만 아파해야 했을까?' 민아는 내 말이 납득이 되지 않았는지 고개를 흔들고 있었다. 입술을 깨물고 있었다. 어떻게 해서라도 꼭 알아내고 싶어하는 마음이었다. 그녀는 갑자기 좋은 생각이 떠오르는지 고개를 끄덕이고 있었다. 나는 많은 의문을 품고 있는 민아에게 말했다.

"누구에게도 말은 안 했지만, 그 사랑은 두고두고 지금까지도 가슴앓이를 해야 했던 일이었다."

그 말을 들은 그녀도 말했다.

"전에도 말씀드렸지만, 엄마의 입장과 내 입장을 달라요. 나는 왜 아빠가 없는지, 그 이유를 몰라야 하는지 납득되지 않거든요. 그러면 헤어지게 된 이유를 그때 아빠는 알고 있을까요?"

"니 아빠 되는 사람도 헤어진 깊은 내막을 나중에 알았겠지. 시골에 사셨던 할머니가 전후 사정을 모두 이야기했다고 하셨어. 나도 할머니를 통해서 궁금한 고향 이야기를 많이 듣곤 했단다."

"아, 예, 그랬었군요. 오늘 엄마의 이야기를 듣고 보니 엄마를 조금 이해하겠네요. "

"다 내 업보다. 너에게 많이 미안하다."

미안해하시는 어머니의 말씀에서 어떤 어렴풋한 예감 같은 것을 느낄 수 있었다.

"엄마는 다른 생각 마시고 오직 빨리 건강 회복만 생각하세요. 그리고 시집가는 딸을 꼭 보셔야 되지 않겠어요?"

"그래, 그래야지. 하지만 너무 마음 쓰지 말거라. 인생사가 생각대로 어디 그렇게 순탄만 하더냐."

오랜만에 대화를 나누다 보니 나도 딸도 눈시울이 뜨거워지고 있었다. 그동안 모녀 사이에 켜켜이 쌓인 어둠을 밀어내는 가녀린 빛이 보였다. 창밖을 보니 가로등 불빛에 비친 벚나무 가지마다 꽃망울을 잔뜩 머금고 있었다.

5장

가슴으로 우는 새

고향의 눈물

** **

병원에서 퇴원하고 한 달쯤 지날 무렵 딸 민아한테서 전화가 왔다.

"힘든 병마를 이겨내고 건강이 많이 회복되셨으니, 내일 기분 전환하러 저와 함께 야외나들이나 가시죠? 엄마가 자주 가시는 두물머리 어떠세요?"

"그래, 그러자꾸나. 그곳에 가본 지도 꽤 오래됐다. 그곳은 엄마의 제2 고향이나 다름없다. 힘들 때마다 위로를 받는 곳이지."

다음날 차 안에서 민아는 내 여윈 모습을 보면서 그동안 제 잘못으로 엄마를 너무 힘들게 해서 병마와 싸우게 했음을 거듭 사과하면서 말했다.

"엄마는 빈틈이 없는 강인한 분으로 온통 일밖에 모른 분이라고 생각했어요. 오로지 친아빠에 대한 비밀을 저에게 감추려고만 한다고 생각했고, 내 생각만 했고 스스로도 엄마와 소통하려는 생각을 하지 못했어요. 앞으로는 그런 일이 없을 거에요. 죄송해요. 엄마."

딸의 사과에 나도 웃으며 한마디 했다.

"아니다. 니 말을 듣고 보니 나도 다시 생각해야 할 점들이 많구나. 이만하기 정말 다행이다. 니도 간병하고 마음 쓰느라 고생 많았다."

"아무튼 죄송해요. 그리고 감사해요. 엄마도 앞으로는 다른 걱정하지 말고 엄마의 건강과 여생의 행복을 위해 밝고 즐겁게 사서야 해요. 사랑해요 엄마!"

"그래. 니도 이번 일로 너무 마음 쓰지 마라. 자칫 마음의 병 될라."

이런저런 이야기를 하면서 목적지에 도착했다. 민아와 나는 드넓은 강물을 바라보며 벤치에 나란히 앉았다. 나는 여느 때처럼 북한강 남한강 강물이 하나로 합쳐지고 내 눈물도 더해져 흐르는 두물머리 강물을 넋 나간 사람처럼 우두커니 바라보고 있었다. 이곳 강물은 내 마음을 아는 듯 드넓은 가슴에 초여름 오후의 햇살을 가득 안은 채 조용히 흐르고 있었다

민아는 예전에 내가 쓴 시 한 편을 꺼내면서 말했다.

"언젠가 엄마가 이곳에서 쓰셨다고 저에게 주신 이 시를 근래에 여러 번 읽어 보았어요. 이제야 내 나름대로 그 시의 뜻을 이해하고 왜 이곳을 사랑하시는지 엄마의 마음을 조금 알 것 같았어요."

"그랬니? 새삼스럽구나! 이왕 말이 나왔으니 한 번 낭송해 보거라."

"예, 엄마! 들어보세요."

그대는

애틋한 마음끼리

사랑의 숨결 나누는

두물머리 강물 소리를 들어 보았는가

어디선가

손을 잡다 놓쳐 버린

방울방울 인연들이

서로의 체온으로 부둥켜안고

물안개로 피어오르는

두물머리 강가에는

수백 년 지켜 온 느티나무 끝에서

오래된 첫사랑처럼

아프게 눈을 뜨고 나오는

놓지 못하는 내 그리움도

저 드넓은 강물에 띄우면

노을 빛에 물든

그 사람도 따라 나와

꽃잎처럼 떠가는

두물머리 강가에 서 보았는가

시를 읽고 난 후 민아는 느낌을 말했다.

"엄마의 시에는 이루어지지 못한 가슴속 애틋한 첫사랑이 저 드넓은 강물에 하염없이 떠가는 것 같아요. 그래서 기약 없이 기다리고 있는 첫사랑 그 사람에게 언젠가는 그리움이 전해질 것만 같은 간절함이 느껴져요. 엄마는 이곳을 자주 찾는 특별한 이유가 따로 있으시나요?"

딸이 내 시에 대한 감상 소감을 말하는 것을 듣고 나는 쑥스러워서 수줍게 웃으며 말했다.

"그렇게 느꼈니? 그래, 니 말대로 어떤 운명적인 안타까운 첫사랑의 그리움을 생각하며 쓴 시란다. 이곳에 오면 드넓은 저 강은 나에게 많은 생각을 하게 만들고 있어. 그중에서도 못다 이룬 인연들이 살면서 잃어버린 안타까운 사랑을 가슴에서 꺼내어 저 강물에 띄우면 언젠가는 그 애틋함이 그 사람에게 전해질 것만 같은 느낌을 받는단다. 외롭고 답답할 때나, 일이 풀리지 않고, 혼란스러울 때면 이곳에 와서 새로운 길을 찾곤 한단다. 이곳을 찾는 특별한 이유 중의 하나는 경치도 아름답지만 양어머니께서 전하는 말씀은 네 친할머니께서 산에서 돌아가시기 전에, 당신의 넋은 이다음에 '가슴으로 우는 새'가 되겠다고 하셨단다. 그중에도 '멀리서 가슴에서 우는 울음으로 품어 주는 뻐꾸기'가 되고 싶다고 하셨다는 거야. 나는 오래 전에 이곳에서 뻐꾸기 울음소리를 들은 적이 있었다. 그래서 이곳에서 다시 한번 그 뻐꾹뻐꾹 소리를 들을 수 있기를 바라면서 자주 이곳을 찾는단다.

"예, 엄마, 그러시군요. 이곳에서 여러 의미를 찾고 계시는군요. 저도 엄마 하시는 일에 적극 지원해 드릴게요. 오늘은 엄마께 특별히 죄송한 말씀을 따로 드리고 싶어서 일부러 여길 오자고 했어요."

"또 무슨? 죄송할 일이 또 있는 거니? 니 생각 충분히 잘 들었는데."

"예, 엄마, 놀라지 마세요. 엄마가 병원에서 입원하고 계실 때, 엄마의 고향인 황전면 삼재팔동이라는 곳을 다녀왔어요."

뜻밖의 딸의 말에 나는 화들짝 놀랐다. 가슴이 쿵쾅거리고 눈앞이 아찔했다.

"뭐, 뭐라고? 방금 뭐라 그랬니? 고향 삽재팔동을 다녀왔다고? 그게 정말이니?"

그 말을 듣는 순간 순식간에 내 얼굴은 벌겋게 달아올랐다. 내가 몹시 당황하는 모습을 본 민아가 말했다.

"죄송해요. 엄마와 상의도 없이 일을 저질렀어요. 지난번 병원에서 아빠에 대한 엄마 말씀을 듣고 도저히 참을 수 없었어요. 궁금한 것들을 내 눈으로 확인하고 싶었어요. 그래서 물어물어 다녀왔어요. 그곳에서 오래전 엄마와 같은 동네 살았다는 짱구라는 평화마을 이장분과 한때 첫사랑이었다는 신흥마을에 살고 있는 아빠를 만났어요. 그동안 여러 정황으로 미루어보아 시골에 계신 그분이 내 아빠임이 틀림없는 것 같았어요. 그분에게 여러 이야기를 듣고, 엄마를 많이 알고 느끼고 이해하고 왔어요."

딸에게 그 말을 듣는 순간 묘한 전율이 내 등줄기를 타고 전신에 흘러내렸다. 부끄럽기도 하고 뭉클한 그리움과 회한으로 울컥 울음이 나오는 것을 간신히 참았다. 그동안 참으로 오랫동안 간직했던 고난과 질곡 속에서 살아 온 지난날의 복잡한 감정이 북받쳐 오르고 있었다. 딸의 입장에서 그분들에게 무슨 말을 듣고 무엇을 알고 왔는지 몹시 궁금했다. 나는 흥분을 가라앉히고 차분하고 낮은 목소리로 물었다.

"그분들 잘 있더냐? 뭐라고 말하더냐? 못된 여자라고 저주를 많이 했겠지? 그래, 니가 딸이라고 밝혔니? 내가 병원에 입원하고 있다고 말했니?"

"두 분 모두 건강하게 보였지만 듬성듬성 하얀 머리칼에 깊은 주름이 주는 세월의 무게가 버거운 것은 어찌할 수 없나 봐요. 상황이 엄마의 딸이라고 밝힐 수가 없었어요. 많은 고민 끝에 그분들에게 미안한 일이지만 어쩔 수 없이 잡지사 기자라고 속이고 자유롭게 취재하는 형식으로 면담을 했어요. 그분들에게 당시의 여러 실상을 듣고, 그동안 엄마에게 품었던 궁금했던 것은 물론 엄마의 마음을 많이 이해하고 왔어요. 엄마께 죄송하고 감사함을 많이 깨닫고 왔어요."

이야기를 들어보니 그래도 그분들이 나를 나쁘게 말하지 않는 것 같아서 한편으로는 마음이 조금 놓였다.

"그랬구나! 그래, 니 혼자 다녀온 거니?"

"아니요, 지난번에 엄마께 말씀드린 적이 있는 직장 남자 동료배우 송 부장에게 부탁해서 그의 차로 다녀왔어요."

"그래? 가는 데 어려움은 없었니?""

"조금 멀다는 것 말고는 별다른 어려움은 없었어요. 친절한 내비게이션이 안내를 잘해 주었어요."

"그랬구나, 가면서 무슨 생각을 했니?"

"아침 뉴스에서 전하는 남도의 무르익은 꽃소식을 듣고 설레기도 했지만, 마음 한구석에는 무겁고 두려운 그림자도 드리워져 있었어요. 내가 왜 진즉 이 생각을 못했을까? 엄마의 말씀 중에 나오는 아빠가 살아계신다면 어떤 방법으로 조우를 할 것인가? 설렘보다 초행길 생소한 곳이라서 두려운 생각도 들었어요."

"그랬겠지, 별다른 정보도 없이 무턱대고 갔으니 막막했겠구나. 어느 마을 누구를 먼저 찾아갔니?"

"지난번 엄마가 말씀해 주신 황전면 삽재팔동에 있는 엄마가 자란 곳 평화마을을 먼저 가서 마을 이장을 만났어요."

"가면서 많은 생각을 했겠구나."

"예, 그랬어요. 차를 타고 가면서 아름다운 봄 경치가 펼쳐졌지만 내 머릿속은 아주 복잡했어요. 설렘도 있었지만, 엄마의 말씀이나 여러 정황상으로 봐도 고향 시골에 계신 분이 내 아빠인 것은 분명한 것 같은데, 정말로 그분이 내 아빠일까? 그분을 그곳에서 만날 수 있을까? 살아 계신다면 어떤 모습일까? 엄마의 말씀대로 몸이 많이 편찮아서 정말 요양 중일까? 만나서 아빠로 부를 수는 없을 것 같고, 만난다면 아빠 호칭을 뭐라고 부를까? 등등을 고민 끝에 어르신이라고 부르는 것이 좋겠다고 마음속으로 결정했어요. 그리고 지금까지 시골에만 계셨다면 농사일을 주로 하셨을 텐데, 농부 아빠의 모습도 상상해 보았어요. '그분과 어떤 인연이었기에 아빠에 대한 이야기가 있을 때마다 엄마는 감추고 주저하고, 회피와 변명을 하면서 힘들어하고, 마음속에서 갈등하고 있었던 것일까? 엄마는 고향을 왜 한 번도 안 가시는 걸까? 등등 눈을 감고 머릿속이 무척 복잡했어요."

그런 말을 듣는 순간 나는 딸이 그동안 마음고생을 많이 한 것 같아서 미안하고 안쓰러운 마음이 들었다.

"그랬구나, 아무튼 엄마가 많이 미안해."

그 말을 들은 그녀는 반사적으로 내 얼굴을 한 번 힐끗 쳐다보더니 그날 있었던 일들을 자세히 말하기 시작했다. 나는 딸의 말을 듣는 순간부터 침이 마르고 심한 갈증을 느끼기 시작했다.

이렇게 시작한 딸 민아의 이야기는 이러했다.

우리 두 사람은 서울을 출발하고 4시간 후쯤, 말로만 듣던 남도 길, 전주와 남원을 지났고 곡성 부근에 이르자 아름다운 섬진강 줄기가 곁을 내어준 만개한 벚꽃 길을 따라 한참을 달렸다. 군데군데 수령이 녹녹찮은 노란 산수유꽃과 뽀얀 살빛의 매화꽃이 피었다가 진자리에, 살짝 물오른 연록빛 잎새들이 아름다운 동양화를 그려내 주고 있었다.

구례를 지나 순천 방향으로 길을 잡아 남바위에서 비룡으로 가는 길로 들어섰다. 좁은 도로지만 콘크리트 포장이 되어 있었다. 산모퉁이 몇 구비 지나서 한참을 가다 보니 높은 산을 등지고 형성된 삽재팔동 중 하나인 비룡 마을이 맨 먼저 맞아주었다. 사방이 쓸쓸하고 쥐 죽은 듯이 조용했지만 이곳이 엄마 고향이라고 생각하니 반가운 마음이 들었다. 엄마랑 같이 왔으면 얼마나 좋았을까? 생각하니 아쉬운 마음도 들었다. 높다란 산들을 배경으로 양지바른 곳곳마다 양옥집도 보였지만 양철지붕과 슬레이트집, 기와집, 고만고만한 집들이 어깨 동무를 하듯 마을들이 정겹게 이웃하여 형성되어 있었다. '이곳 사람 중에 오래전 엄마를 기억하고 있는 분들이 있기나 한 걸까? 엄마를 아는 분이 있다면 그분들은 엄마를 어떤 분으로 기억하고 있을까?' 궁금하기도 하고, 설레기도 했다. 평화마을 앞 조그만 구멍가게에서 음료수 한 박스를 샀다. 가게 주인은 오래 사셨던 분을 만나려면 마을 이장님을 찾아가라는 조언을 듣고 우리는 곧장 마을회관으로 가서 이장을 찾았다.

작달막한 체구에 나이가 많아 보인 남자분이 나왔다. 이마에 주름살이 몇 개가 박힌 어르신이지만, 건강하게 보였다. 먼저 정중하게 인사를 드리고 우리는 서울 잡지사에서 나온 기자라고 소개했고, 이장님을 만나려고 왔다고 했다.

"제가 이 마을 이장입니다만, 서울 잡지사 기자님들이 무슨 일로 누추한 이곳 시골까지 오셨당가요?"

"아예, 뭘 좀 여쭈어 볼 것이 있어서 왔습니다. 이 마을에서 오래 사셨던 어르신 중에 소통 가능한 한 분만 소개해 주시면 감사하겠습니다."

"말씀해 보시지요. 누굴 찾으신데요? 나도 이 마을에 오래 살았습니다만."

"아, 그러세요. 잘 됐습니다."

내민 음료수 박스를 받아 든 이장은 웃는 얼굴로 악수를 청하며 친절하게 맞아 주었다.

"혹시 아주 오래전에 이 마을에 살았던 김미숙이라는 여자분을 알고 계신지요?"

"김미숙? 김미숙이라."

그는 고개를 갸웃거리며 무슨 생각을 하고 있는지 호기심 어린 눈으로 우리를 의아하게 바라보고 있었다. 미숙을 찾는 일이 뜬금없었기 때문일 것이다. 오히려 이장이 되물었다.

"혹시 서울에 살면서 돈을 많이 벌었다는 그 미숙을 말하는 경가요?"

"돈 많이? 아, 예, 그분. 나이가 좀 많은 여자분인데."

"아유! 고 가시내, 아니지, 그분을 왜 여기서 찾는 당가요? 그분은 시방 서울에 있을 턴디요?"

"그렇지요. 이장님 말씀대로 그분이 돈도 좀 벌고 나름대로 어려움을 딛고 성공했기에 그분의 젊은 시절에 대해 잡지사에서 취재를 하고 싶어서요."

그는 우리를 번갈아 쳐다보며 뭘 생각하는 듯 잠시 침묵이 흐르고 있었다. 그러고 나서 그는 미숙 씨에 대해 자세히 설명하기 시작했다.

1970년대 초반 서울로 떠나가기 전까지 저 건너편 작은 초가집에서 엄마와 단둘이 살았다고 했다. 그녀는 시골 아가씨답지 않게 늘씬하고 귀엽고 깜찍했다. 약간 큰 키와 알맞은 몸매에 웃는 모습이 이뻐서 이곳 뭇 총각들 마음을 설레게 했고, 관심도 많이 받았었다. 그는 신이 난 듯 얼굴에 미소를 머금고 우리에게 이야기를 계속해 주었다.

"나랑 국민학교도 같이 댕겼지라. 아이고 말도 말아뿌시오잉. 그 가시내는 이곳 뭇 사내들 맴만 설레게 해놓고, 어느 날 바람처럼 서울로 사라진 여인이었지라. 그리고 한 번도 고향엘 오지 않은 무정한 여인이지라."

"오 그랬군요? 미숙 씨의 특이한 점이 있다면 어떤 것이 있었을까요?"

그는 자기 생각을 솔직하게 말해 주었다. 이곳에서 살다가 객지로 나가서 돈을 좀 벌었다 하는 사람들은 자기 얼굴을 내려고 멋진 자가용을 타고 와서 마을 잔치를 베풀어 주기도 하고, 마을에 필요한 시설도 설치해 주는데, 돈을 벌었다고 소문난 미숙은 전혀 고향을 내려오지 않았다는 것이다. 심지어 그녀의 어머니가 여기 살고 있을 때, 그분에게 일이 생겼을 때마다 본인은 오지 않고, 서울에서 사람들을 보내서 해결하곤 했다는 것이다. 이곳 고향을 떠날 때 무슨 일이 있어서 그러는지 모르겠지만도, 서울로 간 이후 지금까지 발길을 뚝 끊고 있다고 했다.

그녀는 그동안 미숙 씨가 왜 고향을 한 번도 오지 않았는지를 물었다.

그는 대뜸,

"나도 그걸 모르겠단 말이오. 여기 있을 때는 성격이 명랑했고 낙천적이었지라. 이곳 사람들과 사이도 좋았는데, 저렇게 변화된 이유를 아는 사람이 없지라. 고향 우리에게 무슨 씻지 못할 억하심정이 있었는지를. "

그녀는 가만히 고개를 끄덕이며 또 물었다.

"아 그랬군요. 우리는 그분의 젊은 시절을 이곳에서 어떻게 보냈는지를 알고 싶습니다. 혹시 미숙 씨 그분이 젊었을 때 이곳 고향에서 특별히 기억날 만한 일을 한 것이 있나요?"

"그야 뭐 연극도 잘했고, 노래도 기가 맥히게 잘 불렀지라."

대뜸 연극과 노래라는 말에 그녀는 깜짝 놀랐고 다시 되물었다.

"연극이라고요? 그분이 젊었을 때 이곳에서 연극을 했단 말인가요."

엄마가 연극을 했다는 뜻밖의 말에 민아는 깜짝 놀라서 입을 다물지 못했다. 며칠 전에 정 실장이 엄마가 끼와 재능이 많다고 한 말도 생각났다.

"그 연극에 관한 이야기 좀 들려줄 수 있으세요?

"그야 어렵지 않지라. 참말로 오래된 일이지라."

그는 오래전 우리가 청년 시절, 서울에서 대학생들이 농촌계몽봉사 활동을 나왔고 그때 여주인공을 맡은 미숙 씨가 연기를 잘해서 이 고장에서 인기가 대단했다는 이야기를 해 주었다. 그때 대학생 선생님들도 그녀에게 연극배우 쪽으로 진출해 보라고 권했을 정도라고 했다. 엄마가 연극을 했다는 뜬금없는 이장의 말에 그녀는 고개를 갸웃했다. '그렇다면 내가 엄마로부터 연기 재능을 물려받았을까? 그래서 지난번 고향에서 경로잔치를 위한 연극공연을 하고 싶다는 이야기를 꺼내셨을까? 그런데 어머니는 나의 연극배우에 대한 언급이나 평은 지금까지 왜 한마디도 없었을까?'가 궁금했다. 그날 이야기 도중에 민아가 그 이유를 나에게 물었다. 나는 망설이다가 계면쩍게 웃으며 말했다.

"그래, 일부러 그랬어, 이제야 말하지만 배우는 내 꿈이기도 했단다. 하지만 니가 언젠가는 배우 생활이 힘들어서 내가 하고 있는 사업을 이어받을지도 모른다고 생각했기 때문이야. 그것이 니 장래에 더 좋을 것 같아서였지."

민아는 내 말에 수긍하는지 고개를 끄덕였다. 그리고 이장님과 했던 말을 계속 이어갔다.

"방금 전 말씀하신 연극 공연에서 미숙 씨의 남자 주인공은 누가 맡았나요?"

"건너편 마을 신흥부락에 살고 있는 근식이라는 친구가 남자 주인공을 꿰찼지라. 지금도 그 친구 건강하게 잘 살고 있지라. 나는 '나

까무라'라는 별명을 가진 악역 형사 역을 맡았고, 남녀 주인공이 혹세무민한다고 주인공들을 괴롭힌 역할을 맡았지라. 그 둘은 연습을 핑계로 늘 붙어 댕기다보니 결국은 둘이 정이 들고 말았지라. 사실은 미숙을 좋아했던 내 꿈도 그때 깨졌뿌렷찌라."

"그랬군요. 미숙 씨를 알던 분들은 어떤 분으로 기억하고 있을까요?"

서울로 가고 난 후 당시 미숙 씨 연애사건이 워낙 오랫동안 회자되었고, 소문은 좋지는 않았다는 것이다. 진실한 사랑을 버리고 대학생하고 눈이 맞은 후 어느 날 야밤도주했다는 소문이 돌았다고 했다.

"오! 그래요? 그분들이 그렇게 생각들을 하고 계실 수도 있겠네요. 이장님은 미숙 씨에 대해서 비교적 소상하게 알고 계시군요?"

"그라지라. 그녀와 이웃에 살았고요. 어려서는 함께 소꿉놀이도 많이 했당께요. 아까도 잠깐 말했지만 나도 미숙이를 겁나게 좋아했지라. 미숙을 어떤 놈이 건들거나 희롱한 놈이 있으면 어떤 핑곗거리를 대서라도 내가 그놈들을 가만두지 않았지라. 말하자면, 내가 미숙씨를 지키는 파수꾼이었지라. 미숙이가 이쁘다는 것을 알고, 다른 동네 짜식들이 별 볼일도 없으면서 골목을 얼쩡거리기도 했고, 밤이면 휘파람을 불면서, 미숙아 나와 봐! 라고 소리를 지르곤 했지라. 그럴 때마다 나는 내 사랑 미숙이를 지켜야 한다는 생각을 했고, 동네가 시끄럽다는 핑계로 그놈들을 쫓아내다가 싸움도 많이 했지라."

"하하하, 이장님은 참 재미있으신 분이시네요. 잊을 수 없는 추억이 많았군요."

"어디 그것 뿐이당가요? 사실 더 잊을 수 없는 이야기가 있지라."

"그래요? 그것이 뭔데요? 듣고 싶네요."

초등학교 5학년 때 함께 미숙 씨와 함께 물에 빠져 죽다가 살아난 이야기를 해 주었다.

당시에 학교로 가려면 신작로 길을 십 리 정도 걸어야 했고, 널따란 냇물을 건너야 했다는 것이다. 학교 가는 도중에 그날따라 소나기가 유난히 많이 내린 날이었다. 시뻘건 물이 갑자기 불어나서 징검다리가 넘쳤고 물살이 무척 빨랐다고 했다. 그는 그녀를 한 번 업어 볼 욕심으로 호언장담을 하면서 호기를 부렸다고 했다.

"미숙아, 내가 널 업어서 건네줄게, 아무 걱정 허들 말고 내 등에 업혀."

그녀를 업고 한발 한발 조심스럽게 냇물을 건너다가 징검다리 중간쯤에서 발을 헛디뎌서 보기 좋게 꽈당 넘어졌다고 했다. 둘이는 쎈 물살에 데굴데굴 구르면서 하류 쪽으로 떠내려갔다. 코로 입으로 시뻘건 물을 마시고 켁켁거리며 떠내려갔다. 미숙은 뒤에서 내 목덜미를 꽉 움켜쥐고 있었다. 더 떠내려가면 두 물이 합쳐진 깊고 위험한 곳이 있었다. 겁을 잔뜩 집어먹고 아래쪽을 얼핏 보니 마침 비바람에 쓰러진 수양버드나무가 냇물을 가로질러 길게 누워있는 것을 발견했다. 다행히 그걸 잡고 둘이 겨우 나올 수 있었다.

물 밖으로 나와서 보니, 그의 아버지를 졸라서 어제 새로 산 그의 검정 고무신 한 짝이 없어진 걸 알았다. 지난밤에 기분이 너무나 좋아서 가슴에 끌어안고 잤던 그 고무신이었다. 그는 그대로 쏜살같이 물속으로 다시 뛰어들었다. 흙탕물 속에 얼굴을 처박고 떠내려가면서 물속 이곳저곳을 더듬거리며 신발을 찾고 있었다. 그때 물밖에서 미숙이가 그 광경을 보고 발을 동동 구르면서 다급하게 소리치며 불렀다.

"영철아! 빨리 나와! 그러다가 니 죽는단 말이야. 빨리 나와."

그 말을 듣고 그도 덜컥 겁이 났다고 했다. 하는 수 없이 쓰러진 그 수양버드나무 가지를 다시 잡고 간신히 나왔다. 그리고 나서 우리 아부지한테 새 신발 잃어버렸다고 욕먹고 매 맞을 걸 생각해서 발을 뻗어 놓고 대성통곡을 하며 엉엉 울었다. 그때 미숙이가 등을 도닥거려 주며 위로해 주었다.

그때 그녀가 물었다.

"미숙 씨가 뭐라고 위로해 주던가요?"

"설마 느구 아부지가 죽도록 패겠냐? 니도 느구집에서 귀한 아들인디. 그리고 하늘이 무너져도 솟아날 구멍이 있다고 국어 시간에 배운 속담도 말해 주었지라."

그날 둘이는 학교도 가지 않고 이런저런 이야기를 하면서 집으로 왔다.

다음 날이었다.

미숙이가 한 푼 두 푼 모은 돼지 저금통을 엄마 몰래 가지고 왔다고 했다. 방과 후에 묵직한 동전을 넣은 헐렁한 내 바지 주머니를 움켜잡고 엉거주춤 걸어서 함께 용림장으로 갔다. 그녀가 그 돈으로 잃어버린 것과 똑같은 검정 고무신을 사 주었다는 것이다. 그리고 남은 돈으로 생전 처음으로 구례구 역전 근처의 중국집에서 둘이서 자장면이라는 것을 사 먹었다고 했다.

　그때 처음 먹어 본 자장면이 세상에서 제일 맛있는 음식이었다는 것이다. 어찌나 맛있었던지 숨도 쉬지 않고 마파람에 게 눈 감추듯 후루룩후루룩 단숨에 한 그릇을 해치웠고, 빈 그릇을 들고, 혓바닥으로 그릇 바닥까지 싹싹 핥았다고 했다. 입가는 물론 콧잔등이며 얼굴 곳곳에 시꺼먼 춘장으로 범벅되어 있었다. 더 먹고 싶어서 입맛을 다시며 그녀가 먹고 있던 자장면을 넘어다보며 침을 삼키고 있었다. 그때 미숙이가 내 모습을 보고 깔깔깔 배꼽을 잡고 웃다가 자기가 먹던 자장면을 덜어 주었다. 나중에는 손수건까지 꺼내 내 얼굴을 닦아 주었다. 죽을 때까지 그때의 그 자장면 맛과 그 추억을 잊을 수가 없다는 것이다.

　그런 일이 있고 난 며칠 후, 공부 시간에 우리가 이다음에 어른이 되어서 각자 하고 싶은 꿈을 발표하는 시간이 있었다. 아이들은 대통령, 장군, 의사 과학자 등을 장래 희망으로 말하고 있었는데 그때 그는 주저 없이 자장면집 주인이 될 거라고 했다는 것이다. 그 말을 들은 교실 안 아이들은 한바탕 웃음바다가 되었다. 그때 선생님이 그에게 물었다.

　"하하하, 자장면집 주인? 영철이는 왜 그런 생각을 했니? 특별한 이유라도 있는 거니? 장래희망이 구체적이고 재밌구나."

　그때 웃고 있는 미숙을 살짝 쳐다보면서 그녀와 있었던 일을 사실대로 말할까 생각하다가 "그냥요"라고 말하고 씩 웃어넘겼다.

　"이제야 고백하지만. 그때 당시 내 속마음으로는 미숙을 내 색시로 맞아들이고, 매일매일 맛있는 짜장면을 많이 해 주고 싶은 마음에서였지라."

그 후 청년이 되어 군대를 갔고, 군 생활도 취사병으로 제대 후 서울 마포에 있는 중국음식점 집에 취직을 했다. 그곳에서 주방 일을 하면서, 청요리사가 되었고, 서울에서 가게를 할 수도 있었지만, 국민학교 때 수업 시간에 이야기했던 마음속 약속을 지키려고 고향으로 내려왔다. 옛날 미숙이와 자장면 먹었던 그 중국집을 웃돈까지 주고 인수했다. 그 당시 고향에서 미숙 씨 소식을 들어보니, 서울로 가서 고향을 한 번도 내려오지 않았다는 말을 들었다. 그래도 언젠가 그녀의 어머니가 이곳에 계시니까 명절 때 한 번쯤은 오겠지 생각하며 짱구반점을 열심히 운영하고 기다렸는데, 무정하게 그녀는 한 번도 고향을 찾지 않았다는 것이다.

몇 년 전에 가게를 아들에게 물려주었고, 지금은 동네에서 이장 일을 맡고 있다고 했다. 가게를 운영하면서도 혹시 미숙 씨가 고향으로 내려오면 꼭 그 집 그 자리로 가서 자기 솜씨로 최고의 자장면을 대접하고 싶었다는 것이다.

오늘 처음으로 기자님께 밝히는 일이지만 그 중국음식점을 운영하면서도 내부 리모델링을 몇 번 했는데도 그때 그녀와 앉았던 허술한 그 자리의 탁자와 의자는 바꾸지 않고 지금까지 옛 모습 그대로 두었다. 아들에게 누구라고는 말하지 않았지만 언젠가는 저기 '사랑이 꽃피는 자리'에 꼭 모시고 올 귀한 손님이 있으니 기다려 달라고 특별히 부탁해 놓았다. 그는 가짜 기자인 우리에게 부탁했다.

"기자님들, 언제가 될지는 모르지만 내가 죽기 전까지는 그 테이블

자리는 그대로 나와 미숙 씨를 기다리고 있을 꺼구만요. 부탁 하나 합시다. 혹시 기자님들이 서울에서 미숙 씨를 만날 기회가 있으시거든 고향마을 이장 짱구 사연을 꼭 전해 주시고, 미숙 씨가 그때 아끼는 돼지 저금통을 털어 검정 고무신값과 자장면값을 치렀으니, 이번에는 그 빚을 갚아야지라. 평화마을 이장인 짱구가 가까운 순천 시내에서 제일 멋있고 값나간 예쁜 하이힐을 오래전부터 봐 두었지라. 그걸 꼭 사주고, 멋지게 대접할 준비가 되어 있으니, 아무 걱정말고 꼭 한번 고향으로 내려오라고 좀 전해 주시오. 나는 이렇게 나이를 먹고 늙고 있는데도 이놈의 추억은 그리움은 지금까지 그대로 생생하고 싱싱하게 살아 있으니 끈질긴 이놈들이 문제네요. 하하하!"

"와! 그런 일이 있었군요. 그 옛날 추억이 아름답고 무척 감동적이네요."

그 이야기를 듣고 민아는 순수하고 인간미 넘치는 이장님의 마음에 가슴이 뭉클했고 눈물이 핑 돌았다.

나는 민아에게 말했다.

"그래, 짱구 이장의 유년 시절의 모습은 해맑은 웃음을 지닌 재미있고 재치 있는 소년이었다. 의리가 있고 순수하고 정이 많았어. 그때의 추억들이 어제 일처럼 생각나는구나!"

마을회관에서 이야기를 끝내고 이장의 안내로 우리는 먼저 엄마가 살았다는 빈집을 대충 둘러보았다. 할머니와 엄마의 흔적과 그리움이 배어있는 곳인데 '잘 있었느냐'고 인사라도 하면 집이 금방 쓰러질 것만 같았다. 여기저기 쓰레기가 널브러져 있었고 거미줄에 먼지를 뒤집어 쓴 휑한 마루며 손때가 묻어 있는 정겨운 장독대는 할머니와 엄마의 체취가 남아있는 듯 했다. 앞마당 가에는 무성한 잡초와 어우러져 살고 있는 찔레꽃 두 그루가 훌쩍 컸지만 외로움의 세월을 견디며 빈집을 지키고 있었다. 그래도 오는 봄을 잊지 않았는지, 엄마를 기다리고 있는지는 알 수 없지만 의연함을 잃지 않고, 세월을 견디며 여전히 꽃망울을 머금고 있어서 가슴이 찡하게 아려 왔다. 나는 핸드폰을 꺼내 집안 구석구석과 주변 돌담 골목도 사진을 찍었다.

시계를 보니 점심시간이 지났다. 신홍마을 아빠의 집을 알아놓고 둘은 차를 타고 일부러 구례구 역전 근처에 있는 짱구 반점으로 갔다. 붉은 벽돌로 담쟁이넝쿨로 뒤덮인 건물 외벽과는 달리 식당 내부는 정갈하게 꾸며져 있었다. 이장님에게 감동적인 자장면 이야기를 들은 그녀는 오늘 점심은 짱구반점에서 이장님 말씀대로 그 옛날 국민학교 5학년 때, 엄마와 이장님이 드셨던 허름한 그 탁자에서 엄마 대신 자장면을 먹었다.

생각할수록 기분이 묘했고 웃음이 나왔다. 그때 송 부장이 웃으며 말했다.

"민아 씨, 오늘 이장님과 이곳 사장님이 말씀한 대로 이 탁자에 앉으면 우리가 사랑의 인연을 맺어야 한다는 말씀 잘 들었지요."

그 말을 들은 민아는 미소로 화답했다. 오후에 중요한 일정이 있어서 흥분된 마음을 진정시켰다. 오늘 아빠를 만나서 어떻게 행동해야 하고, 무엇을 물어봐야 할지 등 마음 준비를 하느라 긴장이 되었다.

식사를 서둘러서 마치고 다시 신흥마을로 왔다. 마을 어귀 한쪽 구석에 차를 세워 놓고, 어르신 집으로 갔다. 때마침 오전에 헤어졌던 이장이 뒤에 짐을 실을 수 있는 자전거를 끌고 어르신 집을 막 들어가고 있었다. 그냥 따라 들어갈까? 생각하다가 밖에서 그분의 볼일이 끝나기를 기다렸다. 돌담장 틈새 사이로 집안이 훤히 들여다보였다. 집 밖에서도 집안에서 주고받는 이야기를 보고 들을 수 있었다. 마당 안을 들여다보니 아빠인 듯한 분이 마당 한쪽에 쭈그려 앉아서 고쳐놓은 텔레비전을 최종적으로 손보고 있었고 마루에는 부인인 듯한 분이 텔레비전을 보고 있었다. 그때 집안으로 막 들어선 이장과 대화 소리가 들렸다.

"그동안 잘 있었는가? 자네 성님 왔네. 아줌씨도 잘 계셨지라."

그때 부인 되신 분이 텔레비전을 보다 말고 이장에게 말했다.

"아따, 이장님은 요즘 뭐 좋은 일이 있으신지, 싱글벙글 얼굴에 웃음꽃이 활짝 피었고, 신수가 훤해 뿌요잉."

"뭘요, 근디 근식이 자넨 요즘 고민되는 일이라도 있능가? 케 늙어 부렀능가? 요 며칠 안 본 사이에 속알머리도 주변머리도 더 훤해진 것 같애."

팩트 공격을 받은 어르신은, 이장의 얼굴을 뚫어지게 쳐다보며 말했다.

"아따, 친구야! 자넨 방부제 바른 소년이라도 된 성 싶은가? 하기사, 자네나 나나 가는 세월을 누가 막을 수 있단 말인가? 허허허"

늙는다는 것이 별로 유쾌한 일은 아닌 듯한 표정이었다.

"맡겨놓은 우리 집 텔레비젼 고쳤능가?"

"응, 그려, 내가 누군가? 확실하게 잘 고쳐 놓았네. 직접 자네 손으로 여기서 켜봐. 나중에 딴소리 허덜 말고."

화면이 켜진 것을 보고 이장이 웃으면서 말하는 소리가 들렸다.

"허 참, 자넨 나이는 그렇게 묵었어도, 옛날이나 지금이나 척척 고쳐놓은 걸 보면, 자네 손재주는 신통방통 꼬부랑 통이네그려. 내가 보기에는 서울서 내로라하는 기술자들보다 자네가 훨 나을 걸세."

어르신은 이장의 말을 곧바로 이어받았다. 그리고 웃으면서 말씀하셨다.

"그래도 내 솜씨를 친구 자네가 제대로 알아주네 그려. 내 자랑 같아서 민망하기는 허네만, 시대를 잘 못 만나서 그렇지, 고장 난 가전제품은 내 손을 거치면 싹 다 새것처럼 맹그라 놓고 있지 않은가? 내가 생각해 봐도, 나 같은 사람이 미국서 태어났으믄, 일찌감치 스티브잡스인가 뭐시긴가 뺨치는 사내가 되었을 턴디."

그때 마루에 앉아 있던 부인이 맞장구를 쳐주는 소리가 들렸다.

"긍께말이오, 다른 건 몰라도 그건 틀림없는 사실이지라. 말이사 바로 허지만 우리 영감 솜씨 하나는 일품이지라. 잘만 풀렸으면 영감은 잡수, 나는 잡수 부인이 돼서 좋은 자가용 타고 빵빠레를 울리면서 댕기는 건디?"

어르신은 웃으며 살짝 긁는 농담을 하고 있었다.

"워매 그것이 먼 소리당가? 당신이 잡수도 다 알고, 어디서 들었당가잉? 솔직히 말해서 내가 잡수(잡스)라면 임자 같은 여자랑 결혼했것어? 내가 잡수가 아닌 것을 천만다행으로 알소. 하하하"

그 말을 들은 부인이 발끈하며 말했다.

"뭐시라 고라. 장가 못 가고 있는 깡촌 노총각을 구해 준 사람이 누군디, 시방 뻘소리를 해 쌌소. 그리고잡수? 참말로 말하면 잡수도 내 스타일은 아니제. 잡수, 철수 꼼수 다 허당이구먼, 그저 일편단심 한 여인네만 바라보는 그 언젠가 텔레비에 나왔던 '해품은 달인가 뭐시기 인가' 일편단심 주상전하 같은 이가 최고지라."

그 말에 발끈한 어르신은

"아이고, 지금 무슨 말씀을 하신당가? 주상 전하도 임자 같은 촌닭은 싫디야…. 왜 화난거, 촌닭이라고 해서?'

"아니오, 촌닭 주제에 화는 무슨, 그깟 농에 이 성심이 다치면 안 되제, 이래뵈도 내가 천추태후 후손 아닌감요."

"허허허, 텔레비전은 열심히 봐 불었구먼, 그러니 말로 당신을 어떻게 당해 내겠슈. 오늘날꺼정 말로 당신을 이겨 본 적이 한 번도 업싱께."

그 말을 듣고 이장이 한마디 했다.

"아짐씨를 이길라고 해서는 안 되제. 늙어서 괴기는 고사하고 밥도 못 얻어 묵는다고들 하잖튼가? 언능 사과허소."

한바탕 웃고 난 뒤 이장은 이만 원을 꺼내면서 한마디 툭 던지듯 말했다.

"에따 수공료 여기 있네. 주일 날 목사님 차비에 보태소. 아, 참 내 정신 봐라. 깜빡할 뻔 했네. 좋은 소식인지 나쁜 소식인지는 모르겠네마는 자네 옛날 옛적에 썸씽인가 머시깽이인가 있었던 미숙 씨 말이시."

어르신은 화들짝 놀라며 마루에 앉아 있는 부인을 살짝 쳐다보고 말했다.

"뭐, 미숙 씨? 뜬금없이 미숙이는 왜? 언제 쩍 일인디, 무신 말인 가? 알아듣게 말혀 봐."

"그것이 아니고, 오늘 어떤 젊은 여자와 사내랑 둘이서 우리 마을 회관으로 나를 찾아왔드랑께. 서울서 온 잡지사 기자들이라고 하면 서 미숙 씨에 대해 이것저것 묻길래. 자세히 알려면 자네한테 가서 알아보라고 했씅께. 점심 묵고 이곳으로 올지도 모르겠네. 오거든 적당히 이야기해 주시게나."

이장의 말을 듣고 부인도 동그랗게 눈을 뜨며 한마디 했다.

"아니, 그게 뭔 귀신 씨나락 까먹는 소린감요!"

이장도 바로 말을 받아 말했다.

"이래 봐도 내가 이 꼴짝에 정보통 아닌감요. 내가 모르는 것이 없 제, 이 꼴짝에서 모두 알아주는 능력있는 이장이란 말이시. 하하하."

곁에 서 있던 부인은 민감하게 반응하며 한마디 했다.

"먼 꿍꿍인지는 몰라도 곰곰이 생각해 보니, 기분은 묘하고, 가슴 이 어찌 울렁불렁해뿌네요."

미숙이라는 말에 어르신도 허둥거리는 듯 보였다. 슬쩍 부인을 쳐 다본 뒤 말했다.

"어허 무슨 씨짤떼기 없는 소리를 해쌌능가? 그렇찮아도 어젯밤 꿈자리가 뒤숭숭했는디."

이장은 텔레비전을 실은 자전거를 끌고 집 밖으로 나오면서

"아니? 꿈자리까지 뒤숭숭했다고? 전할 말 했으니께, 이 성님 가네."

이장이 문밖으로 나가자마자 부인이 기다렸다는 듯이 궁금한 미 숙이 이야기를 다시 꺼냈다.

"오메, 이장 말이 누가 미숙이에 대해 물으러 온다고 했지라. 소식한번 없던 여편네한테 뭔 일일까? 뭣을 알아볼라고 그럴까? 허기사 우리가 본 지 수십 년이 되었으니 어떻게 변했는지 한번 만나보고 잡기는 허요만."

부인의 말이나 표정으로 보아 엄마와 무슨 사연이 있어 보이는 것 같았다.

"난들 뭘 알갔슈. 올 사람들이 미숙이가 아니고, 미숙이에 대해서 뭘 물어볼 기자가 온다고 그랬잖소. 옛날 옛적에 나한테 배신 때린 잊혀진 여인인디 뭐 별일이야 있것쑤? 당신은 신경 꺼도 돼요.

"잊힌 여인? 언젠가 텔레비전에서도 그럽디다. 남정네들은 첫사랑을 평생 못 잊는다고. 당신도 미숙이 말만 들어도 시방 기분이 불렁불렁허지요? 솔직히 말해 봐요. 그렇지요?"

어르신도 약간 어색한 투로 말했다.

"먼 씨잘떼기 없는 소리를 했쌌능가. 지금 질투하고 있당가? 다 호랭이 담배 피우던 오래된 이야기인디, 흘러간 물이 물레방아를 돌리는 것 봤능가?"

그 말을 들은 부인은 신세타령을 하기 시작했다.

"허기사 그러기는 하요만, 그나저나 당신은 좋컷   . 어찌 되었던지 찾아 준 사람도 있고. 생각하면 내가 아쉽고 분해뿌요. 그 옛날 내가 서울서 내려와서, 그때 무슨 귀신에 홀린 것이 틀림 없었제. 당신이 뭐가 좋다고 당신한테 콩깍지가 씌어가꼬, 내 신세가 이리 되아 부렀소. 그때 다시 서울로 갔으면 지금쯤 최고 양장 기술자가 되었을 것이고, 앙드레김인가 머시긴가처럼 유명 패션디자인너가 됐을 것인디. 텔레비에도 나오고 이름을 날렸을 것인디, 생각할수록 내가 원통해뿌요. 어르신은 그 말 끝에 하는 소리가 들렸다.

"또 그놈의 허황된 소리, 시방꺼정 그놈의 소리 몇 번째요."

부인은 한바탕 신세타령을 하고 뭔가 아쉬운 듯 다시 말을 이어 갔다.

"당신 말처럼 그렇게 생각하다가도, 가끔씩 이렇게 늙어가야 하는 지를 생각하면 맴이 아프고, 가슴 속에서 불쑥불쑥 열불이 난당께요. 내 인생이 어쩌다 이리 시시해졌능가 몰라. 눈 깜짝할 사이에, 꽃 같은 청춘 다 가불고 서글퍼서 안 그라요. 그래도 당신은 미숙이 하고 연애라도 해봤지라? 나는 연애도 한번 못 해 보고, 억울하지라. 그나저나 내 남은 인생에도 언제쯤 다시 한 번쯤 그런 싱싱한 봄이 올랑가 몰라, 오늘 하루도 가고, 세월은 속절없이 가는디, 빈말이라도 어느 멋진 남정네가 '당신은 나의 꽃이요 영원히 지지 않는 나의 꽃이요'하고 속삭여 주는 사내랑 죽기 전에 연애 한 번 할수 있을랑가 모르겠네."

"에헤 또 그놈의 허황된 뻘소리, 그만 좀 웃겨요. 당신 그 소리를 듣고, 우리 집 소랑 강아지랑 마주 보고 낄낄거리며 흉보고 웃겠 . 그런 것을 두고, 씨잘떼기 없는 망상이란 것이오."

그렇게 말해 놓고, 어르신은 하던 일을 계속하고 있었다. 부인이 구시렁거리는 소리가 들렸다. 밖에서 기다리다가 보고 듣고 느낀 것은 두 분은 나이를 먹어가고 있었지만, 하고 싶은 말을 기탄없이 하고, 삶이 지루하지 않게 농담이나 유머를 곁들여 가며 살아가고 있음을 엿볼 수 있었다.

민아는 속으로 '아마도 저분이 내 아빠가 틀림없는 것 같은데, 속으로 엄마가 저 어르신과 결혼을 해서 살았다면 저 자리에 계셨겠지. 지금의 엄마 처지보다 행복했을까' 생각해 보았다. 저분이 내가 그토록 보고 싶어 했던 아빠일까 생각하니 긴장이 돼서, 어금니를 꾹 물었다. 옷매무새를 가다듬고 용기를 내서 집안으로 들어갔다.

두 분은 눈을 동그랗게 뜨고 우리를 응시하고 있었다. 우리는 고개를 숙여 먼저 공손하고 정중하게 인사를 드렸다.

"혹시 오래전에 평화마을에 살았던 김미숙 씨라는 여자분을 아시는지요?"

"예, 그렇소만, 그런데 무슨 일로 누추한 시골까지 찾아오셨당가요?"

"그분이 서울에서 사업에 성공도 하고 봉사활동을 열심히 하고 있습니다. 그래서 고향에서 젊은 시절을 어떻게 보냈는지를 알아보려고 잡지사에서 취재차 여기를 왔습니다. 오전에 평화마을 이장님께 적당한 분을 여쭈었더니 어르신을 추천해 주셨어요. 잠깐 시간을 좀 내주실 수 있으신지요?"

그렇게 말 한 후, 나는 어르신의 얼굴을 똑바로 바라보았다. 그리고 부인을 바라보며 목례를 했다. 이 분이 내 아빠일 거라는 생각에 긴장하며 떨리고 말까지 더듬었다. 어르신은 고개를 돌려 얼른 부인을 한번 슬쩍 보더니,

"그야 어렵지 않소만."

"이 근처 어디 조용한 저수지가 있다던데, 저희들 차로 가서 그곳에서 잠깐 이야기 좀 나눌 수 있도록 시간을 좀 내주실 수 있으신지요?"

부인의 양해를 구한 후, 세 사람은 차를 타고 저수지 근처에서 내렸다.

가슴으로 우는 새

*

나는 지금까지 조용히 이야기를 듣고 있었지만 등에서는 식은땀이 흘러내렸다. 고개를 돌려 상기되어 있는 딸의 얼굴을 쳐다보며 말했다.

"그토록 보고 싶어 하던 아빠를 만났구나. 감회가 어떠했니?"

민아도 나를 똑바로 보면서 말했다.

"처음엔 사지가 마비된 듯했어요. 들뜬 흥분을 가라앉히고 침착하려고 노력했어요. 이분이 과연 내 아빠일까? 우선 '나와 닮은 곳은 있는지, 혈액형은 나와 일치하는지를 먼저 알아봐야겠다는 생각을 했어요. 그토록 그립고 꼭 한번 만나기를 열망하며 꿈속에서도 보고 싶었던 아빠를, 그렇게 가까이에서 직접 보고 이야기를 나눌 수 있다니! 나도 모르게 온몸에 흥분과 전율을 느끼고 있었어요. 그리고 궁금했던 점을 모두 알아보고 싶었어요."

"그랬겠지. 계속 이야기해 보거라."

그녀는 아빠를 똑바로 마주 보며 우선 자신과 닮은 곳을 찾으려고 눈, 코, 귀, 입 등 신체의 이곳저곳을 주의 깊게 살폈다. 닮은 것도 같고 아닌 것도 같고, 가늠할 수 없어서 솔직히 혼란스러웠다. 그녀는 어색하고 경직된 분위기를 누그러뜨리기 위해 간단한 질문을 했다.

"어르신, 약주는 좀 하시는지요?"

당신께서는 고개를 끄덕이면서 대답하셨다.

"조금요, 힘든 농사일을 하면서 갈증이 날 때는 막걸리가 최고지라. 하는 일이 복잡하고 생각할 것이 많을 때는 가끔 담배도 피우지라."

그 말을 들은 눈치 빠른 송 부장은 곧장 가게로 갔다. 그 사이 그녀는 확인해 보고 싶은 것이 있었다. 어르신의 혈액형이었다. 우선 혈액형이 그녀와 같은 A형인지부터 확인하고 싶었다. 직설적으로 여쭐 수는 없고 자연스러운 질문 방법을 생각해 냈다.

"어르신을 처음 뵈었는데도 얼굴 모습에서 마음이 여리고 감성이 풍부하신 것처럼 보였는데 혹시 혈액형이 A형이 아니신가요?"

"그렇소. A형이오, 어찌 남의 혈액형을 단번에 맞춰 분당가요?"

"제가 '혈액형과 성격'에 관한 연구에 관심이 많습니다. 대개 마음이 여리고 감성이 풍부한 분들이 A형분들이 많지요. 어르신을 처음 뵈었을 때 얼굴 모습에 감성이 풍부하시겠다고 생각되어 말씀드려 봤어요."

"오, 기자님은 그런 특별한 재주가 있는 개비오."

정밀 유전자 검사를 해 보아야 확실하겠지만 여러 정황으로 보아 혈액형이 일치한 이 분이 내 아빠가 틀림없겠다는 생각이 더욱 굳어졌다.

그때 약주를 사 들고 송 부장이 오고 있었다. 아빠와 단둘이 이야기를 나누고 싶었다. 그에게 구례 읍내로 나가서 한우갈비와 과일, 꽃다발을 사 오도록 부탁했다. 그러고 나서 나는 아빠와 저수지 둑방에 나란히 앉았다. 봄을 맞은 저수지 물빛은 봄빛에 반사되어 더욱 반짝이고 있었다. 당신께서는 권해 드린 약주를 단숨에 비워내셨다.

"캬아. 오늘따라 막걸리 맛이 참말로 좋구만요. 기자님도 한 컵 하실라우."

"아닙니다. 저는 됐습니다."

당신께서는 민아의 얼굴을 넌지시 바라보았다. 그때 그녀는 말머리를 돌리며 궁금한 첫 질문을 했다.

"평화마을 이장님께 듣자 하니, 미숙 씨의 첫사랑이 이 마을에 살고 있다는 말을 들었는데, 혹시 어르신이 맞으신지요?"

질문을 받은 당신께서는 한참 뜸을 들이고 있었다. 잠시 후 입가에 옅은 미소를 띠며 담배를 꺼내 불을 붙였다. 길게 담배 한 모금을 빨아들이고 난 후 허공에 연기를 뿜어내셨다.

"어르신, 말씀하시는데 불편한 뭐가 있으신지요?"

잠시 망설이는가 싶더니 차분한 목소리로 말씀하셨다.

"그런 것은 아니오. 미숙이라. 첫사랑이라. 다 늙은 지금도 첫사랑이라는 단어가 어색하고 새삼스럽네요. 한마디로 말하면 '우리는 한때 이루어질 수 없는 안타까운 운명적 사랑을 했다'라고 표현하는 것이 맞을 듯 허네요."

그녀는 의아한 표정을 지으며 여쭈었다.

"운명적 사랑이라고요? 조금 낯선 표현이네요."

당신께서는 괴로운 듯이 몸을 약간 뒤틀고 있었다. 그 사이 담뱃불이 손가락 근처까지 타들어 가고 있었다. 잠시 후 당신은 옛이야기를 하듯 차분한 음성으로 기억을 더듬으며 말씀하셨다

"젊었던 그 시절을 회상해 보니, 아쉽고 아프고 그립고 안타깝다는 생각이 드네요. 다른 한편으로는 괴롭고 서글프기도 하고요."

당신은 한참 동안 저수지를 응시하고 있었다.

"어르신, 말씀하시기 불편한 것은 빼놓고 하셔도 됩니다."

"먼 길을 오셨는디, 그럴 수는 없지라. 내가 아는 대로 말씀드려야지라."

그때부터 당신께서는 당시의 사정을 차분하게 이야기하기 시작했다.

"미숙 씨와 나는 짧은 한때였지만 글쎄요 첫사랑이라고 해도 될까?"

그 당시 둘이 순수한 사랑으로 굳게 장래를 위한 언약을 했던 것은 사실이라고 했다. 당시 그녀가 서울로 떠난 것을 알고 난 후, 몹시 안타깝고 보고 싶기도 했고, 화도 나서 견딜 수가 없었다고 했다. 그렇지만 나중에 사연을 알고 둘은 사랑할 수 없는 가슴 시린 운명적 사랑이라는 것을 알았다는 것이다. 그녀는 반문했다.

"가슴 시린 운명적 사랑이었다고요? 무슨 말씀인지 이해가 안 되네요."

그때부터 당신께서는 마침내 속마음을 내비치셨다. 지긋이 눈감고 잠시 그 시절을 추억하고 있는 듯했다.

당신은 고개를 서너 번 끄덕이시더니 오전에 평화마을 이장한테 들었던 비슷한 이야기를 하셨다.

"1970년대 초 신흥부락 마을회관에서 미숙을 처음 만났고, 연극 연습을 하면서 처음에는 눈과 마음으로 교감하며 가까워졌지라. 우리는 결국 연애로 발전했고 결혼을 약속하면서 끓어오르는 젊음의 욕정을 참지 못하고 육체관계까지 맺게 되었지라. 결혼을 약속했고 은밀하게 데이트하면서 미래 설계를 했고 행복을 꿈꾸고 있었지라."

근식의 이야기를 듣는 순간 민아는 '자신이 혹시 그 무렵에 임신이 된 걸까?' 생각하면서, 궁금한 점을 계속 여쭈었다.

"그렇게 서로 사랑하면서 더군다나 결혼 약속과 맹세까지 해놓고 두 분이 왜 결혼을 못 하셨나요?"

당신께서 다시 막걸리로 목을 축인 후 하신 말씀은 대충 이러했다. 어느 날 떠나버린 미숙 씨를 찾으러 서울로 갔다. 몇 달 동안 서울에서 헛수고만 하고 고향으로 내려온 날, 당신은 평화마을 미숙 씨 어머니를 찾아갔다는 것이다. 그제야 미숙이 서울로 떠날 수밖에 없었던 그때의 있었던 일과 여순사건 때 두 집안에 얽힌 이야기를 똑같이 당신에게도 해 주었다는 것이다. 다시 말해서 어르신의 집에서 머슴살던 봉학이라는 자가 어르신의 어머니를 납치하여 강제로 관계를 맺어서 미숙을 낳았다는 것이다. 그래서 어르신과 미숙 씨 두 사람은 '동복 남매간'이라는 것이다. 그 어머니는 나중에 산에서 비행기 폭격으로 돌아가셨다고 했다. 지금의 미숙의 어머니는 양어머니라는 것이다. 이런 사실을 모두 알고 있는 달수라는 자까지 나타나서 미숙을 자기의 두 번째 부인이 되는 것이 현명한 일이라고 미숙 씨 양어머니를 협박하고 회유했다는 것이다.

그 이야기를 들은 민아는 깜짝 놀라며 도저히 믿어지지 않았다. '설마 그럴리가?' 누군가에게 뒤통수를 세게 얻어 맞은 기분이었다.

이런 과거 사실들이 알려지면 두 집안 모두 망신스러울 뿐만 아니라 남매간의 결혼은 윤리적으로 크게 비난받을 수 있다는 황당하고 충격적인 사실을 깨닫고, 미숙은 아무도 몰래 급하게 서울로 도피할 수밖에 없었다는 것이다.

딸이 전하는 그 말을 듣는 순간 나는 아쉽고 낯부끄러웠고 민망했다. 나는 민아의 말을 끊고 한마디 했다.

"그래 민아야, 변명 같지만 그런 사실을 알고 난 후 그땐 정말 그냥 죽고 싶은 심정이었다. 아무리 생각해도 사방이 절벽이었고 좌절뿐이었어. 나중에 달수라는 사람은 자기 두 번째 부인이 되라는 청을 들어주지 않는다고 나를 시국사건으로 엮어서 ○○지서에 고발까지 했단다. 그래서 나중에 그 일로 서울○○경찰서로 끌려가서 큰 곤혹을 치르기도 했단다. 지금도 그때의 악몽을 꾸기도 한단다."

민아는 내 이야기를 잠시 들으면서 망연자실했다. 그녀의 눈에 눈물이 핑 돌았다. 당시의 여러 사정 이야기를 들은 민아는 처참한 심경에 가슴이 미어졌다. 전후 사정을 들어보니 친아빠는 딸이 있는 사실조차도 알 수 없을 것 같았다. 그 일로 엄마는 결국 모든 것이 엄마 몫이 되어 서울 그분과 이혼의 빌미가 된 것이 아닌가? 엄마 역시 수치심과 낭패감으로 민망하여 딸인 나에게 끝내 말도 못 꺼내고 내 불평불만이 있을 때마다 변명으로 견디고 있었던 것이 그런 이유에서였을까? 돌이켜 생각해 보니 애처롭다 못해 황당하고 안타까운 느낌마저 들었다. 세상에 어찌 이럴 수가. 도저히 민망해서 민아 역시 얼굴을 들 수가 없었다. 그녀는 엄마에게 먼저 사죄했다.

"엄마 정말 죄송해요. 그렇게 치명적인 문제까지는 생각 못 했네요."

그녀는 미안함과 안쓰러움에 길게 한숨을 내쉰 다음 아빠와 나누었던 이야기를 계속했다.

"그런 이유 때문에 미숙 씨가 서둘러서 고향을 몰래 떠날 수밖에 없었겠군요."

당신께서는 고개를 끄덕이며 말씀하셨다.

"그랬지라. 미숙 씨가 집안 사정 이야기를 듣고 얼마나 황당하고 참담했겠어요. 모르긴 해도 그 당시에 두려움과 실망, 안타까움에 피눈물을 뿌리며 상경했겠지라."

당신께서도 이런 사실을 뒤늦게 알게 되었고, 너무 기가 막히고 창피해서 이런 이야기를 어느 누구에게도 말 못하고 끙끙 앓는 '가슴으로 우는 새'가 되었다는 것이다.

민아는 어르신께 위로의 말씀을 드렸지만 속으로는 곤혹스러운 감정을 숨길 수가 없었다. '내 엄마가 그렇게 태어나셨다니, 그리고 자신도 그런 어처구니 없는 출생의 사연을 안고 세상에 태어났다니, 할머니가 그렇게 해서 납치됐고 어머니를 낳은 후 결국 젊디젊은 나이에 그렇게 생을 마감하셨다는 이야기를 듣고, 너무나 슬프고 기가 막혔다. 아무리 전쟁 때문이었다고는 하나 사람이 사는 세상에서 어찌 이럴 수가…. 한참 동안 자신도 모르게 벌겋게 달아오른 얼굴로 고개를 가로젓고 있었다. 소름 돋는 괴로운 심사를 도저히 달랠 길이 없었다. 그래도 그녀는 기자처럼 아빠와의 대화를 계속 이어갔다.

"미숙 씨가 그런 복잡한 집안 관계를 알고 난 후 참으로 진퇴양난에 처해 있었겠군요. 그때 그런 이야기를 듣고 어르신의 마음은 어떠셨어요?"

"그런 사실을 몰랐을 때는, 말없이 떠나 버린 미숙을 사랑의 배신 자라고 생각되어 분노했었지라. 언젠가 살아생전 만나기만 하면 복수해 주고 싶은 마음뿐이었지라. 그런 사실을 모두 알고 난 후에는 세상에서 불행하고 외롭고 힘든 사람은 미숙 씨라는 것을 알게 되었지라."

그런 말씀을 하신 후 당신께서는 담배를 연거푸 두세 모금 깊게 빨아들이고, 가슴 깊은 회한의 연기를 내뱉은 후 쓸쓸한 웃음을 지어 보이고 있었다.

아빠의 이야기를 듣고 난 후, 그녀는 마음속으로 병원에 누워 계신 엄마의 모습이 가슴을 아프게 뒤흔들어 놓고 있었다. 엄마는 끝까지 삶의 끈을 놓지 않으신 분이라는 것도 알게 되었다. 엄마께 죄송했고 깊이 사죄드려야겠다는 생각을 했다.'

거기까지 충격적인 이야기를 딸을 통해 들은 나는 정신이 번쩍 들었다. 민아가 그 당시의 내가 처한 상황을 이해하고 위로해주고 있었지만 나는 몸 둘 바를 몰랐다. '민아의 마음 상처는 어쩌나?' 먼저 딸에게 미안함과 안쓰러움에 가슴이 아팠다. 눈가에서 나도 모르게 이슬이 맺히고 있었다. 한동안 허탈한 표정을 짓고 있는 나에게 민아는 이야기를 계속하였다.

민아는 내심 아빠의 가정은 어떻게 꾸렸는지, 지금 어떻게 살고 계신지가 딸의 입장에서 궁금했다.

"결혼을 앞둔 미숙 씨와 그렇게 헤어지고 난 후, 어르신 결혼은 누구와 언제 어떻게 하시게 되었나요? 결혼 생활은 어떠세요? 행복하시나요?"

당신께서는 쑥스럽게 웃으셨다.

"내 결혼? 사연이 많았고 우여곡절을 겪었지라."

한때 빨치산 출신자들에게 복수에 눈이 멀어 많이 방황했고, 분노의 마음을 가라앉히고 제자리로 돌아오는 데 꽤 오랜 시간이 걸렸다고 했다. 막상 결혼하려고 보니 이곳 농촌에도 특히 여자들의 결혼관이 많이 변해있었다.

얼마 전까지만 해도 우리 집처럼 논밭 많은 집으로 시집오겠다는 여자들이 줄을 섰는데, 도시화 바람이 불면서 농촌으로 시집가겠다는 여자들이 점차 사라지고 있었다고 했다. 결혼 적령기가 지난 손자를 결혼시키기 위해 할머니 할아버지께서는 중매쟁이를 통해 애를 썼으나 많은 농사에 조부모를 모시고 선산을 지키며 농촌 생활을 해야 한다는 부담과 미숙과의 연애 소문이 꽤 오랫동안 사람들의 입에 회자되고 있었다.

그런저런 이유로 마땅한 신붓감이 없어서 결혼에 고전하다 보니 당신께서는 한때 자신을 좋아했던 J양 생각이 간절했다. 미숙과 뜨겁게 연애하던 당시에, 나를 짝사랑했던 그녀가 만나달라고 프로포즈를 여러 번 한때가 있었다. 그 당시에 그녀가 내게 관심 갖지 않도록 무 자르듯이 거절하곤 했다. 그때 상처를 크게 입는 J양은 곧장 서울로 가서 양장 기술자가 되었다는 소문을 듣고 있었다. 당신은 그 아가씨 생각이 많이 났다는 것이다.

그러던 그해 초여름날이었다.

천생연분이었을까? J양이 고향을 떠나고 5년쯤 되었을 때였다. 서울에서 나름대로 꿈을 가꾸며 즐거운 마음으로 열심히 생활하고 있는 그녀에게 시골집에서 연락을 보냈다. 그녀의 아버지가 위암으로 위독하니, 빨리 내려오라는 전보였다.

오랜만에 고향으로 내려온 무남독녀인 그녀는 예전과 달리 잔뜩 멋을 부리고 고향으로 왔다. 하얀 모자를 쓰고, 직접 만든 멋진 원피스를 갖춰 입고 있었다. 서울 스타일로 멋진 화장을 하고 하이힐에 파란 색안경을 쓰고 버스에서 내렸다. 친구들조차 달라진 그녀를 알아보지 못할 정도로 세련되어 있었다.

논에서 모내기하다가 J양 모습을 멀리서 지켜보면서 당신께서는 가슴이 두근거렸고 생각이 많아졌다. '내가 프로포즈하면 응해 줄까? 내가 J양한테 좀 모질게 대하기는 했지.' 한때 그녀 가슴에 대못을 박았으니, 염치도 없고 도저히 엄두가 나지 않았다. 그리고 서울물을 먹어서 지금은 힘들겠지? 서울 멋쟁이들을 많이 봐서 촌놈인 나 같은 것은 눈에 반도 차지 않겠지? 그나저나 만나서 잘못했다고 싹싹 빌어 볼까? 그래, 사내답게 할 말은 하고 용감해야지. 옛말에 용기 있는 자가 미인을 취한다고 하지 않던가?

여러 생각을 하면서 그날 밤 당신도 이발소를 들러서 나름대로 모양을 내고 J양 집으로 갔다. 슬그머니 사립문을 열고 그녀의 집 마당 한쪽에 몸을 숨기고 있었다. 그녀가 밖으로 나오기만을 기다렸다. 한 참 후에 부엌으로 들어간 그녀를 볼 수 있었다. 이때다 싶어 그는 까치발로 소리 나지 않게 재빨리 마당을 가로질러 성큼성큼 그녀에게 가까이 다가갔다. 시선이 마주치자 그녀는 흠칫 놀라며 멈칫했다. 그녀의 풋풋한 살냄새와 향수 냄새가 뒤섞여 그의 코를 자극했다. 하지만 그녀의 싸늘한 분노의 눈빛이 내 눈을 쏘아붙이고 있었다. 나는 작은 목소리로 조용히 말했다.

"오! J씨! 이게 얼마 만인가? 무지하게 반갑네! 낮에 논에서 모내기하다가 버스에서 내린 것 봤어. 어차피 우리가 한 번은 만나서 과거에 있었던 우리의 일들을 마무리 지어야제, 앙 그런가? 나하고 이야기나 잠깐 하자고, 잠깐이면 돼, 이게 얼마 만인가? 옛날 일 지금 사과할게. 진심이야."

궁색한 변명을 했지만 그녀의 얼굴과 입가에는 이미 냉소적인 비웃음을 머금고 있었다.

"흥, 뭐, 진심이라고? 됐어요. 헛소리 말아요. 옛날 그 J양이 아니니까요."

그 말이 끝나기가 차갑게 돌아서서 방으로 들어가 버렸다. 다음 날도 그다음 날도 마찬가지였다. 5일째 되는 날이었다 그녀가 여름 감기로 고생하고 있다는 말을 들었다. 당신은 오토바이를 타고 구례 약국으로 가서 감기약과 쌍화탕, 치킨을 사들고 왔다. 그리고 구구절절 사과의 편지를 써서 함께 전했다.

다음 날 밤이었다.

당신은 그녀의 손목을 잡고 조용히 집 밖 골목으로 데리고 나올 수 있었다. 기회를 놓치지 않고 그녀의 허리를 살짝 안아서 오토바이 뒤에 반강제로 태웠다. 그 옛날 미숙을 태우고 다니던 솜씨를 발휘해서 능숙한 솜씨로 어둠 속을 달려 나갔다. 바로 동네 앞 송대

솔숲으로 향했다. 소나무들 사이로 보이는 하늘에는 무수한 별빛이 반짝이고 있었다. 그곳에서 먼저 무릎을 꿇고 사과하면서 어둠 속에서 그녀의 마음을 달랬다. 미숙 그 가시내는 대학생 따라서 야반도주를 한 배신자라고 비난과 함께 그동안 J양만을 생각하고 그리워했노라고 진실한 마음으로 사과했다. 그날 밤 J양의 어머니 아버지를 자신이 아들처럼 잘 모시겠다는 둥 온갖 감언이설을 동원하여 그녀에게 믿음을 주었고 결국은 그녀의 마음을 잡는 데 성공했다. 그날 밤, 우린 인연을 맺어서 지금까지 어려움 없이 살고 있다고 했다.

"그렇게 해서 결혼을 하셨군요. 두 분의 결혼 생활은 행복하신지요?"

당신께서는 목소리를 차분하게 다독거리듯 가볍게 웃으며 말씀하셨다.

"하하하, 선뜻 대답하기 어려운 질문이네요. 농촌생활은 많이 따분하고 육체적인 일이 많아서 힘들지라. 꼭 정답이라고는 할 수 없지만 다만 삶이라는 것은 자신들이 희망을 감지할 수 있는 능력과 낭만적 준비성이 어느 정도냐가 좌우하겠지라. 즉 어떻게 사랑하며 사는가에 따라 조금씩은 다르지 않을까요? 생텍쥐페리가 말한 것처럼 '사랑은 마주 보는 것이 아니라 함께 같은 방향을 보는 것이다'라고 했듯이 둘이서 만들어 가는 삶의 방법에 따라 행복의 느낌은 조금씩 다르겠지라."

그 말에 민아도 고개를 끄덕이며 공감을 나타냈다.

"그렇지요. 지금 하신 어르신의 말씀에 공감합니다. 나이를 먹었어도 아름다운 그리움을 가슴에 품고 사는 사람은 오래도록 꺼지지 않는 마음의 모닥불을 피워놓고 있기에 외롭지 않게 보람 있게 살고 있는 거라고 하지요."

　여순사건 후폭풍과 그 여파에 관련된 어르신의 이야기를 듣다 보니 어찌되었든 봉학이라는 분이 그녀의 친할아버지가 된다는 사실에 더욱 곤혹스러웠다. 얼굴이 화끈거리고 몸 둘 바를 몰랐다. 그래도 마음을 추스르고 기자 신분임을 생각하며 궁금한 질문을 이어갔다.

　"어르신 댁과 머슴 봉학이란 분과 얽힌 사실을 알고 난 후 어르신은 무척 힘드셨겠네요? 심경이 어떠셨어요?"

　"견딜 수가 없었지요. 어떤 방법으로든지 관련된 자들에게 복수를 하겠다고 마음속으로 다짐했지라. 상당 기간 외롭고 고단한 싸움을 하였지라."

　사실을 자세히 알아보니 봉학 그자가 젊었을 때 내 어머니를 연모했다고는 하나, 당시 이미 결혼해서 아이까지 둔 유부녀를 내전의 혼란을 틈타서 천인공로할 짓을 저지른 그자를 도저히 용서할 수가 없었다는 것이다. 그자가 당신의 집안을 쑥대밭으로 만들어 놓았다고 했다. 당시를 회상한 당신의 목소리는 거의 울먹임으로 부글부글 끓고 있었다.

　그때는 농사고 뭐고 집안일을 다 내팽개치고, 가슴에는 오로지 복수심에 분노의 불덩이 같은 폭풍이 일고 있었다고 했다. 그래서 당신은 앞장서서 마을반공청년단을 조직했고 자진해서 그 단체의 회장을 맡았다. 먼저 나이 많은 어른들에게 당시 사정을 물어서 살아 있는 빨치산 출신자들을 은밀히 파악했다. 캄캄한 밤을 이용하여 그들의 논바닥 군데군데 구멍을 뚫어 농사를 망치도록 해코지했고, 해당 집 대문에 빨간 페인트로 '이 집은 빨치산 출신의 집'이라고 써 놓았다. 빨치산 출신자임을 속이고 취직해서 잘살고 있는 자들을 파악하여 반공청년회 이름으로 탄원서를 내서 직장 생활을 하지 못하도록 했다. 말하자면 조용한 복수를 하고 있었다.

그중에서도 봉학이 식구들이 어떻게 살고 있는지 은밀하게 알아보았다. 그의 아버지는 오래전에 병으로 사망했고, 아들 둘과 딸도 여순사건 때 빨치산 가족을 두고 있어서 토벌대에 끌려가 사살되었다. 식구 중 살아 있는 사람은 걸음도 제대로 걷지 못하고 허리 굽은 늙은 노모가 혼자 어렵게 살고 있는 모습을 보고 불쌍해서 차마 어떤 해코지도 할 수가 없었다. 민아는 또 다른 질문을 하였다.

"그러셨군요. 어르신은 그런 아픈 분노의 마음을 어떻게 극복하셨는지요."

"그래요. 참 우연한 기회에 있었던 일 때문이었지요."

그때 당시에 심리적으로 방황하면서 오로지 날카로운 복수의 칼을 품고 다니던 어느 토요일 오후였다. 열열한 우익으로 당신은 반공궐기대회 서울집회를 마치고 집으로 가기 위해 고속버스를 탔다. 마침 고속버스 라디오에서 어느 교수의 '감동세상 이야기'를 전하는 프로그램을 우연히 듣게 되었다.

그 강사분의 이야기는 해방이 되고, 제주 4.3사건과 여순 사건, 한국전쟁을 겪었음에도 지금 우리 사회가 이른바 좌익과 우익이라고 부르는 이념의 심각한 대립과 갈등을 겪고 있는 이야기부터 시작했다. 많이 배우고 적게 배우고가 문제가 아니라 서로가 듣고 싶은 말만 듣고 상대방을 괴물시하는 시대의 사회에 살고 있다. 그러면서 다음과 같은 감동 이야기를 전하고 있었다.

한국전쟁 무렵에 전라남도 승주군 ○○○지서에서 근무했던 서도섭 지서장 겸 빨치산 토벌대장이 겪었던 일화를 소개하고 있었다. 별생각 없이 방송을 듣고 있던 당신께서는 깜짝 놀랐다. 처음 듣는 바로 당신의 아버지 대한 이야기를 듣게 된 것이다. 그 이야기의 내용은 이러했다.

1950.6·25 한국전쟁이 발발하자 대전으로 옮겨 간 임시 정부는 전국 교도소와 경찰서에 수감 되어있는 좌익들 처리 문제를 논의하였고 그 자리에서 강경책을 선택했다. 과거에 좌익 활동을 했던 자들과 보도연맹원까지 포함하여 체포 구금하도록 하였고 곧바로 신속하게 집단 학살로 이어졌다는 당시의 분위기를 전하고 있었다.

그 당시 지서 주임이라는 중책을 맡고 있던 그는 고민이 깊어졌다. 얼마 전에 자기들이 조사했고 경미한 일이라서 무죄 방면을 한 자들까지 상부의 강화된 조치로 다시 체포해서 처리하라는 것이다.

그는 밤새도록 고민 끝에 1차 50명은 명령대로 처리하였고, 다음날 2차 50명은 차마 상부의 명령대로 할 수 없어서 죄가 경미한 50명을 풀어주면서 다음과 같은 말을 남겼다.

"나는 여러분을 지금 이 자리에서 석방시켜 주겠소. 대신 나는 상부의 명령 불복종자로 여러분을 대신해서 나중에 처형 당할 터이니 여러분은 어쩌다가 실수해서 좌익을 했다면 이 시간 이후 깨끗이 청산하고 바르게 사람답게 살아가기 바라오. 부디 살아서 살기 좋은 이 고장을 만들어 주시오. 앞으로 인민군이 이곳을 점령해 오더라도 그들에게 동조하지 말고, 서로 간에 고발 같은 것 하지 말 것을 부탁합니다."

풍전등화의 죽음 앞에서 벌벌 떨며 절규하던 사람들은 하나같이 혹시 잘못 들은 것은 아닌지 귀를 의심했다. 잠시 후 다들 그 자리에서 벌떡 일어나 모두 두 손을 모으고 맹세했다.

"예, 서 주임님, 하늘에 맹세합니다. 절대로 좌익하지 않겠습니다. 목숨을 살려줘서 고맙습니다. 지서장님 만세."

말 그대로 그는 상부 명령을 어긴 폭탄선언이 있었다. 그의 얼굴에도 땀과 눈물로 뒤범벅이 되어 있었다.

그 후 인민군 보위부가 들어와 이곳에서도 3개월여 동안 그들의 지배하에 있었다. 전선에서는 치열한 공방전이 벌어졌고, 유엔군의 도움으로 인민군이 물러갔다. 서 주임 이하 군경들이 다시 ○○ 지서를 찾아왔다. 인민군 치하에 있던 다른 지역에서는 이웃 간에 죽고 죽이고 밀고를 당해서 북으로 끌려가는 일이 벌어졌고, 전쟁 종료 후에도 부역자 문제로 다시 처벌받느라고 혼란스럽고 시끄러웠는데, 이 지역은 인민군에게 고발자나 부역자가 없었고, 한 사람의 희생자도 없이 평온을 유지하고 있었다. '피의 보복'으로부터 지역민의 소중한 생명을 구했다.

이런 사실이 나중에 알려졌고 후에 경찰 당국에서는 처벌 문제를 논의했다. 갑론을박하다가 결국 그는 명령 불복종으로 해임되었다.

고향 마을로 돌아온 그는 전쟁으로 황폐해진 뒷산에 나무를 심고 가꾸다가 총상의 후유증으로 3년 후 죽음을 맞았다. 당시 목숨을 구한 석방자들은 마을 앞에 동상을 세우려고 했으나 가족들이 극구 사양해서 그만두었다고 했다.

출연자는 끝맺음으로 우리나라는 변화와 혁신을 추구하는 진보와, 안정과 자유를 갈망하는 보수의 두 축이 존재한다. 문제는 수레의 두 바퀴가 따로따로 가는 것이 아니라 함께 굴러가야 국가 번영의 목표를 향해 갈 수 있다. 양 진영 간에 대립과 배척이 아니라 화합해야 온전한 나라가 될 수 있다는 감동의 일화를 소개하고 있었다.

곧이어서 다음 프로그램은 시국 문제와 관련해서 '갈라진 시청 앞과 광화문의 대립과 갈등을 보면서 우리는 국민 통합을 위해 뭘 어찌해야 하나?'에 대한 방송토론이 나오고 있었다. 대부분 출연자는 양 진영에서 대표될 만한 말 잘하고 똑똑하고 저명한 분들이 출연했다. 토론에서는 국민 통합보다는 한 치의 양보도 없이 정치 이념으로 나뉘어 날카롭게 대립하고 서로를 질타하고 있었다. 그런 이야기를 들으면서 당신은 깊은 생각에 잠겼다.

"그래 맞아! 틀림없이 아버지 말씀이 맞는 말이야."

내 아버지께서 그 어려운 시국에 목숨을 건 용기를 내셨다니 '내 아버지가 그런 분이셨구나!' 많은 사람의 목숨을 구하기 위하여 자기의 목숨을 바칠 각오로 임하셨다니 감동적이고 자랑스러웠다. 얼굴도 모르는 아빠를 생각하면서 당신의 가슴은 뜨거워졌고 눈시울을 적시고 있었다.

그때부터 자신에게 질문이 쏟아졌다고 했다. 여순사건이 끝난 지가 언젠데, 당신은 지금 분노의 복수심에 불타고 있지 않는가? 지금의 내 행동이 아버지의 생명 존중의 정신을 욕되게 하고 있지 않는가? 아버지 말씀대로, 가난을 극복해 보려고 어느 한순간 잘못 판단하여 정다운 이웃들이 원수지간이 되었지만, 한 발짝만 물러서서 생각해 보면, 본인들의 뜻이 아닌 원치 않은 내전으로 당시에는 모두 살려고, 살아보려고 몸부림쳤던 것들이 아닐까? 모두가 이웃이고, 친구이고, 피해자로서 그래도 이 땅에서 함께 살아왔고 함께 품고 살아가야 할 사람들이 아닌가?' '분노는 먼저 자신을 베는 칼날이다'란 말이 그대로 느껴지고 있었다. 누구를 미워하고 복수심을 가질 시간에 자신을 바로 세우는 일이 훨씬 값진 일이 아닐까? 그리하여 근래 몇 년간 자신이 한 행동을 되돌아보는 계기가 되었고, 그동안의 활동에 한발 물러서서 행동하기 시작했다.

그런 일이 있고 나서, 지난번 아무도 몰래 앙갚음하겠다고 봉학 그분의 집을 찾았을 때, 허리 굽은 노모가 게걸음으로 힘겹게 발걸음을 옮겨가며 호박잎을 뜯어 넣고 보리쌀 한 줌으로 죽을 끓여서 혼자 끼니를 해결하는 모습이 생각났다. 복수하려고 갔지만 힘겹게 살고 있던 모습이 자꾸 떠오르고 마음이 편치 않았다. 생각해 보면 그 할머니는 이유도 모른 채 자식들 다 앞세우고 저렇게 불행해지지 않았는가? 그러고 보면 그 할머니 역시 전쟁 피해자가 아닌가? 우리 집도 지주 집안이었지만 봉학이란 분 덕분에 어머니를 제외한 우리 집 식구들이 목숨을 건져서 오늘날 이렇게 살고 있음을 생각해 보고 용서와 화해의 마음을 갖게 되었다.

당신은 쌀자루 하나를 지게에 지고 새벽 봉학 어머니가 살고 있는 집을 다시 찾아갔다. 노파는 지팡이에 몸을 의지하고 형색이 차마 눈 뜨고 볼 수가 없을 정도로 더 쇠약해져 있었다. 그날도 노파는 새벽 달빛에 기대어 장독대 위에 정화수를 올리고 두 손을 모으고 있었다. 간절한 마음으로 큰아들이 무사히 돌아오기를 바라는 기도를 올리고 있었다.

그 사이 당신께서는 마당으로 살금살금 까치발로 들어가 방문을 열고 아무도 모르게 쌀자루를 넣어 주었다. 노파는 그 모습을 보고 깜짝 놀라면서 말했다.

"뉘신데, 이런 숭년에 귀한 곡식을."

"할머니, 이웃 마을에 사는 젊은이어요. 끼니 거르지 마시고 밥해 드세요."

"아이고 이렇게 고마울 수가. 고맙소 젊은이. 참말로 고맙구랴. 어디 사는 뉘신지 물어도 되것능가? 이 살기 어려운 숭년에 귀한 양식이라니,"

노파는 목이 메어 제대로 말을 이어가지 못한 채 하소연하고 있었다.

"지난 난리 통에 생떼같은 자식들을 다 잃어 부렀소. 나도 살날이 얼마 남지 않았는데 이대로 멸문을 당하게 생겼소. 나는 자식들이 왜 죽었는지 이유를 모르것소. 내가 할 수 있는 일은 오로지 매일 새벽 장독대에 저 정화수 한 사발을 올려놓고 자식들 극락왕생과 큰아들 무사귀환을 위해 지성으로 빌고 있다오. 아무리 살려고 애를 써봐도 이 땅에서 살기가 너무 힘이 드오."

노파는 한 맺힌 설움을 계속해서 토해내고 있었다.

"비록 가난했지만, 자식들 가르쳐 온 보람을 갖고 농사짓고 열심히 살았는디, 무슨 난리통에 모든 꿈이 무참히 깨져뿔고 혼자 멸문 지화의 신세가 되아부럿소."

노파는 가족들이 죽고 그동안 혼자 살아 온 세월이 억울해서인지 서럽게 흐느끼고 있었다.

"젊은이, 혹시 우리 큰아들 봉학이를 아능가?"

실낱같은 희망을 갖고 있는 노파에게 그 꿈마저 깨지면 모든 것을 놓아 버릴 것 같아서 당신은 차마 사실대로 이야기할 수가 없었다.

"아니요 할머니, 저도 소식 못 들었구만요. 살아 있으면 언젠가는 어머님을 뵈러 오겠지라. 할머니 또 들릴께요. 건강하게 사세요."

"그러것지? 내가 죽기 전에 돌아오면 얼매나 좋을꼬, 참말로 그런 날이 올랑가 몰러? 암, 그래도 정화수를 올려놓고 기도를 하면서 이 목숨이 붙어 있는 날까지 더 버텨봐야 쓰것네. 아들 얼굴이라도 한 번 보고 죽을라고 이렇게 이를 악물고 살아남아서 버티고 있다오. 용한 점쟁이한테 물어보면 기다리지 마라고 별시런 말을 하고 그러 는디, 어디 그럴 수가 있간디."

아들의 생사를 모르고 기다리는 노모의 모습을 생각해 보니 사정 이야 어찌되었건 간에 당신께서도 자신도 모르게 눈시울이 뜨거워 졌다. 어디 이 할머니 같은 분이 한 둘이겠는가? '누가, 무엇이 평화 롭게 살고 있었던 이 땅의 순박한 양민들을 이렇게 억울하고 절손 을 당하는 처참한 비극을 만들어 놓았는지? 나 하나 생각이 바뀌니 까 이렇게 마음이 편한걸. 세상일들이 정겹고 달리 보이는걸'.

그날 밤 당신께서는 주막에서 홀로 눈물이 담긴 회한의 술잔을 비 우고 있었다. 처참한 할머니의 모습과 말씀이 당신의 눈시울을 적시고 있었다.

　당신의 이야기를 듣고 있던 민아도 안타깝기 그지없었다.

　"그러셨군요. 아픈 상흔을 딛고 어르신은 다시 마음을 가다듬으셨군요. 어떠세요? 지금까지 어르신의 가슴속 깊이 간직했던 심정의 말씀을 많이 해 주셨는데 지금 느낌은 어떠신지요?"

　민아가 질문을 하는 동안 당신께서는 따라 놓은 막걸리 한 컵을 벌컥벌컥 마셨다. 경직된 표정을 많이 누그러뜨리며 반문하셨다.

　"기자님은 혹시 '가슴으로 우는 새'란 말을 들어 본 적이 있능가요?"

　"들어 보지는 못했지만, 뭔가 한이 쌓인 가슴에서 말하고 외치고 싶은 혹은 부르고 싶은 노래가 있어도 그럴 수 없는 정신적으로나 육체적으로 억압당한 답답한 마음을 상징적으로 표현하고 있는 것이 아닐까요?"

　민아의 답에 당신은 자신을 타이르듯이 말했다.

　"그렇지라. 그동안 내 삶 역시 어쩌면 '가슴으로 우는 새'가 되어 있었지라. 우리는 알지도 못한 어처구니없는 여순사건의 후폭풍과 그 여파로 엉망진창의 삶을 살아야 했지라."

　그러기에 지금까지 살아오면서 부끄럽고 참담한 가정사였기에 가슴에만 꽁꽁 쌓아놓고 앓으면서 누구에게도 사실대로 말할 수 없었다. 마음에 응어리로 담겨 있던 것을 오늘 기자분께 이렇게 넋두리라도 할 수 있어서 답답했던 마음이 조금은 후련하다고 했다.

　그녀는 당신께 다시 여쭈었다.

"어르신께서는 가슴에만 담아 둔 가족과 관련된 이야기를 오늘 저에게 처음으로 사실대로 이렇게 소상하게 말씀해 준 까닭이 있을까요?"

당신께서는 마음속에 담아 둔 의미심장한 대답을 장황하게 말씀하셨다.

"기자 양반은 누구보다도 잘 알고 있겠지만, 시대가 바뀌고 사람들이 생각하는 관점도 다양해 졌지라. 그동안 일제 강점기 때 위안부 할머니들이 가슴에만 묻어 두었던 당사자들이 한 사람 두 사람씩 나와서 한 많은 증언들을 숨김없이 사실대로 쏟아내면서 일제의 만행을 생생하게 알리게 되었지라. 그리하여 국민들은 새로운 각오로 큰 힘을 모았지라.

해방 이후에 벌어진 여순사건과 그 후폭풍에 따른 여파가 어떻게 영향을 미쳤는지 당해보지 않은 사람들은 그 피해 고통을 잘 모르겠지라. 이는 어떤 한 가족의 문제만이 아니라는 것이다. 우선 '여순 반란사건'에서 여수 순천 지역 명칭을 사용함으로써 듣는 일반 사람들은 마치 여수와 순천을 비롯한 그 후폭풍으로 피해를 입은 산촌 농촌 지역까지 싸잡아 반란했다고 인식되어 왔지라. 나중에는 특정 지역이 색깔론 굴레로 씌워졌지라. 그로 인하여 억울한 죽음들과 유가족 모두에게 변명이나 하소연 한마디 할 수 없게 입을 막았지라. 따라서 대립과 갈등의 구조 속에 아픈 손가락을 맹그라 놓고, 오랫동안 자꾸 깨물게 하여 덧나는 피해를 봐야 했지라.

요즈음 여순사건 진상조사위원회에서 뜨겁게 대두되고 있는 대립과 갈등 문제 역시 '제주 4.3 파병 명령 거부한 여순사건은 무장 반란'이라는 주장과 '제주민을 해치라는 부당한 명령을 거부하는 것은 정당한 항쟁이므로 관련자의 명예 회복을 해야 한다'는 것이지라. 사람은 각자 선 자리에서 보이는 것 만큼 이해하고 보는 것 만큼 말하게 되지라. 양측의 여러 증거와 주장은 보는 시각에 따라 나름대로 어느 정도 일리가 있을 수 있겠지라.

하지만 내 개인적인 생각으로 앞으로 여순사건 진상조사를 하더라도 고려할 필요가 있는 것이 있지라. 그 사건은 해방 이후 정부의 공백기 상태에 이른바 미군정을 포함한 지도자들조차도 국정 방향 의견이 분분했고, 그들의 영향을 받고 있던 국민들 역시 얕은 이념 지식의 혼돈을 겪고 있을 때 발생한 사건이었지라. 또한 당시 당국은 강경일변도의 좌파 초토화 작전 이전에 이 문제 해결을 위해 저들의 대표와 진지한 설득과 협상을 위한 시도나 노력을 얼마나 했는지도 살펴야겠지라.

무엇보다 중요한 것은 극단적 이념의 가치보다 인간의 생명 존중과 존엄의 보편적 가치를 우선시하는 시대에 맞춰 그동안 천추의 한을 품고 피눈물을 흘리며 살아왔던 약자 편에 서서 희생된 우익과 좌익, 수많은 민간인 모두를 피해자로 보듬어야겠지라. 토벌대의 큰아들과 빨치산의 작은 아들을 보내야 했던 부모의 심정으로, 이제는 이미 돌아가신 분들뿐만 아니라 그 후손들을 어루만져 명예를 회복시켜 주는 대승적 차원으로 나가는 것이 화해와 화합의 길로 나갈 수 있겠지라."

민아 역시 자신이 생각했던 의미에 공감을 더하며 고개를 끄덕이는 동안 당신께서는 자리에서 일어서서, 병풍처럼 우뚝우뚝 솟아 있는 그 역사의 현장인 말 없는 산들을 가리키셨다. 이 지역의 지리적 특성과 비극의 현장을 설명해 주셨다. 특히 깃대봉산은 당신의 어머니가 묻힌 곳이라는 것과 미숙 씨가 태어난 곳임도 말씀해 주셨다. 자식된 도리로 몇 번씩 올라가서 묘나 흔적을 찾느라 애썼지만 무성하게 자란 잡목과 풀숲에서 어려운 일이었다는 이야기도 하셨다. 그 말을 들은 민아는 속으로 '내 친할머니신데'를 생각하며 안타까워했고, 당신께는 따뜻한 위로의 말씀을 드렸다.

이야기를 끝내고 아빠와 나는 한참 동안 저수지를 바라보고 있었다. 오늘 면담에서 궁금증은 많이 해소되었으나 그녀의 마음은 편치 못하고 무겁게 가라앉고 있었다. 무엇보다 엄마가 너무 불쌍하고 안타까웠다. 딸을 위해 사랑도 그리움도 다 버리고 저렇게 홀로 온몸으로 발버둥 치셨던 것을 생각하니 가슴이 아리고 먹먹했다. 내전으로 인한 가정의 파괴, 슬픔, 분노, 아빠 문제로 엄마와의 갈등과 미안함, 부끄럽고 떳떳하지 못한 엄마의 출생과 자신의 출생, 여순사건 문제와 그 해결을 대한 갈등적 태도 등에 한참 동안 망연자실하며 고개를 숙이고 있었다. 무엇보다 그동안 어머니의 고통을 이해하게 되면서 지그시 입술을 깨물었다.

그녀는 자신에게 묻고 있었다. '전쟁통에 부끄럽고 떳떳하지 못하게 태어난 엄마와 자신은 비극의 씨앗일까? 아니면 신의 뜻이었을까? 풍전등화의 위기 앞에서 기적적으로 살아남은 엄마는 신이 내린 어떤 무거운 운명 같은 사명을 준 것이었을까? 나 역시 이렇게 된 사연을 운명으로 받아들이고 극복하고 미래사회에 꿈을 꽃피워 보라는 기회를 주신 것일까? 한참 동안 답답한 침묵만 감돌았다. 그녀는 입술을 깨물고 쑥스럽게 웃으면서 발걸음을 옮겼다. 엄마와 아빠 그리고 자신을 생각하니 마음이 저리고 아팠지만, 이 자리에서 어떤 내색조차 할 수 없었다. 자신의 처지를 긍정적인 마음으로 생각하니 숨통이 조금 트인 것 같았다. 무거운 발걸음을 천천히 내디디면서 저수지 둑방을 내려왔다.

아빠 댁 가까이 와서 차에서 내렸다. 그녀는 웃는 얼굴로 아빠와 마주 보며 풀이 죽은 부드러운 음성으로 말했다.

"성의껏 인터뷰해 주신 어르신 덕분에 귀하고 유익한 취재를 잘할 수 있었습니다. 좋은 말씀을 듣고 오늘 깊은 감명도 많이 받았습니다. 감사합니다. 내내 건강하세요."

그녀는 허리를 굽혀 아빠께 공손하게 인사를 드리고, 준비해 온 선물과 꽃다발을 정중하게 드리면서 일부러 아쉬운 아빠의 두 손을 꼬옥 움켜쥐어 보았다. 처음 잡아 보는 아빠의 손이었다. 흐르는 비극의 눈물을 꾹 참았다. 아빠의 손 마디마디마다 메마른 소나무껍질처럼 거칠고 굳은살이 박혀 있었지만 더없이 포근함을 느꼈다. 농촌에서 열심히 살아 온 삶의 흔적과 온기를 느낄 수 있었다. 이런 것이 혈육의 정이라는 것인가? 하는 기막힌 현실 앞에서 또다시 울컥했다. 그동안 보고 싶은 아빠의 그리움과 굴절된 자신의 삶에 대해 하고 싶은 말이 산처럼 쌓여 있는데, 자신이 딸이라는 사실조차 끝내 밝히지 못한 그녀 역시 벙어리 냉가슴 앓듯 '가슴으로 우는 새'가 되어야 했다. 이대로 그냥 돌아서야 한다니 눈물이 앞을 가렸다. 그녀는 반사적으로 한숨을 내쉬고 있었다.

차를 타고 마을을 빠져나왔다. 차창을 통해 멀리 보이는 깃대봉산을 바라보고 있었다. 이대로 아무도 없는 곳으로 가서 천둥소리보다 더 큰 소리로 가슴에 쌓여있는 비극의 응어리를 실컷 토해내며 목 놓아 울고 싶었다. 이 세상에 태어나서 가는 길은 모두 다르지만, 만나고 헤어지는 과정에서 스치는 인연도 있고, 못 잊을 인연도 있고, 어찌할 수 없는 기구한 인연도 있구나! 하는 생각을 하면서, 저 깃대봉산 어딘가에 꽃구름 혼이 되어 있을 할머니의 가슴 아픈 영혼을 위로하고 싶은 손녀의 아린 마음을 띄워 보냈다.

귀경길에 오르면서 생각에 잠겼다. 그녀의 머릿속에서는 오늘 보고 듣고 느낀 많은 일들이 영화 필름처럼 복잡하게 돌아가고 있었다. 아무리 마음을 다져 먹어도 결국은 자신도 전쟁의 피해자가 되어 가슴으로 울어야 하는 괴로운 심사를 달랠 길이 없었다. 조용히 자신에게 타일러 보고 다짐도 해보지만, 여전히 알 수 없는 감정의 물결에 불안과 아쉬움과 초조함이 파도처럼 밀려와서 그녀의 맘속에서는 끝없는 해일이 일고 있었다.

아침에 떠나올 때 걱정했던 대로 마음의 문을 열고 그토록 그리웠던 아빠를 만난 기쁨도 있었지만, 많은 아픔과 괴로운 숙제를 안고 무거운 마음으로 돌아가고 있었다. 한때 아무것도 모르고 살았던 엄마도, 어느 날 할머니의 비극적인 죽음과 자신의 출생 사연을 알고 난 후, 오늘 자신처럼 평생을 아파하고 눈물 흘려야 했던 엄마가 아니었을까? 어쩌면 엄마는 가슴 아픈 이런 사연들을 딸에게는 남겨주지 않으려고, 모진 소리를 들어도 참고 견디고 병원에 입원까지 하고 계신 것이 아닐까? 활짝 피었다가 금방 시들어 버린 목련꽃 같은 아픈 사랑을 안고 살아 온 엄마는 그동안 '가슴으로 우는 새'가 되어 누구에게도 말 못한 한을 끌어안고 고통스럽고 슬프고 힘겹게 살아왔음을 깨닫고 있었다.

지난날 엄마에게 아프게 말했던 것들이 너무 미안하고 죄송한 마음이 들었다. 알게 모르게 눈물을 뿌렸을 엄마를 생각하니 가슴이 찢어지도록 아팠다. 사람은 비수를 손에 들지 않아도 가시 돋친 말속에 그것을 숨겨둘 수 있다는 셰익스피어 말처럼 그동안 자신이 했던 말이나 행동, 태도 등을 생각할수록 엄마께 너무나 미안하고 죄송스러웠다. 누구보다도 엄마는 딸을 사랑했고, 힘든 그 시대를 버텨 내셨으며, 말 없는 위대한 울림으로 딸에게 인간적인 교육자이셨음을 깨닫고 있었다. 돌이켜 생각해 보니 그동안 인간의 가치가 붕괴된 상처 많은 캄캄한 미로와 같은 시대에 허기진 사랑을 지니고 살아 온 남몰래 흘린 안타까운 어머니의 눈물을 깨닫고 온 것이다.

빨리 병원으로 가서 엄마에게 진심으로 눈물 어린 사죄를 드리고 엄마 품에 안겨서 한없이 울고 싶었다. '누군가가 어머니라는 이름은 여인이 가질 수 있는 가장 크고 아름다운 이름이다'라고 했듯이 그동안 걸어 온 엄마의 발자취를 돌이켜보니 엄마는 나에게 그런 깊은 의미의 모습을 보여 준 분이라는 것을 깨닫고 있었다. 이제부터는 자신도 엄마에게 의지하지 않고 무릎을 꿇었다가 힘겹게 일어서는 낙타처럼 스스로 역경을 딛고 일어나야 한다는 다짐도 해보고 있었다.

송 부장은 운전을 하면서 슬쩍슬쩍 곁눈질을 해가며 내 눈치를 살피고 있었다. 그는 영화 보디가드에서 나왔던 'I will always love you'(당신을 영원히 사랑하리라) 음악을 틀어주었다. 나는 송 부장에게 거듭 감사함을 표했다.

그리고 오늘 여행을 하면서 여순사건의 후폭풍과 그 여파에 관련된 '가슴으로 우는 새'를 제목으로 오페라를 만들어 볼 생각이라고 했다. 아무도 기억해 주지 않는 이들의 아프고 억울하게 살아 온 삶을 대신하여 그분들의 한을 풀어주는 온몸 연기를 하고 싶다고도 했다. 또한 첨예하게 대립된 이념 갈등에 화합의 물꼬를 트는 감동의 디딤돌이 되도록 구상해 볼 생각이라고 했다. 그 말을 들은 송 부장은 깜짝 놀라면서 큰 눈을 껌벅이고 있었다. 그리고 활짝 웃으며 말했다.

"오! 단장님! 화이팅입니다. 저도 많이 돕겠습니다."

엄마가 반드시 건강이 회복될 수 있을 거라는 간절한 소망과 믿음을 안고 서울에 도착했다고 했다. 딸이 차분하게 들려준 귀향 이야기는 여기까지였다.

민아는 고향 이야기를 듣고 내 생각과 느낌은 어떤지를 물었다.

나는 얼굴을 촉촉이 적시고 귀밑머리까지 적시던 눈물을 닦으며 말했다.

"고향을 다녀와서 전해 주는 니 이야기를 처연한 마음으로 잘 들었다."

순간순간 그 당시의 정경이 내 눈앞에 생생하게 떠 올랐다. 이야기 중에 못 들을 말을 들은 것처럼 심각한 표정을 짓기도 했고, 눈물이 나고 생경스럽기도 했다. 딸에게 직접 들으면서 아쉬움과 괴로움이 뒤섞인 감정으로 내 얼굴은 상기되어 있었다. 딸 앞에서 애써 태연한 척했지만, 와르르 무너졌던 사랑의 자리는 인간적으로 뼈를 깎는 아픈 그리움이었고, 아직도 고향 강에 띄워진 추억들이 손에 잡힐 듯 망각 속에서 되살아나고 있었다.

나는 조용히 두 눈을 감았다.

고향 이야기를 듣다 보니 한때 괴물이 되어 나에게 집착하고 괴롭히던 달수 아저씨가 진정으로 참회와 속죄를 하면서 그때 전해 준 내 친엄마 친아빠에 대한 충격적인 이야기를 돌이키고 있었다. 민족 수난의 시대에 비행기 폭격으로 인한 내 친어머니의 죽음과 변명 한번 못 해보고 당국의 집단 학살로 돌아가신 친아버지 죽음이 내게 형용할 수 없는 아픈 괴로움과 물음을 던지고 있었다.

이 세상에 태어나서 누구에게도 사정을 말할 수 없는 그분들의 삶과 죽음의 비극은 후손들의 세상에 무엇을 남기고 있는 것일까? 지독한 가난과 배고픔에 머슴살이가 익숙했던 그분은 과연 이념으로 무장된 골수 빨갱이 빨치산이었을까? 여순사건이 없었다면, 그 후폭풍이 불어오지 않았다면 조용한 첩첩산중 오지 농촌에서 작은 꿈을 키우며 소박하고 순진한 산골 농부로 살았을 텐데, 가난과 유혹의 분위기에 휩쓸린 선전 선동의 소용돌이에서 판단 한번 잘못해서 역사의 죄인이 되어 흔적도 없이 사라졌다. 그렇게 되기까지 과연 무엇 때문에, 누구 탓인지, 그분들만의 잘못인지, 국가는 무엇을 했는지. 당국은 꼭 그렇게밖에 처리할 수 없었는지 묻지 않을 수 없으며 생각할수록 안타깝다. 언젠가 달수 그분이 건네준 엄마 아빠의 순박한 젊은 시절 모습이 담긴 사진을 꺼내어 딸과 함께 보았다. 두 분의 마지막 모습에 눈물을 글썽이며 사진에서 눈을 떼지 못했다.

"아! 이런 비극이! 이런 아픔이!"

나는 지금까지 내 친아빠를 무도한 분이고 역사의 죄인이라고 생각했지만 그 당시의 시대적 상황과 괴로움을 알아보고 이해해 보니, 나부터 내전이 만들어 놓은 아픔에 대해 아빠와 화해해야겠다는 생각이 들었다. 이제 더 이상 원망하지도 미워하지도 않고, 시대의 아픔 속에 불행한 영혼으로 위로해 드리고 싶다. 자식의 도리는커녕 지금까지 조촐한 제사상 한 번 차려드리지 못했고, 살가운 말 한마디 해드리지 못한 것이 내가 나이를 먹을수록 한이 되고 두고두고 마음에 걸려 있을 것 같아 영혼이라도 위로해 드리고 싶다.

오늘따라 두물머리 강물을 하염없이 바라보고 있으니 어디선가 웅크리고 신음하는 친엄마의 고뇌에 찬 가슴으로 우는 뻐꾸기 울음소리가 강물에 떠가고 있는 것 같다. 눈을 가리고 손이 묶인 채 끌려가, 어느 낯선 골짜기에서 변명 한마디 못하고 고단했던 짧은 생을 마감한 친아빠의 숨죽여 우는 애처로운 소쩍새의 짠한 울음소리가 아무도 기억해 주지 않는 슬픈 역사의 강물에 띄워져 흐르고 있는 것 같다.

우리는 언제쯤 저 한스러운 탈을 벗고 살 수 있을까? 그 아픈 마음을 아직도 떨쳐내지 못하고 있는 것이 정신적 트라우마로 남아있는 과거의 지워지지 않은 서글픈 기억을 지녔기 때문일까? 아니면 국가나 일부 사람들이 피해자 모두를 그동안 가혹하리만큼 이념적 죄인으로 규정해 놓고 금기시한 한국적 상황의 아픔과 상흔의 안타까움 때문일까?

역사는 힘 있는 자들이 기술한 것이라고 했는데, 진실을 밝히고 정리하여 한을 풀어 줄 수는 없는지 울컥 넘어오는 눈물을 간신히 참으면서 스스로에게 조용히 타일러 보았다. '누구라도 세상 살아가는 올바른 방법을 찾아 행하는 것이 그렇게 어려운 일인가 보구나.'

초여름 늦은 오후 해가 남기고 간 붉은 노을이 파란만장했던 무겁디무거운 내 뒷모습에 따뜻한 위로를 보내주고 있었다.